Kontaktadresse nach EU-Produktsicherheitsverordnung:
produktsicherheit@droemer-knaur.de

Über den Autor:
Frank Kodiak ist das Pseudonym für Andreas Winkelmann, geboren 1968, Studium der Sportwissenschaften. Schon früh entwickelte er eine Leidenschaft für spannende, unheimliche Geschichten. Bevor er sein erstes Buch veröffentlichte, arbeitete er unter anderem als Soldat, Sportlehrer, Taxifahrer, Versicherungsfachmann und freier Redakteur. Mit seiner Familie lebt er in der Nähe von Bremen.

FRANK KODIAK

NUMMER 25

THRILLER

Besuchen Sie uns im Internet:
www.knaur.de

Originalausgabe Juli 2017
Knaur Taschenbuch
© 2017 Andreas Winkelmann
Dieses Werk wurde vermittelt durch die
Literarische Agentur Thomas Schlück GmbH, 30827 Garbsen.
© 2017 Knaur Verlag
Ein Imprint der Verlagsgruppe Droemer Knaur GmbH & Co. KG, München
Alle Rechte vorbehalten. Das Werk darf – auch teilweise –
nur mit Genehmigung des Verlags wiedergegeben werden.
Redaktion: Ilse Wagner
Covergestaltung: ZERO Werbeagentur, München
Coverabbildung: plainpicture/Anja Weber-Decker
Satz: Adobe InDesign im Verlag
Printed in Germany
ISBN 978-3-426-52009-3

*Jeder kann wütend werden, das ist einfach.
Aber wütend auf den Richtigen zu sein,
im richtigen Maß, zur richtigen Zeit,
zum richtigen Zweck und auf die
richtige Art, das ist schwer.*

Aristoteles, Nikomachische Ethik

Dass er sterben würde, hatte Hans längst begriffen. Und zwar nicht irgendwann, sondern gleich. In ein paar Minuten, vielleicht Stunden, jedenfalls innerhalb kurzer Zeit. Keine Krankheit, kein Unfall, auch keine Altersschwäche wäre schuld daran, sondern er selbst.

Aber, halt! Das stimmte nicht. Das Internet war schuld, das verdammte Internet mit seinen tausendfachen Versuchungen. Wie sollte ein Mann standhalten, wenn die jungen Frauen schon im ersten Chat prahlten, sie hätten den besten Blowjob der Welt drauf. Ach, verdammt ... niemals hätte er sich dieses kleine Kabuff unterm Dach einrichten dürfen. Diesen kleinen stickigen, abgeschiedenen Raum, in dem ihn weder seine Frau noch seine zwei Söhne störten. Sein Reich, in das er sich nach dem Abendessen zurückzog mit der Behauptung, Grand Theft zu spielen. Sandra hatte das nie hinterfragt, und wenn sie tatsächlich einmal zu ihm hochgekommen war, hatte er vom Knarzen der ersten Treppenstufe an noch zwanzig Sekunden Zeit gehabt, das Spiel wirklich aufzurufen. Sandra bemerkte doch gar nicht, dass er immer im selben Level steckte.

Diese Chats ... diese versauten Gespräche ... Von Beginn an war klar gewesen, dass er sie treffen würde. Natürlich stand sie auf Fotografen, das taten sie alle. Zwei Monate war sie unnahbar geblieben, die platinblonde Iris mit den unglaublich weißen Zähnen. Zwei Monate lang hatte sie ihm Fotos von sich geschickt. Fotos, die keinen Spielraum für Interpretationen ließen. Fotos, die den männlichen Verstand in die Steinzeit zurückschossen.

Iris, die Gärtnerin, die so perfekt mit der Rosenschere umgehen konnte.

An seiner linken Hand hatte sie ihm demonstriert, wie perfekt. Ohne große Eile und mit konzentriertem Gesichtsausdruck hatte sie nacheinander, beginnend mit dem kleinen, alle Finger abgekniffen – außer dem Daumen. Wie lange das zurücklag, wusste er nicht. Die irren Schmerzen hatten ihn ins Nirwana geschickt, und dort wäre er gern geblieben, doch Iris kannte sich damit aus, wie man Schmerzen linderte und Leute bei Bewusstsein hielt. Vielleicht war sie wirklich Krankenschwester, wie sie es im Chat behauptet hatte. Der Infusionsständer neben der metallenen Liege, daran der transparente Plastikschlauch, aus dem eine milchige Flüssigkeit in seinen linken Arm tropfte, sprachen jedenfalls dafür.

Bekam er Morphium?

Fühlte er sich deshalb so abgehoben und merkwürdig gleichgültig? Konnte er deshalb seine verstümmelte Hand anschauen, ohne wahnsinnig zu werden?

Er hatte Fotos von ihr machen wollen, hatte ihr versprochen, sie groß herauszubringen. Es war so verdammt einfach heutzutage, sich die nötigen Details und den Sprachduktus eines professionellen Fotografen anzueignen – wieder war das Internet schuld. Jeder konnte das sein, was er sein wollte. In der Realität war er nur ein Privatkundenberater bei der Bank, nichts weiter. Sie war voll darauf hereingefallen und hatte schon von der großen Karriere geträumt – zumindest hatte sie ihn das denken lassen.

Beinahe hätte er gelacht. Das Geräusch des Schlüssels im Türschloss hielt ihn davon ab.

Sie kam zurück. Seine Iris. Die Gärtnerin.

Natürlich sah sie in keiner Weise so aus wie auf den Fotos im Chat. Keine Modelfigur, keine Löwenmähne, keine Zahnpastawerbezähne. Stattdessen war sie klein, hatte äußerst stämmige Beine, kräftige Arme, und in ihrem Nacken wölbte sich eine pralle Speckrolle, aus der eine Warze emporstieß. Dieses Bündel langer grauer Haare, das aus der Warze wucherte, war eklig und abstoßend, hatte aber dennoch seinen Blick angezogen, als sie sich über seine Hand gebeugt hatte – freilich nur, bis die Klingen der Rosenschere sich zum ersten Mal geschlossen hatten. Langsam und quälend, mehr quetschend als schneidend, über den Knochen rutschend ...

»Geht es dir gut, mein Fotograf?«, fragte Iris in ihrem gebrochenen Deutsch, blieb vor ihm stehen und funkelte ihn aus diesen einzigartigen Augen an. Okay, ihre Augen waren schön. Zum Niederknien schön, das wollte er gern zugeben. Und sie bekamen einen besonders intensiven, beinahe schon melancholischen Ausdruck, sobald sie ihn quälte.

»Möchte nach Hause«, versuchte er sein Glück und nahm seine Zunge als kraftloses Etwas wahr, längst vorausgeeilt in den Tod.

»Aber, aber, wer wird denn weinen.«

Mit ihrem prallen Handrücken wischte Iris ihm die Tränen von den Wangen.

»Es ist doch bald vorbei.«

Sie kontrollierte den Infusionsbeutel, schnippte mit dem Finger dagegen, nickte zufrieden und wandte sich der schwarzen Tasche aus Lederimitat auf dem runden Glastisch in der Ecke zu. Es war eine dieser großen Vertretertaschen, die sich weit öffnen ließen. Am Griff baumelte an einem weißen Bändchen der Registrierungscode einer Fluggesellschaft. Gezielt zog sie etwas aus der Tasche hervor. Einen Gegenstand, den er nie zuvor gesehen hatte. Vielleicht ein Werkzeug?

Sie sah ihm wohl an, dass er es nicht kannte.

»Klempner benutzen so etwas, um Kupferrohre zu schneiden«, erklärte sie und demonstrierte die Funktion an ihrem Finger.

»Siehst du, man stellt das Schneiderad auf die Stärke des zu schneidenden Rohres ein, und dann lässt man es darum kreisen, bis es durch ist. Am besten geht das bei hartem Material. Aber ich habe das Schneiderad ein bisschen nachgeschärft, und jetzt wollen wir mal sehen, ob wir trotz allem dein Material hart bekommen.«

Ihr Lächeln in diesem Moment war Gold wert. Gleichzeitig lieb, aufreizend und sardonisch. In Gottes Schöpfung konnte so ein Lächeln nicht vorgesehen gewesen sein. Iris musste es sich anderweitig antrainiert haben.

»Bitte ... tu das nicht«, stammelte er und heulte schon wieder.

»Führ dich nicht so auf«, sagte sie und griff zu. Ihre Hand war warm, ihre dicken Finger weich, und sie wusste, wie man einem Mann zu voller Größe verhalf. Irgendwie war es ihm peinlich, selbst in dieser abstrusen Situation zu einer Erektion fähig zu sein, und er verfluchte seinen Körper, der tat, was er nicht wollte.

»Na also, Chef, wer sagt's denn. Da ist er ja, der große Junge, der so gern in fremden Gefilden wildert. Böser, böser Junge ...«

In gespielter Empörung schüttelte sie den Kopf und schnippte mit dem Finger gegen den großen bösen Jungen, wie sie es zuvor beim Infusionsbeutel getan hatte.

»Bitte ... ich flehe dich an ... nicht ...«

Ihr Blick war von einer so tiefen Bosheit, dass es ihn schauderte. Diese Augen ... kein Leben darin, keine Emotionen, ein vergifteter, tiefschwarzer Brunnen, dabei waren sie doch eben noch so schön gewesen. Wie konnte das sein?

»Drei Arten von Männern gibt es: die Schmarotzer, die sich an eine Frau kletten, sie leer saugen und dabei selbst immer fetter werden. Die Könige, für die Frauen unterjocht und versklavt gehören. Und die Fleißigen, die Kinder zeugen, ein Nest bauen, Sicherheit bieten. Zu welcher Art gehörst du?«

»Ein Fleißiger«, sagte er schnell, ohne darüber nachzudenken. »Ich bin ein Fleißiger, ganz sicher.«

Das halbe Lächeln hatte kaum die Kraft, ihre Mundwinkel nach oben zu schieben.

»Die Fleißigen sind mit Abstand die langweiligsten Männer. Keine Frau will so einen, jedenfalls nicht in der Tiefe ihrer verruchten Seele.«

»Dann bin ich eine Mischung aus König und fleißig ... ja, genau, ich vereine das Beste von beiden.«

»Mein Lieber, wir wissen beide, dass das nicht stimmt. Du hast eine wunderbare Familie, für die du verantwortlich bist, und was tust du? Betrügst sie. Während deine Frau unten in der Küche das Abendessen zubereitet, sitzt du vor dem Computer, deine Hand in der Hose, und chattest mit mir.«

»Aber du wolltest das doch!« Seine Stimme klang schrill. Ihre Hand bearbeitete ihn weiterhin.

»Ja, und jetzt weißt du auch, warum. Und wenn ich fertig bin mit dir, dann suche ich mir den nächsten Lügner mit Internetzugang. Der sitzt dann nächste Woche auf diesem Stuhl hier und bettelt mich an, ihn zu verschonen. So, ich denke, er ist hart genug.«

Iris legte das Werkzeug an. Stellte das Schneiderädchen auf die passende Größe ein. Packte ihn fest mit der Linken und begann zu drehen.

»Rechts herum, immer schön rechts herum.«

Gegen diese Schmerzen war selbst das Morphium machtlos.

Das Ziehen spürte Andreas Zordan bis tief in den Unterleib. Es kam realem Schmerz sehr nahe. Er verzog das Gesicht, stieß sich vom Schreibtisch ab und riss die Hände vom Laptop, als hätte er sich an der Tastatur die Finger verbrannt.

Zur Hölle noch mal! Wenn das nicht eine bisher nie da gewesene Tötungsmethode war, dann würde er wieder in die Kirche eintreten. Unique, hatte seine Lektorin beim Verlag verlangt, wir müssen unique sein. Er hatte entgegengehalten, wenn man »einzigartig« meinte, sollte man auch das Wort benutzen, das der deutsche Sprachschatz hergab, und nicht irgendeinen Modescheiß, der sich auf einer halbseidenen Intellektuellenparty gut anhörte. Klar, sie war beleidigt gewesen, war sie eigentlich immer, wenn er ihr nicht zustimmte, aber was spielte das schon für eine Rolle. Mit diesem Rohrschneider waren sie auf jeden Fall *unique*.

Siebzehn Thriller hatte Andreas Zordan bisher geschrieben, und bei den letzten fünf war es ihm verdammt schwergefallen, eine Tötungsmethode zu finden, die nicht schon da gewesen war. Das war deprimierend, denn leider konnte er nicht einfach mal schnell ins Herz-Schmerz-Genre wechseln. Er hatte es versucht. In einem Anfall geistiger Verwirrtheit, die ansonsten klaren Gedanken mit einer Flasche Rotwein betäubt, hatte er es versucht, war aber nach zehn Seiten kläglich gescheitert. Es interessierte ihn einfach nicht, was die Leute taten, wenn sie verliebt waren. Und wenn ihn ein Thema nicht interessierte, dann konnte er nicht darüber schreiben. Wäre ja auch noch schöner, immerhin hatte er Bestseller verfasst, keine Betriebsanleitungen.

Siebzehn Thriller, und beim achtzehnten fiel ihm einfach so dieser harmlos wirkende Rohrschneider ein, mit dem sich wunderbar und quälend langsam in rotierenden Bewegungen ein Penis quasi abschleifen ließ. Sicherlich hatte das mit dem Klempner zu tun, der letzte Woche einen neuen Heizkörper im Anbau installierte. Andreas hatte ihn bei der Arbeit beobachtet und sich die Funktionsweise des Rohrschneiders erklären lassen.

Notiz, dachte Andreas, wie er es immer machte, wenn er sich etwas merken wollte. *Klempner im Abspann erwähnen.*

Ihm selbst war es zwar nicht wichtig, sich bei irgendjemandem zu bedanken, aber die Leute mochten es, wenn Autoren das taten. Andreas hatte keine Ahnung, warum. Wie auch immer, er brach sich damit keinen Zacken aus der Krone, und wenn es die Verkaufszahlen steigerte, bitte schön.

Natürlich gebührte der Dank nicht wirklich dem Klempner, denn der hatte nicht mehr getan als die Arbeit, für die er bezahlt wurde. Nein, es war seine eigene Phantasie, die diese Verbindung hergestellt hatte. Vermutlich würde sein Verleger auf die Barrikaden steigen, wenn er das in den Abspann schriebe. Egal, er war zufrieden mit sich. Ein Gefühl, das sich nicht mehr so häufig wie früher einstellte, dafür aber umso befriedigender war.

In den Chor der Begeisterten, der ihn jauchzend hochleben ließ, schlich sich jedoch eine Stimme anderer Tonalität. Die kannte er schon. Sie tauchte immer mal wieder auf, in der letzten Zeit sogar häufiger. Es war die Stimme eines achtjährigen Jungen. Andreas konnte ihn sehen. Groß, schlaksig, kurzes rotes Haar, ein verschmitztes Lächeln und Augen voller Hunger auf Leben.

Ist das nicht abartig?, fragte der Junge. Übertrittst du nicht eine Grenze damit?

Andreas Zordan erhob sich, schlurfte in die Küche hinüber und öffnete den Kühlschrank. Er nahm die angebrochene Flasche Wein heraus, roch kurz daran, goss ein Glas randvoll und trank die Hälfte in einem Zug. Schüttete den Traubensaft hinunter, als wolle er die kritische Stimme ersäufen. Gerade diese Stimme durfte sich keine Kritik an ihm erlauben. Diese nicht!

Abartig? Grenzwertig?

Quatsch!

Die Leserinnen und Leser lechzten nach grausamen Geschichten. Den meisten konnte es gar nicht blutig genug zugehen. Wie oft hatte er sich auf Lesungen anhören müssen, in diesem oder jenem Buch hätte es ruhig ordentlicher zur Sache gehen können. Und immer waren es Frauen, denen es nach abartigen Tätern verlangte, die mit menschlichen Körpern Dinge taten, die jenseits aller Vorstellungskraft lagen. Hannibal Lecter war langweilig geworden. Heutzutage musste man Schlangen in die Vagina blutjunger Studentinnen einführen, Spuren hinter Augäpfeln verstecken, Kleider aus abgetrennter Haut nähen oder Körper durch Gartenhäcksler schieben. Die Plots sollten Hunderte von Wendungen und Tausende von Cliffhangern enthalten. Nein, er lieferte nur, was der Markt wünschte, dafür konnte man ihm nicht die Schuld geben.

Erst vor ein paar Wochen, in einem kleinen Kaff auf dem Lande, war es wieder so gewesen. Landfrauen, hatte er noch gedacht, was für ein langweiliger Abend. Aber die waren gut drauf gewesen, wahrscheinlich hatten sie vorgeglüht, und wenn er es zugelassen hätte, hätten sie mit ihm zusammen nachgeglüht. Es war eine feiste Metzgersgattin gewesen, die ihn damit aufgezogen hatte, er sei viel zu zaghaft mit der Kratzglocke umgegangen. Dabei hatte er gedacht, das Abschaben der menschlichen Haut mit diesem doch eher unbekannten Werkzeug zu beschreiben, das sei für alle Leserinnen ein Schock.

Tja, man durfte die Landfrauen nicht unterschätzen. Die sahen und erlebten Dinge, die jenseits von Gut und Böse waren.

Den restlichen Wein trank Andreas Zordan an die Arbeitsplatte gelehnt und wurde nachdenklich. Er belog sich nicht gern selbst, aber im Überschwang der Begeisterung war ihm das gerade passiert. Von wegen, er lieferte nur, was der Markt wünschte. Die einfache, ungeschminkte Wahrheit war: Er liebte, was er tat, und würde es auch tun, wenn er keine Leser hätte. Seine große Leidenschaft war es, Menschen zu quälen, zu foltern, zu töten. Wenn er solche Szenen schrieb, floss es nur so aus ihm heraus. Seine Finger flogen in Windeseile über die Tastatur, die Worte und Sätze entstanden schneller, als er sie lesen konnte, und hätte ihm jemand in solchen Schaffensphasen einen Spiegel vorgehalten, er hätte das zufriedene Lächeln eines Menschen sehen können, der voll und ganz in seiner Arbeit aufging.

»Du musst so verbraucht werden, wie du bist«, sagte Andreas zu seinem Spiegelbild in der gegenüberliegenden Terrassentür und prostete ihm zu. Das war einer der vielen Lieblingssprüche seiner Mutter gewesen, und damit hatte sie quasi Marc Aurel widerlegt, der angeblich mal gesagt hatte, es seien die Gedanken, die den Charakter färbten. So ein Quatsch. Ihren Charakter bekamen die Menschen bei der Geburt mit, und bis auf ein paar wenige Feinjustierungen war er unabänderlich.

Für den Bruchteil einer Sekunde verschwand sein Spiegelbild in der Scheibe, und Andreas erschrak. Draußen war irgendwas vorbeigehuscht, ganz dicht an der Hütte. Das kam immer mal wieder vor. Das Wild respektierte die Grundstücksgrenzen nicht und kam häufig nachschauen, ob er etwas Neues gepflanzt hatte.

Hatte er in der Tat. Einen Weidenbaum. Und weil es im Baumarkt keinen Kaninchendraht mehr gegeben hatte, stand das junge Geäst schutzlos auf der Rasenfläche.

Andreas stellte das Glas in die Spüle, schnappte sich die leistungsstarke Taschenlampe von der Fensterbank, öffnete die Terrassentür und trat ins Freie. Es war fast Mitternacht, die Luft war kühl und roch nach Fichtennadeln und feuchter Baumrinde. Da sein Grundstück komplett von hohen Bäumen umgeben war, fiel kaum Mondlicht herein. Es war stockdunkel. Andreas schaltete die Taschenlampe ein. Der Lichtkegel schnitt durch die Dunkelheit, riss die Gartenstühle, den Grill und die Hängematte daraus hervor und verlor sich schließlich zwischen den Bäumen.

Auf den ersten Blick war da nichts.

Geräuschlos schlich Andreas über die Holzterrasse. Die Lärchenbretter hatte er erst vor ein paar Monaten erneuert, da knarrte noch nichts. Von vorn, wo die hölzerne Balustrade die Terrasse zum Garten abgrenzte, überblickte er das komplette Rasenstück. Er ließ den Lichtkegel wandern. Ein Reh entdeckte er nicht, der Weidenbaum war unberührt, die zarten Äste nicht angeknabbert.

Er hatte sich getäuscht.

Da war nichts.

Kein Reh, kein Wildschwein, kein Wolf, keine Landfrau mit Kratzglocke, gar nichts.

Trotzdem blieb er stehen, schaltete die Taschenlampe aus und wartete, bis sich seine Augen an die beinahe vollkommene Dunkelheit gewöhnt hatten. Nach ein paar Minuten erkannte er die Umrisse der Gegenstände und Bäume auch ohne Licht. Irgendwo im tiefen Wald flatterte ein größerer Vogel, dann ertönte der Ruf eines Käuzchens.

Seit fünf Jahren lebte er in diesem ehemaligen Forsthaus am Waldrand, das er Horrorhütte nannte, und noch nie hatte sich in der Nacht jemand hierher verirrt. Warum auch? Es gab keine Straßen in der Nähe, keine Wohngebiete, und die wenigen Forstwege, die das Waldgebiet durchschnitten, waren schon tagsüber kaum frequentiert. Diesen Ort hatte er ausgesucht, weil er hier fernab der Gesellschaft – und ohne deren Vorstellung von Moral – ein nahezu autarkes Leben führen konnte. Unten im Ort wussten sie längst, dass dort oben am Hang zwischen den Bäumen ein merkwürdiger Schriftsteller lebte. Anfangs hatten sie versucht, ihn in die Dorfgemeinschaft hineinzuziehen, hatten ihn zu Geburtstagen, Osterfeuern oder dem Schützenfest eingeladen. Da er sich jedoch nirgendwo hatte blicken lassen, waren die Einladungen schnell ausgeblieben. Und die besonders Hartnäckigen, die es gewagt hatten, unangekündigt bei ihm aufzutauchen, war er durch unhöfliches und abweisendes Verhalten auch noch losgeworden.

Und dennoch ... jemand war hier. Andreas spürte es. Er hatte feine Antennen für die Anwesenheit anderer Menschen und täuschte sich nie. Irgendwo dort zwischen den Bäumen schlich jemand umher, beobachtete das Haus, war vorhin an der Tür vorbeigehuscht, hatte ihn vielleicht längere Zeit durch eines der Fenster beobachtet. Andreas mochte weder Vorhänge noch Gardinen oder Rollläden. Wer seinen Blick derart einsperrte, musste sich nicht über kleingeistige Sichtweisen wundern. Augen und Geist brauchten Weite und Freiheit, nicht Enge und Barrieren.

Andreas stellte die Taschenlampe auf der Balustrade ab, schaltete sie ein und machte ein paar rasche Schritte nach rechts in die Dunkelheit. Wer auch immer sich unbefugt auf seinem Grundstück aufhielt, würde ihn hinter der Taschenlampe vermuten. Es war nicht leicht, einen Schriftsteller zu verarschen, der sich tagtäglich Gedanken über den perfekten Mord, die perfekte Rachegeschichte, den perfekten Einbruch machte. Die Tricks und Kniffe, die die Einbrecherbanden von heute beherrschen, hatte Andreas schon vor Jahren abgearbeitet. Ihn konnten sie nicht überraschen. Deshalb hatte er trotz dieser einsamen Wohnlage auch keine Alarmanlage. Er vertraute voll auf seine Fähigkeiten und Instinkte – so wie die Tiere im Wald, zu denen er sich nach fünf Jahren mehr hingezogen fühlte als zu den Menschen im Ort.

Wer in das Revier eines Wolfes eindrang und ihm nicht gewachsen war, der musste damit rechnen, getötet zu werden.

Neben dem Außenkamin hing ein schwerer, geschmiedeter Schürhaken. Den nahm Andreas, wog ihn in der Hand und stellte sich vor, welch katastrophale Wunden die gebogene Spitze am Kopf verursachen würde. Der kalte Stahl in der Hand fühlte sich gut an, fühlte sich richtig an. Privatsphäre und Eigentum waren in seinen Augen hohe Güter, die es zu verteidigen galt, und dafür sollte jedes Mittel recht sein. Andreas war ein Verfechter des Grundsatzes: Auge um Auge, Zahn um Zahn. Er ärgerte sich darüber, wenn Hausbesitzer, die einen Einbrecher erschossen, angeklagt und verurteilt wurden. Wie sollten die Degenerierten so Respekt vor Eigentum lernen?

Nun ja, er kannte die gesetzlichen Regeln der Notwehr und würde keinen Fehler machen. Den Fehler hatte derjenige begangen, der sich dazu entschieden hatte, sein Grundstück zu betreten.

Andreas schlich barfuß über den feuchten Rasen. Er musste nicht zu Boden schauen, um seinen Weg zu finden, denn hier kannte er jeden Stein, jeden Ast, jedes Mauseloch. Mit den Augen durchforstete er die Dunkelheit nach einer Bewegung und war gleichzeitig bereit, sofort zuzuschlagen, sollte jemand ihn angreifen.

Das Grundstück war riesig und zum größten Teil bewaldet. Er hatte nicht vor, es ganz abzusuchen, vor allem nicht den rückwärtigen Teil, der mehr Wald war als Garten und wo der Boden von Zweigen und Kiefernzapfen übersät war, die ihm in die Fußsohlen stechen würden.

Andreas schlich einmal um die Hütte herum, bis er wieder die Veranda erreichte. Die Taschenlampe stand noch dort, der Lichtstrahl war immer noch auf die Kiefer mit dem Gesicht im Stamm gerichtet. Astlöcher und Wucherungen verliehen dem Baum den Anschein eines darin eingewachsenen Dämons. Es war Andreas' Lieblingsbaum, sein Baum der Inspiration. Ihn anzusehen und mit den Händen über das Gesicht zu streicheln half ihm, wenn er während des Schreibens an einer schwierigen Stelle feststeckte.

Wer immer auch hier gewesen war, er war fort. Aber etwas war zurückgeblieben. Eine spürbare Präsenz. Wenn er es in Worte fassen müsste, würde Andreas es so formulieren: Das Böse hatte sein Grundstück entdeckt, sich kurz umgesehen und entschieden, sich lieber nicht mit demjenigen anzulegen, der dort lebte.

Er verharrte in Stille, legte an und stellte den Sucher scharf. Der Restlichtverstärker zauberte ihm trotz der nächtlichen Dunkelheit ein detailliertes Bild auf den Monitor.

Sein Finger lag auf dem Auslöser.

Ich bin der beste Scharfschütze dieses Landes, sagte er sich und drückte ab. Seine Schulter fing den Rückschlag auf, sein Körper blieb ruhig, der Lauf verzog keinen Millimeter. Er sah das Projektil davonschießen und einen Moment später einschlagen. Kopftreffer. Sehr effektiv.

An dieser Stelle endete seine Vorstellungskraft, und er realisierte, dass er nur seine teure Kamera in den Händen hielt. Der Kopf, auf den er gerade geschossen hatte, landete als Foto auf der Speicherkarte und nicht als Blut- und Gewebematsch an der Hauswand hinter der Person, auf die er geschossen hatte. Dieser Mann trug eine Jeans, ein schwarzes T-Shirt und schlich barfuß mit einem Schürhaken in der zum Schlag erhobenen Hand um sein Haus. Vorsichtig bewegte er sich um die Hausecke, tauchte Minuten später an der anderen wieder auf und sah sich um.

Wie hatte er ihn bemerkt? Er rührte sich doch überhaupt nicht, saß still und starr im Gebüsch und ignorierte sogar die Ameisen, die sein linkes Hosenbein hinaufkrochen. Jetzt zahlte es sich aus, dass langes Sitzen ihm noch nie etwas ausgemacht hatte. Stundenlang konnte er sich auf seine Arbeit konzentrieren und seine Umwelt dabei ausblenden, als sei sie gar nicht vorhanden – was sie dann ja auch nicht war. Die Umwelt, das hatte er gerade vor ein paar Tagen gelesen, entstand überhaupt erst durch Wahrnehmung. Hatte irgendwas mit Wellen und Teilchen zu tun, so genau hatte er das nicht verstanden, aber er war von dem Online-Artikel fasziniert gewesen, denn der Verfasser hatte in Worte gefasst, was er selbst schon immer gespürt hatte. Die Umwelt existierte nur, wenn er es zuließ. Ansonsten herrschte die Inwelt vor, und darin galten andere Zeitgesetze. Darin konnte er stundenlang verharren. Darin war er allen anderen Menschen überlegen. Nur nicht dem Mann dort vorn.

Vor dem hatte er Angst, große Angst, und dennoch war er ihm hierher gefolgt. Normalerweise neigte er nicht zu spontanen Aktionen, überlegte im Gegenteil oft tagelang, bevor er aktiv wurde, aber in diesem Fall war die Neugierde zu groß gewesen.

Dieser Mann war in seinen Gedanken und in seinen Träumen, immer schon. Obwohl der Mann in vielerlei Gestalt an den Wänden seines Hauses hing, hatte er lange Zeit nicht verstanden, wen er dort sah. Erst seit einiger Zeit, seitdem der Mann wieder aufgetaucht war, war es ihm bewusst, und jetzt konnte er nicht mehr von ihm lassen. Jetzt musste er tun, was getan werden musste.

Dazu war es notwendig, die Angst zu besiegen.

Sein Therapeut hatte gesagt, das sei möglich, aber vorher müsse die Angst klar definiert werden. Es reichte nicht, sich vor der Umwelt, den Menschen, der Atemluft, dem hellen Tag, dem Klingeln des Telefons oder der Hektik im Allgemeinen zu fürchten. Denn alledem, so meinte der Therapeut, lag eine einzige Angst zugrunde. Die galt es, zu finden und sich ihr zu stellen. Dann würde sie von selbst verschwinden.

Er hatte seinen Therapeuten nie gemocht. Dieses viele Gerede, die geschwollene Ausdrucksweise, davon hatte er Kopfschmerzen bekommen. Und wie er immer die Augenbrauen hochgezogen hatte bei jeder Frage. Weil er so alt war, hatten sich dabei vorn auf seiner Glatze drei Falten gebildet, an denen hin und wieder Schweißtropfen entlanggelaufen waren. Das war eklig. Bei dem Anblick war ihm stets schlecht geworden, sein Magen hatte sich zusammengezogen, und er musste den Wunsch unterdrücken, seinem Therapeuten die Haut vom Kopf zu schneiden. Seinen Skalp zu nehmen, so wie die Rothäute in den alten Karl-May-Filmen, die er früher so gern geschaut und nachgespielt hatte.

Der Mann mit dem Schürhaken betrat die Terrasse.

Dort blieb er stehen und starrte in die Dunkelheit.

Er legte die Kamera an und zoomte das Gesicht heran.

Die Augen, diese unergründlichen grünen Augen, die bei ihm immer noch eine Gänsehaut verursachten, obwohl es schon so viele Jahre her war. Sie sahen ihn direkt an, als gäbe es keine Entfernung, keine Kamera, keine Spiegel darin. Auge in Auge – so wie früher. Und wieder erzitterte er.
Der Mann hatte den bösen Blick, von dem seine Mutter ihm oft erzählt hatte. Menschen mit dem bösen Blick konnten in die Seelen der anderen sehen und deren Geheimnisse entblößen. Deswegen durfte er ihm nicht zu nahe kommen, ihm nicht in die Augen schauen, denn seine Geheimnisse, seine Gedanken, durften nicht entdeckt werden.
Er würde jeden töten, der das versuchte.

»Der Mann tickt nicht ganz richtig. Meiner Meinung nach ist der gefährlich. Ich hab mich schon vor Jahren beim Gemeinderat beschwert, aber da stößt man auf taube Ohren. Es muss erst etwas passieren, ist ja immer so.«

Die Frau nickte heftig, um ihren Worten mehr Gewicht zu verleihen, dabei wäre das nicht nötig gewesen. Greta Weiß zweifelte nicht daran, dass sie es ernst meinte. Diese Frau war wie ihre Mutter: Mimik, Tonalität, Gestik, alles war gleich. Für Gretas Mutter hatte selbst beim Tratschen jedes Wort größte Bedeutung gehabt, vielleicht sogar gerade beim Tratschen, und sie konnte tagelang beleidigt sein, wenn man ihr nicht die nötige Aufmerksamkeit schenkte.

Greta Weiß wünschte sich, es wäre nicht so, doch sie hatte dieses Tratsch-Gen von ihrer Mutter vererbt bekommen. Jedwede Neuigkeiten über Menschen, die sie kannte oder auch nicht kannte, interessierten sie. In diesem Fall sogar ganz besonders. Die Pensionswirtin Verona Klier redete über den Schriftsteller Andreas Zordan, und weil Greta wegen dem hier war, ließ sie die alte Frau reden, ohne sie zu unterbrechen.

Greta hatte die Nacht in der einzigen Pension im Ort verbracht. In Anlehnung an den Namen der Inhaberin hieß sie *Haus Verona*. Auf dem Fensterbrett des Frühstücksraums lagen Grußkarten mit Fotomotiven von Verona in Italien aus, dazwischen ein Bild der Pension. Toller Scherz.

Ein normales Hotel gab es im Umkreis von dreißig Kilometern nicht, zudem war *Haus Verona* wirklich günstig. Ein Umstand, den Greta zu schätzen wusste. Die Redaktion zahlte einem Neuling wie ihr weder die Reise- noch die Übernachtungskosten, sondern nur eine Pauschale. Sie war wie immer knapp bei Kasse, und schon die Fahrt hier heraus hatte unverhältnismäßig viel Sprit verschlungen. Zumindest im Verhältnis zu dem Honorar, das sie mit dem Artikel verdienen würde. Aber darum ging es ja nicht. Sollte sie es schaffen, den legendären Starautor des Thriller-Genres, Andreas Zordan, zu einem Interview zu bewegen, wäre das der beste Start einer Journalistenkarriere, den man sich vorstellen konnte. Seit fünf Jahren hatte der Mann, dessen Name zuverlässig jedes Jahr in den Bestsellerlisten auftauchte, kein Interview mehr gegeben.

»Was könnte denn passieren?«, fragte Greta und kratzte mit Nachdruck und lauten schabenden Geräuschen den Joghurtbecher aus. Sie hatte gestern Abend bei ihrer Ankunft in Kirchfelden auf ein Abendessen verzichten müssen, da das einzige Lokal, das Gasthaus *Zur Peitsche,* montags geschlossen hatte. Selbst wenn es geöffnet gewesen wäre, hätte sie lieber gehungert. Das Lokal als düster zu beschreiben wäre noch geschmeichelt. Und dann dieser Name? Wer ließ sich so etwas einfallen, wenn er auf Gäste angewiesen war? Jedenfalls war sie dankbar für das üppige Frühstück und hatte nicht vor, etwas davon zu verschwenden.

Frau Klier warf die Hände in die Luft. Sie säte Gesten wie Bauern Getreide.

»Alles Mögliche kann passieren. Dieser Mann da oben ... Das ist doch nicht gesund, so allein zu leben und sich den ganzen Tag lang Horrorgeschichten auszudenken. Was, wenn er den Verstand verliert? Hört man doch heutzutage immer wieder. Die Leute verlieren den Verstand, schnappen sich eine Waffe und schießen wahllos Menschen nieder. Und dieser Zordan ...«

Verona Klier sah sich verstohlen um und beugte sich über den Tisch. Die an einer Silberkette um den Hals baumelnde Lesebrille schlug gegen die Milchkanne aus Porzellan.

»... dieser Zordan hat Waffen. Das weiß ich aus erster Hand. Mit einem Schrotgewehr hat er den alten Toni von seinem Grundstück gejagt. Dabei wollte Toni nur seine Dienste als Gärtner anbieten.«

Greta ließ es sich nicht anmerken, dass sie erschrocken war. Zordan hatte Waffen!

Wie klug war es da, unangemeldet bei ihm aufzutauchen und um ein Interview zu bitten, wo er doch schon vor Jahren unmissverständlich klargemacht hatte, was er von der Presse hielt? Zordan war ein Mann eindeutiger Worte. Greta hatte sein letztes Interview gelesen. Selten hatte jemand ihren Berufsstand heftiger beleidigt.

Das war nicht klug, es war dumm. Aber sie hatte den Auftrag nun einmal angenommen und konnte keinen Rückzieher machen. Sie konnte scheitern, denn zu einem Gespräch zwingen ließ sich Zordan sicher nicht, doch aufgeben kam nicht in Frage. So begannen keine großartigen Karrieren, und Greta hatte keinen Zweifel daran, dass sie am Beginn einer solchen stand.

»Aber er hat doch nicht auf den Mann geschossen, oder?«

»Nein, hat er nicht. Der alte Toni war schlau genug, das Weite zu suchen. Seitdem geht keiner mehr da hoch. Was wollen Sie überhaupt von dem Mann, Kindchen?«

Greta zuckte mit den Schultern.

»Ihn interviewen.«

»Ganz allein? Das sollten Sie sich noch einmal überlegen.«

»Ich komme schon klar. Er wird mich sicher nicht gleich umbringen.«

Greta lächelte breit, konnte sich aber nicht einmal selbst damit überzeugen. Unsicherheit und eine diffuse Beklommenheit hatten sich mittlerweile ihrer bemächtigt.

Unvermittelt nahm Verona Klier Gretas Hand und sah sie eindringlich an.

»Dann tun Sie mir aber bitte den Gefallen und kommen danach noch einmal bei mir vorbei, ja. Damit ich weiß, dass es Ihnen gutgeht. So ein hübsches Kindchen wie Sie sollte nicht allein da hinaufgehen.«

Eigentlich fand Greta die Fürsorge der alten Frau rührend, aber mit dem letzten Satz machte sie alles kaputt. Hübsches Kindchen – sie konnte es nicht mehr hören. Immer wieder wurde sie auf ihr Aussehen reduziert. Am besten hatte es vorgestern noch ihr neuer Chefredakteur, Ludwig Semrau, ausgedrückt, als er Greta der versammelten Mannschaft vorgestellt hatte.

»So, hier haben wir hübsches Frischfleisch von der Uni. Helene Fischer mit Aggressionspotential, würde ich sagen.«

Die Lacher der altgedienten Kollegen reichten von freundlich bis herablassend, und Greta war die Zornesröte ins Gesicht gestiegen. Sie hatte es klaglos weggesteckt, denn Semrau hätte jeden mit dem Auftrag zu Zordan schicken können, aber er hatte sie ausgewählt. Die Neue, die Unerfahrene. Das betrachtete Greta als Vertrauensvorschuss. Außerdem sah sie in der Tat aus wie eine ungeschminkte Version der Schlagersängerin, und was ihr Aggressionspotential anging, ahnte Semrau nicht einmal, wie groß es war. Greta konnte sich durchbeißen, das hatte sie in ihrem sechsundzwanzigjährigen Leben bereits bewiesen. Wer es aus einem Elternhaus wie ihrem auf die Uni schaffte, konnte mehr als mit glockenheller Stimme Schlager trällern. Ihre Stimme klang ohnehin eher nach Reiner Schöne als nach Helene Fischer.

»Geht klar, mach ich gern«, versprach Greta und unterdrückte ihren Ärger.

Möglicherweise blieb ihr gar nichts anders übrig, als eine weitere Nacht in der Pension zu verbringen. Sie rechnete nicht damit, Zordan schon heute zu einem Interview überreden zu können. Wahrscheinlich würde sie ihn durch Hartnäckigkeit überzeugen müssen. Und wenn das nicht half, durch Dreistigkeit. Als Letztes blieb ihr dann noch die Möglichkeit, ohne Zordans Mithilfe eine Story aus dem zusammenzuschustern, was sie hier im Ort erfuhr.

Verona Klier strich ihr tröstend über die Schulter und entfernte sich Richtung Küche. Greta sah ihr einen Augenblick nach und nahm schließlich das Buch aus ihrer Handtasche. Es war die günstige Taschenbuchausgabe des größten Bestsellers von Andreas Zordan.

25 mögliche Mörder.

Greta hatte es bereits gelesen und für gut befunden. Sehr gut sogar. Sie hatte es nicht aus der Hand legen können, und die über sechshundert Rezensionen auf Amazon sprachen ebenfalls Bände. Klar, in den Feuilletons war es damals zerrissen worden, aber welcher massentaugliche Unterhaltungsroman wurde das nicht. Die Leute liebten es jedenfalls. Es jagte ihnen eine Scheißangst ein, weil es ihnen drastisch vor Augen führte, dass sie jeden Tag ihres Lebens von Psychopathen umgeben waren und absolut nichts dagegen tun konnten, wenn einer beschloss, zum Mörder zu werden.

Auf der Innenseite der Klappe war ein großes Foto des vierzigjährigen Schriftstellers abgedruckt. Zordan lächelte nicht, das tat er nie, zumindest nicht auf Fotos. Er hatte ein schmales, scharf geschnittenes Gesicht mit hohlen Wangen, trug meistens einen Dreitagebart und sein schwarzes Haar schulterlang. Auf diesem Foto war es nicht zu sehen, aber Greta wusste, er hatte grüne Augen. Auf einigen Fotos, die von ihm geschossen worden waren, ohne dass er es bemerkt hatte, war der Ausdruck darin von einer tiefen Sehnsucht geprägt. So als vermisse er etwas in seinem Leben, als müsse er ein tiefes Loch in seiner Seele füllen, ohne zu wissen, womit.

Auf diesem Foto hier schaute er allerdings so böse und abweisend wie meistens.

»Quetschen Sie ein paar Worte raus aus diesem unfreundlichen Arsch, bringen Sie mir etwas, was die Leute polarisiert, und ich mache eine Festanstellung aus Ihnen«, hatte Chefredakteur Semrau zu Greta gesagt. Eine Festanstellung in der Printbranche kurz nach der Uni wäre ein Traum, und Greta war fest entschlossen, mehr als nur ein paar Worte aus diesem unzugänglichen Autor herauszupressen.

Sie strich mit dem Daumen über die Fotografie.

»Warm anziehen, Zordan. Ich bin unterwegs.«

Der Morgen war kühl. Andreas Zordan zog sich eine Jacke über, verließ seine Hütte und atmete die würzige Waldluft ein. Sofort verflog seine Müdigkeit.

Er stieg die dreizehn Stufen aus altem Sandstein hinunter, die den Hang vor seinem Haus überwanden. Unten trennten von Efeu überwucherte Sichtschutzzäune sein Grundstück von dem Sandweg, der zum Dorf führte. Ein Privatweg, den niemand außer ihm benutzte. Andreas öffnete den Riegel des Tores und trat auf den Weg. Von dort aus bot sich ihm ein grandioser Ausblick auf das zweihundert Meter tiefer gelegene Tal mit dem Dorf und den verstreut daliegenden Gehöften. Wald überwog, dann folgten Äcker und Wiesen, schließlich die Häuser. Genau die richtige Reihenfolge, wie er fand. Andreas verstand die Gründe, warum Menschen gern eng zusammenlebten, teilte sie aber nicht. Er war anders, war kein soziales Wesen, und Einsamkeit machte ihn nicht krank, sondern frei.

Eigentlich brach er jeden Morgen um diese Zeit zu einem einstündigen Spaziergang auf. Er hasste es, wenn diese Routine durchbrochen wurde, gehörte sie doch zu seinem Schreibritual. Rituale waren wichtig, wollte man die übermächtige innere Trägheit jeden Tag aufs Neue überwinden. Aufstehen. Duschen. Anziehen. Wandern. Mit dem Frühstück, bestehend aus einer speziellen Müslimischung und einer Kanne Kaffee, vor den Laptop. Genau so musste es ablaufen, keinen Deut anders. Doch heute würde es anders laufen.

Er erwartete Besuch.

Andreas ging durch den Steingarten am Carport vorbei zur Rückseite der Hütte. Dort angekommen, bemerkte er sofort den Geruch, der nicht hierhergehörte und der ihn an das Reh erinnerte, das vor einigen Jahren direkt an seiner Grundstücksgrenze verendet war. Es war Hochsommer gewesen, so wie jetzt, und binnen weniger Stunden waren die Käfer und Fliegen über den Kadaver hergefallen. Andreas hatte sich einen Klappstuhl und seine Videokamera geschnappt, sich neben den Kadaver gesetzt, den intensiven Verwesungsgeruch ertragen und dem Verdauungsprozess der Natur beigewohnt. Noch tagelang war er den Geruch nicht losgeworden.

Als er sich dem Waldrand näherte, sah er zwischen den Bäumen etwas pendeln, wo normalerweise nichts pendelte. Das Licht war dort hinten diffus, nur vereinzelt stachen Sonnenlanzen durch das dichte Dach des Waldes, dennoch erkannte er, dass etwas unter seinem Lieblingsbaum hing. Außerdem lehnte an dem stabilsten Ast der Kiefer eine Aluleiter – es war seine, dass erkannte er an den vielen angetrockneten Farbklecksen vom Streichen der Außenfassade seiner Hütte. Die Leiter bewahrte er im Holzschuppen auf, jeder konnte sie dort rausholen, denn der Schuppen war nie abgeschlossen. Warum auch?

Notiz, dachte Andreas. *Schloss für die Schuppentür besorgen.*

Er hatte den gestrigen Abend nicht vergessen. Dieses intensive Gefühl, aus dem Dunkel heraus von jemandem beobachtet zu werden, hatte er hier oben in seiner Horrorhütte nie zuvor erlebt. War dort jemand gewesen, oder hatte er sich getäuscht? So viel Alkohol hatte er gar nicht getrunken, dass ihm seine Sinne einen Streich hätten spielen können. Er war besorgt deswegen und näherte sich mit größter Vorsicht dem Gegenstand im Baum und der Leiter. Irgendwas sagte ihm, dass er höllisch aufpassen musste. Es ging etwas vor, das er nicht kontrollieren konnte, und das hasste er. In der lauten hektischen Welt dort draußen war es ihm egal, aber hier oben galten seine Regeln, hier wollte er sich keine Gedanken über mögliche Gefahren durch andere Menschen machen.

Dies würde ein Wunschtraum bleiben.

An dem Ast, an den die Leiter gelehnt war, hing eine weibliche Leiche. Höchstens zwanzig Jahre alt, schlank, weiß und vollkommen nackt baumelte sie im leichten Wind des frühen Tages. Von ihrem Schädel war Blut in feinen Bahnen an ihrem Körper hinabgelaufen bis zu den Zehen. Es war bereits angetrocknet. Der große Zehennagel sah aus, als wäre er mit Blut lackiert. Die Zehen befanden sich circa zehn Zentimeter vom Boden entfernt. Unter den Füßen war der Waldboden dunkel verfärbt.

Normale Menschen wären jetzt in Panik verfallen, hätten geschrien, wären davongelaufen, doch Andreas war nicht normal. Er achtete darauf, was dieser Anblick mit ihm machte, um es irgendwann mal aufschreiben zu können. Diese Disziplin sollten Schriftsteller aufbringen, egal, ob sie so waren wie er selbst oder nicht. Wollte man Gefühle realistisch zu Papier bringen, so musste man sie sogar im Augenblick intensivster Empfindung und Verwirrung analysieren und reflektieren können. Sogar mit dem sterbenden Partner im Arm sollte das gelingen.

Es war nicht so einfach, wie er stets gedacht hatte.

Leicht erhöhter Herzschlag. Schweißausbruch. Zittern in den Beinen. Ein Anflug von Panik. Sein Mund stand offen, seine Zunge fühlte sich trocken und taub an. Diese Symptome glichen denen anderer Menschen, der Unterschied zwischen ihnen und ihm war, dass Andreas weiterhin präzise Gedanken fassen konnte. Und weil ihn sein Leben lang die Details am stärksten fasziniert hatten, konzentrierte er sich auch jetzt darauf.

Nichts war wichtiger als die Details.

Andreas analysierte die Leiche.

Läge eine Schlinge um deren Hals, wäre das Kinn auf die Brust gesunken, und sie hätte ihn aus gebrochenen Augen angestarrt. Es war aber keine Schlinge, die zum Tod geführt hatte, sondern zwei Ringe aus Edelstahl, die Andreas nur allzu gut kannte – auch sie stammten aus seinem Schuppen. Er hatte sie bei einem Metallbaubetrieb im Ort anfertigen lassen. Der Stahl selbst hatte einen Durchmesser von der Stärke eines Fingers, die Ringe von dreißig Zentimetern. Sie waren durch die Augenhöhlen sowie durch zwei Löcher in der Schädeldecke getrieben worden. Geschlossen wurden die Ringe ähnlich wie Karabiner. Da Andreas die Verschlüsse nicht sehen konnte, vermutete er sie im Inneren des Schädels. Das war sinnvoll, da sie eine Schwachstelle im Gesamtkonstrukt darstellten und keinesfalls dort liegen durften, wo sich die Ketten befanden. Denn an den Ketten hing das Gewicht des Körpers. Zwei einfache metallene Ketten, die um den Ast der Kiefer geschlungen und mit einem Karabiner geschlossen waren.

Eine menschliche Schaukel.

Gegen die Erinnerungen war seine Selbstkontrolle machtlos. Sie kamen, wie sie wollten.

… Die Krähen dort oben auf der Suche nach Futter stürzten sich auf die reifen Kirschen, schrien, lärmten, gebärdeten sich wie Kinder, schraken auf unter den Schreien, stoben davon, weg von diesem Todesbaum, kein verschmitztes Lächeln in den Augen, nur noch Angst und Panik, und das hohe Gras duftete so intensiv, dass es ihm beinahe den Verstand raubte …

Ein Geräusch riss Andreas aus den Erinnerungen und ließ ihn herumfahren.

Ein Wagen kam den Sandweg herauf.

Sein Besuch.

Er geriet noch immer nicht in Panik, aber sein Blutdruck stieg.

Mit schnellen Schritten machte er sich auf den Weg und nahm den Umweg über die Terrasse, um den Schürhaken zu holen.

Greta Weiß stoppte ihren Wagen, einen altersmüden Fiat Punto in gelber Lackierung, vor einem gewaltigen Findling, der mitten auf der Straße lag. Nein, nicht auf der Straße, sondern auf dem Sandweg, dem sie den Hügel hinauf etwa drei Kilometer gefolgt war. Am Anfang des Weges, quasi noch im Ort, warnte ein Schild auf einem Holzpfahl vor dem Befahren und wies ihn unmissverständlich als Privatweg aus. Durchfahrt verboten! Greta war, ohne zu zögern, daran vorbeigefahren. Welche gute Journalistin ließ sich von Schildern einschüchtern?

Hier ging es aber definitiv nicht weiter, lediglich eine schmale Zufahrt führte direkt auf das Grundstück. Rechts und links des Weges standen Bäume, in der Mitte schien der große Brocken aus dem Boden herauszuwachsen. Ein seltsamer Anblick, denn es gab hier ansonsten keine Felsen. Hatte Zordan ihn hierhertransportieren lassen, um die Straße zu versperren?

Greta stieg aus und sah sich um. Von dem Haus, in dem Zordan lebte, war nicht mehr als ein Stück des Daches, ein Schornstein aus Backsteinen und die Hälfte eines grünen Sprossenfensters zu erkennen. Das Grundstück war Teil des Waldes und zudem von Sichtschutzzäunen umgeben. Hier hatte jemand alles dafür getan, den Blicken neugieriger Menschen zu entgehen.

Greta passierte den Findling und ging bis zu einer Treppe aus Sandstein vor, die zwischen den Sichtschutzzäunen hindurch auf das Haus zuführte – überraschenderweise stand die Holztür offen. Die Stufen überwanden einen steilen Hang, waren von Moos und Algen überzogen und bei feuchtem Wetter sicher eine Gefahrenquelle. Oben thronte ein kleines Försterhaus mit tief heruntergezogenem Satteldach. Zwischen dunklen Fachwerkbalken waren die Wände weiß verputzt, die modernen Sprossenfenster waren nicht allzu alt, genauso der angebaute Carport, an dem die schmale Zufahrt endete und in dem ein schwarzer Range Rover parkte.

Für einen Moment hatte Greta den Eindruck, vor einem Hexenhäuschen zu stehen. Nach allem, was sie bisher über Zordan in Erfahrung gebracht hatte, passte das Haus zu ihm. Ein Menschenfeind wie er musste einfach so leben.

Greta überlegte, ob sie mangels einer Klingel rufen sollte, entschied sich aber dafür, das geöffnete Tor als Einladung zu verstehen. Sie hatte den rechten Fuß gerade auf die unterste Stufe der Treppe gesetzt, als ein lauter Ruf die Stille beendete.

»Halt! Was machen Sie da. Das ist Privatgelände. Runter von meinem Grundstück.«

Am oberen Ende der Treppe tauchte ein Mann auf, den sie eindeutig als Andreas Zordan identifizierte. Obwohl sie ihn von Fotos und Fernsehinterviews kannte, erschrak Greta. Nicht weil der Mann etwa so furchteinflößend aussah, sondern weil er drohend einen Schürhaken schwang.

Greta nahm den Fuß von der Stufe und ging ein paar Schritte zurück, bis sie sich wieder auf dem vermeintlich sicheren Sandweg befand. Karriere hin oder her, ihr Leben wollte sie dafür nicht riskieren. Vielleicht war der Schriftsteller in dieser Einsamkeit längst durchgedreht, so, wie es Verona Klier vermutete. Auszuschließen war das nicht.

Greta bemühte sich um ihr allerschönstes Helene-Fischer-Lächeln und steckte ihr Aggressionspotential einstweilen weg.

»Hallo, guten Morgen! Ich suche Andreas Zordan.«

So, wie er die Treppe heruntergelaufen kam, machte Zordan einen durchtrainierten Eindruck. Die letzten zwei Stufen überwand er in einem Sprung, blieb dann aber nicht etwa stehen, sondern preschte durch das Tor und drängte Greta noch weiter zurück. Den Schürhaken hielt er dabei vor sich ausgestreckt.

»Was fällt Ihnen ein, unbefugt Privatgelände zu betreten«, fuhr er sie an. Er schien wirklich erregt zu sein. Seine Augen zuckten hin und her, sein Gesicht war gerötet.

Greta war eingeschüchtert, und das gefiel ihr nicht. So hatte sie sich den Beginn des Gespräches nicht vorgestellt. Sie musste schnellstmöglich einen Weg aus der Defensive finden, bevor Zordan sie nach Strich und Faden fertigmachen konnte. Ihr Lächeln behielt sie einstweilen bei. Es gab wissenschaftliche Untersuchungen dazu, wie ein Frauenlächeln auf Männer wirkte. Kombiniert mit dem tiefen Ausschnitt ihrer Bluse, müsste Zordan sein feindseliges Verhalten eigentlich bald aufgeben.

»Die Tür stand offen, und ich konnte keine Klingel entdecken«, sagte Greta in entschuldigendem Ton.

»Die Ware lag im Regal, und ich konnte kein Preisschild entdecken«, äffte Zordan sie nach. »Dann klaut man sie halt, oder was?«

»Entschuldigung, aber ...«

»Nein, ich entschuldige nicht, und Ihr Aber können Sie sich sparen. Sie befinden sich immer noch auf meinem Besitz. Verschwinden Sie.«

»Das ist eine Straße, oder?«

»Nein, das ist ein Sandweg, der zu meinem Grundstück gehört.«

»Bis wohin geht Ihr Grundstück?«

»Der Findling markiert die Grenze. Was dachten Sie, warum der da liegt. Und jetzt hauen Sie endlich ab, ich habe zu tun.«

»Darf ich mich wenigstens kurz vorstellen? Ich habe einen weiten Weg hinter mir.«

»Dann machen Sie sich besser ohne Vorstellung auf den Rückweg, es wird bald dunkel.«

»Es ist früher Morgen.«

»Sagten Sie nicht, der Weg wäre weit.«

Und plötzlich wusste Greta nicht mehr, was sie entgegnen sollte. Das war ihr während des Studiums nur ein einziges Mal bei einem Professor für Rhetorik passiert. Sie war ein wenig vorlaut gewesen, und der alte Mann hatte sie an die Wand gequatscht, wieder zurück und noch mal dagegen. Zordan schien von ähnlichem Kaliber zu sein.

»Gaffen ist schon gar nicht erlaubt«, sagte er und wies mit dem Schürhaken in Richtung ihres Autos. »Abfahrt.«

Greta nutzte ihre Sprachlosigkeit, um Zordan zu betrachten. Er sah auf eine wilde, ursprüngliche Art gut aus, machte aber einen gehetzten Eindruck.

»Mein Name ist Greta Weiß, ich schreibe einen Artikel für *People United* und würde Ihnen gern ...«

»Presse? Und auch noch aus der Klatschabteilung? Sie haben Nerven, hier aufzutauchen.«

»Womit habe ich Ihre Unfreundlichkeit verdient«, versuchte Greta, ihn mit einer Frage zu locken. Wer fragt, der führt, und offene Fragen führten zu einer Unterhaltung. Mehr wollte sie ja gar nicht.

»Sie sollen abhauen«, antwortete Zordan knapp.

»Ich möchte ernsthaft über Ihr Wirken berichten. An Tratsch und Klatsch habe ich keinerlei Interesse.«

»Wirkung ist eine physikalische Größe der Dimension Energie mal Zeit. Hört sich das nach Literatur an, Schätzchen.«

Greta holte tief Luft. Es war nicht so sehr seine blöde Antwort, die ihr Aggressionspotential weckte, sondern sein letztes Wort. Schätzchen!

»Salinger, Michener und Faulkner verfassen Literatur. Sie schreiben Krimis.«

»Und die haben Sie natürlich gelesen, weshalb Sie sich eine Meinung erlauben können. Nur interessiert Ihre Meinung hier niemanden. Mich nicht, die Tiere im Wald nicht, und ich befürchte, die Leute unten im Ort erst recht nicht. Aber Sie können es gern in der Kneipe neben der Kirche ausprobieren, wenn Sie gleich wieder unten sind. Oder nein, versuchen Sie es im örtlichen Buchladen. Der ist zwar klein, hat aber eine gute Auswahl. Fragen Sie dort nach Salinger, Michener und Faulkner. Und wenn Sie keine Zeit haben, bis morgen auf die Bestellung zu warten, dann nehmen Sie eines meiner Bücher mit. Selbst in diesem Kuhdorf sind die alle vorrätig.«

Greta zog ihr Exemplar des Buches *25 mögliche Mörder* aus der Handtasche.

»Nicht nötig, ich kenne Ihre Bücher.«

»Wie schön für Sie. Und jetzt verschwinden Sie endlich, bevor ich unhöflich werde.«

»Werde! Was sind Sie jetzt?«

»Im Moment noch zurückhaltend, Schätzchen.«

»Stecken Sie sich Ihr Schätzchen sonst wohin.«

»Hat Semrau Sie geschickt?«

»Wie bitte?«

»Semrau, der Chefredakteur von *People United*. Hat der Sie geschickt?«

»Ich habe einen Auftrag von …«

»Hab ich mir gedacht. Dann bestellen Sie dem alten Schmierfink mal einen schönen Gruß und sagen Sie ihm, wenn ich ein hübsches Gesicht sehen will, schaue ich mir die Helene-Fischer-Show an.«

So, das reichte jetzt. Innerhalb weniger Sätze hatte Zordan bei ihr alle Knöpfe gedrückt, die zur Zündung der Triebwerke führten. Greta pfiff auf das verdammte Interview, von diesem arroganten Wichser würde sie sowieso nichts Neues erfahren. Aber sie konnte ihm wenigstens noch sagen, was sie von ihm hielt. Vermutlich würden ihre Worte zwar an seinem Panzer aus Arroganz abprallen, aber immerhin würde sie sich danach besserfühlen.

»Ich bestelle Herrn Semrau gern, dass ich Sie angetroffen, mich aber gegen ein Interview entschieden habe, weil ich es unseren Lesern nicht zumuten kann, zu wiederholen, was ein abgewrackter Einsiedler, der seinen schriftstellerischen Zenit lange überschritten hat, zu sagen hat.«

Während sie sprach, nutzte Greta das Taschenbuch als Verlängerung ihres Zeigefingers und wedelte damit vor Zordans Nase herum.

»Wollen Sie es signiert haben, Schätzchen?«, fragte er, als sie ihn, außer Atem und wutschnaubend, anstarrte. »Haben Sie einen Stift dabei? Ich laufe nämlich nicht extra hoch.«

Sein Lächeln war fies und abgründig.

Greta starrte ihn noch einen Moment an, machte dann auf dem Absatz kehrt, blieb dabei leider im tiefen Sandboden stecken, stolperte, fiel auf die Knie, verlor das Taschenbuch und ließ es liegen, weil sie, so schnell es ging, zu ihrem Wagen wollte, bevor hier noch ein Unglück geschah.

Andreas Zordan brach die Totenstarre, indem er die rechte Hand der Leiche zur Faust ballte, danach die Finger streckte und sie erneut zur Faust ballte. Er kannte die biochemischen Vorgänge und wusste, das Mädchen war noch nicht länger als vierzehn bis achtzehn Stunden tot. Die Leichenstarre war noch nicht vollständig ausgebildet. Einzelne Muskelfasern waren noch beweglich.

Sofort stellte er eine Berechnung auf, um sich den möglichen Ablauf zu vergegenwärtigen: Gestern Nacht war er zwischen dreiundzwanzig und vierundzwanzig Uhr auf die Anwesenheit von jemandem oder etwas in seinem Garten aufmerksam geworden. Zu dem Zeitpunkt hing die Leiche noch nicht im Baum. Um halb eins war er schlafen gegangen, um halb sieben aufgestanden. Innerhalb dieser sechs Stunden hatte jemand die Leiche in den Baum gehängt. Dies führte zu folgendem Schluss: Das Mädchen war circa acht bis zehn Stunden zuvor getötet und dann auf schnellstem Weg hierhergeschafft worden. Kein Zufall, kein spontaner Einfall, sondern ein genau ausgetüftelter Plan steckte dahinter.

Andreas schoss mit seinem Handy ein Foto von der Leiche. Dann nahm er den mitgebrachten Bolzenschneider, stieg auf die Leiter und verharrte. Genau diese Situation hatte er damals mit genau diesen Materialien an genau diesem Baum nachgestellt. Nur um zu sehen, ob es funktionieren würde. Zumindest mit der Puppe und den mit Sand gefüllten Säcken als Ersatz für fehlendes Körpergewicht hatte seine Konstruktion damals funktioniert. Um den Leuten vor Augen zu führen, wie ernst er seine Recherche nahm, hatte er damals ein Foto davon auf seiner Facebook-Seite gepostet. Die Reaktionen waren unterschiedlicher Art gewesen. Viele fanden es geil, ein paar wenige abartig. Das Ziel, zu polarisieren und damit Aufmerksamkeit zu erregen, hatte er jedenfalls erreicht. Und im Anschluss war *25 mögliche Mörder* zu seinem größten Bestseller geworden.

Bevor er den Bolzenschneider ansetzte, dachte Andreas über die Journalistin nach. Er hatte gewartet, bis sie mit ihrem kleinen Wagen auf dem engen Weg umständlich gewendet hatte. Sie touchierte dabei mit der hinteren Stoßstange den Findling und war schließlich mit überhöhter Geschwindigkeit den Hügel hinuntergefahren. Andreas war sich sicher, dass er sie wiedersehen würde, und zwar bald. Die Frau hatte Biss und würde ihr Ziel nicht einfach so aufgeben. Sie verkörperte das Klischee einer jungen, karrieregeilen Journalistin, die beinahe alles tun würde, um voranzukommen. Ein Interview mit ihm mochte nur der Anfang sein, ein vergleichsweise unwichtiges Ereignis, dennoch würde sie es mit dem gleichen Ernst und der gleichen Beharrlichkeit verfolgen wie die Aufklärung eines Politskandals. Andreas kannte solche Menschen zur Genüge. Sie boten keine Überraschungen.

Er widmete sich wieder der Leiche.

Das Mädchen war zu Lebzeiten hübsch gewesen, die Metallringe in ihren Augenhöhlen veränderten aber natürlich alles. Die Eisenringe, die Wunden … alles war genauso wie in seiner Phantasie. Einerseits erstaunlich. Andererseits war seine Vorstellungskraft schon immer sein größtes Talent gewesen. Wo andere Autoren mühsam recherchieren mussten, genügte es ihm, für einen Moment die Augen zu schließen, die gewünschte Szene heraufzubeschwören und sie dann mit allen Details aufzuschreiben.

Details, Details, Details.

Der kleine Fetzen Papier, der zwischen den Lippen der Leiche klebte, war ein solches Detail. Andreas nahm den Bolzenschneider in die linke Hand und zog mit den Fingern der rechten vorsichtig an dem Papierfetzen. Er spürte einen Widerstand. Im Inneren der Mundhöhle befand sich noch mehr Papier.

Da die Totenstarre zuerst im Gesicht begann, war sie dort schon vollständig abgeschlossen, und obwohl sich durch die plötzliche Erschlaffung nach Eintritt des Todes die Kiefer eigentlich öffneten, waren sie bei dem Mädchen geschlossen. Bestatter erreichten dies, indem sie eine Mullbinde um Kiefer und Kopf der Leiche wickelten, um den unerwünschten Anblick eines weit geöffneten Mundes zu verhindern.

Es kostete Andreas einige Kraft, den Kiefer zu öffnen.

In der Mundhöhle befand sich ein zusammengeknüllter Zettel.

Mit dem Handy machte er ein Foto davon, dann nahm er ihn heraus und faltete ihn auseinander. Er war feucht, die Schrift darauf ein wenig verschmiert, aber durchaus noch gut zu lesen.

Mit Gruß von Nummer 25. Leiche ist übersät mit deinen Fingerabdrücken, und eine private Verbindung besteht auch. Check deine Mails.

Mit dem feuchten Zettel in der Hand stand Andreas auf der Leiter und sagte leise zu sich selbst: »Hinterfrage das Offensichtliche.«

Warum sollte der Schreiber dieser Zeilen ihn wissen lassen, dass die Leiche mit seinen Fingerabdrücken übersät war und dass eine private Verbindung zu dem Mädchen bestand?

Dafür gab es nur einen Grund, den auch der Dümmste verstehen würde. Der Schreiber wollte ihn davon abhalten, die Polizei zu informieren. Aber die war für Andreas ohnehin keine Option. Die Beamten würden sich auf ihn als Täter einschießen und nicht ernsthaft nach einem anderen Täter suchen. Außerdem würden sie wahrscheinlich tief graben, und was dort versteckt war, musste versteckt bleiben – für alle Zeiten. Auch das würde der Dümmste verstehen.

Wenn die Polizei also keine Option war, welche blieb ihm dann?

Die Leiche verschwinden lassen? Das Waldgebiet hinter seinem Haus war groß genug dafür. Er musste nur die richtige Stelle finden. Allerdings würde er sehr tief graben müssen. Körpersäfte sickerten bei der Verwesung in den Boden und konnten von Spürhunden noch monatelang, mitunter auch jahrelang, erschnüffelt werden.

Notiz: *Sie können dir beweisen, dass du solche Details kennst, also beachte sie auch.*

Oder aber er wickelte die Leiche in eine Folie, packte sie in den Wagen und brachte sie irgendwo anders hin. Er könnte sie vorher waschen, um die Fingerabdrücke zu entfernen. Aber was, wenn sich zusätzlich sein genetisches Material daran befand. Hautschuppen? Haare? Oder wenn ihn jemand dabei beobachtete? Im schlimmsten Fall die nervige Reporterin.

Er durfte nicht einfach hoffen, dass das nicht passierte.

Hoffnung war der Ersatz der Dummen für Zielstrebigkeit. Sein Leben lang hatte Andreas sich keine Hoffnung auf glückliche Fügungen oder göttliche Hilfe gemacht, sondern für sein Ziel hart gearbeitet und alles darangesetzt, das Spiel von Sieg und Niederlage für sich zu entscheiden. Er hatte keine Hoffnung gehabt, als seine Mutter an Alzheimer erkrankte, sondern damit begonnen, sich um ihre Angelegenheiten zu kümmern. Als seine Manuskripte von den Verlagen reihenweise abgelehnt wurden, hatte er nicht abgewartet, in der Hoffnung, dass sich doch noch ein Verlag finden würde, sondern immer weitergeschrieben. Stets hatte er gehandelt, statt zu hoffen.

»Tu, was ein normaler Mensch tun würde«, sagte er zu sich selbst.

»Check erst mal deine Mails.«

Es gab einen kleinen Weiher in der Nähe des Dorfes, die Einheimischen nannten ihn Loch Nass. Umrahmt von Bäumen, lag er zwischen Feldern und Wiesen, nur ein schmaler Fußweg führte dorthin. Entdeckt hatte Greta Weiß den Weiher bei Google Maps, als sie auf der Suche nach Zordans Haus gewesen war. Aus der Vogelperspektive hatte Loch Nass romantisch und einladend ausgesehen. Die menschliche Perspektive allerdings bot vier Verbotsschilder, die darauf hinwiesen, dass sich nur Angler mit gültigen Papieren am Ufer aufhalten durften.

Das war Greta scheißegal.

Sie hatte eine Handvoll Steine vom Straßenrand mitgebracht, und die mussten unbedingt versenkt werden. Am Ufer stehend, holte sie weit aus und warf jeden Stein mit der ganzen Kraft ihrer Wut aufs Wasser hinaus. Sie konnte werfen wie ein Junge, das hatte sie lange und hart trainiert, um dem Klischee entgegenzutreten, Mädchen könnten dies nicht.

»Scheiße, Scheiße, Scheiße«, schrie sie bei jedem Stein, und als alle versenkt waren, war sie tatsächlich erschöpft und die Wut einigermaßen verraucht.

Greta umrundete den Weiher zur Hälfte und betrat den Holzsteg, der zwei Meter aufs Wasser hinausführte. Sie setzte sich ganz vorn an die Kante und ließ die Füße baumeln. Das Wasser unter ihr war braun und trüb. Sie hasste solche Gewässer. Man konnte nicht sehen, was darin lebte.

Zordan.

Was für ein arrogantes Arschloch.

Was für eine Niederlage.

Er hatte sie abblitzen lassen wie eine blutige Anfängerin – was sie auch war. Anstatt cool zu bleiben und an ihr Ziel zu denken, hatte sie sich von ihm provozieren lassen, und darüber ärgerte sich Greta am allermeisten. Sie hatte sich tagelang auf dieses Interview vorbereitet, alle notwendigen Hintergründe recherchiert, sich Fragen zurechtgelegt, sie hatte eingeplant, dass Zordan sich weigerte, mit ihr zu sprechen, dass er sie aber derart abkanzeln würde, daran hatte sie nicht eine Sekunde gedacht.

Und dann hatte er sie auch noch Schätzchen genannt.

Unglaublich.

Gretas Vater hatte mal über sie gesagt, sie sei ein Junge im Mädchenpelz. Jeder, der sie wie ein niedliches Kind behandelte, musste mit ihren ausgefahrenen Krallen rechnen. Das war bei einem dieser üblichen Sonntagnachmittag-Familientreffen gewesen, als Tante Edith versucht hatte, ihr in die Wange zu kneifen. Greta war acht Jahre alt gewesen und hatte die Hand ihrer Tante weggestoßen – damals ein unglaublicher Eklat. Mit diesem bildhaften Satz hatte ihr Vater die Stimmung gerettet, aber als alle fort gewesen waren, hatte Papa sie auf den Schoß genommen und ihr erklärt, dass es ihr gutes Recht sei, so zu reagieren. Es sei schließlich ihr Körper.

Von Mama hatte sie eine Woche Stubenarrest aufgebrummt bekommen. Am Abend hatte Greta die beiden streiten hören, und wie immer hatte Papa nachgegeben.

Greta hielt sich nicht für einen Jungen und wollte auch keiner sein. Aber sie hasste es, dass Menschen die Geschlechterrollen auch heutzutage noch über längst überholte Klischees definierten. Und die überhebliche Art vieler Männer hasste sie noch mehr. Zordan würde nicht einfach so damit durchkommen. Er war aggressiv und unhöflich gewesen, ohne dafür einen Grund zu haben. Wer sich mit seiner Arbeit in die Öffentlichkeit begab, der musste auch akzeptieren, dass die Öffentlichkeit Interesse an der Person hatte. So funktionierte das nun mal. Schließlich profitierte Zordan von der Presse. Ohne sie wäre er nicht so bekannt. Es war an der Zeit, ihm dies wieder ins Gedächtnis zu rufen. Die etablierten Kollegen hatten sich lange genug von ihm auf der Nase herumtanzen lassen. Vielleicht war es gar keine so dumme Idee von Semrau gewesen,

Greta zu schicken. Irgendeinen Grund musste der Chefredakteur ja gehabt haben, aus einem Pool von Dutzenden freiberuflicher Leute ausgerechnet sie auszuwählen. Anfangs hatte Greta geargwöhnt, der alte Sack wolle sie absichtlich auflaufen lassen, damit sie sich die Hörner abstieß.

Der Sprung ins kalte Wasser, sozusagen.

Wenn du in dieses Wasser springst, dann wirst du auch mit Zordan fertig.

Greta hatte keine Ahnung, woher dieser Gedanke plötzlich kam, aber nun war er einmal da, und sie konnte ihn nicht ignorieren. Es war, als hätte jemand zu ihr gesagt, sie würde sich ja doch nicht trauen. Es war, als hätte Semrau hämisch lachend mit dem Finger auf sie gezeigt. Es war, als würde an diesem Weiher ihre weitere berufliche Karriere entschieden.

Greta sah sich um. Lauschte. Bis auf den leichten Wind, der mit den Blättern der Silberpappeln spielte, war es still hier draußen. Sie war allein. Kurz entschlossen zog Greta zuerst ihre Schuhe und danach alles andere aus. Nackt setzte sie sich erneut auf die Kante des Stegs, streckte sich und tauchte ihren Fuß ins Wasser. Es war nicht einmal besonders kalt.

Also, dann los.

Umständlich ließ sie sich vom Steg ins Wasser gleiten, kratzte sich dabei den Rücken auf, schließlich ließ sie einfach los und tauchte unter. Prustend und jauchzend kam sie wieder an die Oberfläche. Das Wasser war doch kalt, sogar verdammt kalt. Mit den kurzen, abgehackten Bewegungen einer Seepferdchen-Anwärterin drehte sie eine Runde im Weiher, schwamm dann zum Steg zurück, musste aber feststellen, dass sie die Kante vom Wasser aus nicht erreichen konnte. Sie versuchte es einige Male erfolglos, bevor sie Richtung Ufer schwamm. Was jetzt kam, kostete sie noch mehr Überwindung, als ins Wasser zu steigen. Schon die erste zarte Berührung mit dem morastigen Grund ließ Greta entsetzt aufschreien. Bis weit über den Knöchel sackte sie ein, und es fühlte sich an, als sauge ein schleimiger Mund an ihr. Von Ekel und Abscheu gepackt wollte sie laufen, stürzte jedoch und fiel der Länge nach in den Matsch. Auf allen vieren krabbelte sie mühsam das Ufer hinauf, von oben bis unten mit braunem Schlick bedeckt.

»Das wirst du mir büßen, Zordan«, schrie Greta ihre Wut hinaus.

Danach schrie sie wegen der Blutegel.

Bevor er sich vor den PC setzte, lief Andreas die dreizehn Stufen zum Sandweg hinunter und blickte ins Tal.

Alles ruhig da unten. Keine Polizeistreife auf dem Weg zu ihm, nichts zu sehen von der aufdringlichen Reporterin.

Das Taschenbuch auf dem Boden bemerkte er nur, weil die Seiten im Wind raschelten. Andreas hob es auf. Es war das Exemplar von *25 mögliche Mörder,* mit dem die Reporterin vor seinem Gesicht herumgewedelt hatte. Sie musste es bei ihrem peinlichen Sturz verloren haben.

Andreas hatte das Buch, das ihn reich und berühmt gemacht hatte, lange nicht mehr in den Händen gehalten. Die Taschenbuchausgabe hatte ihm von Anfang an besser gefallen als das Hardcover. Das Porträtfoto auf der Innenseite der Klappe war größer und nicht so gezwungen seriös wie jenes winzige im Hardcover, auf dem man ihn kaum wiedererkannte. Erst nach dem überraschend großen Erfolg konnte er dem Verlag klarmachen, dass man auch mit ihm als Autor Werbung machen konnte, statt ausschließlich mit dem Text. Knapp hunderttausend verkaufte Exemplare im Hardcover, danach dreihunderttausend im Taschenbuch und zwanzig Auslandslizenzen. Wochenlang war er unter den Top Ten der Bestsellerlisten gewesen und hatte sich vor Lesungs- und Interviewanfragen kaum retten können. Wie ein Heuschreckenschwarm waren die Medien über ihn hergefallen. Er war darauf nicht vorbereitet gewesen und hatte so manches gesagt, was er später bedauerte.

Die Verfilmung befand sich in der Vorproduktion, in zwei Wochen war Drehbeginn, das Problem mit der Besetzung des Hauptdarstellers war endlich erledigt. Weil alle anderen dazu nicht in der Lage gewesen waren, hatte Andreas es selbst gelöst, indem er diesen arroganten Schauspieler rausgeworfen und durch einen anderen ersetzt hatte. Er war froh, sich ein umfangreiches Mitspracherecht ausgehandelt zu haben.

Andreas blätterte durch die Seiten.

Das Buch war eindeutig benutzt, nicht nur gelesen. Viele Stellen waren angestrichen, unterstrichen, mit Randbemerkungen versehen. Die Reporterin hatte sich wirklich Mühe gegeben und den Text nicht nur quergelesen.

Er blieb an einer besonders fett mit Rotstift markierten Stelle hängen und erinnerte sich an den Moment, als er diese Sätze geschrieben hatte.

»... Wenn dem also so ist, müssen wir uns die Frage stellen, ob die Degeneration der Menschheit nicht bereits begonnen hat, als ein genetischer Defekt eine Anomalie auslöste, die wir heute als Empathie bezeichnen, und ob der Untergang unserer Zivilisation seitdem nicht unausweichlich ist. Ist Empathie mehr Fehler als Fähigkeit? Und führt die daraus resultierende Schwäche geradewegs in den Untergang?«

Dafür war er heftig angegriffen worden, und er hatte sich ebenso heftig zur Wehr gesetzt. Die Wissenschaft war auf seiner Seite, nur wollten die gefühlsduseligen Menschen das nicht begreifen. Sie konnten es auch nicht begreifen. Ebenso gut könnte man von einem Soziopathen verlangen, aufrichtiges Mitleid zu empfinden.

Die Faktenlage war jedenfalls klar. Von hundert Menschen waren fünfundzwanzig per definitionem Soziopathen. Sie wiesen die typischen Eigenschaften auf, und scannte man ihr Hirn, wurden die Unterschiede zum Rest der Menschen besonders deutlich. Diese fünfundzwanzig, die heute als das »böse Viertel« der Menschheit betrachtet wurden, waren in vielen Fällen erfolgreicher, hatten mehr Macht, mehr Geld, mehr Frauen, besseren Sex, weniger psychische Probleme, waren im Allgemeinen weniger krank. Kurz, sie lebten besser, weil sie sich nicht mit den Problemen anderer beschäftigten, sondern zielstrebig ihre Ziele verfolgten und sich dabei nicht von moralischen Fragen aufhalten ließen.

Legte man die Theorie des Philosophen Herbert Spencer zugrunde, der 1864 den berüchtigten Satz *Survival of the fittest* geprägt hatte, kam man eindeutig zu dem Schluss, dass nicht Psychopathie eine Anomalie war, sondern Empathie. Ganz einfach.

Er selbst war das beste Beispiel dafür.

Andreas bemühte sich, den handschriftlichen Vermerk am Rand der Seite zu entziffern.

Verständnis suggerieren, stand dort.

Diese junge Frau hatte es faustdick hinter den Ohren. Ein Gespräch mit ihr könnte durchaus interessant sein. Im Allgemeinen vermisste Andreas die Menschen nicht, was er aber vermisste, waren Gespräche auf hohem intellektuellen Niveau, in denen es darum ging, als Sieger hervorzugehen. So etwas gab es heute nur noch selten. Die meisten Menschen hatten verlernt, solche Gespräche zu führen. Eigentlich hatten sie es sogar weitgehend verlernt, miteinander zu reden. Sicher, sie tauschten Belanglosigkeiten aus, regten sich übers Wetter auf oder über die Nachbarn, bezogen aber kaum noch Stellung zu einem Thema, das der Gesprächspartner möglicherweise vollkommen anders bewertete.

Aber diese junge Frau ...

Es könnte sich lohnen, sie auf eine Tasse Kaffee hereinzubitten.

Notiz: *Sie will Verständnis suggerieren, achte darauf und versuche, wirkliches Verständnis zu erlangen.*

Andreas schlug die Seite 105 auf. Es war nicht so, dass er vergessen hatte, was dort stand, aber er musste es unbedingt noch einmal lesen.

»... *war der erste Versuch ein Misserfolg, weil er nicht daran gedacht hatte, die Verschlüsse der Metallringe im Inneren des Schädels zu plazieren. Das Gewicht der Leiche an dieser Schwachstelle hatte einen der Karabiner brechen lassen, daraufhin war das Gewicht auf dem verbliebenen Ring zu groß geworden und der Schädel zerborsten. Eine Riesensauerei, das Ganze. War ihm echt auf den Magen geschlagen, diese graue Gehirnmasse auf dem Boden zu sehen ...«*

Die Leiche in seinem Garten war nach der Vorlage aus seinem Buch getötet und in Szene gesetzt worden.

Andreas nahm das Buch mit ins Haus und setzte sich an den PC im Wohnzimmer, den er ausschließlich für die Internetrecherche und die Büroarbeit benutzte. Seine Manuskripte schrieb er auf einem Laptop, mal drinnen, mal draußen, je nachdem, wie er sich fühlte.

Er rief sein Mailkonto auf. In einem Ordner mit Namen »Neider« hatte er alle unverschämten Hassmails gespeichert, die er bisher bekommen hatte. Normalerweise las er sie aufmerksam und verschob sie dann in den Ordner, sah aber nie nach, wie viele es waren. Die Anzahl überraschte ihn. Fast zweitausend. Und er sammelte nur die wirklich üblen Mails, die andere Autoren direkt in die Schreibblockade treiben würden. Die begeisterten, netten und höflichen Mails verschob er meist ungelesen in den Papierkorb. Andreas wusste, dass er schreiben konnte, er brauchte die Bestätigung seiner Leser nicht. Schon gar nicht brauchte er das, was die Leser heutzutage Rezensionen nannten. Flache, inhaltsleere Meinungen, die nichts anderes waren als Selbstdarstellung. Die Mittelmäßigen hielten es nur schwer aus in ihrer Bedeutungslosigkeit.

Seine Motivation, Buch um Buch zu schreiben, bezog er aus dem erkennbaren Neid der Hassmails.

Die Mails von Nummer 25 befanden sich wie erwartet im Papierkorb. Dort landeten alle Mails, die mit »Sehr geehrter Herr Zordan« oder »Werter Autor« begannen.

Sehr geehrter Herr Zordan,
es ist nun an der Zeit, Ihnen zu schreiben. Ich habe noch nie einem Autor geschrieben, aber mir ist auch noch nie ein Autor so aufgefallen wie Sie. Die Art, wie Sie sich in der Öffentlichkeit präsentieren, ist arrogant und überaus anmaßend. Sie haben nicht die geringste Ahnung, was es bedeutet, ein

Psychopath zu sein. Angelesene Fakten ersetzen nicht die Erfahrung. Erfahrungen auf diesem Gebiet bleiben Ihnen jedoch auf immer vorenthalten, denn Sie sind nur ein Poser. Deshalb möchte ich Ihnen ein Angebot machen. Ich biete mich als Recherchequelle an. Ich bin ein wahrer Psychopath. Nun könnte ich einfach diese Behauptung aufstellen und den Beweis schuldig bleiben, so, wie Sie es getan haben. Aber das ist nicht mein Stil. Ich werde Beweise liefern. Und danach werden Sie gestehen, dass Sie gelogen haben.

Nummer 25

Andreas lehnte sich zurück, verschränkte die Arme hinter dem Kopf und betrachtete nachdenklich die Mail auf dem großen Bildschirm.

Die Leiche im Garten wurde nicht erwähnt. Andreas wurde nicht wirklich bedroht, ihm wurde sogar Hilfe angeboten. Das war geschickt. Als Beweis dafür, dass Nummer 25 das Mädchen getötet hatte, konnte diese Mail nicht dienen. Niemand konnte es Andreas zum Vorwurf machen, sie nicht an die Polizei weitergeleitet zu haben – sie war nicht aussagekräftig genug.

Er dachte darüber nach, wie er auf diese Mail reagieren sollte. Ein wichtiges Merkmal, an dem man einen Psychopathen erkennen konnte, war der übermächtige Wunsch, immer zu gewinnen. Alles für sich zu entscheiden, und sei es nur ein Gespräch oder der banale Kampf um das letzte Schnäppchen im Supermarkt. Anderen unterlegen zu sein, das gehörte nicht zum Selbstbild eines Psychopathen.

Vorerst nicht auf die Mail zu reagieren wäre sicher die beste Strategie. Ignoriert zu werden kam einer Niederlage gleich und würde zu weiteren Reaktionen von Nummer 25 führen.

Andreas schloss das Mailprogramm. Er würde sich jetzt um die Leiche kümmern.

Kaum hatte er das Haus verlassen, hörte er Motorenlärm.

Jetzt stieg doch Panik in ihm auf.

Seine Handflächen wurden feucht, er trat von einem Bein aufs andere und spürte sein Herz viel zu schnell schlagen.

Ein Polizeiwagen kam den Berg herauf und hielt vor dem Findling. Andreas beobachtete ihn von der Haustür seiner Hütte aus. Zwei Beamte stiegen aus und sahen sich um. Er kannte die beiden, sie waren vor ein paar Jahren schon einmal hier gewesen, nachdem jemand aus dem Dorf ihn angezeigt hatte. Damals hatte er nichts weiter getan, als einen Eindringling mit der Waffe in seiner Hand vom Grundstück zu jagen. Er hatte die Erlaubnis, seine Waffe auf seinem Grundstück zu führen.

Der eine Beamte war klein und dick, der andere groß und schlank, und Andreas erinnerte sich daran, die beiden schon damals Dick und Doof getauft und das ihnen gegenüber auch kundgetan zu haben.

Ob ihm das heute zum Vorteil gereichte?

Die Beamten wechselten ein paar Worte. Als sie sich der Treppe näherten, entschied Andreas, dass der richtige Zeitpunkt gekommen war. Er öffnete die Haustür und trat auf die oberste Stufe hinaus.

Andreas hatte überlegt, ob er sie unten beim Findling abfangen sollte, sich aber dagegen entschieden. Es war weniger auffällig, wenn er sie in aller Ruhe hier oben erwartete. Die Leiche befand sich im rückwärtigen Bereich des Grundstücks, sie würden sie nicht sehen können, und weiter als bis an die Haustür würde er sie nicht kommen lassen.

»Guten Morgen, die Herren«, rief er ihnen entgegen.

»Solche Steigungen sind nichts für mich«, sagte Dick, der als Erster oben ankam. Er schnappte nach Luft, wischte sich mit der rechten Hand über die Stirn und streckte sie dann Andreas zur Begrüßung entgegen. »Polizeimeister Becker.«

Andreas machte keine Anstalten, die Hand zu ergreifen. Er trat ein paar Schritte zurück, um auch noch Doof auf dem engen Treppenabsatz vor dem Haus Platz zu bieten.

»Muss ich mir Sorgen machen?«, fragte Andreas.

Doof schien von der Treppe nicht sonderlich beeindruckt zu sein. Aus schmalen Augen fixierte er Andreas.

»Warum ist heutzutage jedermann der Polizei gegenüber so negativ eingestellt?«, fragte er.

»Könnte etwas mit Radarfallen und Tickets für falsches Parken zu tun haben«, erwiderte Andreas.

»Wir machen nur unseren Job.«

»Den Sie aus freien Stücken gewählt haben. Womit kann ich den Herren dienen?«, wechselte er das Thema. »Bin ich etwa irgendwo zu schnell gefahren?«

»Wir sind es, die angeblich Grund zur Sorge haben sollten«, entgegnete Dick, der sich erstaunlich rasch erholt hatte.

»Wegen mir?«

Die beiden nickten gleichzeitig.

»Ihre Tochter hat uns informiert. Sie ist in großer Sorge. Warum gehen Sie nicht ans Telefon, wenn Ihr Kind anruft?«

»Meine Tochter …?«

»Sie hat uns gebeten, bei Ihnen nach dem Rechten zu sehen, weil sie seit Tagen nicht mehr ans Telefon gehen. Sie sorgt sich wegen der Herztabletten und war schon drauf und dran, die Feuerwehr zu rufen.«

»Herztabletten«, wiederholte Andreas, und langsam dämmerte ihm, was hier gespielt wurde.

»Von wo hat meine Tochter Sie angerufen?«, fragte er.

»Sie sagte, aus Verona. Deshalb ist es ihr ja auch nicht möglich, selbst vorbeizuschauen, erklärte sie. Wissen Sie etwa nicht, wo sich Ihre Tochter aufhält?«

»Eigentlich schon, aber sie ist viel unterwegs, das wechselt bei ihr schneller als das Wetter.«

»Ist mit Ihnen alles in Ordnung?«, fragte Doof.

»Ja, alles bestens. Ich nehme regelmäßig meine Medikamente, und ich werde sofort meine Tochter in Verona anrufen und sie ordentlich schelten. Sie haben bestimmt Besseres zu tun, als hier heraufzukommen.«

»Tun Sie das bitte nicht, Herr Zordan. Ihre Tochter war wirklich besorgt und wusste sich nicht anders zu helfen. Und es gehört ja irgendwo auch zu unseren Aufgaben.«

»Genau wie Geschwindigkeitskontrollen«, fügte Dick hinzu.

»Und für beides ist die Gesellschaft Ihnen unendlich dankbar«, sagte Andreas und lächelte süffisant. »Wenn sonst nichts ist ... ich arbeite gerade.«

»Ein neues Buch?«, fragte Doof.

»Es ist immer ein neues Buch.«

»Hätten Sie vielleicht ein Glas Wasser?«, bat Dick.

»Das Leitungswasser hat hier eine sehr schlechte Qualität, und Mineralwasser ist mir gerade ausgegangen«, antwortete Andreas. »Tut mir leid.«

Die beiden Beamten verstanden den Wink mit dem Zaunpfahl und blickten sich vielsagend an. Dick griff in die Gesäßtasche seiner Hose und zog ein Handy hervor.

»Würden Sie uns den Gefallen tun und jetzt gleich Ihre Tochter anrufen. Wir könnten dann beruhigt wieder abfahren. Warten Sie, ich hab die Nummer hier ...«

Bevor Andreas widersprechen konnte, hatte Dick schon gewählt. Als er den Durchwahlton hörte, reichte er Andreas das Handy und nickte ihm aufmunternd zu. Sein Lächeln schien allerdings eine Spur boshafter als gerade eben. Andreas warf einen schnellen Blick aufs Display. Eine Handynummer, aber ohne Auslandsvorwahl. Passte zu Dick und Doof, dass es ihnen nicht aufgefallen war.

»Hallo, Papa?«, fragte eine weibliche Stimme mit erstaunlich tiefem Klang.

»Ja, ich bin's.« Zordan, der keine Kinder hatte, ging darauf ein. »Ach, was bin ich froh, dass du dich endlich meldest. Bestimmt stehen die netten Beamten gerade bei dir vor der Tür, nicht wahr.«

»So ist es.«

»Ich kann sie jeden Tag zu dir schicken, weißt du. Mit Herzproblemen ist nicht zu spaßen.«

Der Spott in der Stimme war überdeutlich.

»Wie lieb von dir, dass du dich sorgst«, sagte Andreas. »Aber mir geht es wirklich bestens. Komm doch mal vorbei, wenn du wieder im Lande bist. Du hast ein Buch bei mir liegen lassen, weißt du noch?«

»Sicher. Das hole ich mir, so schnell es geht. Und dann sollten wir uns dringend unterhalten. Es gibt so viel zu besprechen. Byebye, Paps.«

Dann war sie weg, und Andreas gab das Telefon an den Beamten zurück.

»Kinder sind das Licht dieser Welt«, sagte er lächelnd und musste daran denken, dass die Leiche in seinem Garten vom Alter her tatsächlich seine Tochter sein könnte.

»Tja, wenn sonst nichts ist«, sagte Dick und nahm sein Handy entgegen.

Andreas schoss es durch den Kopf, dass dies eine Chance war, den Vorfall der Polizei zu melden.

Meine Herren, in meinem Garten hängt eine weibliche Leiche am Ast einer Kiefer. So, wie ich es in einem meiner Bücher beschrieben habe, hat man ihr stählerne Ringe durch Schädeldecke und Augenhöhlen getrieben. Ringe, die ich selbst habe anfertigen lassen und die bis gestern noch in meinem Schuppen hingen. Natürlich habe ich trotz der Fingerabdrücke auf der Leiche und der eventuellen Verbindung zwischen mir und dem Opfer nichts mit diesem Mordfall zu tun. Dahinter steckt jemand, der sich Nummer 25 *nennt. Er hat mir ein paar Mails geschickt, wissen Sie, aber leider sagen die überhaupt nichts über diesen Mordfall aus.*

Sie würden ihn verhaften, keine Frage. So, wie er in den letzten Jahren die Polizei und deren Arbeitsmethoden in seinen Büchern verunglimpft hatte, würde jeder Bulle deutschlandweit ihn mit Kusshand einbuchten.

Nein, die Polizei war keine Option.

Andreas verabschiedete sich von dem Gedanken und von den beiden Beamten. Wartete, bis sie in ihren Streifenwagen gestiegen und weggefahren waren, und machte sich sofort an die Arbeit. Er hatte keine Zeit zu verlieren. Wahrscheinlich würde seine »Tochter« bald hier auftauchen. Verona lag ja quasi vor der Haustür.

Notiz: *Sie ist durchtrieben, aufgepasst!*

Dieses völlige Fehlen von Hintergrundgeräuschen war sie nicht gewohnt, und auch wenn es in diesem Moment schön war, würde sie sich nur schwer daran gewöhnen können. In den städtischen Freibädern oder Parks umgab einen stets ein aus Stimmen und Verkehrslärm bestehendes Rauschen, manchmal war es nervig, meistens aber fühlte sie sich damit wohl und sicher.

Für sie als Stadtkind war diese Stille beängstigend.

So als sei sie aus der Welt gefallen und trudele allein im All umher.

Deshalb gelang es Greta nur für kurze Momente, die Augen zu schließen. Immer wieder musste sie nachsehen, ob der Himmel, die Bäume und der See noch da waren. Sie lag rücklings nackt auf dem Steg und ließ sich von der Sonne trocknen, nachdem sie die Blutegel von ihrer Haut gezupft und den übel riechenden Moder abgewaschen hatte. Die Wut auf Zordan war nach ihrem Bad so groß gewesen, dass sie noch in nassem Zustand bei der Polizei angerufen und ihren Streich durchgezogen hatte. Erst hinterher, nachdem sie sich beruhigt und das Adrenalin sich verflüchtigt hatte, war ihr bewusst geworden, wie kindisch die Aktion gewesen war.

Immerhin hatte sie aber zu einer Einladung geführt.

Sie sollte sich das Buch abholen, das war eindeutig gewesen. Oder?

Greta grübelte darüber nach.

Hatte Zordan das ernst gemeint? Und wenn ja, würde er sich für diesen Streich an ihr rächen? Unwillkürlich musste Greta daran denken, was Verona Klier ihr beim Frühstück erzählt hatte. Zordan besaß Waffen und hatte sie bereits auf Menschen gerichtet. Wie reizbar und aggressiv war der Mann wirklich? Wie sehr veränderte es jemanden, jahrelang derart einsam zu leben und sich tagein, tagaus nur mit Mord und Totschlag zu beschäftigen?

Greta musste daran denken, was Zordan von sich selbst behauptet hatte, als er darauf angesprochen worden war, warum er sich so gut in die Köpfe von Psychopathen hineinversetzen konnte. Das Interview war damals wie ein Sturm durch den Blätterwald der Boulevardpresse gerauscht. Zordans Antwort hatte gelautet: Er sei selbst ein Psychopath. Er wies alle Merkmale auf, und wenn er seine Leidenschaft fürs Töten nicht in seinen Romanen ausleben könnte, würde er es in der Realität tun. Natürlich war es leicht, so etwas von sich zu behaupten, um die PR für das neueste Buch anzuheizen, und die meisten Autoren hätten sich mit dieser Aussage lächerlich gemacht, nicht so Zordan. Alle hatten ihm geglaubt. Das mochte an seiner düsteren, undurchschaubaren Ausstrahlung liegen, aber sicher auch an den kranken Typen, die er in seinen Büchern beschrieb. Die waren so verdammt realistisch, dass niemand ihn der Lüge bezichtigte.

Im Moment war Greta geneigt, ihm zu glauben, denn normal war es sicher nicht, Besuch, auch wenn er ungebeten kam, mit einem Schürhaken und unglaublich ungehobeltem Benehmen zu empfangen.

Andererseits hatte sie den Mann bei etwas gestört. Er war ihr hektisch und nervös vorgekommen. Wobei sie ihn überrascht hatte, würde sie wahrscheinlich nie herausfinden, und das war etwas, was Greta störte. Jürgen, ein Freund an der Uni, der ihr bei PC-Problemen behilflich gewesen war und sich selbst für den größten Dichter seit Goethe hielt, hatte in Anlehnung an ihren Namen mal einen Satz formuliert, den Greta als Kompliment aufgefasst hatte. »Was Greta nicht weiß, macht sie heiß.« Und genauso war es. Ihre Neugierde war ausgeprägt und furchtlos, und wenn das keine perfekten Voraussetzungen für eine Journalistenkarriere waren, dann wusste sie auch nicht. Zordan war ein Arsch, aber er war gleichzeitig auch interessant, vielleicht bedingte das eine sogar das andere, und Greta war fest entschlossen, sich ein Interview von dem Kerl zu holen.

Jetzt noch mehr als zuvor.

Die Schubkarre im Schuppen hatte einen Platten, er musste den Reifen erst aufpumpen. Dann kehrte er damit an den Baum zurück. Die Leiche hing unverändert dort. Um die durchstoßenen Augenhöhlen hatten sich Schmeißfliegen niedergelassen. Andreas spürte ein unangenehmes Ziehen im Magen, als er erneut auf die Leiter stieg, den Bolzenschneider ansetzte und die Ketten durchtrennte.

Die Leiche fiel zu Boden. Sehnen und verhärtete Muskeln rissen, und Andreas war sich sicher, dass er diese Geräusche niemals wieder vergessen würde. Vielleicht konnte er sie in seiner aktuellen Geschichte verwenden.

Das Mädchen war zu Lebzeiten nicht schwer gewesen, schien im Tod aber eine Tonne zu wiegen. Andreas war schweißgebadet, als die Leiche endlich in der Schubkarre lag.

Spaten und Spitzhacke legte Andreas zu dem Mädchen in die Schubkarre, dann schob er sie über einen Spazierweg, den er seit Jahren frei von Ästen und Löchern hielt, den Hang hinauf. Dennoch war es eine elende Strapaze, bis er die Kuppe des Hügels überwunden hatte. Er betrachtete die Leiche vor sich in der Schubkarre und dachte über den Tod nach. Wie ungerecht er war, und dass es überhaupt keine Möglichkeit gab, sich ihm zu entziehen. Man konnte gesund leben und alles tun, um Risiken zu vermeiden, und dann entschied irgendein Psychopath, dass man sterben müsse, und das war's.

Solche und ähnliche Gedanken beschäftigten ihn die nächste halbe Stunde, bis er im Dickicht eine Senke entdeckte, fernab aller Wege, in der er die Leiche verschwinden lassen konnte. Nicht einmal ein Jäger würde sich hierherverirren, denn es gab keine freien Flächen, keine Lichtungen, auf denen sich das Wild zum Äsen einfand.

Eine Stunde später hatte er Blasen an beiden Händen, das Loch im Boden war jedoch noch nicht einmal einen Meter tief. Der Boden war überall von kräftigen Wurzeln durchzogen, und an eine Säge hatte er nicht gedacht. Es ging nicht. Hier ließ sich kein ausreichend tiefes Loch graben.

Andreas betrachtete seine schmerzenden Hände. Solche Arbeit waren sie nicht gewohnt. Sowohl an der rechten als auch an der linken Hand befanden sich an den Fingerballen des Zeige- und Mittelfingers offene Wunden. Auf den Spaten gestützt überlegte er, was er tun konnte. Die Senke war an sich schon tief genug. Sie war zugewuchert und von keiner Seite einsehbar. Würde es nicht reichen, die Leiche in die Vertiefung zu legen, die er geschaffen hatte, und dann die Senke mit Laub aufzufüllen?

Er zerrte die Leiche in die Mulde und legte sie in das Loch, das er gegraben hatte, dann bedeckte er sie mit der ausgehobenen sandigen Erde, sammelte alles Laub zusammen, das er in der Nähe finden konnte, und schichtete es über dem Grab auf. Ein paar Äste dazu, fertig.

Völlig erschöpft ließ er sich zu Boden sinken und betrachtete sein Werk.

Jedermann konnte erkennen, dass hier gegraben worden war. Aber in ein paar Tagen, wenn das Laub von oben abgetrocknet war, würde es schon wieder ganz anders aussehen.

Als er sich erholt hatte, machte er sich auf den Rückweg. Die Schubkarre war jetzt leicht, Schaufel und Spitzhacke klapperten darin. Immer wieder musste er die Karre absetzen, um die Heerscharen von Mücken zu verscheuchen, die von seinem Schweiß angezogen wurden. Sie zerstachen ihn trotzdem.

Zurück an seiner Hütte, stellte er die Schubkarre unter die Kiefer mit dem Gesicht im Stamm. Spaten und Spitzhacke ließ er darin. Dann holte er aus dem Schuppen die beiden Zehn-Liter-Kanister Tafelessig, die er vor drei Tagen in der alten Senffabrik unten im Ort gekauft hatte. Hier in der Gegend benutzten alle den billigen Essig zur Unkrautvernichtung. Er selbst goss ihn alle drei Monate über die Sandsteintreppe, damit Moos und Algen sie nicht unbegehbar machten.

Jetzt kippte er einen halben Kanister über die Werkzeuge und die Karre. Mit den anderen anderthalb Kanistern tränkte er den Boden unter dem Ast. Er wusste zwar nicht, ob dieses Essigbad gegen den Leichengeruch half, sollte die Polizei mit Spürhunden auftauchen, schaden konnte es aber wohl auch nicht.

Er war unvorsichtig, und ein wenig Essig spritzte in die offenen Wunden an seinen Händen. Der Schmerz trieb ihm Tränen in die Augen.

Danach schleppte sich Andreas völlig erledigt in seine Hütte und ging unter die Dusche. Beim ersten Kontakt mit Wasser und Seife brannten die offenen Blasen an seinen Händen erneut entsetzlich. Trotz eines kalten Gusses konnte er kaum noch einen klaren Gedanken fassen, so müde war er. Als er sich abtrocknete, durchlief plötzlich ein heftiges Zittern seinen Körper, und er musste sich auf die Toilette setzen, ansonsten wäre er zusammengebrochen.

Minutenlang saß er einfach nur da. Wartete, bis sein Körper wieder mitspielte. Schließlich erhob er sich mühsam, schlich ins Schlafzimmer hinüber und legte sich aufs Bett. Ein paar Minuten dösen, vielleicht eine Viertelstunde, nicht länger.

Schließlich wollte seine Tochter ihn besuchen …

Greta Weiß stellte ihren Fiat Punto diesmal nicht direkt vor dem Findling ab, sondern hielt in gebührendem Abstand. Sie stieg auch nicht sofort aus. Durch die schmutzige Windschutzscheibe betrachtete sie das verwilderte Grundstück mit dem darin versteckten alten Forsthaus und suchte nach einem Mann mit einer Waffe, der auf sie anlegte.

Das ärgerte sie. Wieso sollte sie Angst haben vor diesem Mann? Nur weil er in der Lage war, sie in einem Gespräch zu demütigen? Damit musste sie als Reporterin klarkommen. Es war ja schließlich nicht so, dass er sie töten und verspeisen würde.

Greta stieg aus.

Es war still hier oben. Am dunstigen Himmel über den Getreidefeldern zogen zwei Greifvögel in großer Höhe ihre Bahnen und stießen schrille Laute aus. Das Taschenbuch lag nicht mehr auf dem Weg. Zordan hatte es also mitgenommen.

Das Holztor am Fuß der Treppe stand noch immer offen. Ein Zettel haftete daran. Jemand hatte ihn zwischen die Streben gesteckt. Gretas Neugierde ließ keine Zurückhaltung zu. Sie nahm den Zettel heraus, faltete ihn auseinander und las. Da er nicht in einem Umschlag steckte, fand das Postgeheimnis hier ja wohl keine Anwendung.

Was immer du auch tust, die Wahrheit wird ans Licht kommen.
Nummer 25

Merkwürdige Nachricht, wenig informativ. Zumindest für Greta. Vielleicht ein Nachbar mit der Hausnummer 25, mit dem Zordan Ärger hatte. Ein Typ wie er könnte wohl auch mit dem entferntesten Nachbarn Ärger bekommen. Wie auch immer, Zordan würde schon etwas damit anzufangen wissen. Sie faltete das Blatt Papier wieder zusammen und steckte es ein.

Diese Treppe war wirklich abenteuerlich. Wer legte den Zugang zu einem Haus so an? Deutlicher konnte man seine Abscheu gegen Besucher wohl nicht zum Ausdruck bringen.

Oben angekommen, verharrte Greta.

Bei ihrem letzten Besuch war Zordan wie ein Berserker mit einem Schürhaken in der Hand auf sie zugestürmt, jetzt ließ er sich nicht blicken, obwohl sie bereits in seinen Privatbereich vorgedrungen war. Lockte er sie in eine Falle? Wollte er sich revanchieren für die Sache mit der Polizei? Zugegeben, die feine englische Art war es nicht, sich als seine Tochter auszugeben und die Polizei in ein billiges Rachespielchen einzubeziehen. Sie hatte Zordan damit zeigen wollen, wie sehr sie ihm sein ruhiges Leben vermiesen konnte, wenn er nicht mit ihr redete. Und so, wie er am Telefon geklungen hatte, war er nicht wirklich sauer darüber. Vielleicht war es genau diese Art, mit der man jemandem vom Kaliber Zordans kommen musste.

Sie sollte trotzdem vorsichtig sein. Es war nicht von der Hand zu weisen, dass jetzt er ein Spielchen mit ihr spielte.

Greta suchte an der alten hölzernen Haustür nach einer Klingel, fand aber keine. Also folgte sie dem Weg ums Haus herum, kämpfte sich durch eine Art Dschungel aus Holunderbüschen, Efeu und anderen Gewächsen und erreichte schließlich die Rückseite des ehemaligen Forsthauses. Sie rümpfte die Nase. Es stank nach Essig.

Rechts schloss sich eine hölzerne Veranda ans Haus an. Sie war mit einem runden Holztisch und einigen Gartenstühlen ausgestattet. Ferner einem Specksteingrill mit kalter Asche darin. Neben dem Grill hing der Schürhaken, den sie schon kannte. Greta stieg die drei Stufen zur Terrasse hinauf und schaute durch ein Fenster. Dahinter lag die Küche. Zu sehen war niemand.

Der Essiggeruch war hier oben stärker. Woher kam das? Dem Geruch folgend, verließ sie die Terrasse. Ein Stück weit entfernt stand unter einer Kiefer eine Schubkarre. Darin badeten ein Spaten und eine Spitzhacke in fünf Zentimeter Essig. Wer reinigte seine Gartengeräte auf diese Weise? Es wirkte eher, als wolle Zordan sie desinfizieren.

Allmählich kam ihr das alles doch recht merkwürdig vor, und plötzlich hatte sie das Bedürfnis, sich bemerkbar zu machen. Andernfalls wäre es ein Leichtes für Zordan, sie zu erschießen und der Polizei gegenüber zu behaupten, er habe sie für einen Einbrecher gehalten.

Greta kehrte auf die Terrasse zurück und rief ein paarmal nach Zordan, bekam aber keine Antwort.

Von der Terrasse führte außer der Küchentür noch eine weitere Tür ins Haus, und diese Tür stand einen Spaltbreit offen. Greta lugte hinein: ein großes Wohnzimmer mit einem Kamin aus Backsteinen und einem wuchtigen Schreibtisch vor dem Fenster. Unter der Decke verliefen schwarze Eichenbalken, als Raumteiler diente ebenfalls altes, offenes Eichenfachwerk. Auf dem abgeschabten Parkettboden lagen dicke Teppiche, die ihre besten Jahre schon hinter sich hatten. In einer Glasvitrine hatte Zordan seine Bücher ausgestellt, ordentlich nach Jahrgängen sortiert. Wahrscheinlich schaltete sich abends automatisch die Beleuchtung ein, damit er seinen Erfolg auch ja nicht übersah.

»Herr Zordan?«

Keine Antwort.

Greta nahm all ihren Mut zusammen und betrat das Wohnzimmer. Der PC auf dem Schreibtisch war in Betrieb, befand sich aber im Ruhemodus. Als Bildschirmschoner diente eine Schar Fledermäuse, die von einer Ecke in die andere flog. Der Schreibtisch war aufgeräumt. Keine leeren Tassen, keine Papierstapel, keine Wörterbücher. Einzig ihr Exemplar von *25 mögliche Mörder* lag darauf.

Greta fiel ein gerahmtes Bild an der Wand neben dem Schreibtisch auf. Es war das einzige Bild und zudem noch so angebracht, dass Zordan es beim Schreiben betrachten musste.

Greta war keine Kunstkennerin und stufte das Bild sofort als naive Kinderzeichnung ein, aber damit konnte man sich heutzutage ja täuschen. Zu sehen war eine Art Bauernhaus mit Anbauten, ein

Brunnen, ein Hühnerhof und eine große Scheune mit einer auffällig großen und blauen Tür in der Giebelwand. Außerdem zwei große schwarze Bäume. Erst als Greta genauer hinsah, bemerkte sie die beiden Strichmännchen. Eines befand sich vor der Scheune und schien zu laufen, das andere versteckte sich hinter einem Baum, nur der Kopf und ein Bein waren zu sehen. Eine Signatur des Künstlers suchte Greta vergebens.

Bei aller Schlichtheit musste das Bild eine besondere Bedeutung für Zordan haben. Vielleicht hatte er Enkelkinder, die es für ihn gezeichnet hatten.

Greta vernahm ein Geräusch von links. Sie ging ihm nach und landete im Schlafzimmer des Schriftstellers. Was sie dort zu sehen bekam, ließ ihr den Atem stocken. Als hätte sie einen Schlag bekommen, taumelte sie zurück und presste sich gegen den aufsteigenden Schrei die Hand auf den Mund.

Ein fieses, infernalisches Klopfen bohrte sich laut wummernd durch die Gehirnwindungen und löste stechenden Kopfschmerz aus. In den Augenhöhlen pochte der Schmerz mit jedem Schlag des Herzens wie der Bass eines Rap-Songs und vertrieb seinen Erschöpfungsschlaf. Er sah eine Schaukel, eine menschliche Schaukel, einen rothaarigen Jungen, der ihn verschmitzt anlächelte ...

Andreas Zordan schreckte hoch, saß aufrecht auf seinem Bett, versuchte, sich zu erinnern, zu orientieren, bemerkte zunächst seine Nacktheit und dann den Lärm. Das Klopfen war ihm aus dem Schlaf in die Wirklichkeit gefolgt. Er presste sich die Handballen auf die Augenhöhlen und rieb, doch es half nicht.

Poch, poch, poch.

Schall, Echo, Vibration ... wie konnte der Nachhall eines Traumes so realistisch sein?

Konnte er nicht, und war er auch nicht. Die kratzige, etwas rauchige Stimme, die »Herr Zordan« rief, bewies: Es war kein Traum. Sie war hier, seine Tochter.

Andreas Zordan kämpfte sich mühsam vom Bett hoch und spürte sofort, was er seinem Körper am heutigen Vormittag angetan hatte. Schmerzen überall. Im unteren Rücken, den Knien, den Armen, den Händen mit den aufgeplatzten Blasen ... Es tat sogar weh, Kleidung aus dem Schrank zu nehmen und sich anzuziehen, aber er hatte keine Wahl. Das Pochen und Rufen hielt an, diese Frau kannte keine Gnade. Sie würde nicht einfach so verschwinden.

»Ich komme«, wollte Andreas rufen, doch seine Stimme war schlafbrüchig. Er räusperte sich, setzte erneut an und brüllte die Worte.

Sofort verstummte das Pochen.

Endlich Ruhe.

Das Einzige, was er vom Leben verlangte, war Ruhe, und hier oben in seiner Horrorhütte wurde ihm dieser Wunsch in der Regel auch erfüllt. Doch heute war alles anders. Heute hatte sich die Büchse der Pandora geöffnet und den Inhalt über ihm ausgegossen.

Als er sich im Spiegel betrachtete, sah er für einen Augenblick nicht sich selbst, sondern die Leiche. Das junge Mädchen mit den Ringen im Schädel. Die Erinnerung schüttelte ihn. Rasch verließ er den Schlafraum, eilte nach vorn an die Tür und riss sie auf.

»Was?!«

Gebellt, nicht gesprochen. Ausgestoßen mit all dem Widerwillen, den er gegen Besuch empfand.

Da war sie wieder, die nervige Reporterin.

Wie hieß sie noch gleich?

Verona?

Nein, da brachte er etwas durcheinander. Sein Kopf funktionierte noch nicht wieder richtig, er war noch mental erschöpft vom Beseitigen der Leiche. So etwas machte man schließlich nicht alle Tage. Zumindest nicht physisch.

Sie lächelte. Unschuldig, anmutig wie diese blondierte Schlagertussi.

»Hallo, Papa.«

Zuckersüße Stimme mit essigsaurem Hintergrund.

»Das hätten Sie sich sparen können«, antwortete Andreas.

»Sie müssen aber zugeben, ich habe Sie überrascht, nicht wahr.«

»Was ich muss, entscheide ich selbst. Und Überraschungen hasse ich ebenso wie die Klatschpresse. Glauben Sie ja nicht, Sie hätten sich damit einen Gefallen getan. Was wollen Sie schon wieder hier?«

»Sie haben mich darum gebeten, mein Buch abzuholen. Schon vergessen?«

Das hatte Andreas in der Tat vergessen. Und auch seine Neugierde auf diese junge Frau. Möglicherweise flammte die in einem Gespräch wieder auf, aber nicht zu diesem Zeitpunkt. Er fühlte sich matt, ausgelaugt und leer wie ein Abziehbild seiner selbst. Er war nicht auf der Höhe und ihr damit rhetorisch unterlegen.

»Ich hole es Ihnen, wenn Sie dann verschwinden. Ich habe zu tun.«

»Sie sehen irgendwie ... krank aus. Das Herz?«

»Süffisanz ist sich selbst genug, genügt aber selten anderen.«

»Ich bin nicht süffisant, nur besorgt.«

»Ich fürchte, Sie verwechseln da etwas. Konsultieren Sie den Duden.«

»Konsultieren Sie besser einen Doktor. Sie bluten.«

Mit einem Nicken wies sie auf seine linke Hand, die noch immer das Türblatt umklammerte. Ein feines Rinnsal Blut lief an seinem Handgelenk hinab. Es stammte aus der großen Blase in seiner Handinnenfläche. Er musste sie beim Anziehen aufgerissen haben.

Die Journalistin nahm ein Taschentuch aus ihrer Handtasche und reichte es ihm.

»Zu viel Gartenarbeit?«, fragte sie. »Oder haben Sie eine Leiche verbuddelt?«

Sein Blick glich einem Warnschuss. Ihr Gesichtsausdruck veränderte sich, sie wurde unsicher. Zudem zog sie sich ein paar Zentimeter zurück. *Vorsicht,* machte sich Andreas seine geistige Notiz. *Die Frau bemerkt jede Kleinigkeit. Achte darauf, was du sagst und tust.*

»Sie behaupten doch, meine Bücher zu kennen. Dann müssten Sie wissen, dass ich andere Methoden bevorzuge, um Leichen verschwinden zu lassen«, konterte er.

»Schon, aber sind die einfachsten Methoden nicht oft die besten?«

Andreas starrte sie einen Moment an. Dann wandte er sich ab.

»Ich hole Ihr Buch.«

Er konnte gar nicht schnell genug von ihr fortkommen, weil er befürchtete, sich zu verraten. Warum machte sie solche Andeutungen? Sie konnte doch überhaupt nichts wissen!

Wo hatte er dieses vermaledeite Taschenbuch gelassen?

Er würde es ihr in den Hals stecken, wenn ...

Da, auf dem Schreibtisch.

Er nahm es an sich und spürte im selben Moment ihre Anwesenheit.

Sie hatte nicht an der Tür gewartet, wie es jeder andere höfliche Mensch mit guten Manieren getan hätte, sondern war ihm gefolgt. Schon stand sie unter der Tür zum Wohnzimmer und sah sich neugierig um. Typischer Journalistenblick. Scannen, einordnen, bewerten.

»Ich kann mich nicht erinnern, Sie hereingebeten zu haben.«

»Ein Gentleman wie Sie wird eine junge Dame doch nicht vor der Tür stehen lassen.«

»Ich bin genauso sehr Gentleman wie Sie eine Dame. Bitte, Ihr Buch. Ich wünsche Ihnen eine gute Heimreise.«

»Haben Sie es signiert?«

»Wie bitte?«

»Wenn ich schon mal hier bin, kann ich doch nicht ohne eine Signatur des größten lebenden Autors von Psychothrillern wieder gehen.«

Sie sagte das mit einer gehörigen Portion Spott in der Stimme. Respekt hatte sie vor ihm nicht, so viel stand schon mal fest.

Andreas rang sich ein Lächeln ab, nahm einen Kugelschreiber und schrieb hastig seinen Namen auf die erste leere Seite.

»Bitte.«

Die Journalistin nahm das Buch, warf einen Blick hinein und klappte es zu.

»Und das Interview?«, fragte sie.

»Welches Interview?«

»Um das ich Sie gebeten habe. Ein besonders gutes Gedächtnis haben Sie anscheinend nicht, oder?«

»Mein Gedächtnis ist tadellos. Ich kann Ihnen wortwörtlich wiederholen, was ich auf dieses Ansinnen geantwortet habe.«

»Muss nicht sein. Ich dachte nur, nachdem wir ja jetzt praktisch verwandt sind, hätten Sie es sich eventuell anders überlegt.«

Andreas lächelte anerkennend. Diese Frau hatte tatsächlich Biss.

»Zerstöre deine Feinde, indem du sie zu deinen Freunden machst. Handeln Sie danach?«

Greta Weiß schüttelte den Kopf.

»Um mein Feind zu werden, müssen Sie sich viel mehr anstrengen.«

»Hüten Sie sich vor Ihren Wünschen. Also gut. Aber nicht jetzt und nicht hier.«

»Wann und wo?«

»Es gibt ein Gasthaus im Ort.«

»Echt?«

»*Zur Peitsche*. Heute Abend. Zwanzig Uhr.«

»Ist das eine Einladung?«

»Keinesfalls. Ich empfehle, vorher etwas zu essen.«

»Sie haben ein großes Haus, einen tollen Garten. Warum nicht hier? Unsere Leser, vor allem aber die Leserinnen, würden sich über ein paar Fotos freuen. Der Autor entspannt bei der Gartenarbeit und holt sich dabei blutige Hände. So was in der Art. Sie wissen schon.«

Andreas drängte sie aus dem Wohnzimmer in Richtung Ausgangstür.

»Übertreiben Sie es nicht, sonst ziehe ich mein Angebot sofort zurück.«

Sie hob entschuldigend die Hände.

»Okay, kein Problem. Heute Abend, zwanzig Uhr. Gasthaus *Zur Peitsche*. Gibt's dort einen Dresscode?«

»Gummistiefel und karierte Bluse.«

»Darf ich dort Fotos machen?«

»Hauen Sie endlich ab.«

Sie wandte sich zum Gehen, hielt aber noch mal inne.

»Ich lasse Ihnen meine Karte da, für den Fall der Fälle.«

Ihre Hand verschwand in der Tasche ihrer Jeans und zog eine Visitenkarte sowie einen kleinen Zettel hervor.

»Ach, das hätte ich ja fast vergessen. Diese Notiz steckte unten am Tor.«

Andreas nahm Karte und Zettel entgegen und las die Worte.

»Ärger mit den Nachbarn?«, fragte die Journalistin, wieder mit ihrem süffisanten Lächeln.

Andreas warf die Tür zu. Das alte Holz erzitterte. Auf dem Dachboden stürmte erschrocken der Hausmarder davon.

Der Wirt hinter der Theke war grobschlächtig, sein kahler Kopf leuchtete rot von zu hohem Blutdruck und zu viel Alkohol, nicht notwendigerweise in dieser Reihenfolge. Pranken, die zum Ausgraben von Kartoffeln geeignet waren, bedienten ohne Hast den kupferfarbenen Zapfhahn. Vier Gestalten auf Hockern vor der Theke starrten gedankenleer auf Schaumkronen, freilich nur so lange, bis Greta die Schankstube betrat. Alte Köpfe mit wenig Haar und schorfigen Halbglatzen drehten sich langsam in ihre Richtung, und in die trübsinnigen Blicke schlich sich der Ausdruck von Überraschung.

Ein unbekanntes Gesicht.

Eine Sensation.

Gaffen war natürlich erlaubt, und obwohl Greta es gewohnt war, empfand sie die Blicke dieser alten Thekengarde als besonders unangenehm. Als einer von ihnen sich mit der Zunge über die spröden Lippen leckte, hörte Greta auf zu lächeln und versuchte, die Unnahbare zu spielen.

Sie ließ sich am hintersten Tisch nieder, so weit wie möglich entfernt von der Theke. Dort hinten brannte zwar kein Licht in der schmiedeeisernen Lampe über dem Tisch, doch gerade das empfand Greta als angenehm. Die Sehkraft der müden Augen vorn an der Theke reichte bestimmt nicht ins Dunkle.

Der Wirt wandte sich um, öffnete eine kleine Klappe in der Wand, betätigte einen Schalter, und die Lampe über dem Tisch setzte Greta ins rechte Licht.

Die Alten dachten gar nicht daran, wegzusehen.

Mit schwerem Schritt kam der Wirt zu ihr.

»Wäre doch nicht nötig gewesen«, sagte Greta.

Seine Antwort, wenn es denn eine war, bestand aus einem Grummeln.

»Ich warte noch auf jemanden. Wir bestellen dann zusammen.«

Nach erneutem Grummeln zog er sich hinter die Theke zurück. Greta wich den Blicken aus und sah sich in der Gaststube um.

Das Gasthaus *Zur Peitsche* war ein Unikum, wie Greta es noch nicht gesehen hatte. Die Einrichtung stammte aus den Gründerzeiten der Kneipe, also vermutlich von 1920. Dunkle Holzvertäfelung an den Wänden, Spinnweben zwischen Lampen und Decke, abgestoßene Möbel, tiefe Furchen in den Bodendielen. Und der Geruch! Die einzelnen Bestandteile zu deklarieren war unmöglich, es waren zu viele. Es war der Geruch unzähliger Totenmahle, Geburtstage, Hochzeiten und anderer Besäufnisse. Der Geruch lange Verblichener und deren Nachfolger, gemischt mit dem angebrannter Bratkartoffeln und in die Poren des Holzes gesickerten Alkohols.

Warum hatte Zordan sie hierhergelockt?

Das konnte doch nicht sein Ernst sein.

War es auch nicht, wie sie eine Viertelstunde später ernüchtert feststellen musste. Er kam nicht. Zordan hatte sie verladen. Es war ihm nur darum gegangen, sie loszuwerden. Dieser Mann war wirklich unglaublich. Überhaupt war der letzte Besuch bei ihm äußerst merkwürdig gewesen. Und damit meinte Greta nicht einmal den Umstand, ihn nackt gesehen zu haben. Wie er da schlafend auf seinem Bett gelegen hatte, das war schon ein netter Anblick, und nach dem ersten Schreck hatte sie länger hingeschaut, als nötig gewesen wäre. Einen kleinen Moment war sie sogar versucht, ein Handyfoto zu schießen. Sie hatte sich aber dagegen entschieden, war zurück an die Haustür geeilt und hatte so laut geklopft, wie es nur ging. Zordan sah verändert aus, als er an die Tür kam. Bekleidet mit Jeans und Shirt, aber barfuß, das lange Haar strubbelig, schlaftrunken. Doch das war es nicht allein. Er hatte verunsichert gewirkt, vielleicht sogar eingeschüchtert, zudem war er körperlich anscheinend vollkommen erschöpft gewesen. Und dann die blutenden Blasen an seinen Händen. Was hatte der Mann getrieben? Warum hatte er sie nicht im Haus haben wollen?

Merkwürdig, das alles.

Der Wirt sah immer häufiger zu ihr rüber. Gleich würde er sie fragen, ob sie nur den Platz besetzen oder auch was verzehren wolle – oder sie gleich rauswerfen. Einer der alten Männer erzählte etwas hinter vorgehaltener Hand, die anderen lachten schäbig. Ein Witz auf ihre Kosten, ganz sicher.

Es reichte.

Bestsellerautor hin oder her, sie hatte es nicht nötig, zwanzig Minuten auf den Arsch zu warten.

Der Marsch an der Theke vorbei war ihr peinlich, bestellt und nicht abgeholt, aber sie brachte es hocherhobenen Hauptes hinter sich und wünschte den Herren sogar noch einen schönen Abend.

»Kein Arsch, keine Titten, bleibt ungeritten«, flüsterte einer der Alten laut genug, damit sie es hören konnte. Die anderen lachten grölend.

Lass ihn, dachte Greta und hatte die Hand schon auf der Klinke der Ausgangstür. Aber dann musste sie wieder an ihren Vater denken und daran, was es aus einem Menschen machen konnte, wenn man immer nur einsteckte. Wenn man den anderen immer alles durchgehen ließ.

Sie wandte sich um, trat zu dem Opa, der den blöden Spruch gemacht hatte, legte ihm eine Hand auf die Schulter, warf ihr Haar zurück und sagte: »Blöde Sprüche und Gerstensaft schädigen die Manneskraft.«

Der Einzige, der jetzt noch lachte, war der Wirt. Er schlug sich sogar mit einer seiner Pranken auf den dicken Bauch. Greta wandte sich ab und verließ die Gastwirtschaft. Einstecken können gehörte zum Leben dazu, aber austeilen war ebenso wichtig. Es musste für alles ein Gleichgewicht geben.

Greta hatte ihren Punto noch nicht erreicht, da klingelte ihr Handy.

Eine unbekannte Nummer.

Sie nahm das Gespräch an.

»Hier ist Zordan. Tut mir leid, es ist etwas Unvorhersehbares passiert. Würde es Ihnen etwas ausmachen, zu mir zu kommen? Jetzt gleich.«

Er legte auf, bevor sie etwas erwidern konnte.

»Rache ist Blutwurst«, dachte sie und stieg in ihren Wagen.

Vom Rande des Dorfes aus sah man im Dunkeln ein verlorenes Licht oben auf dem Hügel. Ein von tiefer Einsamkeit geprägtes Bild. Greta empfand Mitleid, als sie den Sandweg hinauffuhr. Was mochte wohl dazu geführt haben, dass Zordan dieses abgeschiedene Leben gewählt hatte? Sie würde ihn fragen – vielleicht. Es kam darauf an, wie zugänglich er sich zeigte. Da sie ja nun quitt waren, konnten sie damit beginnen, sich wie erwachsene Menschen zu benehmen.

Hoffentlich!

Das Licht wurde weder heller noch hoffnungsvoller, je näher Greta ihm kam, und als sie ihren Wagen vor dem Haus abstellte, sah sie, dass es nur eine müde Funzel war, umrankt von Efeu, eingesponnen vom Netz einer dicken schwarzen Spinne, die unbeweglich auf Beute wartete.

Greta fühlte sich selbst wie Beute.

Sie dachte an Verona Klier, die Pensionswirtin. Hätte sie Bescheid geben sollen, wohin sie unterwegs war? Hätte sie auf die Warnungen der alten Frau hören sollen?

Den rechten Fuß auf der ersten Stufe der Sandsteintreppe, erschien Greta ein Ja als Antwort auf beide Fragen gerechtfertigt. Es war dunkel, still und einsam, kein Ort und keine Zeit für ein anständiges Mädchen. Für ein Schätzchen! Aber das war sie nicht, und deshalb würde sie das jetzt durchziehen. Menschen wie Zordan waren wie Hunde, die bellten. Man kannte das. Kein Problem, mit dem würde sie fertig werden.

Energisch kämpfte sich Greta die Treppe hinauf und klingelte. Irgendwo im Haus brannte ein Licht, nur wenig davon erreichte den Flur, genug jedoch, um Zordans Schatten sehen zu können, als er auf die Tür zukam.

Lächeln? Freundlich sein?

Nee. Hatte er nicht verdient. Nicht nach dem Ausflug in die *Peitsche*.

Greta vergaß ihre vorbereitete Standpauke, als sie Zordans Gesicht erblickte.

Der Mann sah aus wie ein Zerrbild seiner selbst. In den wenigen Stunden, seitdem sie sich zum letzten Mal gesehen hatten, schien er um Jahre gealtert zu sein. Er bewegte sich leicht gebeugt, hatte wohl immer noch Schmerzen, und die Schatten unter seinen Augen waren besorgniserregend dunkel. Sein abschätzender, bösartiger Blick trug auch nicht gerade zu Gretas Beruhigung bei.

»Alles okay mit Ihnen?«, fragte Greta.

Er öffnete die Tür und lud sie mit einer Geste in sein Haus ein.

»Nein, ganz und gar nicht. Aber lassen Sie uns drinnen sprechen.«

Greta betrat das Forsthaus. Was ihr ohne Einladung noch leichtgefallen war, kostete sie jetzt Überwindung. Etwas hatte sich verändert hier drinnen. Hatte sich verschoben. Zordan selbst und auch das Haus befanden sich im Ungleichgewicht. Greta hatte feine Antennen für so etwas, von ihrer Oma geerbt. Heutzutage nannte man das emotionale Intelligenz, ihre Oma hatte es jedoch stets »dünne Haut« genannt. Wenn alles zu einem durchdrang, was die Menschen, die Tiere und die Natur ausstrahlten, wenn man sich wie selbstverständlich Gedanken machte darüber, ob es dem Gegenüber gutging, dann hatte man eine dünne Haut. Gretas Oma war der Meinung gewesen, diese Eigenschaft sei in der härter werdenden Welt nicht besonders angenehm. Greta sah das anders. Sie konnte ja auch eine Schutzfunktion sein, wenn man sie richtig einsetzte.

Pass auf dich auf, dachte Greta. Hier stimmt etwas nicht. Du musst auf der Hut sein.

Sie nahm sich vor, besonders wachsam zu sein und Zordan nicht einen Moment aus den Augen zu lassen. Er hatte etwas vor mit ihr, und das würde sie zu verhindern wissen. Es wurde wirklich höchste Zeit, diesem Mann seine Grenzen aufzuzeigen.

»Wenn Sie vorhaben sollten, mich ...«, begann Greta und wollte sich zu ihm umdrehen.

Im nächsten Moment wurde sie gepackt, ein Tuch wurde ihr auf Mund und Nase gepresst, und der Geruch von Chloroform schickte sie einstweilen in einen tiefen Schlaf.

Wer heult, stirbt, und das wollen wir doch nicht. Oder? ODER?«

Natürlich war sie nicht in der Lage, mit dem Heulen aufzuhören, aber sie versuchte es. Als Nummer 25 jedoch seine Stimme nachdrücklich erhob, brach es erneut aus ihr heraus. Heftiger als zuvor. Das war ekelerregend. Die Schleimfäden, die ihr aus der Nase liefen ... widerwärtig.

»Ich ... ich ...«

»Ich, ich, ich«, äffte er sie nach. »Deine Welt besteht nur aus dir, was? Hast du dir schon mal Gedanken darüber gemacht, wie es mir geht? Wie ich mich bei alldem fühle. Nein, natürlich nicht, warum auch. Ihr egozentrischen Weibsbilder seid dazu doch gar nicht in der Lage. Ach, Scheiße, wisch dir endlich den Rotz ab ...«

Er wandte sich ab, suchte nach einem Putzlumpen, fand einen und warf ihn ihr zu. Wenn sie gekonnt hätte, wäre sie vor ihm zurückgewichen, aber sie konnte nicht. Die kurze Kette an dem massiven Holzbalken, der vom Boden bis zur Decke reichte, ließ ihr einen Spielraum von einem halben Meter im Radius.

Er wartete, bis sie sich die Nase geputzt hatte.

»Beschissene Situation, was?«

»Ich ...«

»Aufgepasst!«

»Bitte ... warum ...?«

»Weißt du, diese blöden Fragen regen mich wirklich auf. Es gibt ein Warum, sicher, das gibt es immer, aber für dich ist das nicht relevant. Hat nichts mit deinem Leben zu tun oder mit dir als Person. Betrachte dich einfach als Kollateralopfer.«

»Ich möchte nach Hause.«

»Klar möchtest du das. Das geht aber nicht. Vergiss zu Hause. Das hat sich für dich erledigt.«

Und wieder flossen Rotz und Tränen. Er fragte sich, ob sie jetzt bereit war für sein kleines Spielchen. Sie hatte natürlich Schwierig-

keiten, sich zu konzentrieren, aber die Fragen waren simpel und ihre körperlichen Reaktionen ohne Belang. Die Kamera nahm auf, was sie zu sehen bekam. Der Empfänger des Videos würde also die ungefilterte und ungeschönte Wahrheit zu sehen bekommen. Wo gab es das heute noch?

»Du tust mir leid«, begann er. »Ich hätte nicht gedacht, dass es dich so fertigmacht. Darum biete ich dir einen Deal an. Du beantwortest mir ein paar Fragen, und ich lasse dich gehen. Einverstanden?«

Wie sie glotzte. Selbst in den Augen von Kühen war mehr Intelligenz zu erkennen. Aber immerhin kehrte Hoffnung in ihren Blick zurück. Hoffnung, und ein Anflug von Überlebenswillen. Damit konnte man arbeiten.

»O... okay.«

»Prima.«

Er klatschte in die Hände und schaltete die Handykamera ein. Das Licht war schlecht hier unten, da halfen auch die beiden batteriebetriebenen Baustrahler nicht viel, aber das war in Ordnung. Der Empfänger des Videos würde sich die Details dazu denken können.

»Nun gut«, sagte er, »dann lass uns beginnen. Versuche bitte, dich zu konzentrieren, und beantworte meine Fragen wahrheitsgemäß. Kannst du das für mich versuchen?«

Sie nickte. »Ja... ja, das kann ich. Ganz bestimmt kann ich das.«

»Geht es dir gut?«

»Ich...«

Hier musste sie bereits nachdenken, weil sie nicht wusste, welche Antwort er hören wollte. Dabei hatte er sie doch gerade um die Wahrheit gebeten. Also gut, noch einmal vertiefen.

»Bitte, sag es, wie es ist. Das ist sehr, sehr wichtig, verstehst du.«

»Ich... nein, es geht mir nicht gut. Ich habe Angst. Ich möchte nach Hause.«

»Weißt du, warum du hier bist?«
»Nein, ich weiß es nicht. Ich habe doch nichts getan.«
»Weißt du, was mit dir geschehen wird?«
»Ich möchte nach Hause.«
Ihre mühsam aufrechterhaltene Fassade begann zu bröckeln.
»Ach komm, reiß dich zusammen. Wir haben vorhin sehr ausführlich darüber gesprochen, was mit dir passieren wird. Ich bin mir sicher, du erinnerst dich. Also!«
»Ich ... ich werde mich selbst erstechen?«
Sehr schön, wie sie das formuliert und betont hatte.
»Ja, genau, und warum solltest du das wohl tun. Hm? Kannst du uns das auch sagen?«
Sie zögerte, sah sich um, suchte nach dem Wir. Der Raum war jedoch groß und unübersichtlich, zudem dunkel in den weiter entfernten Ecken. Alles Mögliche könnte sich dort verstecken. Jeder.
»Um den unsagbaren Qualen zu entgehen.«
»So ist es. Um den unsagbaren Qualen zu entgehen, die das Feuer dir zufügen wird. Und nun sag uns bitte noch, wer hat sich das für dich ausgedacht.«
»Sie?«
»Konzentrier dich. Wir hatten vorhin darüber gesprochen. Sag mir laut und deutlich: Wer wird dich töten?«
Ihre Augen flogen hin und her, und die alte Angst kehrte mit Macht zurück.
»Der Schriftsteller Andreas Zordan.«

Oberkommissar Lars Lewandowski zog den Verschluss der Dose ab, setzte sie an die Lippen und trank. Die süße Brühe rann seine Kehle hinab. Egal, was die anderen sagten, er stand auf Energiedrinks und konnte sich nicht vorstellen, wie er Nächte wie diese ohne durchstehen sollte. Sein Blutdruck war seit jeher so niedrig, dass er einfach einschlafen würde, ganz egal, ob er ausgeschlafen war oder nicht. Für einen überschaubaren Zeitraum halfen Koffein und Zucker, führten allerdings irgendwann zu einem Leistungsabfall. In seinem Alter sollte er weder dieses Zeug trinken – sagte sein Arzt, der vom Leben eines Bullen keine Ahnung hatte – noch sich die Nächte um die Ohren schlagen. Er kannte Kollegen, deren Pension ebenfalls in Sichtweite war und die ihren Platz hinter dem Schreibtisch nicht mehr verließen. Für ihn war das nichts. Er hatte es immer gemocht, auf den Straßen unterwegs zu sein.

Nachdem er die Dose abgesetzt hatte, rülpste er laut. Es war ja niemand da, den es störte. Er saß allein in seinem Wagen, schon seit Stunden. Einen Partner gab es für diese Observierung nicht, weil zeitgleich noch drei weitere Einsätze liefen und das Präsidium sowieso chronisch unterbesetzt war. Gestern hatte sich auch noch Reinhard krankgemeldet. Reinhard, der immer gesund gewesen war, hatte Krebs. Magen. Sah nicht gut aus. Würde wohl nicht zurückkommen. Schade. Sie waren hin und wieder ein Bier trinken gegangen, und wenn sie beide nicht so viel um die Ohren gehabt hätten, hätte eine Freundschaft daraus werden können.

Noch ein Zug, dann war die Dose leer. Lewandowski warf sie zu den anderen in den Fußraum vor dem Beifahrersitz.

In dem mehrgeschossigen Haus gegenüber brannte noch Licht, unter anderem in dem Raum, in dem das Mädchen wohnte – gewohnt hatte, bis sie vor drei Tagen spurlos verschwunden war. Lewandowski stellte sich vor, wie die Mutter dort oben auf dem Bett ihrer Tochter saß, sich die Augen aus dem Kopf weinte und sich fragte, ob ihr Baby noch lebte. Was sie verkehrt gemacht hatte.

Die letzte Frage konnte Lewandowski für sie beantworten. Was sie verkehrt gemacht hatte, war, sich mit diesem Typen einzulassen, den sie im Internet kennengelernt hatte. Lewandowski verstand einfach nicht, warum Frauen immer und immer wieder auf diese Blender hereinfielen. Man las es heute beinahe täglich, und jeder wusste doch mittlerweile, dass im Internet nur gelogen und betrogen wurde. Trotzdem hatte die Frau auf das Drängen des Mannes hin ihre Adresse herausgegeben und ihn zu sich in die Wohnung eingeladen. Gekommen war er nicht und hatte sich seitdem auch nicht mehr bei ihr gemeldet. Aber zwei Tage später war die Tochter, Sarah, verschwunden. Ein bildhübsches, sechzehnjähriges Mädchen, das unbedingt von Heidi Klum entdeckt werden wollte. Deswegen hatte die Mutter fleißig Bilder im Netz gepostet und war sogar aktiv auf der Suche nach einem Fotografen gewesen, der günstig professionelle Fotos von Sarah schießen würde. Die Mutter wollte ihrer Tochter die Session zum Geburtstag schenken, damit Sarah eine Bewerbungsmappe anlegen konnte.

Lewandowski war freiwillig hier, niemand zwang ihn zu dieser Nachtschicht. Hätte er die Überstunden im Vorfeld beantragt, hätte sein Chef sie mit großer Wahrscheinlichkeit sogar abgelehnt. Und das nicht zu Unrecht. Wenn dieser Internet-Typ hinter der Entführung des Mädchens steckte, müsste er ja schwachsinnig sein, sich hier noch einmal blicken zu lassen. Sie wussten ja nicht mal, ob das Mädchen tatsächlich Opfer eines Gewaltverbrechens geworden war. Auch wenn die Mutter es vehement abstritt, bestand dennoch die Möglichkeit, dass sie abgehauen war. Was bei vermissten Jugendlichen meistens der Fall war. Zumal es sich hier um eine prekäre familiäre Situation handelte. Mutter alleinerziehend, zweimal geschieden, kein Job, keine Perspektive, viel zu viel Alkohol.

Und dennoch ... Lewandowski war hier. Er war ein Instinktmensch, immer schon, und sein Instinkt sagte ihm, dass der Unbekannte noch einmal Kontakt zur Mutter aufnehmen würde – und zwar nicht übers Internet. Dort war der Mann nicht mehr zu finden. Die Kommunikation war über irgendwelche versteckten Server gelaufen, auf die die Polizei keinen Zugriff bekam. Wäre ja auch zu schön gewesen.

Sarah Lieberknecht.

Sechzehn.

Wie gut, dass ich keine Kinder habe, dachte Lewandowski.

Er wollte sich gerade die nächste Dose aus der Kühlbox hinter dem Beifahrersitz schnappen, als ein Wagen langsam die Straße entlangfuhr. Sehr langsam. Verdächtig langsam. Eine einzelne Person saß darin, männlich. Der Wagen hielt vor dem schäbigen Mehrfamilienhaus, und Lewandowski notierte das Kennzeichen. Der Fahrer saß bei laufendem Motor einfach nur da. Es war zu dunkel, um erkennen zu können, ob er zu der Wohnung hinaufschaute oder nicht. Und selbst wenn, in dem Haus lebten achtzehn Familien.

Lewandowskis Jagdinstinkt war geweckt.

Er öffnete die Tür und stieg aus. Der Fahrer des Wagens konnte ihn von seiner Position aus nicht sehen. Vielleicht schaffte er es, sich anzuschleichen und ihn zu überraschen. Und wenn er nur einen harmlosen Opa erschreckte, hätte er zumindest ein wenig Abwechslung gehabt, die ihn wach hielt. War auch nicht zu verachten.

Also schlich Lewandowski schräg von rechts hinten an das Auto heran. BMW, 7er-Reihe, teures Fahrzeug. Der kräftige Motor blubberte leise vor sich hin. Die Person am Steuer rührte sich nicht, saß auffallend starr da. Lewandowski war sich sicher, das musste etwas mit Sarah Lieberknecht zu tun haben.

Wenige Schritte vor dem Wagen zog er seine Waffe, entsicherte sie aber noch nicht.

Das Fenster auf der Fahrerseite war geöffnet. Er trat näher.

»'n Abend.«

Der Fahrer zuckte vor Schreck zusammen, und Lewandowski traute seinen Augen nicht. Ein Bengel, höchstens achtzehn Jahre alt, wenn überhaupt.

Lewandowski zeigte seine Dienstmarke.

»Polizei. Stellen Sie bitte den Motor ab.«

Der Bengel gehorchte.

»Aussteigen.«

Er gehorchte widerspruchslos.

Wie er es immer tat, checkte Lewandowski ihn ab, als müsse er eine Personenbeschreibung abgeben. Eins achtzig, siebzig Kilo, schlank, langes blondes Haar, Sommersprossen, blaue Augen, modische, teure Kleidung. Aufdringliches Parfum. Allerhöchstens achtzehn Jahre alt.

Der Bengel zwinkerte nervös und wusste nicht wohin mit seinen Händen. Er wollte sie in die Hosentaschen stecken, doch das ließ die viel zu enge Hose nicht zu, so dass nur die Fingerspitzen darin verschwanden.

»Was machen Sie hier?«, fragte Lewandowski.

»Äh ... ich ... ich warte auf einen Freund.«

»Um zwei Uhr nachts?«

Als Antwort erhielt er nur ein Schulterzucken.

»Führerschein und Fahrzeugpapiere, bitte.«

»Ich ... ähm ... der Wagen gehört meinem Vater, ich habe die Papiere nicht dabei.«

»Dann Führerschein und Personalausweis.«

Als wüsste er nicht, dass er beides auch nicht dabeihatte, tastete der Bengel seine Taschen ab.

»Mist, hab ich vergessen. Tut mir leid.«

»Wie alt bist du? Und lüg mich nicht an!«

Sein kurzes Zögern verriet, dass er genau das vorgehabt hatte.

»Sechzehn«, gab er schließlich kleinlaut zu.

»Also hast du gar keinen Führerschein?«

»Doch. Begleitetes Fahren.«
Lewandowski schaute in den Wagen.
»Und wo ist deine Begleitung? Im Kofferraum?«
»Meine Eltern wären um diese Zeit nicht mitgekommen.«
»Und du solltest um diese Zeit auch nicht draußen sein. Fahren ohne Fahrerlaubnis, das wird teuer. Und deinen Probeschein kannst du auch wieder abgeben. Die nächsten zwei Jahre fährst du Bus und Bahn.«
»Bitte ... können Sie mich nicht einfach gehen lassen. Ich tu es auch nie wieder, versprochen.«
Jetzt heulte er beinahe.
»Ich kann ja mal drüber nachdenken, wenn du mir sagst, was du hier zu suchen hast. Und erzähl mir nicht wieder die Scheiße von deinem Freund.«
Der Bengel sah kurz zu dem Haus hinüber und dann zu Boden. Jetzt rann tatsächlich eine Träne aus seinem Augenwinkel.
»Meine Freundin ... sie wohnt da drüben. Sie ist verschwunden.«
»Sarah Lieberknecht ist deine Freundin?«
Der Bengel nickte.

Wenigstens ein Lokal hatte nachts durchgehend geöffnet: McDonald's. Lewandowski hatte seine Observierung abgebrochen und den eingeschüchterten Bengel, der Sascha Müller hieß, auf eine Cola eingeladen. In seinem eigenen Wagen lag zu viel Müll, und in die Bonzenkarre hatte er nicht steigen wollen. Zudem musste er dafür sorgen, dass Sascha Müller lockerer wurde und ihm vertraute. Dafür war das Präsidium nicht geeignet. In diesen Fastfood-Läden waren die Jugendlichen heutzutage zu Hause. Die vertraute Umgebung würde hoffentlich dazu führen, dass er sich entspannte.
Sarah Lieberknecht hatte also einen Freund, und Lewandowski hatte nichts davon gewusst. Die Mutter hatte die Frage nach einem

Freund verneint, offensichtlich war auch sie unwissend. Insofern hatte sich die Observierung gelohnt, wenn auch anders, als Lewandowski erwartet hatte.

»Seit wann bist du mit Sarah zusammen?«

»Seit fast einem Jahr. In zwanzig Tagen haben wir Jahrestag.«

»Warum weiß ihre Mutter nichts von dir?«

Sascha zuckte mit den Schultern. »Sarah wollte das nicht. Meine Eltern wissen es ebenfalls nicht.«

»Warum nicht?«

»Mein Vater ist Unternehmer. Wir haben ... na ja, viel Geld. Und Sarah ... mein Vater würde sie nicht akzeptieren.«

»Der gute alte Klassenunterschied, was. Manche Vorurteile sterben einfach nicht aus.«

Der Junge sagte nichts, starrte in seine Cola. Seine Mundwinkel zuckten.

»Kein Angst, ich verrate dich nicht.«

Er sah zu Lewandowski auf.

»Echt?«

»Sofern es die Ermittlungen nicht gefährdet. Also, erzähl mal. Du hast doch bestimmt darüber nachgedacht, was passiert sein könnte. Abgehauen ist Sarah nicht, oder?«

»Nein, auf keinen Fall. Wir haben mal darüber gesprochen, es zusammen zu tun, aber sie wollte nicht. Wegen ihrer Mutter. Sarah sagte, sie könne sie nicht ganz allein zurücklassen.«

»Hattet ihr Streit?«

Sascha schüttelte den Kopf. »Nicht ein einziges Mal.«

»Was ist passiert? Was meinst du?«

»Ich weiß es nicht. Ich habe mir den Kopf zermartert, aber Sarah ... sie hat keine Feinde, nicht solche ...«

»Solche?«

»Na ja, die zu einer Entführung fähig wären. Nur die üblichen aus der Schule. Ihr ist doch nichts Schlimmes zugestoßen, oder?«

Der Junge sah Lewandowski aus weit aufgerissenen Augen an. Er sehnte sich nach Hoffnung, doch wie konnte Lewandowski ihm die geben, da er selbst davon ausging, dass dem Mädchen eben doch etwas Schlimmes zugestoßen war. Keine Sechzehnjährige, die es nicht wollte, blieb drei Nächte von zu Hause fort. Möglicherweise lebte Sarah noch, aber gut ging es ihr sicher nicht.

»Ich hoffe, nicht«, wich Lewandowski der Frage aus, schaffte es aber nicht, ein wenig Zuversicht durchklingen zu lassen.

»Haben Sie eine Spur?«

Lewandowski schüttelte den Kopf. »Darüber kann ich nicht mit dir sprechen. Aber es würde helfen, wenn du mir ein wenig über Sarah erzählst. Du kennst sie anders, als ihre Mutter sie kennt. Was ist, zum Beispiel, mit ihrem Vater? Hat sie den mal erwähnt.«

»Sie hat ein einziges Mal über ihn gesprochen, weil ich sie darum gebeten habe. Sie sagte, nur dieses eine Mal, dann dürfte ich sie nie wieder nach ihm fragen. Hab ich auch nicht. Ihr Vater hat Sarah und ihre Mutter oft geschlagen. Irgendwann sind sie vor ihm geflüchtet. In vier verschiedenen Bundesländern haben sie gelebt und sind immer wieder abgehauen, wenn sie den Verdacht hatten, er habe sie gefunden.«

Diese Information hatte Lewandowski bereits von Sarahs Mutter erhalten, daraufhin war Sarahs Vater vernommen worden. Das Mädchen war nicht bei ihm, und der Mann hatte ein Alibi für die in Frage kommenden Zeiten. Er hatte seine Tochter nicht entführt, so viel stand fest. Lars hatte sich dennoch erhofft, mehr Informationen über die Beziehung zwischen Sarah und ihrem Vater zu bekommen. Die Mutter war diesbezüglich nämlich genauso verschlossen wie das Mädchen.

»Sie hatte also keinen Kontakt zu ihrem Vater, den sie ihrer Mutter verheimlichte?«

»Nein, auf keinen Fall. Das wüsste ich.«

»Na ja, du hast gerade gesagt, Sarah wollte nur dieses eine Mal mit dir darüber sprechen und dann nie wieder. Vielleicht hat sie es dir gegenüber verschwiegen.«

»Glaub ich nicht, wir haben doch über alles gesprochen. Wir haben ja nur uns.«

»Wie meinst du das?«

»Na ja ... mit meinen Eltern kann ich nicht reden. Mein Vater ist nie da, und wenn er hört, dass ich eine Freundin habe, die nicht zur Oberschicht gehört, rastet der aus.«

»Was macht dein Vater beruflich?«

»Er ist Unternehmer. Medien, Kommunikation, Mobilfunk so 'n Zeug halt. Ich steige da nicht durch.«

»Was ist mit deiner Mutter?«

»Meine Mom interessiert sich eigentlich nur dafür, ob ich das Abi schaffe. Sie meint, da würde ein Mädchen nur stören. Aber das stimmt nicht. Sarah ist viel schlauer als ich, sie hat es geschafft, mir Mathe beizubringen. Und ich hasse Mathe.«

»Kann ich nachvollziehen. War auch nie mein Lieblingsfach. Was ist mit Sarahs Mutter? Ich habe den Eindruck, die beiden verstehen sich gut miteinander.«

»Sarahs Mutter ist echt okay, aber so richtig reden kann man mit ihr auch nicht. Die hackt die ganze Zeit nur auf ihrem Ex-Mann herum, und Sarah meint, ihre Mutter gibt ihr sogar die Schuld an der Trennung.«

»Warum das?«

»Ich weiß nicht ...«, druckste Sascha herum.

»Hey, du wolltest ehrlich sein, schon vergessen«, erinnerte Lewandowski ihn. »Oder hast du keine Lust mehr aufs Autofahren?«

»Es gab da mal einen Vorfall, als Sarah dreizehn war«, sagte Sascha.

»Vorfall?« Lewandowski wurde hellhörig.

»Er hat sie nicht angefasst oder so, das nicht, aber er hat ihr beim Duschen zugeschaut, einige Male sogar. Immer wenn Sarahs Mutter arbeiten war.«

Davon hatte Sarahs Mutter Lewandowski nichts erzählt. Wie es aussah, würde er noch einmal mit ihr sprechen müssen – und mit dem Vater auch.

»Ist Sarah bei ihrem Vater?«, fragte Sascha.

»Nein. Hat Sarah dir von diesem Fotografen erzählt?«

»Sicher. Sie war total aufgeregt, hat schon von einer Karriere als Model geträumt. Ich hab ihr gesagt, sie soll vorsichtig sein. Und ich hätte sie auf jeden Fall zu einem Shooting begleitet. Man hört oft von solchen Typen, die die Mädchen nur ausnutzen.«

Der Junge gefiel Lars. Er hatte einen wachen Verstand und eine vernünftige Einstellung. Mit ihm an ihrer Seite wäre Sarah sicher nichts passiert.

»Hat der sie entführt?«, fragte Sascha Müller.

»Wissen wir nicht. Hat Sarah sich vielleicht heimlich mit diesem Mann getroffen?«

Sascha schüttelte den Kopf. »Das hätte sie mir erzählt, weil … keine Ahnung … das ist echt was ganz Besonderes zwischen uns beiden. Scheiße … ich hoffe, es geht ihr gut.«

»Was hat Sarah sonst so getan? War sie oft an einem bestimmten Ort? Alles kann wichtig sein.«

Der Junge zuckte mit den Schultern.

»Ich weiß nicht, das Übliche halt. Wir haben einen Lieblingsplatz an diesem Baggersee außerhalb der Stadt, da waren wir oft in diesem Sommer, aber da ist sonst keiner.«

»Was hat Sarah für Hobbys?«

»Sie liest sehr viel.«

»Hab ich gesehen. Ihr Zimmer ist voller Bücher.«

»Ja, und sie bloggt auch darüber. Rezensiert Bücher und so,

hauptsächlich Krimis und Thriller. Da bleibt neben der Schule kaum noch Zeit für andere Sachen.«

»Fällt dir sonst noch was ein?«

Sascha Müller schüttelte den Kopf. »Ich hab mir die letzten drei Tage echt den Kopf zerbrochen, aber ich kann mir nicht vorstellen, was passiert sein könnte. Niemand kann doch einem Mädchen wie Sarah etwas Böses wollen, oder?«

Lewandowski hätte ihn gern beruhigt, seine Erfahrung verbot ihm das jedoch.

»Da draußen laufen jede Menge Irre herum, und die brauchen keinen Grund, um jemandem etwas anzutun. Die machen es einfach, weil sie Lust darauf haben. Ich weiß, hört sich scheiße an, ist aber so. Gewöhn dich schon mal dran, das schützt dich vor der einen oder anderen Überraschung.«

Freiheitsberaubung, Nötigung, Körperverletzung – da kommt einiges zusammen. Außerdem werde ich Sie auf Schadenersatz wegen Berufsunfähigkeit aufgrund eines schweren Traumas verklagen. Sie können einpacken, Zordan. Sie sind erledigt.«

Zwei Stunden war die Journalistin Greta Weiß weggetreten gewesen, und kaum war sie wieder wach, legte sie los, als realisiere sie ihre Situation nicht.

Sie saß auf dem hölzernen Gartenstuhl, den Andreas von der Terrasse ins Wohnzimmer getragen hatte. Er hatte ihn in die Ecke zwischen Kamin und Bücherregal gestellt, weil sie von dort aus dem Fenster auf die Terrasse schauen konnte. Mit schwarzem Panzerband hatte er ihre Hand- und Fußgelenke an den Stuhl gefesselt. Endlich kam Andreas mal dazu, diese Methode in der Realität auszuprobieren, nachdem er sie in so vielen Geschichten verwendet hatte. Und es stimmte: Das Gewebeband war ausgesprochen zäh. Allein würde sie sich nicht befreien können.

Er hatte die kleine Stehlampe von seinem Schreibtisch genommen und sie auf dem runden Beistelltisch aus Eichenholz so ausgerichtet, dass sie der Journalistin direkt ins Gesicht strahlte. Eine typische, klischeehafte Verhörszene. Er selbst blieb in der Dunkelheit hinter der Lampe, wo er für sie nicht sichtbar war. Die Stimme des Bösen, sozusagen.

Aber anders, als man es sich bei eingeschüchterten Opfern vorstellte, hielt die Frau einfach nicht die Klappe und zeigte keinerlei Angst. Wut war die einzige Emotion, die Andreas von ihrem Gesicht ablesen konnte.

»Wer ist Nummer 25?«, wiederholte Andreas die Frage, die er bereits zweimal gestellt hatte.

»Sind Sie völlig irre? Glauben Sie, Sie kommen damit durch? Jeder weiß doch, dass ich hier bei Ihnen bin. Mein Wagen steht vor Ihrer Tür.«

»Dort stand er, als Sie angekommen sind. Jetzt parkt er vor der Pension im Ort.«

»Spielt keine Rolle. Die Leute in der Kneipe wissen, wo ich bin.«

»Ist das so? Haben Sie den üblichen Verdächtigen an der Theke gesagt, ich fahre jetzt zu dem verrückten Schriftsteller auf den Berg und verbringe die Nacht bei ihm? Das glaube ich nicht.«

»Frau Klier weiß aber, dass ich wegen Ihnen hier bin. Semrau weiß es auch. Aus dieser Nummer kommen Sie nicht mehr raus, Zordan. Sie lassen mich besser laufen, solange noch nichts Schlimmes passiert ist.«

»Danke für das Stichwort. Wenn Sie mir nicht sofort auf meine Frage antworten, wird etwas Schlimmes geschehen.«

»Welche Frage?«

»Wer ist Nummer 25?«

»Was soll denn das für eine Frage sein?«

»Eine ganz einfache. Zumindest für Sie sollte sie einfach zu beantworten sein.«

»Scheiße, ich hätte auf den Tratsch der Leute unten im Ort hören sollen. Die haben gesagt, Sie hätten den Verstand verloren.«

»Tratsch ist die kreative Erweiterung der Wahrheit. Man lernt nie aus, nicht wahr. Aber den Verstand verloren haben wohl eher Sie, andernfalls hätten Sie sich nicht an dieser Sache beteiligt.«

»Welche Sache? Was faseln Sie da?«

»Sie hätten sich geschickter verhalten sollen, oder haben Sie wirklich geglaubt, ich würde diese Verbindung nicht herstellen? Und diese Sache mit dem Zettel war einfach zu viel.«

»Zettel ...?«

Sie legte die Stirn in Falten und dachte nach.

»Moment, der Zettel!« In ihrem gut ausgeleuchteten Gesicht konnte Andreas erkennen, dass der Groschen fiel. »Was immer du auch tust, die Wahrheit wird ans Licht kommen. Nummer 25. Das stand auf dem Zettel, den ich an Ihrem Gartentor gefunden habe. Richtig?«

»Wie gut Sie sich die Worte gemerkt haben. Als hätten Sie sie selbst geschrieben.«

»Habe ich nicht. Der Zettel steckte an Ihrem Gartentor.«

»Und dann lesen Sie ihn einfach.«

»Okay, das war nicht in Ordnung, und ich entschuldige mich dafür. Aber ich habe ihn nicht geschrieben. Wollen Sie mir nicht endlich erzählen, was hier läuft?«

Andreas war bisher hinter der Lampe auf und ab gegangen, jetzt blieb er stehen. Sein Blick verharrte auf ihrem Gesicht. Er wünschte sich, in ihrem Gesicht lesen zu können wie in einem Buch, aber leider konnte er das nicht. Greta Weiß war abgründiger, als er gedacht hatte. Im Allgemeinen bereitete es Andreas keine Probleme, Menschen zu analysieren, bei der Journalistin gelang ihm das jedoch nur oberflächlich. Klar war sie ehrgeizig und würde alles für ein Interview tun, aber würde sie auch so weit gehen, sich an einem Mord zu beteiligen oder ihn zumindest zu vertuschen helfen?

Andreas klappte die Lampe herunter.

»Ich bin sofort wieder da«, sagte er, verließ den Raum und trat auf die Terrasse hinaus.

Es war längst dunkel geworden, tiefschwarze Nacht lag über Haus und Wald. Die kalte Nachtluft tat gut, sie kühlte sein erhitztes Gesicht. Andreas schaltete die Außenbeleuchtung ein, ging bis an die Balustrade vor und lehnte sich dagegen.

Wie sollte er weiter vorgehen?

Er hatte sie betäubt und gefesselt und ihr ein wenig erzählt. Nicht viel, aber sie war nicht dumm und konnte sich den Rest zusammenreimen. Die Blasen an seinen Händen, seine Erschöpfung, vielleicht hatte sie den Essig im Garten gerochen und die Werkzeuge gesehen. Sie würde auf direktem Wege zur Polizei gehen, wenn er sie laufenließ.

Es sei denn, er konnte sie davon überzeugen, dass es jemanden gab, der sich Nummer 25 nannte, und dass diese Person eine Leiche in seinem Garten plaziert hatte. Bis dahin würde sie ihm wohl noch folgen. Wenn er aber zugab, die Leiche im Wald vergraben zu haben, um keine polizeiliche Ermittlung auf sich zu ziehen, würde sie aussteigen. Sie war kein Psycho, dachte nicht rational, sondern emotional, und das war in solchen Situationen nie hilfreich.

Es sei denn, er konnte ihre Emotionen für sich nutzen.

Er musste eine Entscheidung treffen. Hier und jetzt.

Andreas tastete in seiner Hosentasche und fand ein Fünfzig-Cent-Stück. Er warf die Münze in die Luft, fing sie auf, legte sie auf seinen Handrücken und zog die Hand weg. Dann hob er den Kopf, sah Greta Weiß durchs Fenster hindurch an, nahm den Schürhaken vom Kamin und kehrte ins Wohnzimmer zurück.

»Was soll das? Was haben Sie vor?« Ihre Stimme kippte beinahe. Jetzt hatte sie also doch Angst. »Bitte, so glauben Sie mir doch, ich habe nichts damit zu tun!«

Der Schürhaken wog schwer in seiner Hand und fühlte sich eiskalt an. Die Kälte stieg seinen Arm empor. Dank seiner ausgeprägten und gut trainierten Phantasie konnte er sich vorstellen, wie er auf den Kopf der wehrlos dasitzenden Frau einschlagen würde. Wie er ihr verheerende Wunden zufügte und Blut und Knochensplitter auf die Bücher in seinem Regal spritzten. Vielleicht würde ein dicker Brocken an der Taschenbuchausgabe von Stuart MacBrides *Blut und Knochen* herablaufen. Die Details flimmerten bereits vor seinen Augen, doch plötzlich begann sein Arm zu schmerzen und verkrampfte sich, so dass er den Schürhaken nicht länger festhalten konnte. Er ließ ihn zu Boden fallen, packte seinen rechten Arm und massierte ihn.

»Hören Sie ... bitte ... machen Sie mich los ... Ich habe wirklich nichts damit zu tun, das mit dem Zettel war purer Zufall. Bitte ... vielleicht kann ich Ihnen helfen.«

Sie weinte. Dicke Tränen kullerten über ihre erhitzten Wangen, ihr Kehlkopf hüpfte auf und ab.

Andreas traf eine Entscheidung.

Er ging zu seinem PC hinüber, rief die Mail auf, die er von Nummer 25 bekommen hatte, druckte sie aus und hielt sie der Journalistin so hin, dass sie den Text lesen konnte.

»Was ist das?«

»Lesen Sie.«

Ihre Lippen bewegten sich ganz leicht, während sie las. Wie bei einem Menschen, der früher unter einer Lese- und Rechtschreibschwäche gelitten hatte.

Notiz, dachte Andreas, *sie versucht, frühere schulische Schwächen durch besonderen Ehrgeiz zu kompensieren.*

»Hört sich nach einem Stalker an«, sagte sie schließlich. »Und? Hat er Beweise geliefert?«

Andreas legte den Ausdruck beiseite. »Genau das ist mein Problem. Deswegen sitzen Sie gefesselt in meinem Wohnzimmer.«

Sie legte den Kopf leicht schräg und sah ihn interessiert an. Ihr hellwacher, intelligenter Blick gefiel ihm.

»Sie dachten, ich wäre Nummer 25?«

»Oder seine Gehilfin.«

»Ich habe damit nichts zu tun«, sagte sie. »Ich kann verstehen, warum Sie das glauben, aber Sie liegen falsch. Binden Sie mich endlich los.«

»Was werden Sie dann tun? Mich anzeigen?«

Aus schmalen Augen sah sie ihn an, die Stirn in Falten gelegt. In diesem Moment sah sie deutlich weniger wie Helene Fischer aus als noch am frühen Morgen.

»Verdient haben Sie es.«

»Kann schon sein. Aber es wäre mir lieber, Sie würden mir dabei helfen, die Sache aufzuklären. Vielleicht steckt ja eine gute Story für Sie drin.«

Sie sagte nichts, sah ihn nur an. Herausfordernd, ungebrochen, mutig.

Andreas ging in die Küche hinüber und nahm ein scharfes Messer von der Magnetleiste. Damit kehrte er ins Wohnzimmer zurück, sank vor der Journalistin auf die Knie, schnitt zuerst ihre Fuß- und dann ihre Handfesseln los. Dann erhob er sich, trat ein paar Schritte zurück, behielt das Messer aber in der Hand.

Zunächst blieb sie sitzen und massierte sich die Handgelenke. Dann stand sie auf, kam auf ihn zu, holte aus und schlug ihm mit der flachen Hand ins Gesicht. Eine schallende Ohrfeige, die Feuer auf seine Wange zauberte. Andreas taumelte zurück und verlor das Messer. Klirrend fiel es zu Boden.

»Das war für die Betäubung und die Freiheitsberaubung. Sie Arschloch!«

Wutentbrannt verließ sie seine Hütte.

Zordan hatte gelogen. Ihr Auto parkte noch immer auf dem Sandweg vor dem Haus. Ohne zurückzuschauen, stieg Greta in den Punto, zog die Tür zu, verriegelte sie, ließ den Motor an und schoss den Hügel hinunter. Erst jetzt gestattete sie sich einen Blick in den Rückspiegel, rechnete mit einem wild gewordenen Zordan, der sie, das Schüreisen schwingend, verfolgte, doch er war nicht zu sehen. Greta fuhr, bis sie weit genug von dem Forsthaus entfernt war, hielt an, stieß die Tür auf und schaffte es gerade noch, sich hinauszubeugen, bevor sie sich übergab.

Dann spuckte sie noch mal aus und ließ sich in den Sitz zurücksinken. Sie begann, am ganzen Körper zu zittern. Unmöglich, so weiterzufahren. Schon während sie noch gefesselt war, war ihr schlecht gewesen, vermutlich eine Folge der Betäubung mit Chloroform, doch es war nackte Angst, weshalb sich ihr Magen entleert hatte. In jeder Sekunde, die es gedauert hatte, Zordans Haus zu verlassen, hatte sie geglaubt, er würde hinter ihr herstürzen. Sie hatte die Klinge des Messers in ihrem Rücken gespürt. Kalter Stahl, der ihre Muskeln durchtrennte ...

Sie brach in Tränen aus. Drinnen war es ihr noch gelungen, sie zurückzudrängen, doch jetzt gestattete sie sich diese Schwäche. Ob es ihr gefiel oder nicht, sie war schockiert von dem, was Zordan ihr angetan hatte. Schockiert und überrascht. Schon wieder hatte er sie mit seinem unnormalen Verhalten überrumpelt. War sie so naiv oder er so durchtrieben?

Greta gönnte dem Arschloch die Tränen nicht. Sie kämpfte sie zurück, riss sich zusammen, zog die Tür zu und wollte weiterfahren, bemerkte aber eine Bewegung am Waldrand. Ein Schatten, der sich zwischen Schatten bewegte. Greta erstarrte und sah genauer hin, doch da war die Bewegung auch schon wieder verschwunden. Hastig gab sie Gas.

Zehn Minuten später erreichte sie *Haus Verona*. Neben der Eingangstür brannten zwei Lampen, dafür hätte Greta die alte Dame küssen können. Trotz des Lichtes dauerte es jedoch einen Moment, bis sie es schaffte, aus dem vermeintlich sicheren Wagen zu steigen. Sie hastete ins Haus, und erst als die schwere Tür hinter ihr ins Schloss fiel, realisierte Greta, dass Zordan sie tatsächlich hatte gehen lassen. Sie presste sich eine Hand vor den Mund, um das laute Schluchzen und hysterische Lachen zu unterdrücken, das sie nicht länger zurückhalten konnte. Eilig lief sie die Treppe hinauf, schloss die Tür hinter sich, klemmte einen Stuhl unter die Klinke und sank schließlich aufs Bett.

Minute um Minute starrte sie die Tür an und bildete sich ein ums andere Mal ein, die Klinke würde sich bewegen. Sie ermahnte sich, vernünftig zu sein, und irgendwann wirkte es. Als sie wieder zu klaren Gedanken fähig war, stand sie auf, wühlte in ihrem kleinen Koffer, fand die Kaubonbons mit Himbeergeschmack, legte sich erneut aufs Bett, aß eines nach dem anderen und dachte dabei nach. Das klappte einfach besser, wenn sich die künstliche Süße in ihrem Mund ausbreitete und sie die klebrigen Reste mit der Zungenspitze von den Zähnen entfernen musste. Außerdem vertrieben die Bonbons den ekligen Geschmack des Erbrochenen.

Trotz der Tränen und der Panik war Greta stolz auf sich.

Sie hatte getan, was ihr Vater sie gelehrt hatte, ihre Mutter missbilligt hätte und was die Gesellschaft besonders bei Frauen ablehnte. Sie hatte ihre Wut nicht unterdrückt, sondern sie offen gezeigt und Zordan ins Gesicht geschlagen, obwohl sie noch nie jemanden geschlagen hatte.

Sie erinnerte sich an etwas, nahm Zordans Buch, blätterte zu einer bestimmten Stelle, die sie markiert hatte, und las.

… Und die Gesellschaft mit ihren Gutmenschen und Allesverstehern macht es uns Gewissenlosen sogar leicht. Insofern trifft die Gesellschaft sogar eine Teilschuld daran, dass wir tun können, was wir wollen. In der Grundschule, da gab es ein Mädchen, das hat mich

dauernd daran gehindert, diesen gestörten Freak, der keine Freunde hatte und ein Bein nachzog, ich glaube, er hieß Kevin oder so, na, jedenfalls hat dieses Mädchen mich immer daran gehindert, Kevin zu zeigen, wer der Boss ist. Du bist so fies und gemein, lass ihn endlich in Ruhe, hat sie dann immer so laut gesagt, dass die Lehrer es mitbekamen. Dieses Mädchen hatte echt Mut. Die ist aufgestanden und hat das Unrecht öffentlich gemacht. Erwachsene trauen sich das nicht. Mit erwachsenen Mädchen kann ich tun und lassen, was ich will. Die entschuldigen sich sogar noch dafür, wenn sie mir auf den Leim gegangen sind. Niemand will eine Frau sehen, die öffentlich ihre Wut zeigt, niemand hört ihr zu, wenn sie sagt, dass ich gemein zu ihr war. So ein Verhalten wird nicht toleriert. Ich kann diesen dummen Weibern jahrelang auf der Tasche liegen, sie ausnehmen wie Weihnachtsgänse, sie fertigmachen, sie schlagen – sie suchen die Schuld immer bei sich selbst, weil man es ihnen aberzogen hat, auf den wahren Schuldigen zu zeigen und das Unrecht laut anzuprangern. Tja, ich sag's ja, eigentlich müsste ich mich bei der Gesellschaft für die Unterstützung bedanken ...

Zordan war ein Arschloch, ein Egoist, ein Egozentriker, vielleicht sogar ein Narziss, aber ein Psychopath? Wäre er dann in der Lage, solche Texte zu verfassen?

Für diesen Abschnitt aus der Gedankenwelt eines Psychopathen zollte Greta Andreas Zordan Respekt. Sie war ihm regelrecht dankbar dafür. Er hatte glasklar formuliert, was sie selbst immer wieder auf die Palme gebracht hatte, ohne dass sie wusste, was es war.

Ja, vorhin hatte er sich unmöglich verhalten, sich sogar strafbar gemacht, und Greta hatte den Gedanken, ihn anzuzeigen, noch nicht verworfen.

Für einen Psychopathen hielt sie ihn dennoch nicht. Ihre Beobachtungen zeigten ihr etwas anderes. Draußen auf der Terrasse hatte Zordan darüber nachgedacht, was er mit ihr tun sollte. Er hatte sogar eine Münze geworfen, um sich die Entscheidung abnehmen zu lassen. In Gedanken hatte er die Sache mit dem Schürhaken durchgespielt. Seine Qual, seine Zerrissenheit, war ihm ins Gesicht geschrieben gewesen. Aber nicht logische Überlegungen hatten ihn innehalten lassen, sondern Skrupel – und Skrupel sind nichts anderes als die Zweifel des Gewissens.

Konnte jemand das alles spielen?

Greta war sich nicht sicher, und somit blieb die Frage offen, ob die Geschichte stimmte, die Zordan erzählt hatte. Gab es jemanden, der ihn bedrohte, oder übertrieb er es mit der Revanche für den Polizeieinsatz? Zordan war Schriftsteller, er verdiente sein Geld damit, sich komplizierte Plots – und auch Details wie die Sache mit der Münze – auszudenken. Allein dafür, dass er sie betäubt und gefesselt hatte, müsste sie ihn anzeigen, befürchtete jedoch, ihm ins offene Messer zu laufen und nachher wie eine Idiotin dazustehen.

Wenn es jedoch einen Stalker gab, der Zordan bedrohte, steckte eventuell wirklich eine gute Story dahinter. Käme sie mit so etwas zurück, statt nur mit einem langweiligen Interview, würde Semrau sie zweifelsohne sofort einstellen.

Aber was, wenn der Schriftsteller einfach nur verrückt war und sie sich in Lebensgefahr brachte?

Sie war schon wieder betrunken – oder immer noch, so genau wusste Lewandowski das nicht. Er wollte sich kein Urteil über sie erlauben, seine Zeit der leeren Flaschen und Tage lag kaum ein Jahrzehnt zurück, und die Spirituosenindustrie hatte nicht schlecht an ihm verdient, dennoch ärgerte es ihn, Sarah Lieberknechts Mutter in diesem Zustand anzutreffen.

Mit glänzenden Augen, fettigem Haar und in ungepflegter Kleidung öffnete sie ihm die Tür. Sie war nicht betrunken genug, um nicht die üblichen Reaktionen zu zeigen. Zuerst Hoffnung, dann Angst, immerhin kam er unangekündigt, was entweder ein sehr gutes oder sehr schlechtes Zeichen sein konnte.

»Sarah ... haben Sie Sarah gefunden, geht es ihr gut?«

»Wir haben nichts von Sarah gehört«, sagte Lewandowski. »Aber ich würde gern noch einmal mit Ihnen sprechen, Frau Lieberknecht.«

Sie sackte in sich zusammen. »Oh, ach so, dann kommen Sie rein.«

Er folgte ihr. Wie schon beim ersten Gespräch führte sie ihn in einen kombinierten Wohn-Schlafbereich. Die Wohnung hatte nicht genug Räume, also schlief Frau Lieberknecht auf einem Zustellbett neben dem Fernseher, damit Sarah ihr eigenes Zimmer hatte.

Das schmale Bett sah so aus, als hätte sie es gerade verlassen. Sie ließ sich darauf fallen und zeigte auf den einzigen Sessel im Raum.

»Wie geht's Ihnen?«, fragte Lewandowski.

Sie schüttelte nur den Kopf und fuhr sich mit der rechten Hand durch das lange blonde Haar. Lewandowski, der Sarah nur von Fotos kannte, fand die Ähnlichkeit zwischen Mutter und Tochter auffallend stark. Von dem Vater hatte er noch kein Bild gesehen, die erste Vernehmung hatten die Kollegen vor Ort vorgenommen, viel sichtbares Genmaterial konnte er aber nicht hinterlassen haben.

»Die Tage und Nächte«, sagte Lydia Lieberknecht, »wissen Sie, wie lang die sind ... und wie still ...«

Sie schüttelte abermals den Kopf.

»Ich hab alles versaut, oder?«

»Vor zehn Jahren habe ich das auch von mir gedacht«, sagte Lewandowski. »Und da war kein Silberstreif am Horizont, keine Hoffnung, ich hatte auch gar kein Interesse an Veränderungen zum Besseren. Aber manchmal braucht es nur eine Kleinigkeit, und alles ändert sich, ob man will oder nicht. Geben Sie die Hoffnung nicht auf, dafür ist es viel zu früh.«

»Ich hab geträumt«, sagte Lydia Lieberknecht, ohne ihn anzusehen. Ihr Blick wirkte entrückt. »Von Sarah. Ich habe sie gesehen, wie sie als Baby war ... als ob sie nie anders existiert hätte ...«

Lewandowski musste die Frau in die Spur zurückbringen, sonst würde er nicht erfahren, was er wissen wollte. So hart es auch sein mochte, das ging wohl nur mit einer direkten Frage.

»Hat Sarahs Vater sich an Sarah vergangen?«

Das wirkte. Ihr Blick wurde klarer.

»Wer sagt das?«

»Ich frage das. Hat er oder hat er nicht.«

»Hat er nicht.«

»Und er hat ihr auch nicht gegen ihren Willen beim Duschen zugesehen?«

»Was ... was soll das? Wollen Sie sagen, ich sei eine schlechte Mutter?«

»Wenn Sie davon wussten und es zugelassen haben, können Sie sich diese Frage selbst beantworten. Ich werde mir kein Urteil erlauben, aber ich will wissen, ob es wahr ist. Denn wenn es wahr ist, wirft es ein ganz anderes Licht auf Sarahs Verschwinden. Das müsste Ihnen klar sein.«

»Sie sagten doch, Jens hat ein Alibi.«

»Beantworten Sie bitte meine Frage.«

»Das war Zufall damals.«

»Was war Zufall?«

»Mit dem Duschen. Jens war zufällig im Bad. Da war nichts anderes. Ich hätte das nicht erlaubt, das können Sie mir glauben.«
»Wie oft wiederholte sich dieser Zufall?«
Lewandowski ließ seine Stimme absichtlich ein paar Oktaven tiefer und damit bedrohlicher klingen. Zu oft hatte er in seinem Berufsleben diese Situation erlebt. Die Leute hockten auf ihren Lügen, beschützten sie wie wertvolles Eigentum und gaben immer nur das preis, was er ohnehin schon wusste. Selbst in Fällen wie diesem. Manchmal verstand er einfach nicht, was in den Köpfen der Leute vor sich ging.

Lydia Lieberknecht hörte die Veränderung seiner Stimme und verwandelte sich augenblicklich in ein kleines, schutzbedürftiges Mädchen.

»Er hat sie nie angefasst, wirklich, aber er hat mir gedroht, es zu tun, wenn ich ihn nicht zuschauen lasse. Ich konnte doch nichts machen. Was hätte ich denn tun sollen?«

Den letzten Satz schrie sie.

Lewandowski sah die Frau noch einen Moment lang an, stand dann auf und verließ wortlos die Wohnung.

Eine geraume Weile hört er seine Mutter bereits im Erdgeschoss rumoren, und er weiß, um Punkt sieben Uhr wird sie das Frühstück fertig haben so wie immer. Wie jeden Tag. Er mag das und besteht darauf. Tage, die ohne diese Struktur beginnen, sind ihm lästig. Auf den Lärm konnte er aber gut verzichten. Mutter gibt sich Mühe, leise zu sein und ihn nicht zu wecken, doch selbst die leisesten Geräusche reißen ihn aus dem Schlaf. Das war schon immer so.

Da er nun schon mal wach ist, schwingt er die Beine aus dem Bett und setzt sich auf. Sein Kopf ist schwer, er fühlt sich nicht gut. Die Nacht war viel zu kurz gewesen, und die wenigen Stunden, die er geschlafen hat, waren angefüllt mit Gedanken. Er träumt nicht, er denkt im Schlaf, und das ist anstrengend. Immer sind es die gleichen Gedanken, von denen er eigentlich gar nichts mehr wissen will. Er will auch nicht darüber reden, es ist besser, wenn sie ungesagt bleiben. Seine Mutter hat das lange nicht verstanden, der Therapeut auch nicht, aber er hat sich über beide hinweggesetzt. Was bilden die sich auch ein, über sein Leben bestimmen zu wollen. Nur er allein entscheidet, was er zu denken hat und was nicht. Und wenn er darüber nachdenken will, wie es ist, jemanden zu töten, dann tut er es auch.

Zwei Minuten vor sieben.

Er wäscht sich schnell das Gesicht, zieht sich den frischen und duftenden Bademantel über und geht die lange steile Treppe ins Erdgeschoss hinunter. Jede Stufe knarrt. Das stört ihn. Unten in der Diele ist es eiskalt. Er hat sie nie warm erlebt, selbst an den heißesten Sommertagen blieb sie kühl. So schnell es geht, huscht er in die Küche.

Mutter brät Speckstreifen in einer kleinen Pfanne. Der Teller mit einer Portion Rühreiern steht schon an seinem Platz, ebenso eine Tasse Kaffee mit zwei Stück Zucker und einem Schuss Kondensmilch. Die Gerüche reizen seinen Magen, er hat mehr Appetit als gedacht. Er wünscht seiner Mutter einen guten Morgen, gibt ihr den üblichen

Kuss auf die Wange und lässt sich auf seinem Platz am Kopf der Tafel nieder.

»*Hast du gut geschlafen, mein Sohn?*«, *fragt sie und legt zwei krosse Speckstreifen auf seinen Teller.*

»*Zu kurz. Da ist wieder zu viel Fett dran.*«

»*Tut mir leid, es gab keinen mageren Speck. Hast du wieder so viel nachgedacht?*«

»*Bezweifelst du das?*«

»*Nein, ich wollte nur* ...«

Sie lässt den Satz unvollendet und humpelt an den Herd zurück. Die Sache mit ihrer Hüfte wird immer schlimmer. Die Schmerztabletten schlagen nicht mehr an, sagt sie. Das mit dem Jammern hält sich noch in Grenzen, aber sie wird immer langsamer und schafft es nicht mehr so wie früher, das Haus in Ordnung zu halten.

Die steile Treppe kommt sie schon lange nicht mehr hinauf. Seit Jahren bezieht er sein Bett selbst und räumt auch seinen Kleiderschrank ein. Das ist ihm nur recht. Er mag es nicht, wenn sie in sein Zimmer kommt. Seine Gedanken, die sie nicht sehen soll, hängen an den Wänden.

Aber er hat Angst, dass sie bald zu krank wird, um überhaupt noch etwas tun zu können. Was, wenn sie in ein Krankenhaus muss? Wenn er allein in diesem riesigen Haus bleiben muss mit all der Arbeit und all den alten Geistern? Wie soll er das schaffen, er allein? Das darf sie ihm nicht antun.

Er schaufelt eine Portion Rührei in seinen Mund – und verzieht angewidert das Gesicht.

»*Da ist kein Salz an den Eiern?*«

»*Ach, herrje* ...«

Sie beeilt sich und bringt ihm den Salzstreuer. Er salzt seine Rührei kräftig nach, aber irgendwie ist das Frühstück dennoch versaut. Es kommt immer häufiger vor, dass Mutter solche Kleinigkeiten vergisst. Wie schwer kann es denn sein, sich ein paar wenige Sachen zu merken? Er verlangt doch nicht viel. Sein Vater war viel penibler und akribischer gewesen, eine richtige Plage. Dem hatte sie nie etwas recht machen können – er selbst auch nicht.

Während er isst, erledigt sie den Abwasch. Er beobachtet sie dabei. Immer wieder tritt sie auf der Stelle hin und her, um ihr rechtes Bein zu entlasten. Dabei knarzen die Bodendielen.

»Kannst du das bitte lassen.«

Sofort hört das Knarzen auf. In seinem Kopf geht es aber noch eine Weile weiter und führt zu neuen Gedanken, denn es klingt wie das Knarzen eines Seiles am Ast eines Baumes. Das hört er immer wieder, dieses Seil, das leicht hin- und herschwingt und sich unter dem Gewicht eines Menschen tiefer und tiefer in die Rinde des Astes gräbt.

Genervt schiebt er den noch halb vollen Teller von sich. Zu viel Fett am Speck, zu viel Salz an den Eiern, nervige Geräusche in den Ohren; der Tag hat nicht einmal begonnen und ist schon versaut. So ist das immer. Wenn es nicht von Anfang an passt, ist es versaut.

»Magst du nicht mehr?«, fragt seine Mutter.

Sie sieht ihn nicht an, hantiert weiterhin mit dem Abwasch. Er betrachtet ihren schmalen Rücken, der in den letzten Jahren immer krummer geworden ist. Morbus sonst was, haben die Ärzte diagnostiziert. Die haben ja für alles einen Fachausdruck.

»Wie lange soll das noch so weitergehen?«, fragt er.

»Was meinst du?«

»Ich kann das alles nicht allein schaffen. Das Haus, der Hof, das Grundstück ... soll ich auch noch kochen?« Er hebt den Teller ein wenig an und lässt ihn scheppernd fallen. »Es wird mir alles zu viel. Ich stehe so kurz davor!«

Er zeigte ihr mit Daumen und Zeigefinger, wie kurz, doch sie sieht gar nicht zu ihm hin. Spült einfach weiter ab. Ignoriert ihn mit seinen Problemen.

»Hörst du mir zu?«

»Natürlich. Wir haben alle unsere Sorgen. Mein Arzt sagt, wenn ich nicht bald operiert ...«

Er schlägt kräftig mit der Hand auf den Tisch. Das Geschirr klappert laut, und seine Mutter fährt zusammen.

»Genau das meine ich«, sagt er. »Es geht ständig nur um dich. Du machst dir überhaupt keine Gedanken darüber, wie ich mich fühle. Wenn du operiert wirst, bin ich allein hier. Wie soll das gehen?«

Endlich hat er ihre Aufmerksamkeit. Die Hände noch im Spülwasser, beginnt ihr krummer Rücken zu zittern.

»Mein Sohn ... ich bin zu alt ... ich kann nicht mehr.« *Ihre Stimme versagt beinahe, und er hört, wie nah sie den Tränen ist.*

Schnell steht er auf, umrundet den Tisch, nimmt ein Geschirrhandtuch, angelt einen Teller aus dem Becken und beginnt, ihn abzutrocknen.

»Ich helfe dir doch schon, wo ich kann.«

Sie sieht ihn nicht an. Schnieft die Tränen weg und nickt, während ein weiteres Zittern durch ihren mageren Körper läuft.

»Wenn wir wenigstens eine Haushaltshilfe hätten ...«, *beginnt Mutter das leidige Thema, über das sie schon so oft gesprochen haben. Er kann es nicht mehr hören.*

»Mutter, bitte, das hatten wir doch schon. Ich will keine fremde Person hier im Haus. Wie soll ich da Ruhe finden?«

Dass er Angst davor hat, eine fremde Person könnte seine Gedanken sehen, erzählt er ihr nicht.

Er nimmt Teller und Geschirrtuch in die Linke und streicht ihr mit der Rechten über den Rücken. Gern tut er das nicht, denn er ekelt sich vor ihrer krummen Wirbelsäule.

»Oder wenn du endlich eine Frau finden würdest«, *setzt Mutter nach.*

Er wirft den abgetrockneten Teller mit Wucht auf den Fußboden.

Ich will das nicht mehr hören. Hast du mich verstanden? Ich will davon nichts mehr hören!«

Der große schwarze Wagen hielt direkt vor dem Haus. Die massive Kühlerhaube ragte über die Fensterbank, die Scheinwerfer leuchteten in die Küche und warfen ein Schattenkreuz an die gegenüberliegende Wand. Einen Moment noch grummelte der Motor vor sich hin, dann wurde er abgestellt, und mit ihm erlosch das kalte blaue Licht.

Mit pochendem Herzen stand Verona Klier hinter der Gardine, eine Hand auf den Busen gepresst, die andere am Mund. Sie war nicht in der Lage, sich zu rühren. Die Autotür wurde aufgestoßen, und Verona zuckte zurück. Sie verbarg sich hinter dem dicken braunen Vorhang für den Fall, dass er sie durch die Gardine hindurch sehen konnte.

Da war er. Der verrückte Schriftsteller.

Und wie er sich umsah! Verstohlen und misstrauisch wie ein Verbrecher. Ein Mann mit schulterlangem, schwarzem Haar war per se schon verdächtig, fand Verona, und wenn er zusätzlich noch Krimis schrieb und unschuldige Nachbarn mit Waffengewalt vom Hof jagte, dann konnte er nicht besser sein als diese Männer, die sie bei Aktenzeichen XY immer suchten. Wieso musste sich so einer in ihrem Dorf niederlassen? Hier war die Welt immer in Ordnung gewesen, überschaubar, gemächlich. Ja, mitunter auch langweilig, das gab sie gern zu, und manchmal war ein bisschen Abwechslung nicht schlecht, gerade in den langen kalten Wintertagen, aber dieser Mann passte nicht hierher. Der passte nirgendwohin.

Verona Klier wusste, was Zordan von ihr wollte. Bislang hatte er sich jedes Mal an die Absprache gehalten. Verona hätte dem schon lange einen Riegel vorschieben sollen, schließlich war sie keine Spionin, aber sie traute sich nicht. Wenn er sie anstarrte mit seinen merkwürdigen grünen Augen, blieben ihr die Worte im Hals stecken.

Zordan verriegelte seinen Wagen. Den Signalton konnte Verona hören. Für einen Moment blieb sein Blick am Fenster hängen, und

Verona war sich sicher, er konnte sie durch den Vorhang hindurch sehen.

Er wandte sich ab und ging ums Haus herum.

Verona verfolgte ihn von Fenster zu Fenster, bis sie die Haustür erreichte. Der Glaseinsatz darin war dank einer Gardine blickdicht, sie konnte ihn beobachten, ohne dass er sie sah. Mit den Händen in den Taschen stand der Schriftsteller auf dem Parkplatz und schaute sich um. Verona hatte den Eindruck, als wüsste er nicht, wie er hierhergekommen war und was er tun sollte. Schließlich gab er sich einen Ruck und trat auf die Haustür zu. Den großen Klingelknopf konnte man nun wirklich nicht übersehen, aber Zordan starrte die Stelle an der Wand an, als sei dort rein gar nichts. Wieder dauerte es eine Weile, ehe er klingelte. Beim Schellen der Türglocke zuckte Verona Klier zusammen.

Zum siebten Mal klingelte dieser Mann bei ihr. Sieben Mal in fünf Jahren, und jedes Mal fürchtete sie sich zu Tode. Es war, als würde sie das Böse in ihr Haus lassen und damit dem Tode geweiht sein, so, wie sie es in den alten Vampirfilmen sagten.

Allerdings: Wenn sie es nicht tat, würde sie die fünfzig Euro nicht bekommen. Er hatte damals zwanzig Euro angeboten, aber da hatte Verona nicht mitgespielt. Wer so ein dickes Auto fuhr und sich für jede Reparatur am Haus einen Handwerker leisten konnte, der konnte es sich auch leisten, für seine Privatsphäre fünfzig Euro zu bezahlen.

Es hatte noch einen weiteren Vorteil, ihm die Tür zu öffnen. Irma und Heidi, ihre Nachbarinnen, wussten nichts von der Übereinkunft, und es war Verona jedes Mal eine große Freude, ihnen irgendwelche haarsträubenden Geschichten aufzutischen, wenn sie wissen wollten, warum Zordan bei ihr gewesen war.

Mit klopfendem Herzen öffnete sie die Tür.

Zordan trug eine schwarze Hose und ein schwarzes Hemd. Es war ordentlich gebügelt, aber die Hemdsärmel waren hochgeschoben und die oberen drei Knöpfe geöffnet. Man sah sein Brusthaar.

Und dann dieser Blick. Als wolle er sie töten.

»Guten Morgen, Frau Klier«, sagte er.

»Oh, guten Morgen«, erwiderte sie und tat überrascht. »Was führt Sie zu mir?«

»Vielen Dank für die Warnung«, sagte er und überreichte ihr einen Briefumschlag.

Verona Klier nahm ihn zögerlich entgegen. Er musste ja nicht wissen, wie gut sie das Geld gebrauchen konnte.

Sag es ihm, dachte sie. Sag ihm, dass du das nicht mehr willst.

»Es sind ja weniger Reporter gewesen dieses Jahr.«

»Dennoch möchte ich weiterhin über jeden Einzelnen informiert werden.«

»Wenn ich rechtzeitig erfahre, dass einer im Ort ist, gern.«

Er räusperte sich.

»Ist Frau Weiß noch da?

Verona Klier klammerte sich ans Türblatt.

»Tut mir leid, aber über unsere Gäste dürfen wir keine Auskunft geben. Die Hausordnung, Sie verstehen sicher.«

»In dem Umschlag sind hundert statt fünfzig Euro.«

»Nun, wenn es so ist … die junge Dame hat das Zimmer noch. Im Haus ist sie aber nicht.«

»Und wo ist sie?«

»Das weiß ich nicht. Nach dem Frühstück ist sie aufgebrochen.«

Verona war in der letzten Nacht lange wach geblieben, weil sie sich um die junge Dame gesorgt hatte. Es war schon nach Mitternacht gewesen, als sie endlich zurückkam. Niemand blieb hier so lange fort, es gab einfach nichts, was man tun konnte, aber jetzt wurde Verona alles klar. Die Sorge war unbegründet gewesen. Das junge Flittchen hatte sich von dem Schriftsteller ins Bett zerren lassen. Man musste ihn nur anschauen, um das zu wissen. Er wirkte übernächtigt.

»Falls Frau Weiß auftaucht, richten Sie ihr doch bitte aus, sie soll mich anrufen. Das müsste ja im Preis mit drin sein.«

Damit wandte er sich ab und ging.

Verona Klier schnappte nach Luft und schlug die Tür zu.

So ein unverschämter Kerl!

Noch im Hausflur öffnete sie den Umschlag und zählte das Geld.

Andreas mochte die alte Klier nicht, und er hasste es, ihr Geld zu geben, aber in ihrer Funktion als Klatschbase war sie wirklich jeden Cent wert.

Den Deal, dass sie ihn vor Reportern warnte, hatte er gleich nach seinem Einzug mit ihr getroffen. Ihr Haus lag strategisch günstig an der Durchgangsstraße, und so bekam sie alles mit, was im Ort geschah, sah jeden Wagen mit ortsfremden Kennzeichen, der auffällig langsam durch die Straßen fuhr. Außerdem übernachteten alle Reporter, die eine weite Anreise hatten, bei ihr – wie auch Greta Weiß.

Andreas war noch nicht in seinen Wagen eingestiegen, da klingelte sein Handy. Die Nummer erkannte er sofort wieder.

Die Journalistin.

»Ich will ein Exklusivinterview«, sagte sie ohne Begrüßungsfloskeln.

»Nicht am Telefon.«

»Natürlich nicht. Wann können Sie auf dem örtlichen Friedhof sein?«

Er brauchte drei Minuten mit dem Wagen. Drei Minuten, in denen er sich fragte, was, zum Teufel, die Journalistin auf dem Friedhof wollte? Als er in der Mitte des Geländes eine Zapfstelle für Gießwasser erreichte und sich umsah, wurde es ihm klar: Hier waren einige Leute unterwegs. Allesamt alte Frauen mit grauem Haar, die sich liebevoll um die Gräber ihrer Männer kümmerten. Etwas, das Andreas schon häufiger beobachtet hatte und das seine Überzeugung festigte, dass die Ehe für Männer keine Vorteile bereithielt.

Die Journalistin traute ihm nicht und suchte Öffentlichkeit. Nach seiner etwas harschen Aktion gestern Abend konnte Andreas das sogar verstehen.

Beobachtete sie ihn bereits?

Andreas sah sich um und bemerkte eine Bewegung auf der anderen Seite des Maschendrahtzauns, der den Friedhof westlich und nördlich vom Wald trennte. Hinter dem zwei Meter hohen Zaun stand Greta Weiß und winkte ihm zu. Andreas ging zu ihr hinüber.

»Ein bisschen theatralisch, finden Sie nicht«, sagte er.

»Nein, finde ich nicht. Im Moment ist mir ein hoher Zaun zwischen uns wichtig.«

»Ich tue Ihnen schon nichts.«

»Aber ich Ihnen vielleicht.«

Sie war ganz eindeutig immer noch sehr wütend. Ihre Augen blitzten zornig, ihre Wangen waren leicht gerötet, so als sei sie den Weg vom Dorf bis hierher gelaufen.

»Warum sind Sie so schnell hier?«, fragte sie.

»Weil Ihr Anruf mich vor der Pension erwischt hat. Ich hatte ein sehr nettes Gespräch mit Ihrer Vermieterin. Sie glaubt jetzt, wir sind ein Paar.«

»Vielen Dank. Was wollten Sie überhaupt dort?«

»Mit Ihnen reden.«

»Ich will ein Exklusivinterview«, wiederholte Greta Weiß.

»Sagten Sie bereits.«

»Und die Story über Ihren Stalker. Sofern sie denn stimmt.«

»Sie stimmt. Und wenn Sie mir versprechen, nicht zur Polizei zu gehen, weihe ich Sie ein.«

»Ich wäre längst dort gewesen, wenn ich Sie wegen der Betäubung und Freiheitsberaubung anzeigen wollte.«

»Das meine ich nicht.«

»Nicht? Was dann?«

»Erst müssen Sie es versprechen.«

»Das kann ich nicht.«

»Dann gibt es weder ein Interview noch die Story. Und nach dem, was ich gerade zu sehen bekommen habe, wird die ziemlich heftig.«

Sie dachte einen Moment nach und kräuselte die Stirn.

»Okay. Solange ich keine Gesetze brechen muss, bin ich dabei.«

Andreas nickte, sah sich um, um sicherzugehen, dass niemand sonst in der Nähe war, und holte dann das Handy hervor.

»Sehen Sie sich das hier an.«

»Was soll ich mir ansehen? Ihr Telefon?«

»Es ist nicht meines. Ich habe es heute früh vor meiner Hütte gefunden. Es befindet sich eine Videobotschaft für mich darauf.«

Andreas rief das Video auf und reichte das Smartphone durch den Maschendrahtzaun. Die Journalistin zögerte.

»Nehmen Sie es schon. Es explodiert nicht.«

Vorsichtig, so als befürchte sie, einen Stromschlag zu bekommen, nahm sie das Handy und betrachtete den Riss im Display und die eingravierten Worte im Deckel auf der Rückseite. Sie las sie jedoch nicht, sondern drückte auf das Play-Symbol.

Das Video hatte keine gute Qualität, die Lichtverhältnisse waren bei der Aufnahme schlecht gewesen, aber das Wesentliche war gut genug zu erkennen. Es zeigte ein fast nacktes Mädchen im Teenageralter. Sie trug nur Unterwäsche, weinte und war verängstigt. Ganz offensichtlich wurde sie in einem Kellerraum gefangen gehalten. Von ihrem Fußgelenk führte eine Kette zu einem massiven Balken. Das Mädchen hielt ein großes Küchenmesser in den Händen. Die Spitze des Messers war auf ihren nackten Bauch gerichtet.

Aus dem Lautsprecher des Smartphones erklang eine dünne männliche Stimme.

»Wenn die Polizei eingeschaltet wird, bringe ich das hier zu Ende. Du weißt ja, wie es ausgeht, Schriftsteller. Und jetzt zeig mir, was ein wahrer Psychopath tun würde. Zeig mir, dass du kein Poser bist.«

Von links schob sich ein silbriger Metallzylinder ins Bild. Es zischte, und eine Feuerlanze schoss aus dem Zylinder. Das Mädchen schrie auf, jemand lachte, und der Bildschirm wurde schwarz.

Greta Weiß schlug sich eine Hand vor den Mund.

»Keine Angst, er hat sie nicht getötet«, sagte Andreas und nahm ihr das Smartphone wieder ab.

»Das können Sie nicht wissen«, quetschte die Journalistin zwischen ihren Fingern hervor.

»Doch, kann ich. Mit dem, was Sie in diesem Video gesehen haben, stellt er eine Szene aus meinem Buch nach. Das Mädchen ersticht sich nach dem Vorbild japanischer Samurai selbst, um den Schmerzen zu entgehen, die er ihr ansonsten mit dem Flammenwerfer zufügen würde.«

»Ja, richtig, ich erinnere mich an die Szene. Also ist sie doch tot.«

»Nein.« Andreas schüttelte entschieden den Kopf. »Er will mich herausfordern. Er will sehen, ob mir das Leben dieses Mädchens gleichgültig ist und ich zur Polizei gehe.«

Greta Weiß sah Andreas fragend an.

»Sie behaupten von sich selbst, ein Psychopath zu sein. Demnach müsste Ihnen das Leben des Mädchens gleichgültig sein.«

»Richtig. Es geht mir auch nicht um das Mädchen. Ich muss diesen Mann finden, dazu brauche ich Zeit, und die kann ich mir verschaffen, indem ich ihn hinhalte. Solange die Polizei nicht ermittelt, wird er das Mädchen nicht töten – hoffe ich.«

»Das ist … widerlich … und krank. Ich kann bei so etwas nicht mitmachen.« Greta Weiß schüttelte den Kopf.

»Dafür ist es zu spät. Sie sind schon mittendrin. Wenn Sie zur Polizei gehen, stirbt das Mädchen. Wir müssen gemeinsam eine Strategie erarbeiten. Vielleicht können Sie mir helfen, diesen Mann ausfindig zu machen.«

»Ich?«

»Ich werde beobachtet, das beweisen der Zettel an der Pforte und das Handy auf meiner Terrasse. Ich kann mich also nicht frei bewegen. Sie aber schon.«

Greta dachte nach. »Vielleicht hat er mich längst gesehen. Gestern Abend, nachdem ... ich gegangen bin ... ich glaube, ich habe da jemanden im Wald bemerkt.«

»Eine Person?«

»Einen Schatten, mehr nicht. Aber ich bin mir ziemlich sicher.«

»Könnte ein Reh gewesen sein, davon gibt es hier viele. Außerdem waren Sie ... na ja, aufgewühlt.«

In dem Blick, der Andreas zuflog, blitzte erneut Wut auf.

»Ich war nicht aufgewühlt, sondern stocksauer. Ihr Verhalten war völlig inakzeptabel.«

»Das war es. Dafür entschuldige ich mich in aller Form bei Ihnen.«

Den Satz hatte Andreas sich zurechtgelegt und ihn auf der Fahrt hierher mehrfach leise aufgesagt. Es war ein Satz, den er eigentlich nicht über die Lippen brachte, deshalb war es wichtig, eine Art Automatismus zu entwickeln, der die Sache erleichterte.

Greta Weiß zog die Augenbrauen zusammen. Manche Gesichter wurden davon entstellt, sie sah einfach nur süß aus.

»Klingt aufgesagt«, versetzte sie.

»Ist aber ehrlich gemeint.«

Sie musterte ihn, die Augenbrauen weiterhin zusammengezogen, und Andreas hielt ihrem Blick stand.

»Keine Tricks mehr!«, warnte sie.

Er hob die Hände.

»Ich verspreche es.«

»Und wir gehen zur Polizei, wenn es aus dem Ruder läuft.«

»Die Entscheidung überlasse ich Ihnen.«

Die Musterung dauerte noch ein paar Sekunden, dann nickte sie.

Greta hatte vorgeschlagen, ihre Unterhaltung vom Maschendrahtzaun in ihren Wagen zu verlegen, der auf dem Parkplatz östlich des Friedhofs parkte. Es war nicht so, dass sie Zordan plötzlich vollkommen vertraute, aber er hatte sich mit dem Video an sie gewandt, sie um Hilfe gebeten, was ihm sicher nicht leichtgefallen war, und das zeigte doch, wie verzweifelt er war. Allein, da hatte Zordan recht, würde er nicht mit Nummer 25 fertig werden, wenn dieser ihn auf Schritt und Tritt überwachte.

Allerdings hatte sich seit gestern alles geändert.

Aus einer bloßen Drohung per Mail und einem Zettel am Zaun war ein Gewaltverbrechen geworden. Was Greta auf dem Video gesehen hatte, hatte sie zutiefst schockiert. Ihrem ersten Impuls folgend, hätte sie sofort die Polizei verständigt, aber was Zordan gesagt hatte, war nicht von der Hand zu weisen. Würde sie damit leben können, wenn Nummer 25 das Mädchen wegen ihr tötete? Greta wusste, dass sie es nicht könnte. Sie ließ sich von dem Täter erpressen, genau wie Zordan, aber nur für den Moment. Sie würde die Zeit nutzen und recherchieren, um Nummer 25 ausfindig zu machen, bevor er dem Mädchen wirklich etwas antat.

Außerdem wurde die Story immer vielversprechender.

Es war eng in Gretas Wagen. Zordans Schulter berührte die ihre. Es war eine merkwürdige, beinahe schon abstruse Situation, bedachte man, dass Greta erst vor wenigen Stunden von diesem Mann betäubt und gefesselt worden war.

»Wie gehen wir vor?«, fragte Zordan.

Er roch dezent nach teurem Parfum.

»Wir haben zwei Spuren«, begann Greta und sammelte ihre Gedanken. »Das Handy und das Mädchen auf dem Video. Eine von beiden muss uns zu dem Täter führen.«

»Tja, dumm ist er nicht. Auf dem Handy ist nichts weiter als dieses Video. Da ist nicht einmal eine SIM-Karte drin. Nummer 25 hat es nur als Medium für das Video benutzt.«

»Warum hat er das Video nicht per Mail geschickt?«

»Was weiß ich. Um nicht entdeckt zu werden, wahrscheinlich. Oder er wollte mir zeigen, dass er bei mir ein und aus gehen kann, wie es ihm beliebt. Ja, ich denke, er will mir Angst machen.«

»Also, ich hätte Angst. Sie sollten in ein Hotel ziehen.«

»Auf gar keinen Fall! So leicht lasse ich mich nicht einschüchtern.«

»Dann schaffen Sie sich wenigstens einen Hund an.«

Zordan sah sie an und nickte anerkennend. »Gute Idee!«

»Wenn das Handy nichts hergibt, ist das Mädchen unsere einzige Hoffnung. Sie wird irgendwo vermisst, ganz sicher.«

»Jeden Tag verschwinden Dutzende von Jugendlichen. Und Deutschland ist groß.«

»Nein, wir müssen nicht in ganz Deutschland suchen. Der logistische Aufwand wäre doch viel zu hoch für den Täter. Er war an Ihrem Haus, zweimal kurz hintereinander. Sein Versteck, der Ort, an dem er das Mädchen festhält, kann nicht allzu weit entfernt sein. Es sei denn ...«

Greta grübelte.

»Was ist?«

»Was, wenn er einen Partner hat?«

Andreas schüttelte den Kopf. »Psychopathen sind keine Teamplayer. Sie arbeiten allein. Man trifft sie deswegen auch kaum in Mannschaftssportarten an. Es passt nicht zu ihrem Charakter, den Sieg mit jemandem teilen zu müssen.«

»Aber gab es nicht schon solche Fälle?«

»Es gab Fälle, in denen sich ein Psychopath einen Gehilfen oder eine Gehilfin gesucht hat, aber die waren dann mehr oder weniger von ihm abhängig, weil er sie manipulierte. Darin sind Psychopathen nämlich ganz groß. Klar, es könnte jemanden geben, der den Zettel und das Handy zu mir gebracht hat, aber ich bin mir sicher, dass er sein Opfer selbst quält. Das wird er sich nicht nehmen lassen.«

»Da spricht der Profi.«

»Und daran wird er scheitern.«

»Woran?«

»In seiner Arroganz geht Nummer 25 davon aus, ich sei ihm unterlegen. Er meint, ich spiele nur vor, ein Psychopath zu sein. Das wird ihm zum Verhängnis werden.«

Greta traute sich kaum, ihn bei dieser Frage anzuschauen.

»Und? Spielen Sie es nur vor?«

Ungeniert erwiderte er ihren Blick. Seine grünen Augen waren wirklich faszinierend. Laut einer Studie sollten Menschen mit grünen Augen kreativer, ruhiger und belastbarer sein als Menschen mit zum Beispiel braunen Augen. Zudem brachte man ihnen mehr Vertrauen entgegen. Greta hatte keine Ahnung, ob das stimmte, aber dass Männer mit grünen Augen eine Extraportion Sexappeal hatten, das konnte sie unterschreiben.

»Finden Sie es heraus«, sagte Zordan mit tiefer Stimme.

»Werde ich«, erwiderte Greta, wandte den Blick ab und sammelte sich. Herrgott noch mal, sie war doch kein Schulmädchen mehr.

»Aber zunächst sollten wir uns um das Mädchen kümmern. Das ist wichtiger. Was meinen Sie? Ist sie in einem Umkreis von hundert bis hundertfünfzig Kilometern verschwunden?«

»Möglich. Warum?«

»Ich kenne jemanden in Steinburg an der Weser, einen Polizisten. Den könnte ich fragen.«

Zordan schüttelte den Kopf.

»Zu gefährlich. Denken Sie daran, was er gesagt hat.«

»Schon klar, ich gehe natürlich vorsichtig vor. Es gibt nämlich etwas, das können Psychos wie Sie und Ihr Kumpel Nummer 25 noch von einer Frau lernen.«

»Und das wäre?«

»Manipulation. Wenn es darum geht, Männer zu manipulieren, sind Frauen unschlagbar.«

Lars Lewandowski hatte die Anfahrt von einer Dreiviertelstunde auf sich genommen, um bei der erneuten Vernehmung von Jens Kraft dabei zu sein. Sarahs Lieberknechts Vater lebte nicht in Steinburg, sondern in Oldenburg, und die Stadt lag außerhalb seines Zuständigkeitsbereiches. Die Kollegen hatten den Mann auf Lewandowskis Antrag hin einbestellt.

Als er auf dem Parkplatz des Präsidiums eintraf, wartete Rudloff bereits auf ihn. Er stand in der überdachten Raucherenklave und zog an einem Glimmstengel. Lewandowski kannte den vier Jahre jüngeren Rudloff von anderen Fällen, außerdem hatten sie gemeinsam einige Seminare besucht.

»Na, zählst du schon die Tage«, fragte der Kollege zur Begrüßung.

»Nur kein Neid, du kommst auch noch an die Reihe.«

»Und ich kann es kaum erwarten, sag ich dir. Der Job geht mir nur noch auf die Nerven. Ich kann die Typen nicht mehr sehen, die uns eine Lüge nach der anderen auftischen und uns ins Gesicht lachen, weil sie die Konsequenzen nicht fürchten müssen. Rechtsstaat ... dass ich nicht lache.«

Rudloff war der gesprächige Typ und hatte immer etwas zu meckern, aber er war ein fähiger Ermittler.

»Und wie ist Kraft?«, fragte Lewandowski und brachte ihn wieder in die Spur zurück.

»Der ist genauso ein Arsch. Null Respekt vor der Polizei, hat gleich mit seinem Anwalt gedroht, dabei hat er keinen Cent in der Tasche.«

»Erfrischend.«

»Ich reiß mich nicht um den Typen. Du kannst dich gern allein mit ihm unterhalten.«

Zehn Minuten später stieß Lewandowski die Tür zum Vernehmungsraum mit der Fußspitze auf und trug zwei volle Kaffeebecher mit Aufdruck hinein. Auf dem einen stand »Zuckerbrot war alle«, darunter war eine Peitsche abgebildet, auf dem anderen »Finger weg!«, darunter in Klammern »Urinprobe«.

Lewandowski setzte sich und schob Jens Kraft den Urinprobe-Becher so zu, dass er den Aufdruck lesen konnte.

»Was soll der Scheiß? Ich will keinen Kaffee.«

Jens Kraft strahlte Unzufriedenheit und Ärger aus. Er war klein, höchstens eins sechzig, dick, hatte kurzes rotes Haar und einen Blick, der weniger gelassene Menschen reizen konnte. Bei Lewandowski verfing das nicht mehr. Er hatte zu viele von diesen Typen kennengelernt. Männer wie Kraft wussten alles, und zwar besser, und sie wären stinkreich oder mächtig oder beides, wenn ihnen das beschissene System nicht dauernd einen Strich durch die Rechnung machen würde. Männer wie Kraft waren das Rückgrat des Nachmittagsfernsehens.

»Kein Problem, ich vertrag auch zwei. Sie wissen, dies ist eine Vernehmung, kein Verhör. Sie sind freiwillig hier und können jederzeit gehen«, sagte Lewandowski ruhig.

Jens Kraft zappelte wie ein kleines Kind herum, aber das machte ihn nicht automatisch verdächtig. Wahrscheinlich war er der Typ, der nie stillsaß.

»Aber wenn ich mich weigere, ist es das nächste Mal ein Verhör, richtig?«

Lewandowski zuckte mit den Schultern. »Liegt ganz bei Ihnen. Also, machen wir es kurz und schmerzlos. Ihre Tochter Sarah aus der Beziehung mit Lydia Lieberknecht, geborene Witte, ist verschwunden. Für den Abend, an dem sie verschwunden ist, haben Sie ein Alibi, das hat bereits die erste Vernehmung ergeben. Und dennoch möchte ich noch einmal mit Ihnen sprechen. Können Sie sich vorstellen, warum?«

»Nein, kann ich nicht.«

Lewandowski hob die Augenbrauen. »Sicher?«

Jens Kraft beugte sich vor. »Was hat Lydia, die Schlampe, Ihnen erzählt?«

»Nichts. Aber andere Quellen berichten, Sie seien ein ausgemachtes Arschloch, das seiner minderjährigen Tochter gern beim Duschen zuschaut.«

Jens Kraft lief augenblicklich rot an.

»Das hör ich mir nicht an! Ich bleibe nicht hier sitzen und höre mir diese dreisten Lügen an. Scheiße, das hab ich nicht nötig. Ich verklage jeden, der so etwas behauptet, und wenn ich ...«

»Nun kommen Sie mal runter, sonst denke ich noch, da ist was dran. Ich meine, ein aufrechter Kerl wie Sie würde so etwas doch nicht machen, oder? Ist doch pervers, der eigenen Tochter beim Duschen zuzusehen, gerade wenn sie auf dem Sprung vom Mädchen zur Frau ist. Da müsste man ganz schön krank sein. Wer so etwas tut, geht oft noch einen Schritt weiter, das zeigen unsere Erfahrungen. Als Nächstes wird die Tochter dann angegrapscht, und weil man die Konsequenzen fürchtet, bringt man sie zum Schweigen. So läuft es in der Regel. Und Sie wollen doch nicht, dass ich denke, Sie seien dazu in der Lage. Also beruhigen Sie sich, damit ich meine Fragen stellen und Sie als Verdächtigen ausschließen kann. Wenn ich das nämlich nicht kann, dann klebe ich an Ihnen wie ein alter Kaugummi, und das ist dann alles andere als lustig. Also ...«

Lewandowski schob den Ärmel seiner Jacke hoch und warf einen Blick auf seine Armbanduhr.

»In vier Monaten, zwei Tagen und fünf Stunden gehe ich in Pension. Bis dahin weiß ich, was mit Sarah passiert ist. Jede Wette.«

»Aber ich hab nichts damit zu tun! Ich war arbeiten.«

Jens Kraft klang schon etwas zugänglicher. Nicht mehr so sehr auf Krawall gebürstet.

»Sicher, das wissen wir. Ihre Spätschicht endete um zweiundzwanzig Uhr. Sarah wurde zuletzt um einundzwanzig Uhr gesehen und hätte nach Absprache mit ihrer Mutter um zehn zu Hause sein müssen. Sarah hielt sich an solche Absprachen. Deshalb gehen wir davon aus, dass sie von ihrer Freundin aus direkt nach Haus gefahren und in der Zeit zwischen einundzwanzig und zweiundzwanzig Uhr verschwunden ist. Aber wir wissen es nicht. Jemand hätte sie anrufen und zu einem Treffen locken können. Jemand, von dem Sarah ihrer Mutter nichts erzählt hat.«

»Ich hätte noch eine Stunde fahren müssen«, wandte Jens Kraft ein.

»Wissen wir auch. Und um Sie als Verdächtigen vollständig ausschließen zu können, würde ich gern Ihre Handyverbindungen überprüfen sowie Ihren privaten PC einsehen. Ist das möglich?«

»Bin ich dazu verpflichtet?«

»Noch nicht.«

»Dann will ich das nicht. Mein PC und mein Handy sind Privatsphäre.«

»Klingt verdächtig, wenn Sie mich fragen.«

»Ich will vorher mit einem Anwalt reden.«

»Warum? Wenn Sie nichts zu verbergen haben, ist das doch völlig überflüssig.«

»Ich habe meiner Tochter nichts angetan«, schrie Jens Kraft. »Ich hab sie seit Jahren nicht gesehen. Wahrscheinlich ist sie nicht mal von mir.«

Lewandowski merkte auf. »Wie kommen Sie darauf?«

»Weil Lydia mit jedem rumgemacht hat, der nicht schnell genug auf dem Baum war, diese Schlampe. Haben Sie sich ein Foto von Sarah angesehen?«

»Sicher.«

»Sieht sie aus wie ich?«

»Zum Glück nicht.«

Kraft warf ihm einen beleidigten Blick zu. »Und ansonsten ist Ihnen nichts aufgefallen, Superbulle? Die Haarfarbe vielleicht? Ich habe rotes Haar, so etwas vererbt sich. Sarah hat blondes Haar.«

»Könnte gefärbt sein«, wandte Lewandowski ein.

»Ist es nicht.«

»Nur damit ich das richtig verstehe«, sagte Lewandowski, nahm die Urintasse und lehnte sich zurück. »Sie vermuten, Sarah sei nicht Ihre Tochter, zahlen aber Unterhalt für sie.«

»Unterhalt? Ich? Wovon denn. Ich krieg in diesem beschissenen System doch nur unterbezahlte Jobs. Reicht kaum zum Leben.«

»Okay, dann zahlen Sie also nicht und haben auch keinen Grund, die Vaterschaft offiziell feststellen zu lassen. Aber Sie hätten einen Grund, Sarah etwas anzutun.«

»Was? Sie ticken wohl nicht richtig.«

»Ihre Ex hat Ihnen womöglich ein Kuckuckskind ins Nest gelegt, so etwas sieht kein Mann gern. Aggressive Typen wie Sie können da schon mal überreagieren.«

»So, jetzt reicht's.«

Jens Kraft sprang auf und zeigte mit dem Finger auf Lewandowski. »Egal, was ich sage, Sie drehen mir einen Strick daraus. Ohne juristischen Beistand rede ich nicht mehr mit Ihnen.«

Lewandowski lächelte, legte den Kopf schräg und sah den kleinen, aggressiven Mann an.

Er wusste, hier stimmte etwas nicht.

Andreas fuhr von dem Gespräch mit Greta Weiß in ihrem lächerlich kleinen Auto nicht direkt nach Hause, sondern machte sich auf den Weg, ihren Vorschlag in die Tat umzusetzen. Warum war er nicht selbst darauf gekommen?

Die Journalistin hatte sich für die Sache begeistert, entwickelte Ideen und Pläne und war – zu seiner großen Erleichterung – auf seine Bitte eingegangen, die Polizei vorerst noch aus dem Spiel zu lassen. Damit das noch eine Weile so blieb, durfte er ihr nichts von der Leiche erzählen, die er gestern im Wald verscharrt hatte. Erst musste auf beiden Seiten das Vertrauen wachsen.

Die Kleine war nicht dumm, schaltete schnell und war präzise im Denken. Aber wie die meisten »Normalen« dachte Greta Weiß in ihr vertrauten Bahnen. Unbekannte Wege zu denken, krasse Ideen zu entwickeln und sich auch gedanklich abseits der gesellschaftlichen Normen zu bewegen, das war ihr fremd. Das war nicht ihre Schuld, denn dafür brauchte es ein Gehirn wie seines, mit all den Anomalien, die einem Psychopathen zur Verfügung standen.

Und er durfte eines nicht vergessen: Sie war Journalistin. Für eine gute Story würde sie ihn ans Messer liefern.

Es war ein Balanceakt, das wusste Andreas.

Das Tierheim hatte er zuvor gegoogelt, es lag fast fünfzig Kilometer von seiner Hütte entfernt. Eine schmale gepflasterte Straße führte die letzten hundert Meter auf eine alte Resthofstelle zu, die allein am Ende des Weges lag. Gewaltige Eichenbäume beschatteten die Einfahrt. Das weitläufige Grundstück war mit Maschendraht eingezäunt, ein altes rostiges Metalltor versperrte die Zufahrt zum Hof. Andreas stellte seinen Range Rover ab und stieg aus. Hundegebell empfing ihn. Höllischer Lärm, der Andreas sofort auf die Nerven ging. Geräusche waren seine Feinde, immer schon, und leider war sein Gehör sehr gut. Jungfräulich gut, wie sein Ohrenarzt es einmal formuliert hatte, als er sich wegen einer Entzündung behandeln lassen musste. Als Jugendlicher war er so gut wie nie in Diskotheken gewesen und hatte beim Musikhören keine Kopfhörer getragen, wahrscheinlich war das der Grund für seine guten Ohren.

Ein alter, hochgewachsener Mann kam aus der Tür eines Anbaus. Er trug grellorangefarbenen Gehörschutz. Andreas schätzte ihn auf Mitte sechzig. Sein Gang war kraftvoll und energisch, die Muskeln an seinen gebräunten Unterarmen sehnig. Aus einem dichten grauen Haarschopf lugten außergewöhnlich große Ohren hervor.

An der Einfahrt angekommen, nahm er den Gehörschutz ab, begrüßte Andreas und stellte sich als Karl Overbeck vor.

»Was kann ich für Sie tun?«

»Ich brauche einen Hund.«

»Aha. Darf ich den Grund erfahren?«

»Ich wohne sehr abgelegen, und kürzlich wurde bei mir eingebrochen.«

»Also geht es um einen Wachhund?«

»Er muss nicht ausgebildet sein. Hauptsache, er schlägt an, wenn sich jemand unbefugt meinem Grundstück nähert.«

»Ich glaube, ich habe da den richtigen Hund für Sie. Kommen Sie, schauen wir ihn uns an.«

Karl Overbeck führte ihn durch eine ausgebaute Scheune. Sie war in mehrere Dutzend große Boxen unterteilt. In allen wuselten Hunde herum. Das aufgeregte, teilweise aggressive Kläffen verursachte Andreas körperliche Schmerzen, und er war drauf und dran, Overbeck um den Gehörschutz zu bitten.

Erträglicher wurde der Lärm erst, als sie die Scheune verließen und einen langgestreckten Anbau betraten, der früher wohl mal ein Schweinestall gewesen war. Die alten Koben waren noch vorhanden, aber zu kleinen Käfigen umgebaut, in denen sich Katzen befanden. Andreas mochte Katzen nicht, aber wenigstens machten sie keinen Lärm. Overbeck öffnete eine Tür und führte Andreas nach draußen. Über einen gepflasterten Weg erreichten sie einen schmalen Neubau aus Holz. Ein weit überhängendes Dach schützte acht vergitterte Boxen vor Regen. Anders als in der Scheune waren diese Boxen komplett geschlossen.

Kleine Gefängnisse, dachte Andreas.

»Hier haben wir sozusagen unser Straflager«, sagte Overbeck. »Schauen Sie sich die mal an. Die mögen zwar keine anderen Hunde, sind aber hervorragend als Wachhunde geeignet.«

Andreas ging an den Boxen entlang und betrachtete die Hunde. Sieben kläfften ihn an, einer nicht.

Bei dem blieb er stehen. Ein großer, kräftiger Kerl, der irgendwie nordisch aussah. Aus wachsamen, klugen blauen Augen beobachtete er Andreas, stand dabei ganz still, wedelte auch nicht mit der Rute. Ein beunruhigender, etwas unheimlicher Anblick, wie Andreas fand.

Overbeck trat hinter ihn.

»Ich nenne ihn Odin«, sagte er leise. »Ein Akita-Inu-Rüde. Sehr kräftig. Und leider nicht vermittelbar.«

»Warum nicht?«

»Er beißt andere Hunde und auch Menschen. Eigentlich gehört er eingeschläfert. Dieses Tier akzeptiert nur Härte und Entschlossenheit. Aber Sie können heute niemandem mehr sagen, er soll seinem Hund eins drüberziehen. Da werden Sie gleich angezeigt.«

»Man muss ihn schlagen, damit er gehorcht?«

»Sie müssen bei jedem Hund die Rangfolge klären, und bei Odin gelingt das nur mit absoluter Härte«, erwiderte Overbeck ausweichend. »Gehen Sie mal näher an den Käfig.«

Andreas trat darauf zu, ging ganz nah heran und legte sogar seine Hand an das Metallgitter.

Odin stand still, verfolgte aber jede seiner Bewegungen mit den Augen.

»Die anderen Kläffer wären schon längst auf Sie losgegangen, der hier aber nicht«, sagte Overbeck. »Er weiß, er kann nicht an Sie heran. Der ist klug. Und eiskalt.«

»Was soll er kosten«, fragte Andreas.

»Fünfhundert?«, versuchte es Overbeck.

»Für einen Hund, den Sie nicht vermitteln können? Zweihundert.«

»Zweihundertfünfzig, wenn Sie ihn nicht wiederbringen. Auf gar keinen Fall.«

Andreas sah dem Hund unverwandt in die Augen.

»Einverstanden.«

Manche ihrer Kommilitoninnen hatten es schon zu Studienzeiten schamlos ausgenutzt, dass es gutaussehenden Frauen leichtgemacht wurde, sich in der von Männern dominierten Welt zu vernetzen. Greta konnte auch charmant sein. Wenn sie lächelte und ihr Aggressionspotential wegsteckte, konnte ihr kaum ein Mann widerstehen. Aber sie sah nicht ein, warum sie Arsch und Titten für eine Telefonnummer einsetzen sollte. Sie hatte studiert! Besaß einen akademischen Grad! Das waren ihre Qualifikationen, nicht ihre Körpermaße. Und weil sie darauf beharrte, war sie eben nicht so gut vernetzt, wie sie es hätte sein können. Das bedeutete aber nicht, dass sie gar keine Kontakte hatte.

Der, zu dem sie unterwegs war, war dann allerdings doch im Bett entstanden, und es war ihr ein wenig unangenehm, ausgerechnet diesen Kontakt jetzt zu brauchen. Sie hatte aber nicht aus Berechnung mit Uwe Laubner geschlafen, sondern weil er ihr gefallen hatte.

Kennengelernt hatte Greta ihn in einem Szenelokal, in dem sie sich während des Studiums häufig mit Kommilitoninnen getroffen hatte. »Studentenfalle« hieß der Laden, und nachträglich betrachtet war es wohl Uwes Absicht gewesen, dort eine junge Studentin abzuschleppen. Greta hatte sich aufrichtig für ihn interessiert, nachdem sie eine Weile beobachtet hatte, wie er seine Umgebung und die Menschen darin scannte. Er hatte sich an Gesprächen beteiligt, zwischendurch aber immer wieder den Blick durch das volle Lokal wandern lassen, und Greta, die sich auf ihn eingeschossen hatte, hatte bemerkt, dass er das nicht aus Langeweile tat. Irgendwann war sie zu ihm gegangen und hatte ihn gefragt, ob er sich bereits eine Meinung über sie gebildet hatte.

Hatte er. Und nach zwei Bieren, die er bezahlte, war er bereit gewesen, seine Meinung mit ihr zu teilen. Greta erinnerte sich noch heute an beinahe jedes Wort.

Sie sind ehrgeizig, vielleicht ein wenig zu ehrgeizig. Sie reagieren empfindlich auf Kritik und nehmen sie häufig persönlich. Sie achten darauf, es anderen nicht recht zu machen, wahrscheinlich, weil Sie genau dazu neigen. Sie sind nicht verheiratet und in keiner festen Beziehung. Wahrscheinlich studieren Sie.

Wenn Greta heute daran zurückdachte, kam der alte Schmerz wieder hoch, den sie dabei empfunden hatte. Noch nie zuvor in ihrem Leben war sie von einem wildfremden Mann so durchschaut worden. Eigentlich sogar von niemandem, auch nicht von ihren Eltern. Obwohl sie nicht auf den Mund gefallen war, hatte sie damals um Worte gerungen und den Kloß in ihrem Hals mit einem Schluck Bier hinunterspülen müssen.

Zweimal war sie mit Uwe im Bett gewesen. Es hatte Greta gefallen, mit ihm zu schlafen. Er war nicht der übliche Faulpelz, sondern äußerst aktiv. Zu einem dritten Mal – oder gar einer längeren Beziehung – war es nicht gekommen, weil Greta in seiner Gegenwart ständig versucht hatte, sich zu verstellen. Ihr Innerstes zu verstecken. Trotzdem hatte sie sich wie gläsern gefühlt, ohne Geheimnisse. Das war kein schönes Gefühl. Niemand wollte nackt auf einem Marktplatz stehen und begafft werden. Sie hatte mit Uwe nicht darüber gesprochen, sondern sich zurückgezogen und Prüfungsstress vorgetäuscht. Aber der Mann war intelligent, wahrscheinlich hatte er sich seinen Teil gedacht.

Ihn anzurufen war Greta schwergefallen. Uwe war jedoch freundlich, vielleicht sogar ein bisschen zu herzlich gewesen und hatte einem Gespräch sofort zugestimmt. Natürlich hatte sie ihm gesagt, es sei beruflich. Auch das war für ihn kein Problem.

Sie trafen sich in einem Café in der Innenstadt.

Greta kam zehn Minuten zu früh dort an, bestellte einen Milchkaffee, dachte nach und machte sich Notizen.

Vor vier Stunden hatte sie sich mit Andreas Zordan unterhalten. Er war ein wenig zugänglicher gewesen als noch am Tag zuvor, dennoch hatte Greta den Eindruck, er verheimliche ihr etwas. Sie glaubte nicht mehr, dass er sich wegen der Polizeiaktion nachträglich an ihr rächen wollte. Für so einen Kinderkram würde er sicher nicht den Aufwand betreiben, ein Video zu drehen. Greta zweifelte nicht an dessen Echtheit. Das dunkelhaarige Mädchen litt Höllenqualen, sie befand sich in den Händen eines Irren, der zu allem bereit war und ihr Leben einsetzte, um Zordan zu schaden. Er hatte sie dazu gezwungen, zu sagen, dass der Schriftsteller Andreas Zordan sie töten würde, und Gretas Menschenkenntnis reichte aus, um zu erkennen, wie sehr Zordan das zusetzte. Er hatte sich zwar unter Kontrolle und versuchte stets, seine Emotionen zu verbergen, ihr gegenüber war ihm das aber nicht vollständig gelungen. Er war gestresst, stand unter Druck, hatte vielleicht sogar Angst.

Warum er partout die Polizei heraushalten wollte, war Greta nicht ganz klar. Die Drohung des Mannes aus dem Video konnte nicht der alleinige Grund sein. Man hätte mit den Beamten Stillschweigen und diskretes Ermitteln absprechen können, und wenn der Stalker doch etwas bemerkt und das Mädchen getötet hätte, wäre es nicht Zordans Schuld. Was kratzte es ihn, den selbsternannten Psychopathen, der nach eigener Einschätzung kein Mitgefühl und keine Schuldgefühle hatte?

Greta würde den wahren Grund noch herausfinden. Bis es aber so weit war, musste sie sich darüber klarwerden, wann sie ihr Versprechen brechen und doch die Polizei informieren würde. Sie ließ das zunächst offen und hoffte, zur richtigen Zeit die richtige Entscheidung treffen zu können.

Uwe Laubner betrat pünktlich das Café – und er sah klasse aus. Schmal, sportlich, voller Energie und mit einem kantigen Kinn, wie Greta es bei Männern mochte. Zordan hatte auch so ein Kinn. Uwe war ein bisschen kleiner, kaum größer als sie selbst, aber Abstriche musste man immer machen. Zordan hatte die richtige Größe, sah auch nackt klasse aus, war aber leider ein ausgemachtes Arschloch. Mr. Right gab es einfach nicht. Der war eine Fernseherfindung.

Sie umarmten sich zur Begrüßung. Küsschen rechts, Küsschen links. Uwe roch gut. Eine Mischung aus Aftershave und männlicher Haut, die ein wenig verschwitzt war. Greta verkniff es sich, an seinem Hals einen Moment innezuhalten, die Augen zu schließen und sich vorzustellen, mit ihm durch das Bett zu toben.

Die alte Anziehungskraft war auf jeden Fall noch vorhanden.

»Wie lange ist das jetzt her?«, fragte Uwe, nachdem er sich gesetzt hatte.

Er trug zu einer modernen Jeans ein Sportsakko, darunter ein blaues Hemd. Selbst im Sitzen war seine Taille schlank, nicht einmal ein Ansatz von Bauchfett war auszumachen. Er war in den letzten Jahren etwas grauer geworden, aber die Strähnen waren gleichmäßig in seinem ansonsten schwarzen Haar verteilt, so dass es schon wieder gut aussah.

»Zwei Jahre«, sagte Greta. »Aber gefühlt waren es nur wenige Tage.«

»Tja, je zivilisierter die Menschheit wird, desto schneller verbraucht sie ihre Zeit.«

»Da ist was dran.«

»Du siehst gut aus«, sagte Uwe. »Die Ähnlichkeit zu ...«

»Kein Wort mehr«, unterbrach Greta ihn. »Ich kann es nicht mehr hören.«

»Glaub ich nicht. Du könntest dir das Haar schwarz färben lassen, wenn es dich wirklich stören würde.«

»Das käme einer Kapitulation gleich, und das geht bei mir gar nicht.«

»Bist du dir sicher?«

Greta erinnerte sich an einen weiteren Grund, warum sie sich damals nicht mehr mit Uwe treffen wollte. Sie hatte ständig aufpassen müssen, was sie sagte. Uwe hielt nichts von sinnlosen Aussagen oder Halbwahrheiten. Wo andere Menschen einfach weghörten, fragte er nach oder forderte zur Klärung auf. Das konnte auf Dauer verdammt anstrengend sein. Sein letzter Satz bezog sich natürlich auf ihren plötzlichen Rückzug damals, der aus seiner Sicht eine Art von Kapitulation gewesen war.

Egal, wegen dieser Geschichte war sie heute nicht hier.

Sie verwickelte Uwe in einen Smalltalk, und er ließ es zu. Nach fünf Minuten fing er jedoch an, sich zu langweilen, und wechselte das Thema.

»Du sagtest, unser Treffen sei beruflich?«

»Richtig. Ich schreibe an einem Artikel über vermisste Mädchen, also über unaufgeklärte Kriminalfälle. So was hat heute jedes Magazin im Angebot, die Leute bekommen nicht genug davon.«

»Aha.«

»Ich würde gern eine Passage mit neueren Fällen einbinden. Mädchen, die in den letzten zwei Monaten verschwunden und nicht wieder aufgetaucht sind. Nicht alle Fälle landen in der Tagespresse, das weiß ich, aber gerade die interessieren mich.«

»Und da dachtest du, ich könnte dir Informationen liefern.«

»Na ja, du bist bei der Polizei, und zumindest damals hast du dich mit Vermisstenfällen befasst.«

Uwe schüttelte den Kopf. »Das war damals, inzwischen arbeite ich im Bereich Wirtschaftskriminalität.«

»Aber du hast doch sicher noch Kontakte.«

Uwe seufzte. »Greta ... wenn die Fälle nicht in der Presse landen, hat das einen Grund. Und dieser Grund verbietet es mir oder jemand anderem, mit dir darüber zu sprechen. Du kennst das doch. Die Presse bekommt nur das zu hören, was sie hören soll.«

»Ist mir schon klar. Ich will auch gar keine Details. Namen und Zeitpunkt des Verschwindens reichen mir schon.«

»Wie soll daraus ein Artikel entstehen?«

»Es geht um reine Statistik.«

»Aha.«

Das hatte er früher schon gemacht, diese ständige Aha, durch das Greta sich nicht ernst genommen fühlte. Uwe glaubte ihr nicht, aber damit hatte sie gerechnet und sich ein Argument überlegt, das allerdings nicht ernst gemeint war.

»Okay, ich gehe mit dir ins Bett für die Information. Aber nur ein Mal!«

»Ich bin verheiratet«, erwiderte Uwe.

»Ist nicht dein Ernst!«

»O doch, seit sieben Monaten.«

»Na, dann herzlichen Glückwunsch. Unter diesen Umständen nehme ich mein Angebot natürlich zurück.«

»Das wundert mich. Ihr Journalisten seid doch nicht zimperlich.«

»Hey! Punkt vier des Pressekodex. Grenzen der Recherche. Bei der Beschaffung von personenbezogenen Daten, Nachrichten, Informationsmaterial und Bildern ...«

»... dürfen keine unlauteren Methoden angewandt werden, ich weiß«, vervollständigte Uwe. »Trotzdem wolltest du genau dafür mit mir ins Bett.«

»Ja, aber da wusste ich nicht, dass du verheiratet bist, es war also nicht unlauter.«

»Du hältst die Moral also weiterhin hoch?«

»So hoch, wie es nötig ist.«

»Was dich nicht davon abhält, mir hier eine Lügengeschichte aufzutischen.«

»Tue ich gar nicht!«, empörte sich Greta.

»Aber die ganze Wahrheit erzählst du auch nicht.«

»Wer tut das schon? Ich verspreche dir, es ist alles total harmlos und hat wirklich mit einem Artikel für ein Magazin zu tun. Du kannst gern meinen Chefredakteur anrufen. Semrau von *People United*.«

»Da bist du gelandet?« Der Vorwurf in seiner Stimme war nicht zu überhören.

»Warum nicht?«

»Vielleicht, weil dieses Heft nicht gerade für investigativen Journalismus bekannt ist?«

»Wir können uns nicht alle auf Beamtengehältern ausruhen.«
»Solche Diskussionen führe ich nicht.«
»Sorry, tut mir leid. Ich weiß, du bist eine Ausnahme.«
Daraufhin schwieg er und sah aus dem Fenster. Greta empfand die Gesprächspause als unangenehm, und sie ahnte, dass Uwe noch einen kleinen Schubs brauchte.
»Hör zu«, begann sie, »das soll mein erster großer Artikel werden, und wenn er gut wird, bekomme ich eine Festanstellung. Ich weiß, *People United* ist kein Traum, aber es ist ein Anfang. Und den brauche ich.«
Er lächelte sie an.
»Mein Name wird nicht erwähnt.«
»Großes Pfadfinderehrenwort. Ich schütze meine Quellen.«
Uwe seufzte. »Wer weiß, vielleicht hilft der Artikel ja, dass einige der Ausreißer wieder zurückkehren.«
»Ausreißer?«
»Gerade bei Mädchen kommt das häufig vor. Die hauen für ein paar Tage oder Wochen ab, um den Eltern einen Denkzettel zu verpassen, und machen sich keinen Kopf, was sie damit anrichten.«
»An denen bin ich aber nicht interessiert. Es sollen schon richtige Kriminalfälle sein.«
»Man kann die ›richtigen‹ von den ›falschen‹ aber erst unterscheiden, wenn eines der Mädchen zurückkehrt oder eine Leiche gefunden wird ... oder entsprechende Indizien.«
»Gibt es gerade so einen Indizienfall?«
»Da müsste ich die Kollegen fragen.«
Sie lächelte ihn an. »Ach komm schon. Der alten Zeiten wegen.«
»Die wären es tatsächlich wert, aber ich kann dir nichts versprechen. Was ich tun kann, ist, einen Kollegen anzurufen.«
»Okay. Wie heißt er?«
»Lars Lewandowski. Oberkommissar.«

Andreas Zordan öffnete die Kofferraumklappe und trat einen Schritt zurück.

Odin sprang nicht sofort aus dem Wagen. Er schnüffelte, sah sich um und fixierte Andreas, als wollte er herausfinden, ob es sich hier um eine Falle handelte.

»Na komm schon, du kannst mir vertrauen, wir sind beide Ausgestoßene.«

Erst jetzt sprang der Hund aus dem Range Rover.

Andreas hatte ihm bewusst keine Leine angelegt. Odin sollte sich hier frei bewegen können, und wenn er nicht hierbleiben wollte, dann war das eben so. Für Andreas gab es kein höheres Gut als Freiheit, und die würde er auch dem Hund zugestehen. Allerdings: Wenn er blieb und sich füttern ließ, hatte er auch eine Aufgabe zu erfüllen. Dann musste er Grundstück und Haus bewachen. Diesen Pakt würden sie stillschweigend eingehen – oder sich sofort wieder trennen.

Odin hob das Bein an dem Findling.

Andreas nahm den Sack Hundefutter heraus, den er in der Stadt in einem Baumarkt gekauft hatte, schlug die Kofferraumklappe zu und ließ den Wagen unten stehen. Er ging voran und führte den Hund von hinten auf das Grundstück. Es gefiel ihm, wie Odin sich verhielt. Er lief nicht aufgeregt herum, sondern erkundete die neue Umgebung mit einer gewissen Würde und Erhabenheit. Hier und da markierte er sein Revier, blieb dabei aber in der Nähe. Andreas stellte das Hundefutter auf der Terrasse ab. Dann schloss er die Terrassentür auf, schnappte sich eine Flasche Mineralwasser, setzte sich auf die Holzstufen, trank und beobachtete den Hund. Das neue Terrain schien ihm genauso gut zu gefallen wie Andreas selbst.

Dieser Ort war sein Reich, sein Paradies, hier konnte er der Mensch sein, der er war. Bevor er diese Hütte gefunden hatte, war er ein Getriebener gewesen, ein Mann auf der Flucht vor der Gesellschaft. Andreas erinnerte sich gut an die dreijährige Eskapade in der Stadt. Dort hatte er in einer Wohnung mitten in der City gelebt, weil er geglaubt hatte, die Menschen studieren zu müssen, wenn er über sie schreiben wollte. Er hatte sich in Cafés gesetzt, Verhaltensmuster beobachtet und Gespräche belauscht. Jeden Tag. Bis ihm aufgegangen war, dass sich die Menschen in fünf Stereotypen einteilen ließen.

Die Halbwissenden. Sie prahlten gern mit einem oberflächlichen Wissen, das aus verschiedenen populären Medien stammte und sich hervorragend zum Angeben eignete. Sie entwickelten keine eigenen Gedankengänge.

Die Hohlkörper. Sie erlebten nichts, hatten aber für alles Anekdoten bereit, die aus dem Erlebnisfundus anderer stammten. Sie lebten nicht ihr eigenes Leben, sondern das des Arbeitskollegen, des Nachbarn, des Schwagers.

Die Unwissenden. Eine Gruppe, die durch überbordendes Selbstbewusstsein, geringe Reflexionsfähigkeit und nicht vorhandene Selbstzweifel auffiel. Auf ihren Schultern ruhte die Welt, Fortschritt war nur mit ihnen möglich oder gar nicht. Sie zweifelten niemals an sich, denn dafür war ein gewisses Maß an Bildung nötig.

Die Projektoren. Nur ihre Innenwelt war von Interesse, und sie ließen keine Chance ungenutzt, sie als Blaupause über die Welt und die Menschen zu legen. Weltsichten, Ansichten und Emotionen wurden auf andere projiziert, was zu einer starken Vereinfachung führte. Dieser Kategorie ließen sich die meisten extrovertierten Menschen zuordnen.

Die Schwämme. Ein Stereotyp, das Andreas noch am sympathischsten war. Schwämme schwelgten nicht in eigenen Worten, sie saugten die Worte anderer auf, so, wie sie alles aufsaugten, was um sie herum geschah. Ihr Fassungsvermögen schien unbegrenzt, und nur selten gaben sie etwas wieder her. Im Prinzip leerten sie die Welt, ohne sie in gleichem Maße zu bereichern. Andreas hatte sie anfangs als Vampire klassifiziert, fand Schwämme aber passender, da diese Menschen oft lethargisch und wenig spannend waren.

Nachdem er diese fünf Stereotypen erst einmal ausgemacht hatte, wurde ihm das Beobachten und Analysieren von Menschen schnell langweilig. Ausnahmen gab es wenige, und wenn, dann kamen sie aus dem psychopathischen Lager.

Zu der Langeweile hatte sich bei Andreas bald eine gewisse Panik eingestellt, ausgelöst durch die Enge.

Trat man aus dem Haus, waren alle anderen schon da, nie war er allein auf der Straße, nicht einmal nachts. Die Menschen rempelten andere an, setzten die Ellbogen ein, sie rochen schlecht, niesten und husteten ungeniert, manche furzten sogar in der Öffentlichkeit und lachten auch noch darüber. Menschen benahmen sich in der Menge wie Vieh. Entweder, man war gern ein Herdentier, dann konnte man in der Menge gut leben, oder aber nicht. Er war keines. Aber er war auch niemand, der die Herde zusammentreiben und anführen wollte. Sie hin und wieder aus der Ferne zu beobachten reichte ihm.

Nachdem er eine halbe Stunde solche Gedanken gewälzt hatte, ging Andreas ins Haus. Odin wollte nicht, also ließ er ihn draußen, schüttete aber einen Haufen Hundefutter auf die Terrassendielen. Einen Napf hatte er vergessen zu kaufen, das würde er morgen nachholen. Wasser gab es im Steintrog unter dem Fallrohr der Regenrinne.

Er ließ sich am Schreibtisch nieder und startete den PC.

Zwei neue Mails.

Eine Mail war vom Verlag, die andere Werbung. Die Verlagsmail stammte von seiner Lektorin. Der nächste Zordan-Thriller sollte im Herbstprogramm erscheinen, und sie wollte wissen, ob das mit der Abgabe zu schaffen war. Andreas hatte ihr nicht erzählt, dass er stets mindestens zwei Romane in der Schublade hatte, die er bei Bedarf sofort rausgeben konnte. Es war ihm wichtig, immer liefern zu können. Unter Zeitdruck zu stehen widersprach seiner Vorstellung von künstlerischer Freiheit. Beim Verlag kapierten sie das natürlich nicht, die Erbsenzähler.

Andreas formulierte eine kurze Antwortmail, in der er darlegte, dass es mit der zeitgerechten Abgabe schwierig werden würde.

Auf die Reaktion war er gespannt.

Als Nächstes gab er bei Google den Namen Greta Weiß ein.

Greta Weiß war 1990 in Hamburg geboren worden. Ihre Eltern waren Russlanddeutsche, Geschwister schien sie nicht zu haben. Ihr Facebook-Profil zeigte sie sportbegeistert. Sie surfte, joggte, kletterte in der Halle und hatte verschiedene Kampfsportarten ausprobiert.

Es waren keine Mannschaftssportarten dabei, das gab Andreas zu denken. Der Kampf gegen sich selbst schien bei Weiß im Vordergrund zu stehen, und so, wie es aussah, hielt sie es nirgendwo lange aus. Eine ruhelose kleine Person, die zu viel Energie mitbekommen hatte.

Nach dem Abitur hatte sie Journalismus studiert. Nebenbei hatte sie für einige kleinere Blätter Artikel geschrieben. Die Themen fand Andreas belanglos, bis auf eines. Er rief den Artikel auf, der in der Mediadatei einer Studentenzeitung abgelegt war. Unter dem Titel »Die Verschwundenen« hatte Weiß über das Phänomen der Hikikomori geschrieben.

Es gab sie auf der ganzen Welt, besonders häufig aber in Japan. Menschen, vor allem Jugendliche, die eine starke Sozialphobie entwickelten und sich vollkommen zurückzogen. Sie lebten in den Kinderzimmern der elterlichen Wohnungen, kamen kaum einmal heraus, sprachen nicht, nahmen nicht am Leben teil, manche über Monate, andere über Jahre oder gar Jahrzehnte.

Andreas hatte von dem Phänomen bereits gehört. Zwar trafen die Symptome nicht auf ihn zu, aber er konnte das Verhalten dieser Hikikomori wenigstens in Teilen nachvollziehen. Sie flohen vor einer Gesellschaft, deren Ansprüche immer höher wurden und die es sich zur Aufgabe gemacht hatte, über soziale Netzwerke zu werten, zu beurteilen, zu verurteilen. Gleichzeitig wurde diese Gesellschaft immer aggressiver und dümmer, so dass besonders sensible Menschen an ihr scheitern mussten. Vielleicht war Andreas nur dank seiner anomalen genetischen Programmierung und der daraus resultierenden inneren Stärke dieses Schicksal erspart geblieben.

Greta Weiß hatte den Artikel geschickt aufgebaut. Anstatt die Sache von den Fakten her anzugehen, erzählte sie die Geschichte einer Familie, in der eine Hikikomori lebte. Das war interessant, mitunter auch gruselig, wenn die Eltern berichteten, sie hörten nachts Geräusche von ihrer Tochter, die sie seit mehr als vier Jahren nicht mehr zu Gesicht bekommen hatten, oder sie sahen zufällig etwas Geisterhaftes durch den Flur huschen, nachdem es sich Lebensmittel aus dem Kühlschrank geholt hatte.

Der Artikel zeigte die hohen empathischen Fähigkeiten der Journalistin. Andreas nahm sich vor, ein wenig vorsichtiger mit ihr umzugehen, sonst würde er sie womöglich verschrecken. Andererseits hatte sie ihm bereits bewiesen, wie hart sie sein konnte – und wie hart sie zuschlagen konnte. Es war wirklich schwierig, diese Frau einzuschätzen.

»Sarah Lieberknecht, sechzehn. Vor vier Tagen verschwunden. Lebte mit ihrer Mutter zusammen. Zuverlässiges Mädchen, keine, die einfach abhaut.«

Lars Lewandowski hatte zugestimmt, mit Greta zu sprechen. Eine Stunde nachdem sie sich mit einem freundschaftlichen Kuss auf die Wange von Uwe Laubner verabschiedet hatte, ging Greta mit dem Oberkommissar in einem Park in der Nähe des Präsidiums spazieren. Er hatte gerade Pause und wollte sich bewegen.

Lewandowski war eins siebzig groß, hatte einen ganz ordentlichen Bauch, aber auch breite Schultern. Sein Haar war ergraut, ebenso der Vollbart. In ein paar Monaten würde er in Pension gehen, das hatte er bereits dreimal erwähnt, und es schien nichts zu geben, was diesen Mann noch aus der Ruhe bringen konnte. Fälle wie der der vermissten Sarah Lieberknecht sicher nicht. In seinem Berufsleben war sie eine von vielen.

»Und was macht Sie so sicher, dass das Mädchen nicht einfach weggelaufen ist?«

Lewandowski zuckte mit den Schultern.

»Instinkt. Außerdem habe ich mit Sarahs Freund gesprochen. Sehr netter Junge. Macht sich große Sorgen. Nee, die ist nicht weggelaufen.«

»Was hat der Freund denn erzählt?«

Lewandowski warf ihr einen Blick zu. Sein ganzes Gesicht war ein einziges Lächeln. Greta mochte den Mann, er war der Typ, der gern als Weihnachtsmann gebucht wurde. Außerdem war seine Ruhe ansteckend. Greta spürte, wie sie nach und nach ein bisschen runterkam.

»Für eine reine Statistik sind das aber viele Fragen«, sagte Lewandowski.

»Es interessiert mich persönlich. Das meiste davon wird gar nicht in meinem Artikel vorkommen. Ich hab ja nur eine halbe Seite.«

»Komplexität ausgeschlossen, oder?«

»Ja, leider.«

»Solche Fälle sind aber immer komplex. Einfache Lösungen, Schwarz oder Weiß, das gibt es nicht. Jeder hat eine Geschichte zu erzählen, die unweigerlich zu dem führt, was geschehen ist.«

»Ist das nicht spannend?«

Jetzt sah Lewandowski sie an, als sei sie ein naives Dummchen.

»Spannend? Das war es vielleicht mal, als ich in Ihrem Alter war, Schätzchen. Wenn Sie genug von diesen Geschichten gehört haben, verlieren diese ihre Spannung. Jeder hält sich für das Opfer, keiner ist wirklich schuldig, alle fordern Gerechtigkeit. Immer die gleiche Leier.«

Das »Schätzchen« überhörte Greta geflissentlich.

»Und Sarahs Freund?« Greta versuchte, den alten Mann wieder auf das Thema zurückzubringen.

»Das Mädchen wäre nicht abgehauen, ohne ihm etwas zu sagen. Sie hatte auch gar keinen Grund. Keinen Streit mit der Mutter oder dem Freund, keine Probleme in der Schule. Die beiden haben sogar noch Zeit mit Lesen verbracht. Richtige Bücher. Ich meine, welche Jugendlichen lesen heute noch Bücher?«

»Und dennoch ist Sarah spurlos verschwunden.«

»Spurlos verschwindet niemand ... oder kaum jemand. Es gibt da schon eine Spur.«

»Darf ich davon wissen?«

»Da die Mutter es bereits herumerzählt, warum nicht. Sarah wollte Model werden, hat jede Menge Bilder bei Facebook und auf anderen Seiten gepostet. Ihre Mutter auch. Jemand hat online Kontakt zu der Mutter aufgenommen, angeblich ein Fotograf. Er wollte sich mit ihr treffen und hat so die Wohnadresse erfahren. Ist aber nie gekommen. Kurz darauf ist das Mädchen verschwunden.«

»Sie sehen da einen Zusammenhang?«

»Dieser Fotograf hatte ein Fakeprofil im Netz. Den gibt es gar nicht.«

»Wie hieß er denn, der Fotograf?«

Lewandowski blieb stehen, sah sie an und streckte ihr seinen kleinen Finger hin.

»Kennen Sie das? Kleiner Finger, ganze Hand?«

»Sicher. Aber wer nicht fragt, bekommt keine Antworten.«

»Und wer zu viel fragt, bekommt auch keine.«

»Manchmal antworten die Leute, ohne nachzudenken.«

»Sehe ich aus wie so jemand?«

»Nein. Aber einen Versuch war es wert.«

Lewandowski nahm ihr ihre forsche Art nicht krumm, das sah Greta. Der Mann konnte sicher auch anders, in diesem Moment war er aber völlig entspannt, und die Lachfalten in seinen Augenwinkeln kamen ja auch nicht von ungefähr.

»Da vorn ist meine Bank«, sagte er. »Setzen wir uns einen Moment hin.«

Er ging voran, Greta folgte ihm. Die Bank stand am Ufer eines kleinen Weihers. Das Wasser war trüb, der Uferbereich schlammig, und Greta musste an ihr Bad in Loch Nass zurückdenken. Nie zuvor hatte sie Blutegel auf ihrer Haut gehabt. Das war ein richtiger Schock gewesen. Aber sie hatte sich getraut, und allein deswegen stand ihr die Story zu. Wenn sie jetzt mehr als nur ein Interview von Zordan bekam, hatte sie sich das verdient.

»Nettes Plätzchen«, sagte Greta, ohne es wirklich zu meinen.

»Finden Sie? Ich sitze hier eigentlich nur, weil mir dank des Wassers niemand durchs Blickfeld läuft.«

»Menschen stören Sie?«

»Wenn ich nachdenken will, ja.«

»Soll ich gehen?«

»Ach was, ich hab Sie doch eingeladen. Wann hat ein alter Knacker wie ich schon die Gelegenheit, mit einer jungen hübschen Frau im Park zu sitzen. Hat man Ihnen eigentlich schon gesagt ...«

»Tausendfach, danke. Ich kann es nicht mehr hören.«

Stirnrunzelnd sah er sie an. »Kein Interesse an Komplimenten?«

»Nicht wenn sie eigentlich Helene Fischer gelten.«

»Wer ist Helene Fischer?«

»Die Sängerin. Wollten Sie mich nicht mit ihr vergleichen?«

»Kenne ich nicht. Ich wollte sagen, dass Sie sehr schöne Augen haben.«

Das passierte Greta nicht oft, aber jetzt spürte sie, wie ihr das Blut in den Kopf stieg und ihre Wangen und Ohren zu glühen begannen.

»Oh ... danke.«

»Ist nur die Wahrheit. Und wer, zum Teufel, ist nun diese Fischer?«

»Eine Schlagersängerin. Eigentlich kennt die jeder.«

»Ich nicht. Ich höre ausschließlich Countrymusik. Die alten Klassiker. Das war noch Musik.«

»Dafür könnte ich Sie küssen«, sagte Greta.

»Das wäre Beamtenbestechung«, sagte Lewandowski.

Während er auf den Weiher starrte, erzählte er.

»Ermittlungsinterna werden Sie von mir natürlich nicht erfahren. Aber ich kann Ihnen zumindest sagen, dass Sarah Lieberknecht nicht weggelaufen ist. Warum ich mir sicher bin? Zum einen das gute Verhältnis zu ihrer Mutter. Dann die offenbar aufrechte Liebe zu ihrem Freund. Sie wäre niemals ohne ihn zu einem Fotoshooting gegangen, wahrscheinlich hat sie das diesem Hans, dem angeblichen Fotografen, auch geschrieben. Da ihr Handy mit ihr verschwunden ist, können wir ihre Kommunikation nicht nachvollziehen. Das können Sie übrigens gern schreiben. Wir suchen ein Handy der Marke Samsung, silberfarben. Das Display hat einen langen Riss, und in den rückseitigen Deckel hat Sarah folgende Worte hineingravieren lassen oder es selbst gemacht: Wörter schaffen Welten.«

»Was soll das bedeuten?«, fragte Greta und erinnerte sich an das Handy mit dem langen Sprung, das Zordan ihr am Friedhofszaun gegeben hatte. Da war doch eine Gravur auf der Rückseite gewesen, oder nicht?

»Sarah hat zusammen mit ihrem Freund einen Buchblog betrieben. Der Blog heißt so. Wörter schaffen Welten.«

Der Krampf ließ ihre rechte Wade zu einem stählernen Muskelstrang werden. Sie schrie, krümmte sich zusammen, packte mit beiden Händen ihr Bein und versuchte, den Krampf irgendwie zu lösen, doch der Muskel blieb stahlhart. Sie erinnerte sich, dass man den Muskel dehnen musste. Also zog sie an ihren Zehen, aber dadurch wurde der Schmerz nur noch schlimmer. Wimmernd ertrug sie ihn und wartete darauf, dass der Krampf von allein nachließ. Als es so weit war, war sie schweißgebadet, obwohl sie nichts weiter trug als ihre Unterwäsche und es in dem Raum nicht gerade warm war.

Ihr Blick blieb an dem großen Küchenmesser mit dem schwarzen Holzgriff und der silbern glänzenden Klinge hängen. Es lag in Reichweite. Wenn sie sich ganz lang machte, konnte sie es trotz der Fußfesseln erreichen. Sie hatte es auch bereits mehrmals in den Händen gehalten und einmal sogar die Spitze auf ihren Bauch gerichtet. Das war, als er diesen grässlichen Flammenwerfer ganz dicht an ihren Körper gehalten hatte. Sie hatte gespürt und gerochen, wie die Härchen auf ihren Beinen versengt wurden. Die Hitze war unerträglich gewesen. Es hatte nicht lange gedauert, vielleicht zehn Sekunden, aber eines war ihr klargeworden:

Sie würde tun, was er verlangte.

Bevor er sie mit dem Flammenwerfer verbrannte, würde sie sich das Messer in den Bauch rammen.

Er hatte es ihr erklärt. Es würde nur einen kleinen Moment weh tun, und sie würde an ihren inneren Verletzungen verbluten. Seiner

Meinung nach war das ein vergleichsweise sanfter Tod, ein langsames Dahingleiten ohne großes Leiden. Der Flammenwerfer hingegen ... er hatte ihr prophezeit, dass er es langsam tun würde, ihr an einem Tag die Arme, am nächsten Tag die Beine und dann vielleicht den Rücken verbrennen würde und dass sie in den langen Stunden dazwischen den Schmerz ertragen müsse. Das könne Tagen dauern, hatte er gesagt.

Nein, diesen Tod würde sie nicht sterben!

Anfangs hatte sie noch gehofft, doch es sah nicht danach aus, als würde jemand sie aus dieser Hölle befreien. Sie war selbst schuld an der Situation, denn sie war viel zu vertrauensselig gewesen. Alle hatten sie gewarnt, besonders ihr Freund. Aber sie hatte ja nicht hören wollen, und jetzt ... und jetzt ...

Aber das war nicht fair! Warum sie? Und wie konnte ein Mensch so grausam sein?

Diese Fragen hatte sie sich in den vergangenen Tagen viel zu oft gestellt. Sie hatte sie auch ihrem Peiniger gestellt, woraufhin er jedes Mal böse geworden war und ihr vorgeworfen hatte, sie verhalte sich dumm und verrate ihren Stolz. Dabei hatte sie keinen Stolz mehr. An einen Pfosten gekettet hatte sie gepinkelt und gekackt, hatte sich nicht abwischen können und den Gestank ertragen müssen. Sie hatte sich die Seele aus dem Leib geheult, gebettelt und gefleht. Nein, es war kein Stolz mehr in ihr, und mittlerweile wollte sie nur noch eines: sterben.

Warum sollte sie überhaupt darauf warten, dass er wiederkam?

Warum noch mehr Schmerzen ertragen?

Das Messer lag in Reichweite, und sie wusste, was sie erwartete.

Sie wünschte sich, es würde so geschehen wie in einem der vielen Bücher, die sie verschlungen hatte. Wenn der Spannungsbogen am Höhepunkt angekommen war, wenn außer Verzweiflung nichts mehr blieb und der Tod seinen langen Schatten über alles warf, dann stürmte der Held herein und rettete in letzter Sekunde und nach einem dramatischen Kampf seine Angebetete.

Aber dies war keine Geschichte. Hinter diesen Geschehnissen steckte kein Autor, der Erbarmen hatte mit seinen Protagonisten, sondern ein Psychopath, der kein Mitgefühl kannte und seinen Plan gnadenlos bis zum Ende verfolgte. Ja, sie hatte auch solche Geschichten gelesen. Geschichten ohne Hoffnung, in denen der Held dennoch seinen Stolz bewahrt hatte und freiwillig in den Tod gegangen war, um andere zu retten.

Als sie sich streckte und nach dem Messer griff, fühlte sie sich innerlich bereits tot.

Sanft schloss sie die Hände um den Holzgriff und rutschte so weit nach hinten, bis sie den Pfosten im Rücken spürte, an den sie gekettet war. Sie lehnte sich dagegen, streckte die Beine aus und betrachtete das Messer.

Seine Anweisungen waren detailliert gewesen. Damit der Stich tödlich war, musste die Klinge ganz in den Körper versenkt werden. Nur wenige würden die Kraft aufbringen, einen solchen Stoß in einer einzigen Bewegung auszuführen, aber wenn man es nur halbherzig tat, würden die Schmerzen denen einer Verbrennung gleichkommen, und dann wäre nichts gewonnen. Am einfachsten, so hatte er gesagt, wäre es, sich in das Messer hineinfallen zu lassen.

Sie wusste, sie hatte keine Kraft für einen Stoß.

Also kniete sie sich hin, hielt die Messerspitze an ihren Bauchnabel und beugte sich langsam nach vorn. Ab einem bestimmten Punkt würde sie ihr Gewicht nicht mehr halten können und nach vorn stürzen – in die Klinge. Mehr war es nicht, so einfach. Sie durfte nur das Messer nicht wegziehen.

Also beugte sie sich vor.

Zentimeter um Zentimeter.

Spürte den Schmerz, als die Spitze zu fest gegen ihren Bauch drückte und sie verletzte.

Tränen, es waren noch Tränen da. Sie liefen ihr aus den Augen und tropften auf den staubigen Betonboden. Feuchte Flecke, auf die sie sich konzentrieren konnte.

Denk nicht an das Messer, denk nicht an den Schmerz, denk an die Erleichterung und daran, dass du bald frei sein wirst. Freier als alle lebenden Menschen, denn wirkliche Freiheit bietet nur der Tod.

Sei eine Heldin wie die Frauen in den Geschichten.

Stirb stolz.

Dann war der Punkt erreicht, sie fiel nach vorn, klammerte sich dabei an den Messergriff und spürte, wie die Klinge der Länge nach in ihren Bauch eindrang.

Stirb stolz?

Andreas Zordan stolperte über diese beiden Wörter. Hatte er die wirklich geschrieben, oder hatte seine Lektorin sie hineinlektoriert? Er wusste es nicht mehr, aber die Worte gefielen ihm nicht, weshalb er davon ausging, dass seine Lektorin sie verzapft hatte. Welches junge Mädchen würde in so einem Moment so denken? *O mein Gott, ich muss sterben, okay, wenn's denn sein soll, aber dann will ich wenigstens stolz sterben.*

Das war Bullshit!

Andreas wusste noch, dass er sich damals, als er im Schreibprozess steckte, gefragt hatte, ob überhaupt jemand diesen Freitod wählen würde. Da er immer schon von der japanischen Zeremonie des Seppuku, des traditionellen Suizids, fasziniert gewesen war, hatte er unbedingt eine solche Szene schreiben wollen und vor sich selbst argumentiert, der Charakter der Person sei entscheidend. Er hatte aus dem Mädchen keinen Samurai gemacht, sie aber als mutig genug charakterisiert, damit sie sich unter großem psychischen Druck ein Messer in den Bauch rammen konnte.

Andreas klappte das Buch zu.

Er hatte die Stelle unbedingt noch einmal lesen wollen, denn was in dem kurzen Video auf dem Handy zu sehen war, stammte aus seinem Bestseller *25 mögliche Mörder* – so wie auch die menschliche Schaukel in seinem Garten. So makaber sie auch war, war die Sache nicht mal besonders einzigartig. Geschichten, in denen Schriftsteller mit ihren eigenen Phantasien konfrontiert wurden, gab es bereits mehr als genug, aber wenn man sich an einem Schriftsteller rächen wollte, aus welchen Gründen auch immer, wenn man ihm das Leben schwermachen wollte, war die Vorgehensweise durchaus plausibel.

Ein Psychopath, der einem anderen Psychopathen den Erfolg neidet. Neid war eine starke Triebfeder, gerade unter seinesgleichen, denn es ging ihnen allen ums Gewinnen. Immer. Mehr als

Neid war gar nicht nötig, um so grausame Taten zu begehen. Es war müßig, sich auf die Suche nach dem einen »wahren« Beweggrund zu machen, denn den gab es nicht. Psychopathen waren nicht so kompliziert. Sie handelten nach ihren eigenen Wertevorstellungen, und die waren nicht kompliziert.

Andreas wusste das, denn er war einer. Nummer 25 konnte ihn noch so oft als Poser bezeichnen, es änderte nichts an der Tatsache. Andreas hatte es bewiesen, und damit meinte er nicht die brutalen Folter- und Mordmethoden in seinen Büchern, sondern das reale Leben. Er meinte diesen einen Tag, von dem niemand wusste.

Was damals geschehen war, war natürlich immer präsent. Ein solches Erlebnis würde normale Menschen in die Knie zwingen, nicht jedoch einen Soziopathen, der keine schwere Last auf sein Gewissen laden konnte, weil er ganz einfach keines hatte. Anstelle des Gewissens war da etwas, das man mit einem schwarzen Loch vergleichen konnte. Es verschlang das, was andere erdrückte, und hinterließ nur ... ja, was hinterließ es? Leichtigkeit?

Nein, es hinterließ ... Leere.

Nur Leere ...

Draußen bellte Odin.

Überrascht von der tiefen, bedrohlichen Stimme des Hundes ging Andreas ans Fenster. Unten am Findling parkte der kleine gelbe Fiat der Journalistin. Odin stand auf der einen Seite des verschlossenen Tores, die Rute hoch aufgerichtet, die Nackenhaare gesträubt, Greta Weiß auf der anderen. Sie wich einige Schritte vom Zaun zurück.

Andreas stieg gemächlich die Sandsteintreppe zum Tor hinunter.

»Ist okay, Odin«, rief er, doch der Hund reagierte nicht. Er bellte einfach weiter.

Als Andreas ihn erreichte, drehte der Hund sich plötzlich um, fletschte die beeindruckenden Zähne und knurrte ihn an. Andreas erstarrte. Damit hatte er nicht gerechnet. Der alte Mann im Tierheim hatte zwar gesagt, Odin sei unberechenbar und deshalb nicht vermittelbar, doch Andreas hatte geglaubt, das Tier irgendwie im Griff zu haben. Ein Irrtum, wie sich jetzt herausstellte.

»Aus, Odin. Geh weg!«, befahl er mit lauter Stimme.

Der Hund zeigte ihm, was er davon hielt, indem er die Zähne noch ein bisschen mehr fletschte.

»Wo kommt der denn her?«, rief Greta Weiß von der anderen Seite des Tores.

»Aus dem Tierheim. Einen Moment noch, ich komme andersherum.«

Andreas lief die Treppe hinauf, durchquerte den Garten, öffnete die Pforte zum Carport und lief die Einfahrt hinunter.

»Ist der gefährlich?«, fragte Greta Weiß, als er sie erreichte. Sie hatte sich nicht von der Stelle gerührt.

»Sicher ist der gefährlich, deshalb habe ich ihn ausgesucht. Er weiß nur noch nicht, wer das Grundstück betreten darf und wer nicht.«

»Es sah so aus, als wollte er Sie daran hindern, es zu verlassen.«

»Na ja, er ist durcheinander. Das wird schon noch werden. Kommen Sie, wir gehen über die Terrasse.«

Dort wartete Odin bereits auf sie. Aber weder fletschte er die Zähne, noch war sein Nackenhaar gesträubt, er sah sie einfach nur aufmerksam an.

Andreas blieb stehen. Greta Weiß trat sicherheitshalber hinter ihn.

»Ich traue ihm nicht«, flüsterte sie.

»Stellen Sie sich nicht so an. Hunde wittern Angst«, erwiderte Andreas, ebenfalls flüsternd. Dann sagte er laut zu dem Hund: »Alles klar, Odin, sie darf mit rein. Wegen ihr bist du überhaupt hier.«

Odin rührte sich nicht von der Stelle. Andreas wusste, jetzt war der Moment gekommen, in dem er klarstellen musste, wer hier das

Sagen hatte. Selbstbewusst ging er auf den Hund zu und verscheuchte ihn mit einer Handbewegung und einem strengen »Hau ab!«. Und tatsächlich wich der Hund zur Seite. Nicht erschrocken, nicht einmal beeindruckt, eher so, als wolle er diesem herumfuchtelnden Menschen einen Gefallen tun.

»Na los, kommen Sie schon«, rief Andreas der Journalistin zu. »Aber nicht rennen. Seien Sie cool.«

Sie rannte nicht, aber cool war sie auch nicht. So weit wie möglich von dem Hund entfernt betrat sie die Terrasse, drückte sich hinter Andreas vorbei und berührte ihn. Ihre Brüste streiften seinen Rücken, und er spürte ihren Atem im Nacken.

Odin beobachtete sie weiterhin, schien aber verstanden zu haben, dass hier alles mit rechten Dingen zuging. Sein Blick war längst nicht mehr so wachsam und interessiert.

»Braver Hund«, lobte Andreas ihn und war gleichzeitig ein bisschen stolz darauf, wie er das gemeistert hatte.

Richtig beruhigt war er aber erst, nachdem er die Terrassentür hinter sich zugezogen hatte.

»Ich weiß, es war meine Idee«, sagte Greta Weiß. »Aber sind Sie sicher, dass Sie den richtigen Hund ausgesucht haben?«

»Absolut. Odin ist der gefährlichste Hund, den sie dort im Tierheim hatten. Sollte Nummer 25 noch einmal hier auftauchen, reißt er ihn in Stücke.«

»Na, hoffentlich nur den.«

Greta Weiß legte Tasche und Jacke ab und atmete tief durch. Sie sah ein wenig blass aus, fand Andreas. Lag das nur an Odin, oder hatte sie auch vor ihm Angst?

»Falls ich nicht gleich wieder betäubt werde, könnte ich einen Kaffee gebrauchen«, sagte sie und stemmte die Fäuste in die Hüften.

»Was wäre Ihnen denn lieber.«

»Ganz eindeutig der Kaffee.«

»Lassen Sie mich raten: mit Milch und Zucker.«

»Richtig. Wie kommen Sie darauf.«

»Sie sind eine anstrengende Person, da kann der Kaffee für Sie nicht einfach sein.«

»Das sagt der Richtige. Und bevor Sie noch unhöflicher werden: Ich habe etwas herausgefunden, was Sie interessieren dürfte.«

Sie sah ihn herausfordernd an.

»Tatsächlich? Ich bin gespannt. Zuvor jedoch der Kaffee.«

»Wo sind die Toiletten?«, rief sie, während er in der Küche hantierte.

»Draußen. Terrasse runter und dann rechts.«

Ihr Kopf erschien im Türrahmen. »Ist nicht Ihr Ernst? Ich gehe doch nicht allein zu diesem ... dieser Bestie hinaus.«

»Vorn im Flur, rechte Seite«, korrigierte Andreas, ohne sie anzusehen.

Das »Blödmann« hörte er noch, bevor sie die Tür des Gästebads hinter sich schloss.

Durch das Küchenfenster beobachtete Andreas Odin. Als wäre er nie woanders gewesen, schlenderte er mit beeindruckendem Selbstbewusstsein über das Grundstück. Er unternahm keinen Versuch, abzuhauen. Gab es bei Hunden so etwas wie Dankbarkeit?

Notiz, dachte Andreas. *Die Gärtnerin Iris könnte einen Hund haben.*

Greta Weiß kehrte zurück, bevor der Kaffee durchgelaufen war. Sie hatte sich das Gesicht gewaschen. Ihre Wangen waren leicht gerötet, und ein wenig Feuchtigkeit schimmerte unter den Ohrläppchen.

Noch feucht hinter den Ohren, schoss es Andreas durch den Kopf, und er musste lächeln.

»Lachen Sie über mich?«, fragte sie bissig.

»Ich lache die meiste Zeit des Tages. Ich bin ein fröhlicher Mensch.«

»Wenn das so ist, haben Sie die Öffentlichkeit die letzten Jahre sehr überzeugend getäuscht.«

»Die Öffentlichkeit sieht, was sie sehen will.«

»Soll heißen, Sie sind das Opfer einer verzerrten Wahrnehmung?«

»Ganz und gar nicht.« Andreas goss Kaffee in zwei große Tassen. »Mit der Gabe der Antizipation kann man vorhersehen, was die Öffentlichkeit will. Man kann das unterstützen oder dagegen anrennen.«

»Und Sie haben es unterstützt?«

Er schob ihr eine Tasse hin.

»Was denken Sie?«

Greta Weiß versaute ihren Kaffee mit Milch und Zucker. Während sie umrührte, sah sie Andreas neugierig an.

»Ich denke, im Täuschen sind Sie ein großer Meister.«

»Das impliziert, ich sei ein anderer, als die Öffentlichkeit denkt. Aber was denken Sie?«

Sie lächelte. »Das behalte ich für mich – zunächst.«

Andreas zuckte mit den Schultern und spielte den Gleichgültigen, dabei interessierte es ihn brennend, was die Journalistin dachte.

»Und die Informationen, die Sie für mich haben? Behalten Sie die auch für sich?«

Sie trank von ihrem versauten Kaffee und schüttelte gleichzeitig den Kopf. Erstaunlicherweise landete nicht ein Tropfen des Kaffees auf ihrer Bluse.

»Haben Sie das Handy noch?«, fragte sie. »Das mit dem Video?«

»Natürlich.«

»Darf ich es sehen?«

Andreas nahm seine Tasse mit ins Wohnzimmer, sie folgte ihm. Er öffnete die Schublade seines Schreibtisches und holte das Handy heraus.

»Warten Sie«, sagte Greta Weiß, bevor er ihr das Handy geben konnte. »Auf der Rückseite befindet sich eine Gravur. Wörter schaffen Welten. Richtig?«

»Richtig. Das haben Sie heute früh gesehen, am Friedhofszaun?«

Sie schüttelte den Kopf. »Nein, da habe ich nur flüchtig draufgeschaut. Aber ich habe herausgefunden, wem das Handy gehört.«

Sie erzählte ihm von einem Mädchen namens Sarah Lieberknecht, das vor vier Tagen spurlos verschwunden war. Und von einem Buchblog, der *Wörter schaffen Welten* hieß.

Andreas setzte sich an den Schreibtisch, ging ins Internet und rief den Blog auf. Dort war ein Bild des Mädchens zu finden. Eine außerordentlich hübsche, blonde junge Frau mit einem charmanten, gewinnenden Lächeln.

»Moment mal«, sagte Greta Weiß und startete das Video auf dem Handy. »Das ist nicht Sarah Lieberknecht. Das Mädchen im Video hat dunkles Haar.«

Andreas nickte. Er wusste ja, dass es sich nicht um Sarah Lieberknecht handelte. Sarah Lieberknecht lag im Waldboden verscharrt. Von ihrem gewinnenden Lächeln war nichts mehr übrig, und aus ihren Augenhöhlen ragten Metallringe. Aber das konnte Andreas der Journalistin nicht sagen.

»Wie ist das möglich, es ist doch ganz eindeutig ihr Handy.« Greta Weiß dachte laut nach.

Die Antwort darauf formulierte sie gleich selbst.

»Er hat noch ein weiteres Mädchen in seiner Gewalt.«

»Das wissen wir nicht.«

»Das wissen wir nicht!«, echote sie so laut, dass es in seinen Ohren schmerzte. »Welche andere Erklärung sollte es dafür geben? Wahrscheinlich ist das Mädchen in dem Video längst tot, und er bereitet schon das nächste Opfer vor. Wir haben das nicht unter Kontrolle. Vielleicht ist die Polizei ...«

»Das Mädchen lebt noch, er hat es mir geschrieben«, unterbrach Andreas die Journalistin.

»Er hat wieder geschrieben?«

»Ja, vor einer halben Stunde.«

Er rief die Mail auf, und Greta Weiß las.

Sehr geehrter Herr Zordan,
ich gehe davon aus, dass ich nun Ihre volle Aufmerksamkeit habe.
Mein Angebot steht noch: Ich stelle Ihnen für Ihr nächstes
Buch gern meine Erfahrungen als Psychopath zur Verfügung.
Oder aber Sie nutzen die Erfahrung, die Sie jetzt selbst
machen werden.
Hier bei mir wartet noch immer jemand auf Ihre Entscheidung.
Es ist Ihre Schuld, dass sie leidet, nicht meine.
Beweisen Sie, dass Sie kein Poser sind, Schriftsteller.
Hochachtungsvoll
Ihre Nummer 25
PS: Nichts bleibt ewig versteckt!

Andreas beobachtete Greta beim Lesen. Wieder bewegten sich ihre Lippen, und sie machte einen konzentrierten Eindruck. Das sah auf eine unbedarfte Art niedlich aus.

»Was bedeutet das PS?«, fragte sie.

»Richtige Frage, falscher Adressat«, wich Andreas aus.

»Und wo steht, dass das Mädchen noch lebt?«

Andreas las die Passage vor. »Hier bei mir wartet noch immer jemand auf Ihre Entscheidung.«

»Das ist nicht eindeutig. Er kann ebenso gut Sarah Lieberknecht damit meinen.«

»Es ist eindeutig. Vor allem, weil wir nicht wissen, ob diese Sarah auf sein Konto geht.«

»Ach, und ihr Handy hat er bei eBay ersteigert oder was?«

»Okay, ich will es mal anders formulieren. Wir wissen nicht, ob er diese Sarah ebenfalls einsetzt, um mich zu attackieren. Vielleicht hat er sie einfach nur getötet, um an ihr Handy zu gelangen.«

»Würden Sie das tun?«

»Ich bin nicht er.«

»Aber Sie behaupten von sich, ein Psychopath zu sein. Also: Würden Sie das tun?«

Andreas zuckte mit den Schultern. »Warum nicht. Vielleicht war der Drang, jemanden zu töten, gerade sehr stark bei ihm, und er hat das Praktische mit dem Nützlichen verbunden.«

Greta Weiß warf ihm einen merkwürdigen Blick zu.

»Sie haben ein echt krankes Hirn.«

»Ich habe Phantasie, das ist ein Unterschied.«

»Phantasie ist etwas Schönes. Was Sie hervorbringen, ist krank und widerlich.«

»Und es ist Mainstream, also wagen Sie es nicht, darüber zu urteilen.«

»Nationalsozialist zu sein war auch mal Mainstream.«

»Der Vergleich hinkt.«

»Nein, der läuft wunderbar geradeaus, aber das wollen Sie nicht wahrhaben. Wenn Sie nicht so kranke Ideen hätten, würden diese beiden Mädchen nicht leiden müssen, und ...«

»Moment!«, unterbrach Andreas sie abermals. »Auf dem Niveau diskutiere ich nicht mit Ihnen. An dem, was hier vor sich geht, trage ich keine Schuld. Wenn das zwischen uns Konsens ist, können wir gern weitermachen. Ansonsten wünsche ich Ihnen eine schöne Heimfahrt.«

»Spielen Sie sich nicht so auf. Ich kann immer noch zur Polizei gehen.«

»Und damit das Leben des Mädchens riskieren? Eventuell sogar das Leben zweier Mädchen, wenn wir Ihrer Argumentation folgen wollen?«

Sie schwieg und biss sich auf die Unterlippe.

»Was will er von Ihnen? Geht es ihm wirklich nur darum, Sie bloßzustellen? Das ist doch banal.«

»Zuallererst: Versuchen Sie nicht, einen Soziopathen zu verstehen, denn das können Sie nicht. Diese Menschen verstehen sich nicht einmal selbst.«

»Ach! Gilt das auch für Sie?«

»Nein. Ich bin eine Ausnahme.«

»Und was macht Sie zu einer Ausnahme, wenn ich fragen darf?«

»Meine trainierte Fähigkeit zu reflektieren.«

»Verstehe ich nicht.«

»Haben Sie sich schon einmal die Frage gestellt, ob ein Soziopath weiß, dass er sich von anderen Menschen dadurch unterscheidet, kein Gewissen zu haben?«

»Nein, ehrlich gesagt nicht«, gab Greta Weiß zu.

»In der Mail von Nummer 25 steckt die Antwort auf diese Frage. Entdecken Sie sie?«

Die Journalistin überflog erneut den Text.

»Ich ... nein.«

Andreas wiederholte die betreffende Zeile aus dem Gedächtnis: »›Es ist Ihre Schuld, dass sie leidet, nicht meine.‹ Unter allen Merkmalen, an denen man einen Soziopathen erkennen kann, ist dieses eines der auffälligsten. Er erkennt niemals die Schuld begangenen Unrechts an. Seine Standardausrede ist ›Ich war das nicht‹. Die Schuld liegt immer bei den anderen, ausnahmslos. So wie hier. In seinen Augen bin ich schuld daran, dass er diese Mädchen quälen muss. Und aufgepasst! In diesem Satz versteckt sich zusätzlich noch das stärkste Merkmal, an dem man einen Soziopathen erkennen kann – das Betteln um Mitleid. Er suggeriert, er leide unter der Situation, und wenn jemand leidet, empfinden Menschen wie Sie, die über ein Gewissen verfügen, Mitgefühl.«

»Er weiß doch aber, dass Sie angeblich keines empfinden.«

»Er hält mich aber für einen Poser. Doch das ist nicht der Grund, warum er sich mir gegenüber genau so verhält, wie er sich Ihnen gegenüber verhalten würde. Der Grund ist die Antwort auf die Eingangsfrage. Er erkennt sein falsches Handeln nicht. Wenn er überhaupt etwas in Frage stellt, dann andere Menschen. In diesem Fall mich. Er befindet sich wahrscheinlich in einer Lebensphase, die für ihn unangenehm ist, und weil er mich als Schuldigen dafür auserkoren hat, treibt er dieses Spiel. Am Ende geht es für ihn nur um eines.«

»Er will gewinnen«, sagte Greta Weiß.

»Richtig, er will gewinnen. Oder anders gesagt, er will dieses Gefühl genießen, das mit einem Sieg einhergeht.«

»Okay, das kann ich verstehen. Was ich aber nach wie vor nicht verstehe, ist, warum Sie Ihr Verhalten, das Sie selbst als psychopathisch einstufen, reflektieren können, er aber nicht.«

»Weil ich mir beigebracht habe, mein Verhalten ehrlich zu analysieren. Diese Mühe habe ich mir gemacht, um daraus Kapital zu schlagen, nämlich in Form eines Buches.«

»Hm, klingt unglaubwürdig«, sagte Greta Weiß und schob die Unterlippe vor.

»Ob Sie das glauben oder nicht, spielt keine Rolle. Und mit diesem Fall hat es auch nichts zu tun.«

»Finde ich aber schon. Oder ist Ihnen der Fehler in der Argumentation nicht aufgefallen?«

»Welcher Fehler?«

»Nummer 25 bietet Ihnen seine Hilfe an, weil er meint, ein Psychopath zu sein. Wie kann er das von sich behaupten, wenn er es selbst gar nicht wissen kann?«

»Das haben Sie falsch verstanden. Er kann das sehr wohl wissen, aber er findet daran nichts Verwerfliches. Ganz im Gegenteil. Er blickt sogar mit Verachtung auf Menschen wie Sie herab und fragt sich, wie jemand so naiv und emotional sein kann.«

»Tun Sie das auch?«

Andreas sah die Journalistin lächelnd an.

»Brauchen Sie etwa eine überzeugende Darstellung meiner Fähigkeit zu reflektieren?«

»Ich bin gespannt.«

»Und ich bin enttäuscht, dass Sie es nicht erkannt haben. Wenn ich morgens vor die Haustür trete – und das meine ich wortwörtlich, nicht im übertragenen Sinn –, welchen Blickwinkel auf den Rest der Menschheit habe ich dann?«

Greta Weiß dachte einen Moment nach.

»Einen verzerrten?«

»Nein. Ich schaue auf sie herab, und das mit Verachtung.«

Er geht fast nur im Dunkeln nach draußen.
Und selbst dann sucht er die Stellen auf, an denen die Dunkelheit intensiver ist als anderswo. Stellen, die die Menschen meiden, vor denen sie sich fürchten. Er selbst spürt diese Furcht nicht. Dunkelheit bedroht ihn nicht, sie beschützt ihn. Vor den Blicken der anderen und davor, in ihren Augen sehen zu müssen, was sie über ihn denken. Es ist schon schwierig genug für ihn, mit seinen eigenen Gedanken klarzukommen, die der anderen braucht er nicht auch noch in seinem Kopf. Seit er ein kleines Kind war, hatten alle ihn immer nur gehänselt, schief angesehen, über ihn gelacht oder ihm hässliche Wörter nachgerufen. Diese Zeiten sind längst vorbei, und solange er dafür sorgt, dass niemand ihn sieht, ist alles gut.

Wieder ist er mit dem alten Wagen seiner Mutter unterwegs. Sie nutzt ihn seit Jahren nicht mehr und bemerkt es nicht einmal, dass er hin und wieder damit fährt. Der Daimler hat mehr als dreißig Jahre auf dem Buckel, rußt wie verrückt, wenn er ihn anlässt, läuft aber sehr zuverlässig. Schnell fahren kann er damit nicht, aber das ist ja auch nicht sein Ansinnen. Was er an dem Wagen nicht mag, ist der Geruch seines Vaters darin. Diese Mischung aus Zigarettenqualm, Aftershave, Schweiß und Pfefferminzbonbons steckt in den Sitzpolstern. Mehrfach hat er bereits mit verschiedenen Reinigern versucht, den Geruch zu tilgen, doch er kommt immer wieder. Die Vanille-Duftbäumchen am Spiegel übertünchen ihn auch nicht.

Sein Vater war einer von zwei Männern gewesen, vor denen er sich gefürchtet hatte und noch fürchtete, da er nie gewusst hatte, woran er bei ihm war. Jedem anderen Menschen sieht er an, was er über ihn denkt, nicht so bei seinem Vater. Diese ständige Unsicherheit hat ihn krank gemacht, zumindest behauptete das der Therapeut. Sie ist der Kern seiner Probleme und muss ausgemerzt werden.

Vater ist tot, es ist nun egal.
Der andere Mann, vor dem er sich fürchtet, lebt noch.

Er weiß, er soll sich fernhalten von ihm, doch dieser Mann übt eine geradezu magische Anziehungskraft auf ihn aus. Seitdem er die ersten Fotos geschossen hat, ist der Drang immer stärker geworden, doch er hielt sich an seinen Plan. Das ist wichtig. Die Dinge müssen in einem gewissen zeitlichen Rahmen ablaufen, ein Rahmen, den er bestimmt.

Der Mann, den er fürchtet, wird sich noch wundern. Er wähnt sich in Sicherheit, hält sich für unangreifbar, lebt in seiner Hütte dort oben auf dem Berg und denkt nicht mehr an damals.

Er aber schon.

Jede Nacht hört er das Knarzen des Seiles am Ast des Baumes.

Jede Nacht sieht er die vor Verzweiflung weit aufgerissenen Augen.

Manches kann er nicht vergessen, und manches will er nicht vergessen.

Er hängt seine Gedanken an die Wände seines Zimmers, damit sie lebendig bleiben.

Denn ganz anders, als dieser engstirnige Therapeut behauptet, muss das Problem nicht in seinem eigenen Kopf ausgemerzt werden.

Er ist nicht das Problem, die anderen sind es.

Vor allem der Mann, vor dem er sich fürchtet.

Seit einer Stunde suchte Greta Weiß im Internet nach einer Verbindung zwischen Sarah Lieberknecht und dem schwarzhaarigen Mädchen aus dem Video. Da sie dessen Namen nicht kannte, durchforstete sie die sozialen Netzwerke, suchte in Sarahs Bekanntenkreis nach einem weiteren vermissten Mädchen oder nach jemandem, der davon wusste.

Greta hatte die Schuhe abgestreift, saß mit untergeschlagenen Beinen in einem gemütlichen Sessel am kalten Kamin und ließ sich von Zordan eine Tasse Kaffee nach der anderen bringen. Immer wieder schimpfte sie über den miserablen LTE-Empfang hier oben. Vier Mal war sie auf die Terrasse hinausgegangen, damit sich eine bestimmte Seite schneller aufbaute, war aber nicht lange draußen geblieben. Odin hatte sie wieder ins Haus getrieben. Mittlerweile war auch der Hund hereingekommen, lag auf dem flauschigen Teppich in Gretas Nähe und ließ sie kaum aus den Augen. Er irritierte sie, weil sie nicht wusste, ob man ihm trauen konnte.

Wie der Herr, so's Gescherr – eine alte Volksweisheit.

»Milch ist alle«, rief in diesem Moment Zordan aus der Küche.

Sie hörte ihn zwar, reagierte aber nicht. Er kam ins Wohnzimmer und baute sich vor ihr auf. Irgendwie wirkte er nervös, so als wolle er sie loswerden. Hatte er noch etwas vor?

»Die Milch ist alle«, wiederholte er und deutete auf den Kaffeebecher, der auf dem Beistelltisch stand. »Noch einen gibt es also nicht.«

»Alles gut, ich brauche sowieso keinen mehr. Haben Sie sich eigentlich mal dafür interessiert, wie Sie bei den Lesern ankommen?«

»Sollte ich?«

»Hm, vielleicht besser nicht. Die halten Sie für ein arrogantes Arschloch.«

»Aber sie lesen meine Bücher.«

»Tja, das finde ich tatsächlich erstaunlich.«

»Was ist daran erstaunlich. Authentizität wird geschätzt. Haben Sie sonst noch etwas herausgefunden, was uns weiterbringt?«

Greta schüttelte den Kopf.

»Ich werde noch mal meinen Kontakt bei der Polizei befragen müssen. Im Netz finde ich nichts über ein weiteres vermisstes Mädchen.«

»Dann verschieben wir das auf morgen«, sagte Zordan.

Greta blieb sitzen und blickte nachdenklich zum Fenster.

»Nichts bleibt ewig versteckt«, wiederholte sie den Satz aus der letzten Mail von Nummer 25. »Das muss Ihnen doch etwas sagen.«

Andreas schüttelte den Kopf. »Nein, gar nichts. Das hat sicher eine Bedeutung, ist aber bewusst kryptisch formuliert, damit ich mir den Kopf darüber zerbreche. Den Gefallen tue ich dem Mistkerl aber nicht. Es reicht schon, dass er mein Leben durcheinanderbringt. Ich kann nicht mehr schreiben wegen dieser Sache.«

Greta sah zu Zordan auf.

»Ist das Ihre einzige Sorge? Irgendwo leidet dieses arme Mädchen, und Sie jammern, weil Sie nicht mehr in Ruhe schreiben können?«

Zordans Verhalten war für Greta wie ein ständiges Wechselbad der Gefühle. Zwischen mögen, hassen und verachten lagen nur wenige Augenblicke. Was er über seinen Blick auf die Gesellschaft gesagt hatte, hatte ihr zu denken gegeben. Nicht, weil sie es ihm glaubte, sondern weil sie sich fragte, warum er es glaubte. Was war in seinem Leben passiert, dass er der Meinung war, sich von allen anderen abschotten zu müssen? Und hatte es vielleicht etwas mit diesem einen Satz von Nummer 25 zu tun?

Nichts bleibt ewig versteckt.

Zumindest klang es so, als beziehe es sich auf Zordans Vergangenheit.

»Sie haben recht«, sagte Zordan. »Ich sollte mich eher darum sorgen, wie lange ich noch frei sein werde.«

»Inwiefern frei?«

»Falls dieser Sarah Lieberknecht etwas zugestoßen ist und die Polizei sie findet, wird die Spur möglicherweise zu mir führen.«

»Wegen der Rezensionen? Als ob das ein Mordmotiv wäre.«

Greta fand Zordans Angst überzogen, aber mit der Befürchtung, was die Verbindung zu ihm betraf, hatte er recht.

Sarah Lieberknecht hatte vier seiner Bücher in ihrem Blog rezensiert. Ihre Meinung war durchgängig negativ: schlechter Stil, schlechte Sprache, zu verworren – so ihr Credo. Sie war also nicht sein größter Fan, und in einem billigen Groschenroman würde das wohl ausreichen, damit der rachsüchtige Autor die Bloggerin kaltmachte, aber dies hier war die Realität, und Greta glaubte nicht, dass die Bullen diese Besprechungen als Mordmotiv betrachten würden.

»Es liegt vielleicht nicht gerade auf der Hand, aber das macht es ja so glaubhaft«, meinte Zordan.

»Hatten Sie Kontakt zu ihr?«

»Zu dieser Lieberknecht? Nein. Ich gehöre nicht zu diesen Autoren, die sich bei Bloggern oder Rezensenten anbiedern. Die bekommen von mir nicht einmal ein Gratisexemplar. Ich brauche deren Meinung nicht, um zu wissen, dass ich schreiben kann.«

»Na ja, Sarah ist nicht gerade der Meinung, dass Sie es können.«

»Weil sie meine Texte nicht verstanden hat. Aber das wundert mich nicht. Heutzutage wollen die meisten Leute leicht verständliche Bücher, über die sie nicht lange nachdenken müssen.«

»Ich finde Ihre Texte nicht unbedingt kompliziert«, warf Greta ein.

Zordan bedachte sie mit einem abschätzigen Blick.

»Haben Sie eigentlich das Zimmer im *Haus Verona* noch?«

»Sie können es wohl nicht erwarten, mich loszuwerden.«

Greta schälte sich aus dem Sessel. Ein zweiter Wink mit dem Zaunpfahl von diesem arroganten Kerl war nicht nötig. Für heute hatte sie sowieso genug von ihm. Vielleicht war es tatsächlich besser, dass er sich hier oben auf dem Hügel versteckte – besser für alle anderen Menschen.

Sie zog Jacke und Schuhe an.

»Sie haben mir ein Exklusivinterview versprochen«, sagte sie beim Hinausgehen. »Vergessen Sie das nicht.«

»Klingt wie eine Drohung.«

»Ist aber als Erinnerung gemeint.«

»Lassen Sie uns morgen darüber sprechen. Ich rufe Sie an.«

Als Greta die Tür zum Flur öffnete, sprang Odin auf und kam zu ihr. Es sah beinahe so aus, als wolle er sie begleiten.

»Du kannst nicht mit«, sagte Greta. »Dein über die Maßen charmantes Herrchen braucht dich hier.«

»Ich glaube, Hunde sind für Ironie nicht empfänglich«, sagte Zordan.

»Und Menschen nicht für schlechtes Benehmen«, versetzte Greta und verließ die Hütte.

Es begann zu dämmern, als Andreas aufbrach.

Odin wartete auf der Terrasse.

»Okay, mein neuer Freund, dann pass mal schön auf mich auf.«

Zunächst ging es eine Weile den Hügel hinauf. Andreas folgte dem Weg, den er selbst geschaffen hatte. Der Wald wurde dicht, die Bäume standen in vollem Laub, und obwohl die Sonne gerade erst untergegangen war, war es unter dem Blätterdach bereits dunkel. Andreas schaltete die Taschenlampe noch nicht ein. Er konnte den Trampelpfad gut genug sehen, das Licht hätte ihn nur verraten. Odin lief mal voraus, mal hinter und mal neben ihm. Er hatte Hunderte Spuren von Wild in der Nase und wirkte aufgeregt. Wahrscheinlich war dies seit langem sein erster Ausflug in die Freiheit. Andreas konnte nachempfinden, was in dem Hund vorging. Eingesperrt zu sein, auf die Befehle anderer hören zu müssen, nicht Herr seines eigenen Lebens sein zu dürfen – dies alles hasste Andreas abgrundtief. Den meisten Menschen machte es nichts aus, jemandem die Führung zu überlassen. Es war ja auch viel einfacher, wenn man nicht selbst denken und die Verantwortung übernehmen musste. Trägheit war das Schlüsselwort, und nur deshalb waren viele überhaupt in der Lage, so viel Ungerechtigkeit und Leid zu ertragen. Sie spielten sich bei ihren Stammtischtreffen auf, führten große Reden, posteten Hassbotschaften in den asozialen Netzwerken, aber wenn es darum ging, aktiv zu werden, zogen sie es vor, in ihren Sesseln hocken zu bleiben.

Als Andreas die Kuppe des Hügels, und damit den höchsten Punkt der Gegend, erreichte, hatte er zum ersten Mal das Gefühl, nicht allein zu sein. Zudem glaubte er, Schritte im Laub zu hören. Er behielt den Hund im Auge, doch der war beschäftigt und schien keine Gefahr zu wittern. Andreas ging noch ein paar Meter und blieb dann stehen, holte die Wasserflasche aus dem Rucksack und trank. Seine Hand glitt über das kalte Metall der geladenen Halbautomatik, doch er ließ sie, wo sie war.

Andreas setzte seinen Weg fort. Nach weiteren zehn Minuten war er sich sicher: Jemand befand sich hinter ihm! Es lief ihm eiskalt den Rücken hinab. Er fuhr herum, doch da war niemand. Odin, der jetzt auch etwas wahrgenommen hatte, stand bewegungslos da, und sie hörten beide das Knacken im Unterholz. Sehen konnte Andreas in der Dunkelheit jedoch nichts. Er schaltete die Taschenlampe ein, aber es war natürlich wie immer, wenn man im Wald eine Lampe einschaltete: Das bisschen Licht machte die Dunkelheit nur noch undurchdringlicher und bedrohlicher. Das Knacken wiederholte sich. Irgendwo rechts. Odin knurrte, blieb aber bei Andreas.

»Na los!«

Andreas hatte nicht wirklich damit gerechnet, doch der Hund reagierte, rannte los und verschwand im Unterholz. Andreas lauschte. Außer den sich entfernenden Geräuschen des Hundes hörte er nichts.

Er wartete ein paar Minuten und setzte seinen Weg dann fort.

Irgendwann kehrte Odin zu ihm zurück. Der Hund wirkte entspannt, bei Andreas hielt sich jedoch das Gefühl, verfolgt und beobachtet zu werden.

Er war froh, endlich die Senke zu erreichen, in der die Leiche von Sarah Lieberknecht verscharrt lag. An einem besonders dicken Baumstamm ging er in Deckung, schaltete die Taschenlampe aus und rief Odin zu sich. Der Hund kam und legte sich neben ihn. Es war ein gutes Gefühl, den warmen Körper zu spüren. Es dauerte ein paar Minuten, bis Andreas' Augen sich an die Dunkelheit gewöhnt hatten, und selbst dann konnte er kaum etwas erkennen.

Also schaltete er die Lampe ein und arbeitete sich durch das dichte Gestrüpp in die Senke vor. In der Mitte, an der tiefsten Stelle, ließ er sich auf die Knie fallen, legte die Lampe ab und begann, mit den Händen das Laub zur Seite zu schaufeln. Er war noch nicht weit gekommen, als Odin bellte.

Andreas schaltete die Lampe aus und robbte auf dem Bauch aus der Senke heraus. Oben schob er sich so leise wie möglich über den Rand und suchte sich einen Busch, unter dem er sich verbergen konnte. Dort holte er die Waffe aus dem Rucksack.

Odin war verschwunden.

Zehn Minuten vergingen.

Zwanzig.

Die Kälte des Bodens kroch in seinen Körper.

Odin kehrte nicht zurück.

Dreißig Minuten.

Absolute Stille und Dunkelheit.

Zweifel und Unsicherheit machten sich in ihm breit.

Andreas wusste, wer jetzt mehr Geduld aufbrachte, wer cool blieb, der würde gewinnen.

Nach vierzig Minuten flammte plötzlich ein Licht auf. Halb rechts, vielleicht fünfzig Meter entfernt. Außer dem Lichtkegel einer Taschenlampe konnte Andreas nichts erkennen, die Person dahinter blieb im Dunkeln. Der Lichtkegel bewegte sich langsam auf die Senke zu. Bevor er darin verschwand, drehte die Person sich einmal um die eigene Achse und leuchtete die Umgebung ab. Andreas befand sich in Reichweite der Taschenlampe. Er zog die Hände unter den Körper, presste das Gesicht ins Laub und hielt den Atem an.

Der Lichtkegel schwenkte über ihn hinweg und verschwand in der Senke.

Andreas wartete ab, bis er Laub rascheln hörte. Dann robbte er unter dem Busch hervor und schlich gebückt auf den Rand der Senke zu.

Vor ihm war das Unterholz in geisterhaftes Licht getaucht.

Eine mittelgroße, schlanke Gestalt hockte dort unten auf den Knien und schaufelte das Laub zur Seite.

»Das Spiel ist vorbei, Nummer 25!«, rief Andreas und richtete die Waffe auf ihn.

Lars Lewandowski saß in seinem kleinen Büro im zweiten Stock des Präsidiums und dachte nach.

Sarah Lieberknecht ließ ihm keine Ruhe.

Er hatte noch vier andere Fälle zu bearbeiten, und alle waren sie wichtig, aber das sechzehnjährige Mädchen ging ihm nicht aus dem Kopf.

Die Vernehmung ihres Vaters hatte Lewandowski nicht weitergebracht. Jens Kraft war ein aufbrausendes Arschloch, aber würde er seine eigene Tochter entführen? Hatte er genug Mumm für so etwas? Lewandowski hatte nicht den Eindruck, aber auf sein Gefühl allein wollte er sich nicht verlassen. Er hatte einen Antrag gestellt, die Handydaten des Mannes einsehen zu dürfen. Ob er eine Genehmigung erhielt, das war allerdings fraglich.

Seit Lewandowski sich am Nachmittag mit der jungen Journalistin unterhalten hatte, war Jens Kraft ohnehin in den Hintergrund gerückt.

Diese Greta Weiß wollte ihm weismachen, an einer Story über Vermisste zu arbeiten, aber Lewandowski glaubte ihr nicht. Dazu zielten ihre Fragen viel zu einseitig auf den Fall Sarah Lieberknecht ab. Aber warum hatte sie Interesse an dem Mädchen?

Es war zwar schon spät, und die Redaktion hatte möglicherweise bereits Feierabend gemacht, doch Lewandowski griff zum Telefon und rief bei der Zeitschrift an, für die Greta Weiß arbeitete. *People United.* Er landete in der Telefonzentrale, musste sich zurückrufen lassen, um sich auszuweisen, wurde dann aber an den stellvertretenden Chefredakteur durchgestellt. Ein Mann namens Wahabi oder so ähnlich. Lewandowski hatte den Namen nicht verstanden, fragte aber auch nicht nach. Er wollte wissen, mit welchem Auftrag Greta Weiß unterwegs war. Wahabi war umgänglich und verbindlich. Es war ihm klar, dass er Lewandowskis Fragen auf dem Revier beantworten müsste, wenn er die Auskunft am Telefon verweigerte. Das hielt die meisten Journalisten jedoch nicht davon ab, sich querzustellen, besonders nicht, wenn eine Sache nicht zu früh publik werden durfte. Aber Wahabi war gesprächig, und Lewandowski erfuhr, dass die Anfängerin Greta Weiß an einem Interview mit dem Bestsellerautor Andreas Zordan arbeitete. Natürlich wollte Wahabi wissen, warum die Polizei danach fragte.

Die Kleine war zwar nicht ehrlich zu ihm gewesen, aber nett, und Lewandowski wollte sie nicht in die Pfanne hauen. Allerdings fiel ihm auf die Schnelle keine plausible Antwort ein, deshalb erklärte er, er dürfe dazu nichts sagen.

Erst als er aufgelegt hatte, wurde ihm klar, dass Wahabi seine Reporterin sicher sofort anrufen würde.

Sei's drum, nicht seine Baustelle.

Seine war jetzt der Schriftsteller Andreas Zordan.

Lewandowski las keine Bücher, nur Fachzeitschriften über Motorräder und Oldtimer. Demzufolge sagte der Name Zordan ihm nichts.

Also googelte er ihn und fand einiges heraus.

Zordan schrieb Thriller – oder Psychothriller, kam wohl darauf an, wen man fragte. Er war in Deutschland einer der erfolgreichsten Autoren dieses Genres, seine Bücher wurden in zwanzig Sprachen übersetzt. Eine Verfilmung des Romans *25 mögliche Mörder* befand sich in der Vorbereitung. Wie Lewandowski herausfand, war dies Zordans bekanntestes Buch, mit dem er den nationalen wie internationalen Durchbruch geschafft hatte.

Lewandowski las die Inhaltsangabe:

Sie sind unter uns! Wir treffen sie jeden Tag! Die Gewissenlosen, die Eiskalten. Menschen, die Spaß am Töten haben und nichts dabei empfinden. Einer von fünfundzwanzig Menschen ist per definitionem ein Soziopath. Psychologe Martin Kauner erfährt von dieser Erkenntnis auf brutale Art und Weise. Sechs Morde in einem Zeitraum von vierzehn Tagen erschüttern die Stadt, in der er lebt und arbeitet. Alle Opfer waren austherapierte Patienten. Kauner hat aktuell noch fünfundzwanzig weitere Patienten, und er weiß, unter ihnen versteckt sich der Mörder.

Lewandowski lehnte sich zurück. Die Inhaltsangabe las sich wie Hunderte andere und riss ihn nicht vom Hocker. Von der These, dass einer von fünfundzwanzig Menschen ein Soziopath sei, hatte er noch nie gehört. Er wusste, es gab viele davon, die meisten waren allerdings keine Mörder, sondern die Arschlöcher des täglichen Lebens, die ihre Frauen verprügelten und in den Firmen Mitarbeiter in den Wahnsinn oder den Freitod trieben. Auch in seinem Präsidium gab es zwei oder drei solche verhaltensauffälligen Männer. Sie gönnten niemandem einen Erfolg, versuchten stets, es so aussehen zu lassen, als wäre es ihr Verdienst, und verstrickten sich dabei in Lügengeschichten. Wenn sie aufflogen, stritten sie alles ab und machten erst mal drei Wochen krank. Im Grunde waren das armselige Feiglinge, die einer direkten Auseinandersetzung immer aus dem Weg gingen.

Lewandowski googelte das Thema und fand heraus, dass die These wissenschaftlich untermauert war. Er stolperte sogar über einen Text, in dem behauptet wurde, jeder Mensch treffe im Laufe seines Lebens auf 36 Mörder, 71 Sexualstraftäter und 526 Psychopathen.

Wenn auch das stimmte, wunderte ihn nichts mehr.

Wie gut, dass er bald in Rente ging. Von dem Tag an würde er sich nur noch um sich selbst kümmern, lange Ausfahrten mit seiner Harley machen, tagelang angeln und endlich lernen, vernünftig zu gärtnern. Von diesem Traum trennten ihn noch vier Monate, und bis dahin würde er seinen Job so vernünftig machen, wie er es immer getan hatte. Das Maß dafür waren nicht Lob und Anerkennung seiner Kollegen oder des Chefs, auch nicht irgendwelche Statistiken, sondern der tägliche Blick in den Spiegel. Wenn der ohne Scham und Schuldgefühle gelang, war alles in Ordnung.

Der Autor Andreas Zordan tauchte bei seiner Recherche zum

Thema Soziopathie ebenfalls auf – und zwar in einem Interview. Darin behauptete er, selbst ein Soziopath zu sein und deshalb so realistische und authentische Mörder kreieren zu können. Zordan kannte Details und Fakten zum Thema und untermauerte seine Behauptung mit diesen Kenntnissen.

Er führte das Buch *Diagnostic and Statistical Manual of Mental Disorders IV* der American Psychiatric Association an, in dem die Merkmale für die Diagnose einer antisozialen Persönlichkeitsstörung definiert waren:

1. Abweichendes Sozialverhalten
2. Hinterlistiges manipulatives Verhalten
3. Impulsivität, mangelnde Planungsfähigkeit
4. Reizbarkeit, Aggressivität
5. Rücksichtslose Gefährdung der Sicherheit der eigenen Person oder anderer Menschen
6. Fortwährende Verantwortungslosigkeit
7. Fehlende Reue

Zordan erläuterte, dass eine Kombination aus dreien dieser Merkmale für eine Diagnose reichen würde, er selbst jedoch bis auf ein Merkmal alle in sich vereinte. Auf die Frage, welches Merkmal ihm fehle, antwortete er: Fortwährende Verantwortungslosigkeit.

Dann schwadronierte er darüber, dass er wahrscheinlich längst in einem Hochsicherheitsgefängnis einsitzen würde, wenn er mit der Schriftstellerei nicht ein Ventil für seine Andersartigkeit gefunden hätte.

»Ich bin der perfekte Mörder, und die Polizei kann mich mal.«

Lewandowski hatte schnell genug von der Prahlerei des Mannes, zumal er der Polizei Unfähigkeit und Inkompetenz vorwarf. Angeblich war kein Polizist in der Lage, einen Soziopathen zu durchschauen, ja, nicht einmal, ihn zu erkennen.

Wovon Lewandowski aber noch lange nicht genug hatte, war die offensichtliche Verbindung zwischen Zordan und Sarah Lieberknecht.

Er schrieb Bücher, sie las Bücher. Zordan war der Typ Schriftsteller, der mit Kritik offensichtlich nicht umgehen konnte, sie rezensierte Bücher.

Auch seine?

Rasch rief Lewandowski den Blog *Wörter schaffen Welten* auf. Er befasste sich ein paar Minuten damit und fand heraus, wo alle Rezensionen, die Sarah geschrieben hatte, abgespeichert waren. Sie waren sowohl nach Titeln als auch nach Autoren geordnet. Es war einfach, Zordan in der großen Datenbank ausfindig zu machen.

Unglaublich, wie viel dieses junge Mädchen gelesen hatte.

Eine richtige Bücherfresserin!

Und Geschmack hatte sie auch.

Vier Bücher von Zordan hatte sie gelesen. In ihren knappen, fundierten Rezensionen kamen Argumente vor wie: sprachlich schwach, langatmig, unglaubwürdig, klischeebehaftet. Positiv fand sie nur Zordans abwechslungsreiche Ideen.

Aber die konnte jeder haben, wenn kein ausgeklügelter oder wenigstens glaubhafter Plot dahintersteckte.

Lewandowski lachte auf.

Dann strich er sich über seinen dichten, grauen Bart, wie er es immer tat, wenn er nachdachte.

Es gab neben vielen Lobeshymnen Dutzende von anderen Verrissen, und wenn er die Kränkung künstlerischer Eitelkeit als Motiv in Betracht zog, dann müsste er streng genommen auch alle anderen Autoren und Autorinnen verdächtigen, die auf diesem Blog ihr Fett wegbekommen hatten. Allerdings: Wenn die Journalistin ihn nicht befragt hätte, wäre er niemals über Zordan und diese Verbindung gestolpert.

Jetzt stellte sich ihm die eine entscheidende Frage: Warum hinterfragte Greta Weiß, die eigentlich damit beauftragt war, ein Interview mit Zordan zu machen, das Verschwinden von Sarah Lieberknecht?

Zufall war das nicht.

War sie bei Zordan auf irgendwas gestoßen?

Die junge Frau war ehrgeizig und würde sicher auf eigene Faust ermitteln, wenn sie sich eine gute Story erhoffte.

Jemand klopfte an die Tür von Lewandowskis Büro und trat ohne Aufforderung ein.

Es war Liesbeth, die Schreibkraft der Abteilung. Sie war in seinem Alter, und die beiden hatten sich versprochen, gemeinsam in Rente zu gehen. Liesbeth würde dafür zwei Monate krankmachen müssen, da sie später dran war als er, aber das war ihr egal. Versprochen war versprochen.

»Na, Brummbär«, sagte sie. »Grübelst du wieder? Ist doch schon lange Dienstschluss.«

»Sag mal, Liesbeth, kennst du den Autor Andreas Zordan?«

»Aber sicher. Warum?«

»Was hältst du von ihm?«

»Als Person? Ein arroganter Angeber. Aber seine Bücher sind der Hammer.«

»Ich bitte dich, dieses Vokabular passt doch nicht zu deinem Alter.«

»Und wenn schon. Ich hab Zordan mal live erlebt, bei einer Lesung. Es gibt nicht viele Autoren, die es sich leisten können, so mit dem Publikum umzuspringen.«

»Was hat er getan?«

»Er ist rhetorisch ziemlich clever. Wenn ihn jemand hinterfragte oder an seinen Büchern herumnörgelte, hat er die Person richtig auseinandergenommen. Nicht mit Kraftausdrücken, nein, auf intelligente Art. Der hätte auch Politiker werden können. Oder Schauspieler. Außerdem sieht er gut aus.«

»Ich habe ein Foto gesehen. Wieso sieht ein Mann, der sein Haar wie eine Frau trägt, gut aus?«

Liesbeth trat hinter Lewandowski und wuschelte durch sein dünner werdendes, graues Haar.

»Mach dir nichts draus. Was er auf dem Kopf hat, hast du im Gesicht.«

Andreas schaltete seine Taschenlampe ein.

Die Gestalt vor ihm erstarrte, drehte sich aber nicht um. Sie trug eine dunkelgrüne Regenjacke mit Kapuze, die ihr Gesicht beschattete.

»Heb die Hände hoch und sieh mich an«, befahl Andreas.

Nummer 25 ließ noch ein paar Sekunden verstreichen, bevor er tatsächlich die Hände hob und sich ganz langsam umdrehte.

Es war Greta Weiß.

»Also doch«, stieß Andreas aus. »Wusste ich es doch. Sie sind Nummer 25.«

»Nein, bin ich nicht.«

»Und was machen Sie dann hier?«

»Sie haben sich merkwürdig verhalten, wollten mich unbedingt loswerden, und dann dieser Satz: ›Nichts bleibt ewig versteckt‹. Ich dachte, Sie sagen mir nicht die ganze Wahrheit. Deshalb bin ich Ihnen gefolgt.«

»Und das soll ich Ihnen glauben?«

»Es ist die Wahrheit. Hören Sie, warum sollte ich Sie bedrohen. Was hätte ich davon?«

»Vielleicht sind Sie einfach nur die Handlangerin eines Verrückten.«

»Ja, das bin ich allerdings, weil ich Ihnen helfe.«

»Ich bin sicher nicht verrückt.«

»Ach nein? Zuerst betäuben und fesseln Sie mich, jetzt bedrohen Sie mich mit einer Waffe. Finden Sie das etwa normal?«

»In meiner Situation? Ja.«
»Und was für eine Situation ist das?«
»Das wissen Sie doch.«
»Nein, ich glaube nicht. Sie sind nicht ehrlich zu mir. Was befindet sich in dieser Senke?«
»Nichts.«
»Wegen nichts laufen Sie nachts stundenlang durch den Wald? Und das soll ich Ihnen glauben?«
»Ist mir scheißegal, was Sie glauben. Wenn Sie nicht sofort mit der Wahrheit herausrücken, kann ich Ihnen sagen, was sich gleich in der Senke befinden wird. Nämlich Ihre Leiche.«
»Das wagen Sie nicht.«
»Lassen Sie's nicht drauf ankommen.«
Sie schlug die Kapuze zurück und sah ihn an. Ihr Haar klebte ihr am Kopf, sie wirkte erschöpft, in ihren Augen flackerte Angst.
»Ist die Leiche von Sarah Lieberknecht in dieser Senke versteckt?«, fragte Greta Weiß. »Haben Sie sie getötet, Zordan?«
»Jetzt reicht's. Das Spiel ist vorbei«, sagte Andreas, hob die Waffe und visierte sie über den kurzen Lauf an. Ihre Blicke trafen sich. Die Journalistin hielt stand, zitterte nicht, blinzelte nicht, wich nicht zurück. Andreas hatte nicht vor, sie zu erschießen, er hätte es auch gar nicht gekonnt, denn es gehörte mehr als Wut dazu, einem Menschen in die Augen zu schauen, wenn man ihn tötete. Wahrscheinlich war Liebe notwendig.
»Wusste ich's doch ...«, sagte die Journalistin schließlich, drehte sich um, fiel auf die Knie und schaufelte erneut das Laub beiseite.
»Was tun Sie da?«, fuhr Andreas sie an.
»Ich suche Sarah Lieberknecht. Wenn Sie mich davon abhalten wollen, bitte.«
»Hören Sie auf! Sofort!«
Das trockene Laub flog weiterhin zur Seite.

Andreas sicherte die Waffe, steckte sie weg, trat vor und stieß die Journalistin um.

Die schrie erschrocken auf und landete mit dem Gesicht im Laub. Andreas wollte sie packen und aus der Senke zerren, doch ein gefährliches Knurren hielt ihn davon ab. Keine drei Meter entfernt stand Odin im Unterholz. Seine Augen glühten im Licht der Taschenlampe. Er fletschte die Zähne, und es war eindeutig, wem die Drohung galt.

»Ist nicht dein Ernst«, sagte Andreas.

Der Hund machte nicht den Eindruck, als sei er zum Scherzen aufgelegt.

Greta Weiß krabbelte aus dem Laub, wischte sich einige Blätter aus dem Gesicht und zog eines zwischen ihren Lippen hervor.

»Gut so, Odin«, rief sie. »Und wenn er sich bewegt, friss ihn!«

Odin kam auf Andreas zu. Seine Zähne glänzten eindrucksvoll. Das Zahnfleisch leuchtete rot. Er sah aus, als denke er wirklich über den Vorschlag der Journalistin nach. Andreas wich zurück.

»Hah!«, stieß Greta Weiß aus. »Da sehen Sie's. Nicht mal der Hund kann Sie leiden. Der hatte mich schon die ganze Zeit über bemerkt und Sie nicht gewarnt.«

Wie eine Verrückte begann sie wieder damit, Laub und Äste zur Seite zu räumen.

Andreas wich bis an den oberen Rand der Senke zurück und beobachtete die Journalistin. Er war zur Untätigkeit verdammt. Odin, der Verräter, hatte sich hingelegt, leckte seine Pfoten ab, behielt Andreas aber im Auge.

Nach ein paar Minuten ging Greta Weiß die Energie aus, sie wurde langsamer und hörte schließlich zu buddeln auf.

»Wo ist das Mädchen«, schrie sie ihn an.

Dann begann sie zu weinen und sackte erschöpft zusammen.

»Wo ist Sarah Lieberknecht«, wiederholte sie leise.

Odin warf Andreas einen letzten warnenden Blick zu, dann schlich er zu Greta Weiß hinüber, legte sich neben sie und stupste sie mit der Schnauze an der Hand an.

»Kannst du sie nicht finden?«, fragte sie den Hund, und der winselte leise. »Such sie für mich, ja.«

Andreas wusste, auch der Hund würde sie nicht finden. Die Leiche war fort. Nummer 25 hatte sie geholt.

Nichts bleibt ewig versteckt.

Andreas streckte seine Hand aus.

»Kommen Sie mit zur Hütte. Dort erzähle ich Ihnen alles.«

Greta Weiß zitterte am ganzen Körper, als sie die Hütte erreichten. In den letzten zehn Minuten des Marsches war sie einige Male gestolpert, hatte sich aber nicht von Andreas helfen lassen wollen. Sobald er versucht hatte, sie zu stützen, hatte sie seinen Arm weggeschlagen.

Gesprochen hatten sie auf dem Rückweg kein Wort.

»Ich sehe drinnen nach, ob alles in Ordnung ist«, sagte er. »Warten Sie hier.«

Sie nickte und schlang die Arme um den Oberkörper.

»Aber beeilen Sie sich, ich erfriere.«

Klapperten wirklich ihre Zähne? Es war kühl, aber doch nicht so kalt! Das kam davon, wenn man in unpassend dünner Kleidung zu einer Nachtwanderung aufbrach. Erst jetzt fiel Andreas ein, dass er ihr seine dicke Jacke hätte leihen können. Aber sie hätte ja auch fragen können.

Andreas betrat die Terrasse, schloss die hintere Tür auf, ging von Raum zu Raum und schaltete überall das Licht ein.

»Alles klar, kommen Sie rein«, rief er in die Dunkelheit.

Nichts rührte sich, nur Odin fiepte leise.

Andreas rannte hinaus.

Greta Weiß lag auf dem Rasen. Odin schnüffelte an ihr herum.

»Hey, was ist los?«

Er ging neben ihr auf die Knie und rüttelte an ihrer Schulter. Der Hund ließ ihn gewähren.

»Kann nicht ...«, stammelte sie.

»Na los, kommen Sie schon. Ich lasse Ihnen ein heißes Bad ein, und Sie bekommen eine ordentliche Brühe. Das wird schon wieder.«

Er packte sie und hob sie hoch. Sie hing wie ein nasser Sack an ihm, konnte kaum noch selbst laufen. Wahrscheinlich war sie nicht nur unterkühlt, sondern auch noch unterzuckert, und wenn das Adrenalin erst einmal abgebaut war, sank die Leistungsfähigkeit rapide.

Im Wohnzimmer setzte er sie in den Ohrensessel und wickelte sie in eine Decke. Er wollte die Terrassentür schließen, doch Odin saß davor und sah ihn fragend an.

»Na los, komm rein, du Verräter.«

Eine zweite Aufforderung brauchte der Hund nicht. Binnen Sekunden lag er der Journalistin zu Füßen.

»Ich bleibe nicht ... nicht hier«, sagte sie matt.

»Klappe halten und ausruhen.«

Andreas ließ ein Bad ein. Dann bereitete er eine heiße Brühe zu. Sie nahm sie und trank in kleinen Schlucken.

»Ich brauche Ihre Hilfe nicht«, sagte sie zwischendurch.

»Weiß ich. Aber ich Ihre, und deshalb tue ich so, als würde mir das alles hier gefallen.«

»Sie sind ein Arschloch.« Ihre Stimme klang schon ein wenig kräftiger.

»Austrinken. Ihr Bad ist gleich fertig«, befahl er.

»Ihre Mutter muss unheimlich stolz sein auf Sie.«

Klar, sie sagte das unbedacht, wollte ihn ärgern, weil ihr die Situation und ihr Schwächeanfall peinlich waren. Dennoch spürte Andreas, wie er innerlich erstarrte. Es war Jahre her, dass jemand seine Mutter erwähnt hatte, und doch reichte so ein dahingesagter Satz, um die Erinnerung zu wecken. Er hatte gehofft, sie wäre tiefer vergraben.

Nichts bleibt ewig versteckt, schoss es ihm durch den Kopf.

Zu jedem anderen Zeitpunkt hätte Andreas die Journalistin für diesen Satz hinausgeworfen. Doch da er sie noch brauchte, schluckte er seine Wut hinunter, ging ins Bad und tat so, als müsse er die Wassertemperatur prüfen.

Greta Weiß stand hinter ihm, als er sich umdrehte. Die Decke um die Schultern und beide Hände um die Tasse geschlungen, sah sie ihn an.

»Tut mir leid, das hätte ich nicht sagen dürfen.«

»Nein, hätten Sie nicht, spielt aber keine Rolle. Handtücher sind da, Bademantel hängt hinter der Tür. Suchen Sie sich ein Badeöl aus.«

Er drückte sich an ihr vorbei und verließ den kleinen Raum, ohne sie anzusehen.

Durch die dünne Tür hörte Andreas sie ins Badewasser steigen. Dann plätscherte es eine Weile, wahrscheinlich ließ sie heißes Wasser nach. Schließlich stellte sie das Wasser ab, seufzte vernehmlich, und es wurde still.

Sehr still.

Andreas setzte sich an den Schreibtisch.

Es machte ihn nervös, eine Frau in seiner Hütte zu haben. In den fünf Jahren, die er jetzt hier lebte, waren vier Frauen hier gewesen. Sie hatten nicht hier gewohnt, jedenfalls nicht auf Dauer. Kurze Beziehungen, die spontan und heiß aufgeflammt, aber ebenso schnell auch wieder erloschen waren. Six-Night-Stands, wenn man so wollte. Andreas hatte es nie gemocht, wenn sie allzu lange geblieben waren. Direkt nach dem Sex, wenn er befriedigt dagelegen hatte, war es ihm schon zu viel Nähe gewesen, deshalb hatte er es meistens so eingerichtet, dass er die Frauen bei sich zu Hause besucht hatte, um danach gehen zu können. Sie alle hatten Verständnis gehabt, wenn er behauptete, er müsse das gerade Erlebte schriftstellerisch festhalten, weil es so intensiv gewesen war. Zumindest beim ersten und zweiten Mal waren sie verständnisvoll gewesen, danach nicht mehr. Schriftstellern ließ man eine Menge durchgehen, man erwartete bei Kreativen geradezu irgendwelche Marotten und unangepasstes Verhalten, aber diese Toleranz hatte auch Grenzen.

Um sich abzulenken, startete Andreas den PC und öffnete das Postfach.

Es waren einige Mails eingegangen, darunter eine längere seines Agenten, Klaus Lösch. Bezüglich der Filmvorbereitung gab es eine

Menge zu besprechen. Klaus schlug ein Meeting mit dem Produzenten vor. Andreas hatte darauf keine Lust, würde aber wohl nicht drum herumkommen. Wenn er die Zügel schleifen ließ, träfen sie wichtige Entscheidungen ohne ihn, und dann würde er sich später über einen Film ärgern, der kaum noch etwas mit seinem Buch zu tun hatte.

Andreas beschloss, dass es der richtige Zeitpunkt war, Nummer 25 zu schreiben. Die Initiative zu ergreifen.

Hey, Arschloch!
Geilst du dich an deinem dämlichen Spiel auf, ja? Hat es Spaß gemacht, die Leiche aus dem Wald zu holen?
Ich finde das alles einfach nur öde.
Mann, du stiehlst mir die Zeit. Ich habe Bücher zu schreiben. Bücher über Typen, die mehr draufhaben als du. Bücher, die mich reich machen. Du hast keine Kohle, nicht wahr? Um Geld zu verdienen, reicht dein Intellekt nicht aus. Und für mich reicht er auch nicht. Ich hab dich längst durchschaut. Was du mit dem schwarzhaarigen Mädchen machst, das ist mir gleichgültig, nur leg mir ihre Reste bitte nicht wieder vor die Tür, ich habe, wie schon gesagt, keine Zeit für diesen Scheiß. Eines lass dir zum Abschluss gesagt sein: Du hast dich mit dem Falschen angelegt. Mach lieber Schluss, solange es noch geht. Wenn ich mich erst aufraffe, um dir in den Arsch zu treten, dann wird es unangenehm für dich.

Er mag es, wenn sie vorher baden.
Über die Frage der Hygiene hinaus sind Frauen, die aus der Badewanne steigen, aufgewärmt. Keine kalten Füße, keine kalten Hände. Beides sind für ihn absolute Stimmungskiller.

Sie riecht nach dem Lavendel-Badeöl, das sie benutzt hat. Eigentlich hat er nichts gegen diesen Duft, nur ist er ein wenig zu intensiv für seine empfindliche Nase.

Sie trägt einen weißen Bademantel. Ihr halblanges, blondes Haar ist noch feucht und um einige Schattierungen dunkler als vorher. Sie hat es nach hinten gekämmt, dadurch wirkt ihr Gesicht verändert. Größer, offener, heller. Er hat den Eindruck, sie zum ersten Mal wirklich und wahrhaftig zu sehen. Schon oft hat er gedacht, dass Frauen sich hinter ihren Haaren verstecken und dass wahre Größe und Stärke dazugehört, sie sich abschneiden zu lassen.

»Was willst du mit der Knipse?«, fragt sie.

»Ich würde gerne Fotos von dir machen?«

Sie kommt ein paar Schritte auf ihn zu, legt den Kopf leicht schräg und lächelt verheißungsvoll. Ihre Hände nähern sich dem Gürtel des Bademantels.

»Das kostet aber extra.«

»Wie viel?«

»Zwanzig pro Foto.«

»In Ordnung.«

Der Knoten löst sich, und der Bademantel klafft auseinander. Vom Kehlkopf bis zur rasierten Scham ist ein Streifen weißer Haut zu sehen. Sie hat sich eingecremt, er kann es riechen. Ihre Haut ist leicht gerötet vom warmen Badewasser.

»Und, gefällt dir, was du siehst?«

»Ich bin mir nicht ganz sicher, es ist zu wenig.«

Sie überwindet den letzten Meter und drückt mit dem Knie seine Beine auseinander.

»Dann zieh mich doch ganz aus.«

Eigentlich wäre er gern entspannt sitzen geblieben, um zu fotografieren. Aber, okay, den Gefallen kann er ihr ja tun. Er legt die teure Kamera zur Seite, erhebt sich aus dem Sessel. Da er zwei Köpfe größer ist als sie, muss sie zu ihm aufsehen. Seine Hände gleiten unter den Bademantel, tasten sich an ihrer Taille entlang zum Rücken, fahren daran hoch und streifen den Mantel ab.

So aus der Nähe ist der intensive Lavendelgeruch, gepaart mit dem der Körperlotion, doch störend. Es kribbelt in seiner Nase.

Der Bademantel fällt zu Boden, nun steht sie vollkommen nackt vor ihm. Zu nah, wie er findet, wie soll er sie so betrachten können.

»Tritt zurück und dreh dich, damit ich fotografieren kann«, fordert er sie auf.

»Dein Ernst?«

Sie zieht die Augenbrauen zusammen. Das kann er nicht leiden. Er antwortet nicht, sieht sie nur unverwandt an, und irgendwas in seinem Blick veranlasst sie, das zu tun, was er verlangt. Sie tritt zurück in die Zimmermitte und dreht sich um ihre eigene Achse. Besonders anmutig tut sie es leider nicht, eher so, als würde der Hautarzt sie nach Melanomen absuchen. Er lichtet sie dennoch ab, schießt aber hauptsächlich Fotos von ihrem Gesicht. Das Gesicht ist hübsch, vor allem die Augen, aber die Dellen an ihren Oberschenkeln sind hässlich. Um den Hintern herum sieht es aus wie eine Kraterlandschaft. Und dann dieser große braune Fleck unter ihrem Nacken. Ein Muttermal in Form einer Sichel. Auch nicht besonders erotisch. Solange sie Kleidung trägt, ist ihre Figur klasse, aber nackt ...

Sie kommt wieder auf ihn zu.

Ihr rechter Fuß knackt. Sie hat ein Überbein, das die Haut nach außen wölbt, als wüchse dort demnächst ein zusätzlicher Zeh.

Es läuft ihm kalt den Rücken hinab, und jegliche Lust ist verschwunden.

»Jetzt hast du aber genug fotografiert. Fass mich endlich an«, sagt sie in diesem Tonfall, den er nicht ausstehen kann. Es klingt schmutzig und anbiedernd.

»Zieh dich wieder an, ich hab doch keine Lust«, sagt er und lässt sich in den Sessel fallen.

Die Falte zwischen ihren Augenbrauen wird tiefer und länger.

»Spinnst du?«

»Halt die Fresse und zieh dich an.«

»Du blödes Arschloch, du tickst doch wohl nicht ganz sauber.«

Sie tritt nach ihm und berührt ihn mit diesem ekligen Überbein am Oberschenkel. Es tut nicht weh, widert ihn aber an. Er legt die Kamera zur Seite, springt auf, holt aus und versetzt ihr eine kräftige Ohrfeige. Sie taumelt zurück. Ihre linke Gesichtshälfte verfärbt sich rot. Kurz erstarrt sie vor Schreck, dann gewinnt Wut die Oberhand. Sie stürmt auf ihn los und versetzt ihm einen wirklich schmerzhaften Schlag auf das linke Ohr.

Sein Fausthieb in ihren Magen ist wuchtig und presst ihr die Luft aus dem Körper. Sie gibt ein merkwürdiges Geräusch von sich, klappt zusammen und taumelt zurück gegen die Wand. Mit zwei schnellen Schritten ist er bei ihr, packt sie und zerrt sie ins Bad. Dort presst er sie mit dem Rücken gegen die Wand, legt seine Hände um ihren Hals und drückt zu.

Dieses Gefühl ist absolut unvergleichlich. Der weiche Hals, ihr verzerrtes Gesicht, die weit aufgerissenen Augen ... er liebt es, wenn sie keine Luft bekommen. Das ist der Grund, warum er keine Frau findet, aber das kann er seiner Mutter nicht sagen.

Mit ihrer Gegenwehr hat er in diesem Moment nicht gerechnet. Sie zieht ein Bein an, ihr Knie trifft ihn zwischen den Beinen, und er lässt sie los. Geistesgegenwärtig stößt sie ihn von sich weg, er stolpert gegen den Wannenrand, kann sich nirgends festhalten und stürzt rücklings in die Wanne.

Der Aufprall ist hart.

Mit dem Hinterkopf schlägt er auf den Wannenrand. Ihm schwinden die Sinne. Er verliert das Bewusstsein nicht ganz, aber die Welt wird weich und wattig und bedeutungslos.

Sie ist fort, als er wieder zur Besinnung kommt – und sie hat die Badezimmertür von außen verriegelt.

Er hämmert dagegen. Mit jedem Schlag seiner Faust gegen das Holz dröhnt es in seinem Kopf. An der Stelle, wo er mit dem Schädel auf den Rand der Badewanne geknallt ist, bildet sich bereits eine Schwellung, und er hat das Gefühl, eine leichte Gehirnerschütterung davongetragen zu haben.

Dafür wird die blöde Kuh bluten.

»Mach die beschissene Tür auf, ich sag's dir zum letzten Mal«, schreit er und hämmert abermals dagegen.

»Du bleibst dadrinnen, bis die Polizei hier ist«, erwidert sie.

»Du hast die Polizei gerufen?«

»Ich zeige dich an, du Schwein, wegen versuchter Vergewaltigung.«

»Baby, ich bitte dich, das kannst du doch nicht machen.«

»Und ob ich das kann.«

»Bitte, lass uns darüber reden, ja! Okay, ich war vielleicht etwas grob, aber ich dachte, du magst das. Wenn ich mich getäuscht habe, dann tut es mir leid. Wirklich. Ich hab im Moment eine echt beschissene Zeit, im Job läuft es nicht so, und dann meine kranke Mutter ... das ist alles ziemlich viel. Manchmal kenne ich mich selbst nicht mehr ...«

Er verstummt, weil er etwas hört.

Ist das die Haustürklingel?

Die Bullen?

Er reißt die Tür des Spiegelschranks auf, sucht und findet eine kleine Nagelschere, setzt die Spitze der Schere knapp unterhalb des Haaransatzes an seine Stirn, beißt die Zähne zusammen, schließt die Augen und reißt die Schere über seine Haut. Es tut weh, und sofort quillt Blut hervor. Er spült die Schere ab, legt sie zurück und greift nach einem Handtuch, doch das ist grün. Das geht nicht, zu wenig Kontrast. In dem kleinen Schränkchen unter dem Waschbecken findet er frische Handtücher, darunter auch ein weißes, mit dem er seine Stirn abtupft.

Vor der Tür erklingt bereits die Stimme eines Mannes.

Er hebt den Toilettendeckel hoch, beugt sich darüber und steckt sich den Finger so tief in den Hals, dass er sich übergeben muss.

Es pocht an der Tür.

»Hier ist die Polizei, ich komme jetzt rein.«

Er lässt sich in die Nische zwischen Toilettenbecken und Badewanne sinken, presst sich das Handtuch an die Stirn und lässt den Speichelfaden von seinem Kinn auf den Brustkorb tropfen.

Die Tür geht langsam auf, und ein Hüne von einem Polizisten tritt ein. Er hat die Hand auf dem Griff seiner Dienstwaffe, der Druckknopf des Sicherungsbandes ist geöffnet.

Er stöhnt extra laut auf, nimmt das Handtuch von seiner Stirn, sieht den Bullen von unten herauf an und verdreht seine Augen, nicht zu viel, es muss ja glaubhaft wirken.

»Wie schwer sind Sie verletzt?«, fragt der Polizist und stützt sich vor ihm auf ein Knie ab. »Brauchen Sie einen Arzt?«

Er stöhnt noch einmal, schüttelt den Kopf und beobachtet aus den Augenwinkeln, wie eine Polizistin den Kopf zur Tür reinsteckt.

Scheiße, eine Tussi, nicht gut, schießt es ihm durch den Kopf.

»Ruf einen Rettungswagen«, weist der Bulle seine Partnerin an. »Ich glaube, der kollabiert gleich.«

»Der zieht doch nur eine Show ab, verhaften Sie ihn endlich, er ist gefährlich«, ruft die Nutte, die im Wohnzimmer sitzt.

»Und bring die Frau zum Schweigen!«, erwidert der Polizist. Dann wendet er sich wieder an ihn.

»Können Sie mich verstehen?«

Er nickt, nimmt das Handtuch herunter, betrachtet sein Blut und lässt den Kopf nach hinten gegen die Wand sinken.

»Ich glaube, ich habe eine Gehirnerschütterung ... Sie hat mich in die Wanne gestoßen ... ohne Vorwarnung.«

»Der Arzt kommt gleich«, versucht der Bulle, ihn zu beruhigen. Sein Blick geht zur Toilette. Er klappt den Deckel zu und spült.

»Kann ich ... ein Glas Wasser ... bitte«, stammelt er. Ist das übertrieben? In Filmen verlangen sie in solchen Situationen auch stets nach einem Glas Wasser.

Der Bulle erhebt sich, nimmt ein Glas vom Regal, füllt es mit Wasser und reicht es ihm. Er trinkt vorsichtig und verzieht bei jedem Schluck das Gesicht.

Die Polizistin schaut wieder herein. »Rettungswagen ist unterwegs«, sagt sie. »Fünf Minuten.«

Der Bulle nickt ihr zu, macht eine Handbewegung und deutet aufs Wohnzimmer. Die Botschaft ist eindeutig. Pass auf die Frau auf, die ist möglicherweise gefährlich.

Innerlich gestattet er sich ein Lächeln.

»Was ist hier passiert?«, fragt der Bulle.

»Ich ... ich weiß nicht, ich wollte mich frisch machen, und plötzlich ... ich hab ihr doch nichts getan ... ich verstehe das nicht ...«

Er schüttelt verständnislos den Kopf. Die Schmerzen, die die Bewegung auslöst, sind echt, er muss sie nicht spielen.

»Die Frau sagt, Sie haben sie angegriffen und versucht, sie zu vergewaltigen.«

»Was? Ich habe ...«

Er schließt die Augen, atmet tief ein und aus, konzentriert sich auf den nächsten Moment, der sehr wichtig ist, öffnet die Augen und sieht den Bullen direkt an.

»Ich hätte auf mein Bauchgefühl hören sollen«, beginnt er. »Aber sie hat mir leidgetan, also bin ich mitgegangen. Ich dachte ... ich dachte ...«

Das Zittern bekommt er ganz gut hin. Dass er wirklich eine leichte Gehirnerschütterung hat, hilft natürlich.

»Bleiben Sie ganz ruhig«, sagt der Bulle. »Das können wir alles klären, wenn der Arzt Sie behandelt hat. Wenn Sie die Frau anzeigen möchten, machen wir das später auf dem Revier.«

Plötzlich ein Tumult im Wohnzimmer. Die Tür zum Bad wird gegen die Wand gestoßen, und die Nutte dringt wie eine Furie ins Bad ein. Der Polizist schnellt hoch.

»Er lügt«, schreit sie. »Er kann mich nicht anzeigen, ich zeige ihn an ... er lügt, merken Sie das denn nicht?«

Bevor er eingreifen muss, ist die Kollegin zur Stelle.

»Frau Sander, beruhigen Sie sich und kommen Sie mit hinaus, sonst muss ich Sie vorläufig festnehmen.«

Die Polizistin sieht ihren Kollegen an, und der nickt.

Ja, sollte das wohl heißen, nimm sie fest, sie ist die Böse hier.

Er ist sehr zufrieden mit sich, als er Mitleid im Blick des Bullen entdeckt.

Am nächsten Vormittag befand sich Greta Weiß auf dem Weg in die Redaktion. Semrau, der Chefredakteur, hatte sie per SMS zum Rapport einbestellt. Der Versuch, ihn anzurufen, um die lange Fahrt in die Stadt zu vermeiden, vor allem aber, um herauszufinden, was er wollte, war gescheitert. Der Ton seiner SMS war geschäftsmäßig kühl, und Greta ging davon aus, dass irgendwas vorgefallen sein musste, was ihn verärgert hatte.

Während der Fahrt versuchte sie, sich auf das Gespräch mit ihrem Chef vorzubereiten, doch immer wieder funkte die Erinnerung an die gestrige Nacht dazwischen.

Der Schock saß tief.

Zordan hatte ihr gestanden, Sarah Lieberknechts Leiche in der Senke im Wald vergraben zu haben. Er behauptete, weder mit ihrem Tod noch mit dem Verschwinden der Leiche etwas zu tun zu haben. Glaubhaft und erschreckend detailreich hatte er ihr geschildert, wie er das Mädchen vorgefunden hatte an dem Tag, an dem Greta zum ersten Mal an seiner Hütte aufgetaucht war. Damit konnte er nachträglich sein merkwürdiges Verhalten begründen. Er war selbst schockiert gewesen und hatte nicht gewusst, wie er mit der Situation umgehen sollte, hinzu war noch der Verdacht gekommen, Greta könne etwas mit dem Mord zu tun haben.

Das hatte sie wiederholt abgestritten und stattdessen zu bedenken gegeben, es gäbe bisher keine Beweise für die Existenz von Nummer 25. Sie hatte Zordan vorgehalten, es könne ebenso gut möglich sein, dass er ihr eine Lügengeschichte auftischte. Warum, zum Beispiel, hatte er keine Fotos gemacht?

Nach diesem Vorwurf hatte Zordan Greta traurig angeschaut, den Blick gesenkt, einen Moment nachgedacht, dann sein Handy hervorgeholt und ihr Fotos von der Leiche am Baum gezeigt.

»Eine menschliche Schaukel«, hatte Zordan mit zitternder Stimme gesagt. »Er stellt die Szenen aus meinem Buch *25 mögliche Mörder* nach.«

Tausende von Gedanken gingen Greta während der Fahrt durch den Kopf. Sie war verwirrt, zumal sie in der zurückliegenden Nacht kaum Schlaf gefunden hatte. Als sie aus dem Bad gekommen war, hatte sie die Augen kaum noch offen halten können. Der Marsch durch den nächtlichen Wald, die Kälte, die Unterzuckerung, die Anspannung – all das hatte sie ausgezehrt, und das warme Wasser hatte ein Übriges getan. Nachdem Zordan ihr seine Mail an Nummer 25 gezeigt und von der Leiche berichtet hatte, war Greta einerseits aufgewühlt, andererseits aber auch zu müde gewesen, um noch Auto fahren zu können. Zordan hatte ihr sein Gästezimmer im Dachgeschoss angeboten. Einen Tag zuvor war sie in Todesangst aus seinem Haus geflüchtet, nachdem er sie betäubt und gefesselt hatte, nun schlief sie freiwillig unter seinem Dach. Dass Odin sich nicht davon hatte abbringen lassen, bei ihr im Gästezimmer zu schlafen, hatte Gretas Angst abgemildert, richtig geschlafen hatte sie dennoch nicht. Fremde Geräusche und Gerüche, dieser eigenartige Mann in der Nähe, möglicherweise strich ein Mörder ums Haus … Gegen diese Anspannung war auch ihre Erschöpfung machtlos gewesen. Unruhig hatte sie sich hin und her gewälzt, immer wieder nach Odin getastet und zwischendurch, wenn sie doch eingedöst war, von einer menschlichen Schaukel geträumt.

Sie musste zur Polizei!

Die Geschichte war längst aus dem Ruder gelaufen, sie durfte diesen Mord nicht verschweigen und sich dadurch mitschuldig machen. Sie wäre auch gar nicht auf Zordans Vorschlag zur Zusammenarbeit eingegangen, wenn er ihr schon am Friedhof von Sarah Lieberknechts Leiche berichtet hätte. Zordan hatte sie gefragt, was sie tun würde, und Greta hatte gelogen. Sie hatte gesagt, sie wüsste es noch nicht. Doch sie wusste es.

Sobald das Gespräch mit Semrau gelaufen war, würde sie Uwe Laubner anrufen und sich mit ihm treffen. In irgendeine Polizeidienststelle zu gehen, dazu fehlte ihr der Mut. Es würde schon schwierig genug werden, Uwe diese Geschichte zu erklären.

Vielleicht sollte sie es lieber bei Lewandowski versuchen? Der hatte so etwas großväterlich Beruhigendes an sich.

Bitte, warten Sie noch ab. Er tötet ansonsten das andere Mädchen.

Sie machte es Zordan nicht zum Vorwurf, dass er versucht hatte, sie mit diesem Argument davon abzubringen, die Polizei einzuschalten. Er steckte in einer beschissenen Situation, natürlich würde die Polizei ihn festnehmen und verhören. Wenn er unschuldig war, würde sich das aber beweisen lassen, und wenn nicht ... nun, dann war es umso wichtiger, dass sie zur Polizei ging.

Das Parkhaus des Bürohochhauses, in dem *People United* untergebracht war, war wie immer überfüllt. Greta musste bis aufs oberste Parkdeck fahren. In diesen Tagen blieb ihr auch wirklich nichts erspart. Da sie seit frühester Jugend unter Höhenangst litt, eilte sie mit gesenktem Kopf, den Blick auf den Boden gerichtet, auf den Fahrstuhl zu. Auf keinen Fall durfte sie nach rechts oder links schauen, wo es zwanzig Meter oder mehr in die Tiefe ging. Das würde sie heute nicht verkraften.

Im Erdgeschoss angekommen, lief sie in die Toilettenräume, erleichterte sich und machte sich am Waschbecken frisch.

Ein Blick in den Spiegel offenbarte ihr, was die letzte Nacht angerichtet hatte. Ihre Augen sahen aus, als hätte sie die Nacht durchgesoffen. Das Haar lag nicht wie gewohnt, sie hatte in der Früh keine Lust gehabt, es zu waschen, und eine Bürste besaß Zordan natürlich nicht.

Egal, sie war nicht hier, um einen Schönheitswettbewerb zu gewinnen.

Semrau sollte sie wegen ihrer beruflichen Fähigkeiten schätzen, nicht wegen ihres Aussehens.

Punkt zehn in meinem Büro, stand in seiner SMS.

Um fünf vor zehn klopfte sie an seine Tür.

Ein bisschen Beflissenheit konnte nicht schaden.

Ludwig Semrau war eins fünfundachtzig groß, übergewichtig, hatte einen kahlen Schädel und teigige Haut. Seine Tränensäcke waren erschreckend, was daran liegen mochte, dass dieser Mann wahrscheinlich zuletzt als Baby geweint hatte. Semrau war fünfundfünfzig Jahre alt.

»Wie sehen Sie denn aus«, sagte er statt einer Begrüßung.

»Es war eine lange Nacht.«

»Das glaube ich gern. Ich hoffe, Sie haben sie nicht in Zordans Bett verbracht. Hinsetzen.«

Greta schluckte trocken. Semrau ahnte ja nicht, wie nah dran er war mit seiner Unverschämtheit. Sie kam seinem Befehl nach und setzte sich auf die vordere Kante des Besucherstuhls. Semrau saß hinter seinem ausladenden Schreibtisch, der überfüllt war mit Schriftstücken, Zeitschriften, Akten und Fotos. Der Chefredakteur war noch nicht wirklich im digitalen Zeitalter angekommen.

Er schrieb irgendetwas zu Ende, bevor er einen deutlich vernehmbaren Punkt setzte und Greta schließlich ansah.

»Kaffee?«, fragte er, und auch das klang wie ein Befehl.

»Gern.«

»Ein Nein hätte mich auch gewundert.«

Aus der silbernen Thermoskanne, die auf seinem Schreibtisch stand, goss er ihr einen Becher ein. Zucker gab es aus kleinen Tütchen, Milch als gelbliches Pulver, das ein bisschen streng roch.

Während sie beide in ihrem Kaffee rührten, fragte Semrau: »Was macht das Interview?«

»Ich bin dran.«

»Was heißt, ich bin dran? Sie sind seit zwei Tagen dran. Wie lange dauert so etwas bei Ihnen?«

»In Anbetracht der Tatsache, dass Zordan seit Jahren kein Interview mehr gegeben hat, vor allem Ihnen nicht, finde ich ein bisschen Vorlaufzeit durchaus angemessen.«

»Haben Sie ihn schon darum gebeten?«

»Ja, habe ich.«

»Dann vergessen Sie's.«

»Warum?«

»Ich hab früher Versicherungen verkauft, und da hatten wir einen ehernen Grundsatz: Einmal raus, ist raus. Wenn der Kunde nicht beim ersten Gespräch kauft, wenn er es sich noch überlegen will, ist man gescheitert.«

»Ich verkaufe aber keine Versicherungen.«

»Noch nicht, würde ich sagen.«

»Zordan ist ... speziell.«

»Ach, was Sie nicht sagen. Ich kenne den Mann bereits eine Weile und weiß, wie speziell er ist. Ich weiß aber auch, dass er Frauen wie Ihnen nicht widerstehen kann. Irgendwas müssen Sie verkehrt gemacht haben.«

»War mein Aussehen der Grund, warum ich den Job bekommen habe?«

»Ihre Reputation war es ganz sicher nicht. Seien Sie nicht naiv. Was haben Sie denn gedacht? Dass ich Sie für ein Jahrhunderttalent halte?«

Greta bemühte sich um Fassung. Sie trank von dem Kaffee, der lauwarm war und beschissen schmeckte. Ihr lag in diesem Moment vieles auf der Zunge, was sie aber mit dem Kaffee hinunterspülte.

»Ich bekomme das Interview. Vertrauen Sie mir.«

»Ich vertraue niemandem. Schon gar nicht, wenn die Kripo hier anruft.«

»Die Kripo?«

»Ein Kommissar Lewandowski. Sagt Ihnen der Name etwas?«

Greta nickte. Damit hatte sie nicht gerechnet, dabei war es doch eigentlich nicht verwunderlich.

»Was wollte er wissen?«

»Mit welchem Auftrag ich Sie zu Zordan geschickt habe.«

»Und was haben Sie gesagt?«

»Ich war nicht am Apparat, sondern Watahabi. Warum interessiert sich die Polizei dafür? Was treiben Sie dort eigentlich? Dürfte ich das vielleicht erfahren?«

Semrau wurde ein wenig rot im Gesicht. Ein Warnsignal. Er war für seine cholerischen Ausfälle bekannt. Greta musste vorsichtig sein.

»Ich habe Zordans Background gecheckt, mehr nicht.«

»Seinen Background gecheckt? Zum Teufel noch mal, Sie sollen ihn fragen, ob er guten Stuhlgang hat, regelmäßigen Sex und was er über die Digitalisierung der Buchbranche denkt. Wozu brauchen Sie seinen Background?«

Er war ein wenig lauter geworden, aber Greta spürte, dass es den alten Fuchs brennend interessierte, was vor sich ging. Sie lehnte sich zurück.

»Ich kann Zordan natürlich diese Fragen stellen und unsere Leserinnen mit den Antworten einmal mehr langweilen. Oder aber ich liefere Ihnen eine Story, die es in sich hat.«

»Und was wäre das für eine Story?«

»Es ist noch ein bisschen früh ...«

»Nein!«, unterbrach Semrau Greta und schlug mit der Hand auf den Tisch. »Für Sie ist es fast schon zu spät, Schätzchen. Entweder sagen Sie mir sofort, was läuft, oder Sie können demnächst als Helene-Fischer-Double Ihr Geld verdienen.«

Greta hatte sich erschrocken, und das hatte Semrau auch bemerkt. Nichts anderes hatte er bezweckt, und es war Greta peinlich, zusammengezuckt zu sein.

»Zordan wird bedroht«, sagte sie. »Jemand, der sich selbst für einen Psychopathen hält und mit einem Mord droht, ist hinter ihm her.«

Das war nur die halbe Wahrheit, aber Greta wollte erst einmal abwarten, wie sich das Gespräch entwickelte. Vielleicht brauchte sie noch etwas zum Nachlegen.

»Ehrlich?«

Sie nickte.

Semrau lachte trocken.

»Das geschieht dem Aufschneider recht. Hat er wenigstens die Hosen voll?«

»Gut geht es ihm nicht.«

»Ha!« Semrau schlug erneut auf den Schreibtisch. »Das gefällt mir. Endlich führt mal jemand dieses selbstgerechte Arschloch vor. Wer soll getötet werden?«

»Wissen wir noch nicht«, log Greta.

»Dann finden Sie's raus, bevor der Mord geschieht«, sagte Semrau.

»Und was, wenn mir das nicht gelingt? Sollte ich die Sache nicht besser der Polizei melden? Wie stehen Sie, wie steht die Redaktion dazu?«

Semrau schürzte die Unterlippe.

»Die Redaktion möchte eine Story, die sich verkaufen lässt, möchte aber nicht in etwas Illegales verwickelt werden, zumindest nicht, wenn sie dadurch Ärger mit der Justiz bekommt.«

»Stünde sie denn hinter mir, wenn es doch dazu kommt?«

»Schätzchen, Sie sind freiberuflich unterwegs. Niemand steht hinter Ihnen.«

»Tja, dann breche ich die Sache ab und übergebe sie der Polizei. Schade um die Story.«

»Doppeltes Honorar und eine Festanstellung sind alles, was ich versprechen kann«, sagte Semrau schnell.

»Bekomme ich das schriftlich?«

»Übertreiben Sie es nicht.«

Andreas Zordan war unterwegs zu seinem Agenten Klaus Lösch, der angerufen und um ein sofortiges Treffen gebeten hatte.

Es brennt, waren seine Worte gewesen, und natürlich ging es mal wieder um die Verfilmung seines Thrillers *25 mögliche Mörder*. Andreas hatte sich ein umfangreiches Mitspracherecht ausbedungen und machte davon ausgiebig Gebrauch. Diese Stümper würden die Sache ansonsten versauen. Ein Buch zu schreiben war eine einsame Tätigkeit, er musste sich mit niemandem besprechen, alles lag in seiner Hand. So ähnlich hätte Andreas es bei der Verfilmung auch gern gehabt, aber da tauchten plötzlich Dutzende von Leuten auf, die mitbestimmen wollten. Die sich einbildeten, sie könnten ihm sagen, wie der Film auszusehen habe.

Um was es konkret in dem Meeting ging, hatte sein Agent am Telefon nicht sagen wollen. Das war merkwürdig genug. Eigentlich regelten sie so gut wie alles telefonisch, denn Klaus Lösch wusste, wie ungern Andreas in die Stadt fuhr.

Und gerade heute steckte ihm die letzte Nacht noch in den Knochen. Der Marsch durch den Wald war anstrengend gewesen, außerdem hatte er kaum geschlafen. Die Journalistin im Haus zu haben, das hatte ihn wach gehalten.

Sie hatte seinen viel zu großen Bademantel getragen und darin sehr verletzlich und verloren gewirkt. Dieser Anblick löste irgendetwas in ihm aus. Wahrscheinlich war es ein rein sexuelles Begehren. Sie sah ja nicht schlecht aus, ganz im Gegenteil, und wenn sie nicht so kratzbürstig war, sondern hilfsbedürftig, so wie gestern Nacht, dann ... ja dann ...

Es würde nicht dazu kommen, das wusste er. Klug wäre es ohnehin nicht. Aber wann war es je klug gewesen, sich auf eine Frau einzulassen. Das war ja bereits im Paradies schiefgegangen.

Der Verkehr in der Stadt bescherte ihm sofort schlechte Laune. Es war ein riesengroßer Fehler gewesen, allen Menschen einen Führerschein zuzugestehen.

Nachdem er sich eine halbe Stunde mit den vielen Idioten herumgeschlagen hatte, erreichte Andreas das Büro seines Agenten. Es lag in einem ruhigen Wohngebiet. Einen Parkplatz fand Andreas nicht, also stellte er sich in zweiter Reihe vor Löschs Wagen.

Sein Agent erwartete ihn in der geöffneten Tür. Wie immer trug er eine graue Cordhose und einen dunkelblauen Pullover. Die Gläser seiner Brille waren verschmiert, sein Haar unordentlich. Er wirkte nervös.

»Ich hoffe, du hast einen guten Grund hierfür«, begrüßte Andreas ihn.

»Alles geht den Bach runter. Ist das Grund genug?«

Sie nahmen im Besprechungsraum Platz.

»Was ist denn passiert«, wollte Andreas wissen.

»Nathan Jagusch ist nicht mehr dabei«, platzte es aus Klaus heraus.

»Und warum ist er nicht mehr dabei?«

»Es hat ausnahmsweise mal nichts mit dir zu tun. Private Probleme.«

»Moment, damit ich das richtig verstehe. Ich selbst entlasse die erste Wahl für die Hauptrolle und ersetze sie durch Nathan Jagusch, einen kleinen Anfänger, der dadurch eine Riesenchance erhält, und jetzt schmeißt der kleine Dreckskerl hin?«

»Er hat sich vielmals entschuldigt ...«

»Drauf geschissen! Nächste Woche ist Drehbeginn, das muss ich dir nicht sagen. Wie sollen wir in dieser kurzen Zeit einen anderen Hauptdarsteller finden? Jagusch soll sofort hier antanzen.«

»Er kommt nicht, vergiss es. Am einfachsten wäre es, du könntest dich doch noch mit Markus Börner anfreunden.«

»Nein, auf keinen Fall! Der ist bei mir auf ewig untendurch.«

»Es gibt Dutzende, die bei dir auf ewig untendurch sind. Wie wäre es, wenn du ein bisschen weniger nachtragend wärst.«

»Börner hat gesagt, mein Roman sei nicht schlüssig.«

»Es darf doch jeder seine Meinung haben.«

»Nein, nicht in dieser Sache. Keine weitere Diskussion. Börner spielt nicht die Hauptrolle. Hat er sich selbst zuzuschreiben.«

»Gudehus will mit dir darüber sprechen.«

»Will der Herr Regisseur mich etwa auch überreden?«

»Ich will dich nicht überreden, ich rege nur zum Nachdenken an. Und Gudehus wollte von Anfang an lieber Börner. Genau wie der Produzent Andrew Boyd.«

»Weiß ich, tut aber nichts zur Sache.«

»Andreas, bitte ... du kannst bei so einer Produktion nicht wie ein Diktator auftreten. Die Filmleute sind anders. Die hauen ab, wenn ihnen etwas nicht passt.«

»Täusche ich mich, oder haben die einen erheblichen Betrag dafür gezahlt, mein Buch verfilmen zu dürfen? Habe ich darum gebettelt, dass sie das tun? Nein, ganz sicher nicht. Aber wenn es passiert, dann so, wie ich es mir vorstelle. Sonst haue ich ab.«

Klaus raufte sich die grauen Haare und seufzte. »So ein Kindergarten, ich weiß gar nicht, warum ich das mitmache.«

»Weil du ebenfalls einen Batzen Geld bekommen hast?«

»Viel zu wenig, wenn du mich fragst.«

»Ich werde mit Nathan reden. Ich bin mir sicher, ich kann ihn umstimmen.«

»Kannst du nicht.«

»Hat seine Frau ihn verlassen?«

Klaus schüttelte den Kopf.

»Schlimmer. Seine sechzehnjährige Tochter ist verschwunden. Die Polizei geht von einem Verbrechen aus.«

Das Haus lag am Ende einer Sackgasse. Ein protziger, moderner Bau in Kastenform. Gerade Linien, viel Glas, die Farben Grau und Weiß herrschten vor. Umgeben war das Grundstück von einer zwei Meter hohen, weiß verputzten Mauer, die in exakt aufeinander abgestimmten Abständen von perfekt gestutzten Koniferen unterbrochen war.

»Angeberhaus«, sagte Greta Weiß.

Sie saß auf dem Beifahrersitz von Zordans Wagen. Er parkte auf der anderen Straßenseite im Schatten einer Kastanie.

»Passt zu dem Mann«, erwiderte Zordan und trommelte mit den Fingern aufs Lenkrad.

Greta schaute noch einmal auf ihr Handy, was sie in der vergangenen halben Stunde bereits ein Dutzend Mal getan hatte. Zordan hatte ihr die Facebook-Seite genannt, auf der das Bild von Jaguschs Tochter zu finden war. Cindy Jagusch war sechzehn Jahre alt, schlank, hübsch – und sie hatte langes schwarzes Haar.

»Sie könnte es wirklich sein«, sagte Greta.

Vollkommen sicher war sie aber nicht. Sowohl auf dem Video, das Nummer 25 geschickt hatte, als auch auf dem Porträtfoto bei Facebook war Cindy Jagusch nicht besonders gut zu erkennen. Aber es war ja nicht nur das Foto. Es war die Verbindung.

Zordan hatte Greta angerufen und ihr aufgeregt erzählt, er wisse nun, wer hinter alledem steckte. Er hatte auf ein sofortiges Treffen gedrängt und Greta mit seiner Aufregung angesteckt. Greta war zu dem Zeitpunkt gerade auf dem Weg aus dem Verlagsgebäude gewesen und war sofort zum vereinbarten Treffpunkt geeilt.

»Sie ist es, ich bin mir sicher«, sagte Andreas Zordan. »Warum bin ich nicht gleich darauf gekommen? Ich könnte mich ohrfeigen. Der Streit mit Börner liegt noch nicht lange zurück. Vielleicht drei oder vier Wochen.«

Markus Börner hatte auf Wunsch des Regisseurs Gudehus die Hauptrolle in *25 mögliche Mörder* übernehmen sollen. Nicht die des Psychiaters Kauner, sondern die des Soziopathen. Eine Rolle, in der ein guter Schauspieler brillieren konnte. Eine Rolle, die über Erfolg oder Misserfolg des Films entschied.

»Worüber haben Sie gestritten?«

»Börner hat behauptet, das Buch hätte inhaltlich Schwächen.«

»Das stimmt nicht«, sagte Greta. »Es ist schlüssig.«

»Ich weiß. Börner wollte sich nur wichtigmachen. Ich hab dann dafür gesorgt, dass die zweite Wahl, Nathan Jagusch besetzt wurde. Gudehus, der Regisseur, hat sich zähneknirschend damit einverstanden erklärt.«

»Und Börner hat sich das gefallen lassen?«

»Nicht einfach so. Er hat versucht, die anderen auf seine Seite zu ziehen. Das passt zu dem eitlen Fatzke. Er war die Rolle seines Lebens losgeworden und konnte sich damit nicht abfinden. Vor allem deshalb nicht, weil ich dafür verantwortlich war und nicht der Regisseur oder der Produktionsleiter.«

»Aber reicht das für einen Mord?«, wandte Greta ein.

»Bei einem normalen Menschen sicher nicht. Unter Schauspielern findet man jedoch häufig Soziopathen. Das liegt in der Natur der Sache. Soziopathen sind es gewohnt, der Gesellschaft Gefühle vorzuspielen, um zu bekommen, was sie wollen. Quasi als Ersatz für fehlende Empathie bekommen sie die Kunst des Schauspielens in die Wiege gelegt.

Börner ist gekränkt, er hat verloren. Das kann ein Soziopath nicht auf sich sitzenlassen. Vor allem will er nach wie vor die Rolle haben. Das erste Mädchen, Sarah Lieberknecht, war nur ein Ablenkungsmanöver. Von Anfang an ging es ihm um Jaguschs Tochter, weil er wusste, dass Jagusch die Rolle nicht übernehmen würde, wenn seine Tochter verschwindet oder stirbt. Möglicherweise spekuliert er sogar darauf, dass ich in den Knast gehe, denn damit wäre mir die Möglichkeit genommen, weiterhin beim Film mitzureden und ein zweites Mal zu verhindern, dass er die Hauptrolle bekommt.«

»Klingt schon fast zu plausibel, um wahr zu sein«, sagte Greta. »Ihm muss doch klar sein, dass er in den Kreis der Verdächtigen gerät.«

»Ich bin mir sicher, er hat ein wasserdichtes Alibi«, sagte Zordan. »Und das müssen wir knacken, bevor wir die Polizei informieren.«

Greta hatte nach dem Gespräch mit Semrau keine Zeit gehabt, Uwe Laubner anzurufen. Sie war sich auch nicht sicher, ob sie es getan hätte, wenn sie Zeit gehabt hätte. Semraus Aussage war klar, und Greta ging davon aus, dass der Chefredakteur sein Wort hielt. Die Festanstellung war in greifbare Nähe gerückt.

»Was machen wir jetzt?«, fragte sie.

»Das Haus anzustarren bringt uns jedenfalls nicht weiter.«

»Gehen wir hin und klingeln«, schlug sie vor.

Zordan sah Greta an.

»Mich wird er nicht sehen wollen. Gehen Sie doch hin und bitten Sie ihn um ein Interview. Ich weiß aus eigener Erfahrung, dass man Ihre Bitte kaum ablehnen kann.«

Er lächelte, und das sah richtig nett aus, fand Greta.

»Wenn er Nummer 25 ist, ist er gefährlich.«

»Schalten Sie die Babyfon-Funktion Ihres Smartphones ein, dann kann ich mithören. Und wenn etwas passiert, bin ich schneller da, als Sie gucken können.«

Greta sah zum Haus hinüber und dachte nach. Sollte sie es tatsächlich schaffen, Börner zu überführen, und zwar noch bevor die Polizei ins Spiel kam, würde das der Story eine ganz besondere Brisanz geben. Das war schon investigativer Journalismus, damit würde sie überall eine Anstellung bekommen, nicht nur bei *People United*.

»Okay«, stimmte sie zu. »Aber Sie fahren nicht weg!«

»Versprochen.«
»Was soll ich Börner fragen?«
»Zuerst allgemeinen Kram. Dann schmieren Sie ihm ein wenig Honig ums Maul, sagen Sie ihm, wie sehr Sie ihn als Actor schätzen. Da fährt er drauf ab. Und dann sprechen Sie die Rolle an, die ich ihm weggenommen habe. Mal sehen, was passiert.«

Markus Börner öffnete nach dem dritten Klingeln.

Der Schauspieler war eins neunzig groß, sehr schlank, hatte breite, athletische Schultern und ein scharf geschnittenes Gesicht. Er trug eine verwaschene Jeans, ein schlabberiges T-Shirt und war barfuß. Einen besonders freundlichen Eindruck machte er allerdings nicht. Greta kannte ihn nicht, sie mochte nicht gern fernsehen. Zordan hatte gesagt, Börner sei noch kein Superstar, aber auf dem Weg dorthin.

Greta stellte sich vor und bat ihn um ein Interview.

»Sie kommen unangemeldet an meine Tür für ein Interview? Für welchen Sender arbeiten Sie?«

»Für keinen. Ich bin Freelancerin und hoffe, das Interview an ein Magazin verkaufen zu können.«

Greta wollte vermeiden, dass Börner sich sofort ans Telefon hängte und Semrau anrief.

Der Schauspieler rang sich ein Lächeln ab.

»Eine Anfängerin, wie schön. Normalerweise läuft so etwas über meine Agentur, aber ich mach mal eine Ausnahme. Vielleicht bringt es Sie ja nach vorn. Bitte, kommen Sie rein, Greta. Ich darf Sie doch Greta nennen?«

»Natürlich, Markus.«

Wie man zuckersüß lächelte, das wusste Greta. Es war bereits jetzt offensichtlich, in welche Richtung dieses Gespräch gehen würde. Greta beschloss, sich das Machogehabe des Schauspielers zunutze zu machen. Männer wie er bemerkten so etwas gar nicht. Die kamen nicht auf die Idee, dass Frauen kein wirkliches Interesse an ihnen haben könnten.

»Es ist nicht aufgeräumt. Ich komme gerade vom Set«, sagte Börner und geleitete sie in den Wohnbereich.

»Was drehen Sie?«

»Tut mir leid, darüber darf ich nicht sprechen. Ist vertraglich so geregelt. Das verstehst du sicher, nicht wahr.«

Jetzt waren sie schon beim Du angelangt, dabei hatten sie noch nicht einmal Platz genommen. Börner war ein richtiger Draufgänger.

Der Wohnbereich war phantastisch. Hundert Quadratmeter lichtdurchfluteter Raum mit Blick in den Garten. Graue Bodenfliesen, vermutlich beheizt, weiße Wände, wenig Möbel, und die, die es gab, glänzten wie frisch poliert.

»Nett haben Sie es hier«, sagte Greta, die solche Vorzeigewohnungen nicht leiden konnte. Wie konnte sich hier jemand wohl fühlen?

»Danke. Ich wohne erst seit ein paar Monaten hier. Wie sind Sie eigentlich an meine Adresse gekommen?«

Lächeln und den Rücken durchdrücken. Wie gut, dass das Shirt schön eng saß.

»Ich schütze meine Quellen.«

Sein Lächeln gefror ein wenig, dennoch bot er ihr in der Ledergarnitur Platz an und fragte nach ihrem Getränkewunsch. Greta bat um einen Kaffee mit Milch und Zucker, und Mister Obercool verschwand in die Küche.

Greta nutzte die Gelegenheit, sich umzuschauen. Leider gab es nicht viel zu sehen. Das Erdgeschoss bestand fast zur Gänze aus dem Wohnbereich, einzig die Küche und das Bad waren abgetrennt. Kein Ort, um jemanden festzuhalten und zu quälen, schon gar nicht in diesem dicht bebauten Wohngebiet. Hatte das Haus einen Keller? Greta hatte nicht darauf geachtet.

In der Küche zischte der Vollautomat.

Greta trat vor das Panoramafenster. Zordans Wagen war wegen der Mauer nicht zu sehen. Sie hätte den Schriftsteller jetzt gern an ihrer Seite. Er war ein unfreundlicher Mensch, aber er hatte auch eine Ausstrahlung, durch die sie sich beschützt fühlte. Zordan war aggressiv und wusste, was er wollte. Zudem war er gut trainiert und würde rein körperlich mit jemandem wie Börner fertig werden. Ihre Phantasie ging mit ihr durch. Es stand doch gar nicht fest, dass

Börner Nummer 25 war. Und selbst wenn er es war, würde er sie sicher nicht in seinem Haus überwältigen.

Oder?

Börner balancierte zwei kleine Puppentassen zum Tisch.

»Pflegen Sie den Garten selbst?«, fragte Greta.

»O Gott, nein, dafür habe ich keine Zeit. Das macht der Gärtner. Nach meinen Vorgaben natürlich.«

»Gefällt mir. Sehr strukturiert und klar.«

War das zu viel Honig? Sie wollte ja nicht, dass er einen Zuckerschock bekam, noch bevor sie ihn für seine Schauspielerei loben konnte. Was schwierig werden würde, da sie noch keinen Film gesehen hatte, in dem er mitspielte. Wenn er gezielt nachfragte, war sie aufgeschmissen.

Er wartete, bis sie wieder Platz genommen hatte, dann setzte er sich ihr gegenüber und schlug die Beine übereinander. Es störte Greta, dass er barfuß war, und sie musste sich zwingen, seine Füße nicht anzustarren.

»Das ist ein wenig surreal«, sagte Börner. »Ich habe den Eindruck, mir gegenüber sitzt Helene Fischer.«

Gretas Lächeln fiel säuerlich aus.

»Was denken Sie, wie oft ich das höre?«

»Täglich?«

»Kommt ungefähr hin.«

»Nun, vielleicht sollten Sie über Ihre Frisur nachdenken.«

»Was stimmt damit nicht?«

»Sie ist perfekt, aber ein exaktes Abbild der Frisur der Sängerin. Da Sie Ihr schönes Gesicht sicher nicht ändern wollen, unter dem Vergleich aber leiden, wäre die Frisur die einfachste Art und Weise, dem zu entgehen.«

»Ich denke ...«

»Ah!« Er hob den Zeigefinger, was bescheuert aussah. »Lassen Sie mich raten: Das käme Ihnen wie eine Kapitulation vor.«

Jetzt fiel es ihr noch schwerer, ihr Lächeln zu halten.

»Ich sollte nicht Gegenstand dieses Gesprächs sein«, wich sie aus.

»Warum nicht? Sie sind es sicher wert.«

»Vielleicht, aber nur für ein Interview mit Ihnen bekomme ich Geld.«

»Ach ja«, seufzte Börner. »Es dreht sich alles nur ums Geld, nicht wahr?«

»Zumindest geht es nicht ohne. Dieses Haus war sicher auch nicht billig.«

Sein Lächeln wurde etwas bemüht.

»Haben Sie spezielle Interessen?«, fragte er.

»Die Leser würde interessieren, was Sie gerade drehen.«

»Nun, wie ich schon sagte ...«

»Nicht einmal ein kleiner Hinweis?«

»Es ist ein internationales Projekt mit Hollywood-Qualität. Ich darf die Hauptrolle spielen. Mehr kann ich leider nicht sagen.«

»Das hört sich doch gut an.«

Greta machte sich Notizen. Sie fragte ihn nach der allgemeinen Lage des deutschen Films, nach seinen Hollywood-Ambitionen, nach seinem Lieblingsfilm und den anderen Schauspielern. Belangloser Quatsch. Sie spürte, dass sie ihn langweilte. Es war an der Zeit, ihn zu fordern. Sie sparte es sich, ihn für sein Talent zu loben, das war ohnehin ein zu glattes Parkett.

»Stimmt es, dass Sie in der Verfilmung des Bestsellers *25 mögliche Mörder* die Hauptrolle übernehmen?«

Börner hatte sich ganz gut im Griff. Dennoch bemerkte Greta das kurze Zögern, als er seine Tasse abstellte.

»Woher haben Sie das?«

Sie zuckte mit den Schultern. »Gerüchteküche.«

»Und in Gerüchten steckt ja bekanntlich immer ein Körnchen Wahrheit«, sagte Börner mit veränderter Stimme. Er klang jetzt härter, nicht mehr so sehr darauf bedacht, Greta anzubaggern.

»In diesem auch?«

»Ja, aber auch nicht mehr als ein Körnchen. Im Gespräch war es tatsächlich. Ich habe aber abgelehnt.«

»Das überrascht mich. In der Branche heißt es, das wird die Kinosensation des nächsten Jahres.«

»In der Branche wird viel geredet. Ich kannte das Buch von diesem ... wie heißt er noch gleich ...?«

»Andreas Zordan.«

»Richtig, Zordan. Ich kannte das Buch nicht und hab vielleicht vorschnell zugesagt. Dann hat der Drehbuchautor eine erste Version abgeliefert, ich habe sie gelesen und meine Zusage zurückgezogen.«

»Das Drehbuch stammt nicht von Zordan?«

»Er hat wohl daran mitgearbeitet, aber es ist ein erfahrener Drehbuchautor mit im Team. Die wenigsten Autoren bekommen das hin, erst recht nicht, wenn es um ihr eigenes Buch geht.«

»Was stimmte nicht mit dem Drehbuch?«

»Dazu möchte ich lieber nichts sagen. Schreiben Sie einfach, ich sah mich selbst nicht in der Rolle.«

»Hat die explizite Darstellung von Gewalt Sie abgeschreckt?«

»In gewisser Weise schon. Leider ist Gewalt in diesem Buch Selbstzweck.«

»Hatten Sie Gelegenheit, mit Herrn Zordan darüber zu sprechen?«

»Ja, wir hatten ein Gespräch. Herrn Zordan ist allerdings kaum zu Kompromissen bereit, wenn es um sein Buch geht.«

»Ist es ein Problem für Sie, wenn ich Zordan ebenfalls dazu interviewe?«

Börner lachte auf.

»Versuchen Sie es ruhig, aber der gibt keine Interviews. Und falls Sie es doch schaffen sollten, ziehen Sie sich warm an.«

»Ich hab gehört, er soll sehr schwierig sein.«

»Ich könnte dazu etwas sagen, möchte es aber nicht in der Presse wiedergegeben haben.«

Greta ließ Block und Stift sinken.

»Wir können ja eine private Pause einlegen.«

Börner rutschte auf seinem Sessel nach vorn, beugte sich vor und sah sie intensiv an.

»Der Mann ist ein Arschloch. Er behauptet von sich, ein Soziopath zu sein, er ist aber keiner. Er hat einfach nur keine Manieren und glaubt, sich alles rausnehmen zu können, wenn er in dieser Rolle bleibt. So einem Typen sollte man in den Medien keine Plattform geben.«

»Immerhin ist er in der Literaturbranche ein Star.«

»Ein künstlicher Hype, mehr nicht.« Börner erhob seine Stimme und kam langsam in Fahrt. »Alle sind auf dieses eine bescheuerte Interview hereingefallen, in dem er behauptete, ein Soziopath zu sein und im realen Leben zu töten, wenn er es nicht im fiktiven tun könnte. Das war beabsichtigt.«

»Dafür, dass Sie seinen Namen eben nicht kannten, wissen Sie erstaunlich viel über den Mann.«

Greta wusste, mit dieser Bemerkung übertrat sie eine Grenze. Sie setzte ihm zu, bezichtigte ihn der Lüge, wenn auch indirekt. Sie beobachtete ihn genau.

Börners Augen verengten sich zu Schlitzen.

»Was wollen Sie damit sagen?«

»Nichts. Aber kann es sein, dass Sie ein wenig sauer sind auf Zordan?«

»Unfug! Der Mann ist mir nicht wichtig genug, um sauer auf ihn zu sein. Er hat seinen schriftstellerischen Zenit seit langem überschritten und ist auf dem absteigenden Ast. Wie lange kann man sich ausruhen auf Lorbeeren, die so alt sind, dass sie schon vergammeln?«

»Der Film wird das Buch noch einmal pushen«, gab Greta zu bedenken.

»Im Gegenteil! Endlich werden alle kapieren, wie schlecht es ist.«

»Sie haben mit Zordan persönlich gesprochen. Hatten Sie den Eindruck, er sei wirklich ein Soziopath?«

»Das sagte ich bereits. Nein, er ist kein Soziopath, auch wenn er gern einer wäre. Er spielt sich nur auf. Das ist Teil der Marketingstrategie. Ob es seine eigene ist oder die des Verlags, vermag ich nicht zu sagen. Zordan ist ein Egoist, vielleicht auch ein Narziss, aber gewiss kein Soziopath. Das schreiben Sie aber bitte nicht.«

»Natürlich nicht. Aber danke für Ihre Einschätzung.«

Greta wartete einen Moment, ehe sie mit der nächsten Frage rausrückte. Börner hatte sich in Rage geredet und war ein wenig außer Atem.

»Was halten Sie von der jetzigen Besetzung der Rolle?«

»Ist sie denn schon neu besetzt?«

»Wie ich hörte, ja.«

»Mit wem?«

»Nathan Jagusch.«

Börner lachte gekünstelt auf.

»Tja, ich wünsche dem Kollegen viel Spaß.«

»Sind Sie sauer, weil er Ihnen die Rolle weggeschnappt hat?«

Börner zeigte mit dem Finger auf sie.

»Jetzt hör mal zu, Schätzchen. Niemand schnappt mir eine Rolle weg, schon gar nicht ein Fatzke wie Jagusch. Ich wollte die Rolle nicht, und wenn ich irgendwo etwas anderes lese, kann ich sehr, sehr böse werden.«

»Wenn Jagusch aus irgendwelchen Gründen doch nicht könnte und man würde Sie abermals fragen, würden Sie die Rolle trotz allem übernehmen?«

»Dazu müsste Zordan vom Set verschwinden. Ich bin ein ernsthafter Schauspieler, ich arbeite nicht mit einem Poser zusammen.«

Greta ging so langsam und gleichmütig die Straße hinunter, wie es ihr unter den Umständen möglich war. Sie war sich sicher, von Börner aus einem der Fenster im Obergeschoss beobachtet zu werden. Es war beinahe ein Déjà-vu-Erlebnis, denn genau so hatte Greta sich gefühlt, als sie an jenem Abend, als sie von Zordan betäubt und gefesselt worden war, dessen Haus verlassen hatte. Verfolgt, beobachtet, in Gefahr. Eine Gänsehaut wanderte über ihren Rücken.

Markus Börner hatte ihr Angst gemacht.

Der Mann war nicht der, der er zu sein vorgab. In ihm steckte eine immense Wut, und die schien sich gegen Andreas Zordan zu richten.

Greta hielt nach dem Schriftsteller Ausschau.

Sie hatten abgesprochen, dass er außer Sichtweite von Börners Haus irgendwo am Straßenrand auf sie warten würde. Der große schwarze Range Rover stach aus der Reihe parkender Autos hervor. Greta widerstand dem Impuls, die letzten Schritte zu laufen. Erst als sie auf dem Beifahrersitz saß und die Tür zugezogen hatte, beruhigte sie sich ein wenig.

»Und?«, fragte Zordan.

Greta schüttelte den Kopf. »Ein merkwürdiger Mensch ... und er hasst Sie wie die Pest.«

»Kann ich mir denken. Aber das tun viele.«

Sie sah ihn an.

»Klingt fast so, als wären Sie auch noch stolz darauf. Man kann doch nicht durchs Leben gehen, um den Hass anderer auf sich zu ziehen. Was soll das?«

»Sie täuschen sich, wenn Sie meinen, ich würde das absichtlich tun. Nein, ich sage den Leuten nur, was ich denke. Und da das heute niemand mehr tut, werde ich dadurch zur Hassfigur. Darüber hinaus ist es mir egal, was die Leute von mir halten.«

»Das glaube ich Ihnen nicht.«

»Spielt keine Rolle. Erzählen Sie mir von Börner. Wie war das Gespräch?«

Sie gab es ihm in allen Einzelheiten wieder.

»Und er hat wirklich Poser gesagt?«

»Ja, und er wäre fast explodiert, als ich sagte, Jagusch hätte ihm die Rolle weggeschnappt. Das wollte er auf keinen Fall auf sich sitzenlassen.«

Zordan nickte. »Halten Sie ihn für Nummer 25?«

Greta machte eine abwägende Handbewegung. »Ich traue es ihm zu. Wenn man an so etwas glaubt, könnte man sagen, Börner hat eine dunkle, aggressive Aura. Mir hat er jedenfalls Angst gemacht. Aber wenn er das Mädchen in seiner Gewalt hat, dann ganz sicher nicht in diesem Haus. Es ist viel zu offen. Einen Keller gibt es auch nicht, ich hab auf Lichtschächte geachtet, da sind keine.«

»Lebt er allein?«

»Ich habe niemand anderen gesehen.«

Zordan schlug mit der Hand aufs Lenkrad.

»Es passt alles. Er hat ein Motiv, er hat die Persönlichkeit dafür, sein Job ermöglicht ihm den notwendigen Freiraum ...«

»Er sagt, er dreht gerade.«

»Sagen alle Schauspieler. Sie werden nicht einen dieser Spezies treffen, der zugibt, seit einem Jahr auf ein Rollenangebot zu warten.«

Greta seufzte und ließ sich tiefer in den Sitz sinken. »Sollen wir zur Polizei gehen?«

»Wollen Sie das?«

»Es wäre richtig.«

»Vielleicht. Aber die Bullen würden sich auf mich konzentrieren, und Börner wäre gewarnt. Er hätte dann Zeit genug, sich abzusetzen oder alle Spuren zu beseitigen.«

»Trotzdem ... ich habe kein gutes Gefühl. Sie haben gesagt, ich kann entscheiden, wann wir zur Polizei gehen.«

»Daran halte ich mich auch. Ich möchte Sie aber um ein wenig Geduld bitten. Wie wäre es, wenn wir Börner heute beobachten? Vielleicht haben Sie ihn aufgerüttelt, und er fährt gleich zu seinem Opfer. Irgendwo muss er es ja gefangen halten.«

»Kein Es, eine Sie. Wir reden über ein junges Mädchen, das gerade Höllenqualen erdulden muss.«

»Richtig. Und wir sind hier, um dieses Mädchen zu befreien. Wenn wir jetzt dranbleiben, sind wir auf jeden Fall schneller als die Polizei.«

Greta schüttelte den Kopf und fuhr sich mit beiden Händen durchs Haar. Sie war hin- und hergerissen. Einerseits hatte Zordan recht, andererseits hatte die Polizei ganz andere Möglichkeiten. Und dann war da noch Semrau, der alte Fuchs. Sie hatte es ihm angesehen, wie sehr er hoffte, dass sie nicht zur Polizei ging und ihm stattdessen eine Exklusivstory brachte. Aber Semrau wusste ja auch nichts von der menschlichen Schaukel ...

»Ich bitte Sie«, sagte Zordan. »Nicht für mich, für das Mädchen.«

»Okay«, erwiderte Greta. »Wir beobachten ihn. Aber ich schwöre Ihnen, wenn er uns zu seinem Versteck führt, rufen wir die Polizei. Ich gehe nicht da rein und lege mich mit ihm an – und Sie auch nicht.«

»Keine Frage.«

Zordan startete den Wagen. Er fuhr ein Stück die Straße hinunter, wendete an einer Bushaltestelle und fuhr zurück. Sie waren noch fünfzig Meter von Börners Haus entfernt, als sich dort ein metallenes Tor öffnete und ein kleiner blauer Sportwagen herausfuhr. Der Wagen blieb stehen, bis sich das Tor hinter ihm geschlossen hatte, und fuhr dann in ihre Richtung.

»Das ist er«, sagte Zordan. »Tauchen Sie ab. Los, schnell!«

Greta rutschte tief in den Sitz. Von einer Sekunde auf die andere beschleunigte sich ihr Herzschlag. Sie beobachtete, wie Zordan sein Gesicht mit der linken Hand abdeckte und zu ihr hinuntersah.

Dann bremste er und hielt an.

»Hat er uns erkannt?«

»Ich glaube nicht.«

Greta kam wieder hoch. Zordan wendete umständlich den großen Wagen in der engen Straße. Greta behielt den blauen Sportwagen im Auge. Sie folgten ihm durch die Wohngebiete. Börner fuhr, als hätte er alle Zeit der Welt. Vorschriftsmäßig hielt er an jedem Stoppschild und an jeder Rechts-vor-links-Einmündung. Entweder war er wirklich so cool, oder sein Punktekonto in Flensburg war voll.

Zordan folgte ihm unauffällig in entsprechender Entfernung. Sie sprachen nicht, zu groß war die Anspannung.

Die Fahrt führte sie in die Innenstadt. Der dichte Verkehr und die vielen Ampeln machten es schwierig, an Börner dranzubleiben. Ein paarmal verloren sie den kleinen blauen Sportwagen aus den Augen, entdeckten ihn aber an der nächsten roten Ampel wieder. Schließlich näherten sie sich einer Baustelle, an der nur eine Fahrbahn frei war. Börner gab Gas und huschte gerade noch bei Gelb über die Baustellenampel. Zordan trat aufs Gaspedal, und der schwere Wagen schoss nach vorn. Greta wurde in den Sitz gedrückt. Es reichte trotzdem nicht. Die Ampel war längst rot, als sie sie erreichten. Drei Fahrzeuge standen davor, Zordan zog dennoch links vorbei. Vielleicht hätte er es geschafft, bevor der Gegenverkehr einsetzte, doch ein Radlader setzte rückwärts aus der Baustelle und versperrte die Fahrbahn.

Zordan musste scharf bremsen. Greta wurde nach vorn geschleudert.

»Scheiße!«, fluchte er und schlug aufs Lenkrad.

Er empfand es als ausgleichende Gerechtigkeit, dass sein Hidden Place draußen auf dem Land lag. In der Stadt wurde tagtäglich schon genug Blut vergossen, die Gewalt musste hinaus aufs Land, wo sich Fuchs und Hase gute Nacht sagten. Dort saß der Schock auch tiefer und hielt länger an, wenn er seine Werke präsentierte. Die Menschen in der Stadt waren viel zu abgehärtet, und es machte einen Unterschied für ihn, ob er Angst verbreiten konnte oder nicht.

Die Fahrt hinaus dauerte eine halbe Stunde. Sobald er den Speckgürtel der Stadt hinter sich gelassen hatte und die Besiedlung dünner wurde, begann es zu regnen. Die Tristesse dieser unbeleuchteten Landschaft mit ihren alten Häusern, den schiefen Scheunen, den schmutzigen Straßen und aufgerissenen Böden setzte sogar ihm zu. Ein Landmensch war er nie gewesen und würde er nie werden, aber er war bereit, dieses Opfer zu bringen. Schließlich ging es um eine große Sache.

Das Haus gehörte früher einem Onkel. Ein Mann, den er nie kennengelernt hatte, um dessen Hinterlassenschaften er sich aber dennoch kümmern durfte. Was zu Geld gemacht werden konnte, war zu Geld gemacht und verprasst worden. Ursprünglich wollte er das Haus auch verkaufen, aber nachdem zwei Makler an der Schrottimmobilie gescheitert waren, hatte er die Idee, in dem Haus seine Werkstatt einzurichten. Es lag ideal. Keine unmittelbaren Nachbarn, keine vielbefahrene Straße in der Nähe, außerdem war es vollständig unterkellert. Ein Gewölbekeller alter Bauart mit dicken Wänden aus Ziegelstein. Wenn man die Fenster ein wenig präparierte, drang kein Geräusch nach draußen. Er hatte es ausprobiert.

Wie immer fuhr er nicht direkt zu dem Haus, sondern umrundete es zuvor auf einspurigen Wirtschaftswegen, bis er sich sicher war, dass ihm niemand folgte. Dann fuhr er auf den Hof, öffnete das Garagentor, fuhr den Wagen in die Garage und zog das Tor zu. Es gab eine Verbindungstür zum Haus, für die er äußerst dankbar war. Es *machte sich nicht so gut, eine gefesselte Person über den Hof zu tragen, auch wenn er nicht davon ausging, beobachtet zu werden.*

Heute hatte er niemanden dabei. Das Mädchen von vor vier Tagen war noch nicht tot, die Arbeit folglich noch nicht erledigt. Viel Leben befand sich nicht mehr in ihr, und heute war er gekommen, um auch noch den Rest herauszuquetschen – im wahrsten Sinne des Wortes.

Die letzten Tage hatte er sich intensiv Gedanken darüber gemacht, wie sie sterben sollte. Bei welcher Art würde er die maximale Befriedigung spüren? Das war keine leichte Entscheidung, sie durfte nicht übereilt getroffen werden, immerhin hatte er nicht alle Tage Gelegenheit dazu. Bis zur nächsten würden zweifellos zwei bis drei Wochen ins Land gehen.

Er hatte sich fest vorgenommen, ihre letzten Augenblicke zu genießen.

Und da er wusste, wie er es machen würde, war er sich sicher, dass es ein Genuss werden würde.

Aber zuerst die menschlichen Bedürfnisse.

Er ging aufs Klo, was kein Spaß mehr war, seitdem er unter diesen beschissenen Hämorrhoiden litt. Warum musste ausgerechnet er an etwas erkranken, über das man nicht einmal sprechen konnte. Alle redeten dauernd über ihre Leiden, im Bus, in der Bank, in der Apotheke, beim Arzt, überall. Nur er musste schweigen, das war einfach ungerecht.

Er wusch sich die Hände und inspizierte den Kühlschrank. Es war noch der alte Liebherr seines Onkels mit den aufgeklebten Prilblumen auf der Tür. Vor zwei Wochen hatte er ihn zuletzt aufgefüllt, jetzt waren die Vorräte beinahe verbraucht. Zwei große Hackbällchen, ein angeschnittener Kanten Gouda und etwas Cornedbeef waren noch da. Zusammen mit zwei Scheiben trockenen Brotes aß er alles auf und fragte sich beim Anblick des Cornedbeefs, wie Menschenfleisch wohl schmeckte. Noch hatte er sich nicht getraut, diese

Grenze zu überschreiten, eines Tages aber, das ahnte er, würde es passieren, denn schon jetzt machte es ihm Spaß, sie zu beißen.

Als er gesättigt war, räumte er den Müll weg und wischte den Tisch ab.

Dann ging er in den Keller.

Es war still da unten. Sie hatte gestern schon nicht mehr geschrien. Wahrscheinlich lag es am Blutverlust, sie hatte einfach keine Kraft mehr. Oder sie hatte die Hoffnung aufgegeben. Bei der Nächsten musste er behutsamer vorgehen, denn das Schreien, wenn er die Treppe hinunterstieg, das war schon geil.

Sie hing wie tot in den Ketten.

Er erschrak und eilte zu ihr. Legte ihr zwei Finger unters Kinn und hob sanft ihren Kopf an. Auf den Anblick der abgeschnittenen Ohren war er vorbereitet, nicht jedoch auf den Blick in die gebrochenen Augen.

Kein Leben mehr darin, keine Angst, keine Panik, keine Hoffnung.

Er hatte es versaut. Sie war vor der Zeit gestorben.

Er schrie seine Wut hinaus, und die Kellerwände warfen sie vielfach zurück. Für ein paar Sekunden war er ratlos, doch dann siegte der Trotz, und er holte den Leichnam aus den Ketten. Was er sich zu tun vorgenommen hatte, das würde er auch tun.

Also schob er den Kopf zwischen die Backen des Schraubstocks und ...

Lars Lewandowski warf das Taschenbuch in den Papierkorb. Er hatte sich dazu durchgerungen, den Bestseller des Schriftstellers Andreas Zordan zu lesen, war aber über Seite fünfzig nicht hinausgekommen. Musste er auch nicht. Das bisher Gelesene genügte ihm, um zu wissen, was für ein unglaublich kranker Schrott das war. Lewandowski konnte nicht fassen, dass dieses Machwerk aus Gewalt und Selbstverliebtheit dem Schriftsteller ein Vermögen eingebracht haben sollte. Was, zum Teufel, war denn mit der Gesellschaft los? Tagtäglich erlebte Lewandowski Menschen, die als Opfer von Gewaltverbrechen tief traumatisiert waren und sich wünschten, es wäre nie geschehen, und diejenigen, die das große Glück hatten, dass ihnen nichts geschehen ist, lasen solche Bücher und genossen die detaillierten Beschreibungen von Folterszenen.

Zumindest wusste Lewandowski jetzt, wie er dem Schriftsteller begegnen würde. Der Typ hatte bei ihm bereits verschissen.

Die Tür zu seinem Büro ging auf, und Liesbeth kam herein.

Falscher Zeitpunkt, dachte Lewandowski.

»Ich hab hier die angeforderte Adresse von Andreas Zordan«, sagte Liesbeth. »Jetzt bin ich aber doch neugierig, was du von dem willst.«

Wie immer lächelte sie verschmitzt.

»Ich werde ihm körperliche Gewalt androhen, für den Fall, dass er sich keinen anderen Job sucht.«

Liesbeth blieb stehen und zuckte zurück, als sei sie gegen eine unsichtbare Wand gelaufen. Sie kannte ihn besser als sonst jemanden und spürte sofort, dass er auf Krawall gebürstet war.

»Dann nehme ich die Adresse besser wieder mit«, sagte sie. »Was ist denn los?«

»Wie kannst du solche Bücher lesen?«

Lewandowski fischte das Taschenbuch mit spitzen Fingern aus dem Mülleimer, zeigte es ihr und ließ es wieder hineinfallen.

»Das ist widerlich. Er zerquetscht einen Kopf in einem Schraubstock.«

»Ist doch nur Fiktion.«

»Nur Fiktion?«

Er holte das Buch noch einmal hervor, schlug die betreffende Seite auf und las laut vor: »Es erforderte einen beträchtlichen Aufwand an Körperkraft, um den Schädelknochen zu knacken, aber als unter dem immensen Druck die Augen fast schon aus den Höhlen traten ...«

Lewandowski brach ab, warf das Buch erneut weg und starrte Liesbeth an.

»Okay«, sagte sie, »diese Stelle ist vielleicht ein bisschen übertrieben, aber wenn man so etwas nicht mag, soll man es nicht lesen.«

»Und du magst so etwas?«

»Lesen, ja.«

»Das werde ich mein ganzes Leben nicht verstehen. Es gibt wunderschöne Musik und Literatur, und du verbringst deine Zeit mit so einem Mist.«

Liesbeth trat hinter ihn und wuschelte ihm durchs Haar. Sie wusste, er konnte das nicht leiden, besonders nicht, wenn er wütend war, was wirklich selten vorkam.

»Lass uns nicht streiten, erzähl mir lieber, was der Zordan ausgefressen hat.«

»Dienstgeheimnis.«

»Seit wann haben wir Geheimnisse voreinander? Wir sind doch nicht verheiratet.«

Lewandowski seufzte ergeben.

»Er hat nichts ausgefressen, ich will nur mit ihm sprechen. Aber leider geht er nicht ans Telefon, also werde ich wohl hinfahren müssen. Morgen. Würde ich heute hinfahren, würde ich ihn nur beschimpfen.«

»Gibt's noch einen anderen Grund, warum du so sauer bist?«

»Gibt es. Ich bekomme keine Genehmigung, die Handydaten von Jens Kraft zu checken. Der Typ hat Dreck am Stecken, und ich komm nicht an ihn ran. Der Alte will ihn nicht mal observieren lassen. Ich hab aber auch keine Lust, das schon wieder allein durchzuziehen.«

»Es geht um das verschwundene Mädchen?«

»Ja.«

»Und was hat Zordan damit zu tun?«

»Ich weiß es nicht, aber sein Name ist bei den Ermittlungen aufgetaucht.«

Andreas Zordan stoppte seinen Wagen vor einer alten, stuckverzierten Stadtvilla.

»Da wohnt er?«, fragte Greta.

»Nicht allein, das ist ein Vier-Parteien-Haus.«

»Trotzdem ... imposant. Vielleicht sollte ich Schauspielerin werden.«

»Für den Fall, dass Sie mir die ganze Zeit etwas vorgespielt haben und doch die Komplizin von Nummer 25 sind, würde ich sagen, ja, machen Sie das. Ansonsten eher nicht.«

Greta warf ihm einen fragenden Blick zu.

»Sie glauben immer noch, ich stecke hinter alledem?«

Zordan zog den Zündschlüssel ab, spielte damit herum und betrachtete das Emblem des Wagenherstellers, das darin eingelassen war.

»Nein«, sagte er, ohne sie anzusehen. »Und deshalb lassen Sie das mit der Schauspielerei lieber.«

Er stieg aus, ohne ihre Reaktion abzuwarten.

Sie trafen sich vor der schmiedeeisernen Pforte des Anwesens. Die weiße Villa ragte vor ihnen auf wie das Spukhaus aus einem billigen Horrorfilm.

»Keine Polizei zu sehen«, stellte Greta fest.

»Warum auch. Das Mädchen könnte schlicht und einfach abgehauen sein. Vielleicht ist es ein Zufall, und wir haben sie verwechselt.«

»Das glauben Sie doch selber nicht.«

»Wenn Sie zufällig gerade dann in mein Leben platzen, wenn ein Soziopath versucht, mich fertigzumachen, dann gibt es auch jede andere Art von Zufall.«

»Schon wieder dieser Zweifel?«

So langsam nervten Greta die ständigen Andeutungen Zordans. Sie tat gerade alles, um ihm zu helfen, da konnte er sich doch ein wenig dankbar zeigen.

Andreas ließ ihre Frage unbeantwortet und klingelte. Sofort meldete sich eine Stimme aus der Gegensprechanlage.

»Cindy? Bist du das?«

»Andreas Zordan hier. Herr Jagusch, ich würde gern mit Ihnen sprechen.«

Man hörte Jagusch einen Moment schwer atmen. Schließlich sagte er, er würde zur Pforte kommen.

»Denken Sie daran, bei unserer Geschichte zu bleiben«, erinnerte Zordan Greta.

»Ich darf ja ohnehin nichts sagen. Ein Glück, dass Sie mich nicht im Auto einsperren und die Kindersicherung aktivieren.«

Nachdem sie Börners Wagen verloren und auch nach viertelstündiger Suche nicht wiedergefunden hatten, hatte Zordan die Verfolgung abgebrochen und vorgeschlagen, Nathan Jagusch aufzusuchen. Der Schauspieler lebte zwar in einer anderen Stadt, aber über die Autobahn hatten sie nur eine knappe Stunde bis dorthin gebraucht. Sie hofften, Jagusch würde ihnen ein bisschen mehr zum Verschwinden seiner Tochter erzählen können. Greta würde sich als Kollegin vorstellen, die ebenfalls eine Rolle in der Zordan-Verfilmung übernehmen sollte.

Jagusch kam die Eingangstreppe herunter. Sein volles schwarzes Haar wirkte ungepflegt, er hatte sich seit Tagen nicht rasiert. Wenn Greta einen treffenden Satz formulieren sollte, dann würde sie schreiben, das Leben habe diesen Mann aus der Bahn geworfen.

Er sah sie misstrauisch an.

»Um was geht es denn?«, fragte er.

Seine Augen waren vom Weinen gerötet.

»Lösch hat mir alles erzählt«, begann Zordan. »Ich kann es gar nicht glauben.«

»Wer ist Sie?«, wollte Jagusch wissen und deutete mit dem Kinn auf Greta.

»Greta Weiß, eine Kollegin. Sie spielt ebenfalls im Film mit. Können wir uns einen Moment unterhalten?«

Jagusch schüttelte den Kopf. »Wenn Sie mich überreden wollen, nicht auszusteigen, sind Sie umsonst gekommen. Meine Entscheidung steht. Ich muss mich jetzt um meine Familie kümmern.«

»Ich will Sie nicht überreden, Nathan. Ich will wissen, was passiert ist.«

Der Schauspieler taxierte sie beide und schien nachdenken zu müssen. Schließlich zückte er einen Schlüssel, schloss das Tor auf und ließ sie herein.

Sie folgten ihm durch ein imposantes Treppenhaus in seine Wohnung im ersten Obergeschoss. Die Wohnung war aufgeräumt und gelüftet, aber schummrig. Sämtliche Vorhänge waren zugezogen. Jagusch führte sie in eine große Küche mit einem Tresen, der den Raum teilte. Barhocker dienten als Sitzgelegenheit. Jagusch deutete auf die Hocker, lehnte sich selbst gegen die Arbeitsplatte der Küche und verschränkte die Arme vor der Brust. Zordan und Greta blieben ebenfalls stehen. Die Hocker waren Deko, und es war klar, warum Jagusch sie in die Küche und nicht ins Wohnzimmer geführt hatte.

Zordan kam sofort zur Sache.

»Es tut uns furchtbar leid, was Ihnen und Ihrer Tochter zugestoßen ist. Gibt es schon Neuigkeiten?«

Jagusch schüttelte den Kopf. Sein rechter Daumen wischte nervös auf seinem Hemd hin und her.

»Nein, nichts. Cindy ist wie vom Erdboden verschluckt. Keine Spur, keine Nachricht, rein gar nichts ...«

»Wie geht es Ihrer Frau?«, fragte Greta und brach damit schon jetzt ihre Abmachung mit Zordan, nichts zu sagen. Die Frage war allerdings berechtigt, und sie ärgerte sich, weil er sie nicht gestellt hatte.

»Cindys Mutter ist nicht mit mir verheiratet. Sie lebt in Berlin. Vermutlich geht es ihr genauso wie mir.«

»Besteht die Möglichkeit, dass Cindy dort ist?«, fragte Zordan.
»Die Polizei hat das überprüft. Dort ist sie nicht.«
»Wie ist Cindy denn verschwunden?«
»Es ist meine Schuld«, platzte es aus Jagusch heraus. Er schlug die Hände vors Gesicht, und für einen Moment befürchtete Greta, der Mann würde in Tränen ausbrechen. Jagusch riss sich jedoch zusammen, ließ die Hände sinken, schüttelte den Kopf und wandte sich einem chromglänzenden Kaffeeautomaten zu.
»Ich brauch jetzt einen Kaffee. Noch jemand?«
Zordan lehnte ab. Greta wollte eigentlich auch keinen weiteren Kaffee, der bei Börner war unsagbar stark gewesen, sagte aber dennoch ja. Mit einem Becher Kaffee in der Hand würde sich die Situation entspannen, und Jagusch würde sie eventuell hinüber ins Wohnzimmer bitten.

Während der Schauspieler die Getränke zubereitete, sprach er weiter. Greta ahnte, dass der Mann eigentlich gar keinen Kaffee wollte, sondern nur eine Beschäftigung suchte. Wenn seine Hände in diesem Moment nichts zu tun gehabt hätten, wäre er wohl doch in Tränen ausgebrochen.

»Cindy ... sie hat einen Freund, seit kurzem ... und wir, na ja, ich mag den Jungen nicht, und wir haben uns häufig gestritten. Sie ist sechzehn, das ist viel zu früh für einen festen Freund, aber sie wollte mich einfach nicht verstehen.«

Also ist das Mädchen doch abgehauen, schoss es Greta durch den Kopf. Der Blick, den Zordan ihr zuwarf, ließ bei ihm auf den gleichen Gedanken schließen.

»Ich weiß, was Sie jetzt denken, die Polizei denkt das ja auch, aber ich weiß einfach, dass Cindy nicht abgehauen ist. Das würde sie mir nie antun.«

Da schwang ebenso viel Hoffnung wie Selbstzweifel mit. Jagusch war sich alles andere als sicher. Wahrscheinlich klammerte er sich sogar an den Gedanken, seine Tochter könnte aus Trotz abgehauen sein, denn das hieße, dass es ihr gutging. Greta tauschte einen weiteren Blick mit Zordan, und der schüttelte den Kopf. Nein, sie würden Jagusch nicht sagen, was sie wussten. Eigentlich wussten sie ja auch gar nichts. Das Mädchen auf dem Video konnte Cindy sein, es konnte ebenso gut aber auch ein anderes Mädchen sein.

»Das ist wirklich furchtbar«, sagte Zordan. »Aber ich bin mir sicher, es geht ihr gut.«

Jagusch drehte sich um.

»Wie können Sie sicher sein?«

»Weil ich ... na ja, ich meine ... es gibt diese Statistiken, ich habe dazu recherchiert. Neunzig Prozent der verschwundenen Teenager kehren innerhalb von drei Wochen reumütig wieder zurück.«

Greta hatte keine Ahnung, ob es diese Statistik wirklich gab, aber Menschen waren zur Lüge fähig und sollten ihrer Meinung nach von dieser Fähigkeit Gebrauch machen, wenn es angebracht war. Und hier war es angebracht.

»Und die übrigen zehn Prozent?«, fragte Jagusch mit zitternder Stimme.

Bevor Andreas antworten konnte, trat Greta vor, legte ihre Hand auf Jaguschs Unterarm und sah ihn an.

»Ich bin auch mal abgehauen, weil mein Vater meinen Freund nicht mochte. Aber nach einer Woche war das Familienblut doch dicker. Töchter lieben ihre Väter, manchmal müssen sie zwar rebellieren, aber sie vergessen diese Liebe nie.«

»Danke«, sagte Jagusch.

»Ich würde gern helfen und einen Aufruf auf Facebook starten«, sagte Zordan. »Meine Fans für eine virale Suche nutzen. Könnten Sie mir dafür ein aktuelles Foto von Cindy überlassen?«

Sie hatten sich auf der Fahrt hierher überlegt, Jagusch um ein Foto zu bitten, um es später mit dem Video abgleichen zu können.

Sie mussten absolut sicher sein, dass es sich bei dem schwarzhaarigen Mädchen um Cindy handelte.

»Ja, das ist eine gute Idee. Warum hab ich das nicht längst gemacht? Moment, ich hole ein Foto.«

Plötzlich wirkte Jagusch aufgeregt. Hastig verließ er den Raum, lief eine Treppe hinauf, und man hörte ihn oben poltern.

»So eine Scheiße!«, flüsterte Greta. »Hätte ich mich bloß nicht darauf eingelassen.«

»Bleiben Sie ruhig. Ihm ist nicht damit geholfen, wenn wir es ihm sagen.«

Jagusch kam die Treppe herunter. Er hielt eine Fotografie hoch.

»Hier, das Bild ist erst wenige Wochen alt.«

Er überreichte Greta eine Porträtaufnahme seiner Tochter. Sie anzuschauen schnürte ihr den Hals zu. Zordan schaute ihr über die Schulter, und sie hörte ihn trocken schlucken.

Die Ähnlichkeit mit dem Mädchen in dem Video war groß. Sehr groß.

»Ein hübsches Mädchen«, sagte Zordan. »Ich mach das heute noch fertig. Ich bin sicher, wir finden sie.«

Jaguschs Augen leuchteten. Er wandte sich ab, goss den Kaffee ein und schob Greta dann die Tasse über die Theke zu. Plötzlich hatte sie aber keine Lust mehr, sich irgendwo hinzusetzen. Sie wollte so schnell wie möglich fort von hier.

»Ich habe da noch eine Frage, den Film betreffend«, sagte Zordan. Auch diese Frage hatten sie vorher abgesprochen, sie war sogar der eigentliche Grund seines Besuches bei Jagusch.

»Hat Markus Börner mit Ihnen gesprochen?«

»Börner? Ja, so ein Arsch. Er hat mir vorgeworfen, ihm die Rolle geklaut zu haben.«

»War er hier bei Ihnen?«

Jagusch nickte. »Unten an der Pforte. Ich hab ihn nicht hereingelassen, weil er sich so aufgeführt hat. Der war richtig geladen. Ist aber wohl seine Art. In der Branche ist er nicht gerade der Beliebteste. Warum fragen Sie?«

»Ist nicht so wichtig. Börner übt zur Zeit ein bisschen Druck auf mich aus, und ich wollte nur sichergehen, dass Sie über alles Bescheid wissen. Der beruhigt sich schon wieder.«

Jagusch nickte, dachte einen Moment nach und sagte: »Wenn Cindy zurückkommt ... wenn ihr nichts fehlt ... vielleicht können wir den Dreh ein wenig nach hinten schieben, dann könnte ich vielleicht doch dabei sein.«

Greta schüttelte entschieden den Kopf. »Darüber sollten Sie sich jetzt keine Gedanken machen.«

Zordan warf ihr einen tadelnden Blick zu.

»Und wenn nicht«, fuhr Jagusch fort. »Wenn ich nicht dabei sein kann ... also, es wäre für mich kein Problem, wenn Sie Börner dann wieder reinholen. Ein guter Schauspieler ist er ja, das muss man ihm lassen.«

»Wir werden sehen«, sagte Zordan. »Aber Frau Weiß hat recht, das ist im Moment nicht wichtig. Darum kümmern wir uns später. Sie sollten den Kopf frei haben für Ihre Tochter. So, jetzt müssen wir wieder los.«

Zordan überraschte Greta mit seinem plötzlichen Aufbruch. Hastig trank sie den Kaffee.

Nathan Jagusch begleitete sie bis an die Pforte.

»Ich hoffe, dass Ihre Tochter bald wieder auftaucht«, sagte Greta zum Abschluss.

Ihre Stimme klang belegt.

Ein lautes Poltern reißt ihn aus dem Schlaf. Er war tief in einen Traum versunken gewesen, an den er sich schon nicht mehr erinnern kann. Den Nachhall aus Verwirrung, Furcht und Erschöpfung spürt er dennoch. Er fühlt sich wie zerschlagen, so geht es ihm meistens, wenn er tagsüber zu lange schläft.

Er liegt angekleidet auf seinem Bett, die Jalousie ist heruntergezogen, so wie fast immer, nur wenig Licht fällt in den großen Raum. An den Wänden hängen seine Gedanken, er hatte sie betrachtet und war dabei eingeschlafen. Vielleicht ist es nicht gut, seine Gedanken ständig vor Augen zu haben. Der Wunsch, sie in die Tat umzusetzen, wird dadurch nur größer, und das hat ihn neulich bei der Nutte ganz schön in Schwierigkeiten gebracht. Letztlich ist er mit einem blauen Auge davongekommen, weil Aussage gegen Aussage stand und die Bullen ihm mehr glaubten als ihr.

Trotzdem, der Moment, als sie keine Luft mehr bekommen hat ... er war die ganze Scheiße wert gewesen.

Er hört eine dünne Stimme nach ihm rufen. Es klingt wie ein Hilferuf. Was treibt Mutter da unten? Hat sie mit dem Hausputz begonnen? Rückt sie wieder die schweren Sessel herum, um darunter staubsaugen zu können? Hat sie sich dabei verletzt?

Er setzt sich auf, reibt sich den Schlaf aus den Augen und lauscht.

Ein Wimmern und Jammern, deutlicher jetzt.

Seufzend steht er auf und verlässt sein Zimmer.

Der Grund des Polterns offenbart sich ihm an der Treppe.

Unten liegt seine Mutter auf dem alten Dielenboden.

Ihr linkes Bein ist verdreht. Man muss kein Arzt sein, um zu erkennen, dass es auf jeden Fall gebrochen, wahrscheinlich sogar aus dem Gelenk gesprungen ist.

So eine gottverdammte Scheiße!

Das kann er jetzt überhaupt nicht gebrauchen.

»Mutter«, fragt er von oben, »geht es dir gut?«

Sie stöhnt vor Schmerzen.

Mit jeder Stufe, die er hinuntergeht, baut sich mehr Wut in ihm auf. Er sieht den roten Eimer und den Wischlappen, beides benutzt Mutter, um die Holzstufen rund um die Trittmatten aus Teppich abzuwischen.

»Was habe ich dir zu der Treppe gesagt?«, sagt er, als er unten angekommen ist. »Ich habe dir gesagt, es interessiert niemanden, ob sie sauber ist oder nicht. Und jetzt sieh dich an! Warum kannst du nicht ein Mal auf mich hören?«

Er setzt sich auf die unterste Stufe. Das musste er erst einmal verdauen. Wie sie daliegt! Der hochgerutschte Rock entblößt ihre Schenkel und den Schlüpfer aus Baumwolle. Und dann das Bein! Herrgott noch mal, ist das eklig. Wie soll das je wieder in Ordnung kommen.

»Einen ... einen Arzt«, stammelt sie.

Erst jetzt sieht er, dass sie einen Bluterguss an der Stirn hat und Blut aus ihrer Nase läuft. Der Dielenboden ist schon lange nicht mehr versiegelt worden, wenn das Blut ins Holz eindringt, geht der Fleck nie wieder weg.

»Hast du Schmerzen?«, fragt er.

»Mein Bein ...«

Sie jammert wie ein kleines Kind.

»Am besten, wir legen dich erst einmal auf die Couch.«

Zum Glück ist sie leicht. Es sollte ihm möglich sein, sie durch die Küche in das kleine Wohnzimmer zu tragen. Dort steht die alte Couch, auf der sie ohnehin immer ihren Mittagsschlaf hält. Er geht neben seiner Mutter auf die Knie, schiebt seine Arme unter ihren Körper und hebt sie hoch. Sofort schreit sie auf.

»Mein Bein ... mein Bein ...«, jammert sie.

»Hör auf zu heulen, du bist doch selbst schuld. Ich habe dir oft genug gesagt, du sollst nicht auf der Scheißtreppe herumkriechen. Und wer hat jetzt die Arbeit? Ich. Wie immer. Als hätte ich nicht schon genug zu tun. Jetzt halt, verdammt noch mal, die Klappe.«

»Den Arzt rufen, bitte ...«

»Nein, wir rufen jetzt nicht den Arzt. Ich bringe dich auf die Couch und mache dir einen schönen Kamillentee. Dann kommt schon wieder alles in Ordnung, wirst sehen.«

Er unternimmt einen neuen Versuch und schafft es diesmal, sie hochzuwuchten. Okay, leicht wie eine Feder ist sie nicht, und sie hilft auch nicht mit, schreit stattdessen herum. Mit Mühe und Not bekommt er sie durch die schmale Tür der Küche. Als ihr gebrochenes Bein gegen den Türrahmen stößt, schreit sie erneut.

Mit letzter Kraft erreicht er die Couch und lässt seine Mutter unsanft darauffallen. Er stopft ihr ein Kissen unter den Kopf, schließt das gekippte Fenster und lässt den Rollladen herunter, damit draußen niemand ihr Gejammer hört. Der nächste Nachbar wohnt zwar fünfzig Meter entfernt, aber sicher ist sicher.

»So geht es doch schon besser, nicht wahr.«

Sie atmet stoßweise. Auf ihrer Stirn stehen Schweißperlen. Immer noch läuft Blut aus ihrer Nase. Ihr Blick ist unstet und verwirrt wie der einer alten, dementen Frau.

»Du musst einen Arzt rufen … bitte … ich habe furchtbare Schmerzen.«

»Pass auf. Ich mache dir jetzt einen Tee und hole dir zwei Ibuprofen, und dann sehen wir weiter. Wenn es dir heute Abend noch nicht bessergeht, dann rufen wir einen Arzt.«

Er ignoriert ihren Widerspruch, bereitet den Tee zu, drückt drei statt zwei Schmerztabletten aus dem Blister, hilft ihr, die Tabletten einzunehmen, redet ihr noch einmal gut zu und schließt dann die Tür hinter sich ab. Den Schlüssel steckt er ein.

Es dämmerte bereits, als Andreas Zordan seinen Wagen den Hügel hinauflenkte. Hinter ihm leuchteten die Scheinwerfer von Greta Weiß' Kleinwagen. Andreas wäre jetzt gern allein, es war anstrengend genug gewesen, die Journalistin den halben Tag um sich zu haben. So viel Kommunikation war er nicht gewohnt. Zum Glück waren sie getrennt gefahren, so dass er wenigstens während der mehr als zweistündigen Rückfahrt Ruhe vor ihr gehabt hatte. Noch in der Stadt hatte Andreas vorgeschlagen, am nächsten Tag darüber zu beratschlagen, wie sie weiter vorgehen sollten, doch davon wollte Greta nichts hören. Sie bestand darauf, noch heute Abend das Foto von Cindy Jagusch mit dem Video auf Sarah Lieberknechts Handy abzugleichen. Und da das Handy sicher verwahrt in der Schublade seines Schreibtisches lag, blieb Andreas nichts anderes übrig, als die Journalistin wieder mit in seine Hütte zu nehmen.

Nachdem er den Wagen im Carport abgestellt hatte, stieg Andreas aus und lauschte.

Odin bellte.

Greta Weiß stieß zu ihm. »Haben Sie Odin eingesperrt?«, fragte sie.

Ihre Stimme klang wieder einmal vorwurfsvoll.

»Was denn sonst. Wenn er drin ist, kann er das Haus am besten bewachen.«

»Sie haben ihm doch wenigstens Futter und Wasser hingestellt?«

»Ich ... äh ...«

Greta sah ihn aus schmalen Augen an. »Wissen Sie was: Ich hoffe, er hat Ihnen die ganze Bude auseinandergenommen und ordentlich reingekackt.«

Ihre Hoffnung wurde erfüllt.

Odin hatte drei Sofakissen zerrissen. Die Federn bedeckten den Boden im Wohnzimmer wie ein Schneeteppich. In der Küche hatte er den Brotkasten von der Arbeitsplatte auf den Boden befördert und den Inhalt, ein halbes Roggenbrot, aufgefressen. Das Gleiche hatte er mit dem Obstkorb getan, aber die Bananen und Äpfel hatten ihm wohl nicht geschmeckt – sie lagen angefressen und zermatscht herum. Zudem hatte er auf die Fliesen vor die Terrassentür gekackt und gepinkelt. Der Geruch war unerträglich.

Greta Weiß lachte laut, als sie das Chaos erblickte, und Andreas stellte fest, dass die Journalistin eine richtig boshafte Seite hatte. Sie knuddelte Odin sogar noch, so als habe er eine Belohnung verdient.

»Du armer, armer Hund, den ganzen Tag eingesperrt, nein, du kannst nichts dafür, daran ist ganz allein dein Herrchen schuld.«

»Sie können ihn gleich mitnehmen«, fuhr Andreas die beiden an. »Ihr seid ja sowieso ein Herz und eine Seele. Soweit ich weiß, sind Hunde im *Haus Verona* erlaubt.«

Sie zeigte ihm den Stinkefinger und ging mit Odin hinaus.

Während sie mit dem Hund herumtollte, machte Andreas sauber. Er hatte nicht gewusst, dass Hundekacke so bestialisch stank. Als sich der Geruch mit dem des Putzmittels vermischte, drehte es Andreas den Magen um. Er befürchtete, sich übergeben zu müssen, und riss sämtliche Fenster und Türen auf.

Eine halbe Stunde später war das Chaos beseitigt und das Haus ausgekühlt. Andreas, verschwitzt von der Arbeit, begann zu frieren. Auch die Journalistin rieb sich die Oberarme, als sie die Hütte betrat. Andreas ging ins alte Backhaus hinüber und holte Feuerholz. Dann machte er Feuer im Kamin im Wohnzimmer und schloss die Fenster.

»Riecht interessant bei Ihnen«, lästerte die Journalistin.

»Ich zwinge Sie nicht, zu bleiben.«

»Ihrer Gastfreundschaft kann ich einfach nicht widerstehen. Außerdem haben wir noch etwas zu tun. Wo ist das Handy?«

Andreas holte es aus der Schublade und gab es ihr. Das Foto von Cindy Jagusch steckte in ihrer Handtasche. Greta ließ sich am Esstisch im Wohnzimmer nieder. Sie hielt das Foto in der einen, das Handy in der anderen Hand und zögerte. Andreas wollte ihr schon anbieten, den Abgleich zu übernehmen, da atmete sie tief ein, startete das Video und sah es sich an. Nachdem sie es dreimal wiederholt hatte, legte sie das Handy langsam, so als könnte es zerbrechen, auf dem Tisch ab.

»Kein Zweifel, sie ist es«, sagte sie leise.

»Hab ich mir gedacht.«

»Und ich habe dem Vater noch Hoffnung gemacht.«

»Es besteht ja auch Hoffnung. Noch lebt das Mädchen, und ich bin mir sicher, Börner steckt dahinter.«

»Ich weiß nicht ... vielleicht ist das alles doch eine Nummer zu groß. Die Polizei ...«

»Die Polizei ist keine Option«, unterbrach Andreas sie. »Nicht zu diesem Zeitpunkt. Sie würden sich das nie verzeihen, wenn er das Mädchen deshalb tötet.«

»Sie verarschen mich doch nicht, oder. Ich meine ... das ist doch kein perverses Spiel, um sich an mir zu rächen. Oder an der Presse im Allgemeinen?«

Ihre Stimme klang geradezu flehentlich.

»Mein Humor mag dunkelschwarz sein, aber so etwas würde ich nie tun.«

Greta nickte und biss sich auf die Unterlippe.

»Hier zu sitzen und nichts tun zu können ... ich komme mir so hilflos vor.«

»Glauben Sie mir, das geht mir ebenso. Heute richten wir gar nichts mehr aus, aber morgen gehen wir die Sache an und machen das Schwein fertig.«

Eigentlich wollte Andreas noch sagen, dass er sie zu ihrem Wagen begleiten würde, doch Greta Weiß schien am Boden zerstört zu sein. Sie hätte sich das Video nicht anschauen dürfen. In diesem Zustand konnte er sie nicht gehen lassen. Frauen handelten nicht logisch, sondern intuitiv, und so emotional, wie sie gerade drauf war, würde sie vielleicht doch die Polizei informieren.

»Ich weiß ja nicht, wie es Ihnen geht«, sagte er. »Aber ich sterbe vor Hunger.«

»Ich auch, ich wollte nur nichts sagen.«

»Ich habe aber nur Spaghetti da. Das Brot hat ja der Hund gefressen.«

»Aus der Packung?«

»Nein. Ich zupfe sie in einer Kupferpfanne selbst.«

»Okay, besser als gar nichts. Kann ich Ihnen helfen?«

Es war Andreas klar, dass er sie nicht davon abhalten konnte, außerdem musste sie sich jetzt mit irgendetwas beschäftigen, also ließ er sie helfen. Sie füllte Wasser in einen Topf, stellte ihn auf den Herd und öffnete die Packung Spaghetti. Andreas schnitt Tomaten klein und bereitete die Sauce zu. Er gab ihr ein paar frische Karotten, die sie in dünne Scheiben schnitt. Für ein paar Minuten arbeiteten sie schweigend nebeneinander. Es war ein merkwürdiges Gefühl, mit der Journalistin in der Küche zu hantieren. Ähnlich wie das Schlafzimmer war die Küche ein sehr privater Raum, fand Andreas, und so, wie er sich nicht gern in den Nachtschrank schauen ließ, ließ er sich auch nicht gern in die Küchenschränke schauen.

Genau das tat Greta Weiß jedoch, nachdem sie mit den Karotten fertig war. Sie öffnete eine Tür nach der anderen und machte auch vor den Schubladen nicht halt.

»Suchen Sie was?«

»Ich bin erstaunt«, antwortete sie. »Alles ist perfekt eingeräumt. Nirgendwo Unordnung, nicht mal in der Schublade. Sie könnten mal bei mir aufräumen.«

»Zeitverschwendung.«

»Warum?«

»Ihre Aussage lässt vermuten, dass Sie unordentlich sind. Würde ich bei Ihnen aufräumen, hielte dieser Zustand nicht lange an, weil Sie sich nicht ändern würden. Raspeln Sie doch bitte den Parmesan.«

»Vielleicht doch. Wenn einmal alles ordentlich ist ... wo ist der Parmesan?«

»Das ist Blödsinn. Menschen ändern sich nicht. Im Kühlschrank.«

Sie nahm den Käse aus dem Kühlschrank und die Reibe vom Haken über dem Herd.

»Und das wissen Sie so genau?«

»Es ist wissenschaftlich nachgewiesen. Menschen sind von früher Jugend an ordentlich oder unordentlich, freundlich oder unfreundlich, verschlossen oder offen. Daran kann man nichts ändern.«

»Klingt echt schrecklich. Und so pessimistisch.«

»Falsch. Es ist sogar sehr wichtig. Diese Gesellschaft funktioniert nur dadurch, dass man sich auf seine Mitmenschen einstellen kann. Jemandem, der sich ständig ändert, kann man nicht vertrauen. Stellen Sie sich vor, Sie wachen jeden Morgen neben Ihrem Freund auf, und er verhält sich jedes Mal so, als wäre er ein anderer Mensch.«

»Ich wache allein auf, das ist viel schlimmer. Was ist denn mit dem freien Willen? Wenn ich mich entscheide, mich zu ändern, dann kann ich das auch tun.«

»Sie sollten sich mal hören. Naiv wie das Heimchen am Herd. Millionen Menschen nehmen sich zum Jahreswechsel vor, sich zu ändern. Keiner schafft es. Wieso wohl? Der freie Wille ist ein Ammenmärchen.«

»Wie bitte?«

»Sagten Sie nicht, Sie hätten studiert?«

»Habe ich, aber nicht abstruse Theorien.«

»Abstrus? Wohl kaum. Nur schwer zu akzeptieren. Sie entscheiden nicht einmal frei über Ihr Essen.«

»Stimmt. Sie haben nur Spaghetti im Haus, die Wahl war wirklich nicht sehr frei.«

»Und wenn ich, sagen wir mal, Nackenbraten und Spaghetti vorgeschlagen hätte, Sie aber in Ihrer Kindheit mit Nackenbraten schlechte Erfahrung gemacht haben. Vielleicht hat Ihr Vater Sie gezwungen, den Fettrand zu essen, und Ihnen ist davon übel geworden. Dann hätten Sie Spaghetti gewählt, ohne sagen zu können, warum. Das Erlebte hat sich im Gehirn eingeprägt. Ihre Entscheidung wirkt zwar frei, ist aber bedingt durch diese frühe Prägung.«

»Ich liebe Nackenbraten.«

»Spielt keine Rolle. Sie können diese Theorie auf alles Mögliche übertragen.«

»Auch aufs Töten?«

»Präzisieren Sie.«

»Kann ein Psychopath sich frei entscheiden, ob er tötet oder nicht?«

»Jetzt wird es interessant. Sie spielen auf die Theorie an, dass Soziopathie eine Erkrankung ist und Menschen, die darunter leiden, nicht anders handeln können.«

»Sie schrieben darüber in Ihrem Buch.«

»Richtig. Und auch das ist wissenschaftlich nachgewiesen. Schaut man einem Psychopathen ins Hirn, sieht man, dass das untere Stirnhirn wenig aktiv ist und zugleich die Amygdala verändert reagiert. Ganz eindeutige medizinische Beweise für eine Erkrankung.«

»Amygdala?«

»Der Mandelkern«, erklärte Andreas. »Eigentlich Amygdalae, denn es sind zwei, die von der Form her an Mandeln erinnern. Man nennt sie auch Angstzentrum. Die Amygdala verknüpft Ereignisse mit Emotionen und speichert diese.«

»Aber nicht bei Soziopathen.«

»Denen ist es egal, was ihnen an negativen Dingen geschieht, denn ihr Mandelkern warnt sie nicht. Die Konsequenzen ihres Handelns sind ihnen zwar bewusst, sie kennen die Normen und Gesetze und versuchen ja, sie besonders geschickt zu umgehen, aber diese Konsequenzen machen ihnen keine Angst. Deshalb fällt es ihnen leichter, zu töten.«

»Ist schon erstaunlich, so etwas jemanden sagen zu hören, der sich selbst für einen Psychopathen hält.«

»Kann man alles nachlesen. Ich rezitiere nur.«

»Und? Ist Ihnen das Töten leichtgefallen?«

Andreas ließ den Teller, den er gerade abspülen wollte, ins Spülbecken fallen. Er zerbrach scheppernd. Andreas spürte die Blicke der Journalistin in seinem Nacken, nahm eine große Scherbe in die Hand und betrachtete sie nachdenklich.

Er zögerte lange mit einer Antwort, und in den stillen Sekunden sah er erneut die menschliche Schaukel. Plötzlich raste sein Puls, sein Herz schlug dumpf und schnell, und sein Atemrhythmus beschleunigte sich. Seine Hand verkrampfte sich um die Scherbe, Blut tropfte von seinem Handballen in die Spüle.

»Alles okay?«

Eine Hand legte sich von hinten auf seine Schulter. Weich, sanft.

»Mist! Sie haben sich geschnitten?«

Ihr Kopf tauchte neben seinem auf. Er konnte sie riechen, ihren Atmen spüren.

»Lassen Sie mich mal sehen.«

Andreas war unfähig, sich zu wehren. Sie nahm seine Hand, bog die Finger auseinander, die Scherbe fiel in die Spüle.

»Ist nicht tief, ein Pflaster müsste reichen. Wo sind die Pflaster?«

Andreas hörte sie kaum. Noch immer raste sein Puls, und er sah das verschmitzte Lächeln eines rothaarigen Jungen, der einmal sein bester Freund gewesen war.

Greta ließ Wasser über seine Hand laufen. Der Schmerz holte ihn in die Wirklichkeit zurück. Sie stellte das Wasser ab, nahm ein Geschirrtuch und wickelte es um seine Hand.

»Die Pflaster?«

Aus wenigen Zentimetern Entfernung sah sie ihn an, und Andreas nahm sie überdeutlich wahr. Ihre großen Augen, die hellblaue Iris mit einem leichten grünen Schimmer um die Pupille, die langen, geschwungenen Wimpern ...

»In der Schublade«, stieß er mühsam hervor.

Greta schnitt von einer Rolle ein großes Stück Pflaster ab, dann tupfte sie die Haut um die Wunde herum trocken und klebte das Pflaster darauf. Er konnte ihr Haar riechen, und als sie es mit einer schnellen Bewegung hinter ihr Ohr strich, betrachtete er den sanften Schwung ihres Kiefers, ihren Hals, ihr Ohrläppchen ...

Sie sah ihn an. Ihr Blick war durchdringend.

»Hab ich etwas Falsches gesagt?«

Andreas schüttelte den Kopf.

»Ich muss zur Toilette«, sagte er und verließ eilig die Küche.

Er schloss die Tür des Gästebads hinter sich, stützte sich auf die Fensterbank und sah hinaus. Vor dem Fenster war nichts als Dunkelheit. In seinem Inneren ebenfalls. Nur langsam beruhigte er sich und ärgerte sich darüber, auf Gretas Frage so heftig reagiert zu haben. Was dachte sie jetzt von ihm? Er hätte sie niemals in sein Haus, niemals so nah an sich heranlassen dürfen. Frauen stellten Fragen, wollten immer alles ganz genau wissen, wollten ins Innere der Seele blicken und über das sprechen, was sie dort fanden. Sie verstanden nicht, dass manches tief vergraben und unausgesprochen bleiben musste.

Andreas erinnerte sich an seinen Großvater, der starb, als Andreas acht Jahre alt gewesen war. Sein Großvater hatte damals als Einziger verstanden, was in dem kleinen Jungen vorging, allerdings war Andreas das nicht klar gewesen. Diese Geschichte, die sich ihm tief eingeprägt hatte, hatte sein Großvater nicht einfach nur so oder aus sentimentalen Gründen erzählt. Er hatte Andreas damit helfen wollen.

Sein Großvater hatte im Krieg gekämpft. Irgendwo in Polen. Er war kein glühender Patriot gewesen, hatte einfach nur getan, was getan werden musste. Aber im Krieg, so hatte er gesagt, kommt der Tag, an dem du etwas tust, was niemand von dir verlangt. Du tust es nicht, um Familie und Vaterland zu verteidigen. Du tust es nicht, um dein Leben zu verteidigen. Du tust es, weil du es tun kannst. Es gibt keinen anderen Grund dafür. Ich habe einen Menschen getötet, den ich nicht hätte töten müssen. Er hat mich angefleht, ich solle ihn leben lassen, aber ich tat es nicht. Nachdem er tot war, habe ich das alles tief in mir vergraben und nie wieder darüber gesprochen. Nicht einmal mit deiner Oma. Natürlich habe ich daran gedacht, anfangs häufig, später kaum noch, aber bis heute blieb die Erinnerung daran dort, wo sie hingehört. Eines Mannes Herz ist tief, und die Tiefe ist dunkel. Niemand außer dir darf dorthin blicken. Merk dir das, mein Junge. Niemand außer dir darf in die Tiefe deines Herzens blicken.

Durch seine Reaktion auf Gretas Frage hatte Andreas es zugelassen, dass doch jemand hineingeblickt hatte. Sie wusste vielleicht nicht, was sie gesehen hatte, aber der bloße Verdacht, auf etwas gestoßen zu sein, würde sie neugierig machen. Sie würde Fragen stellen, tiefer bohren.

»Alles okay da drinnen?«

Sie pochte an die Tür.

»Ich komme gleich«, antwortete Andreas.

Es dauerte noch zwei Minuten, bis er so weit war. Dann betätigte er zur Tarnung die Spülung, wusch sich die Hände und ging in die Küche zurück.

Greta Weiß stand vor dem Herd. Aus dem Topf stieg Wasserdampf auf. Sie wandte sich ihm zu, warf ihr Haar zurück und lächelte schüchtern.

»Wieder in Ordnung?«

Auch für Andreas gab es in diesem Moment keinen freien Willen.

Mit zwei schnellen Schritten war er bei ihr, drückte sie gegen den Küchentresen, packte ihren Kopf und presste seine Lippen auf ihre. Viel zu fest und ungestüm, das spürte er, als ihre Zähne gegeneinanderstießen. Sie erschrak, stieß einen unterdrückten Laut aus, kämpfte gegen seine Umklammerung an und stieß ihn von sich.

Sie fuhr sich mit dem Handrücken über den Mund, sah ihn an, eine Mischung aus Angst und Verlangen im Blick.

Dann packte sie ihn, zog ihn zu sich heran und küsste ihn. Ihre Hände lagen an seinem Hinterkopf, fuhren durch sein Haar, und ihr linkes Bein umklammerte seinen Oberschenkel. Jetzt war es Andreas, der versuchte, sich zurückzuziehen, Luft zum Atmen zu bekommen, doch sie ließ nicht locker, verstärkte ihren Griff, schlang das andere Bein um seine Hüfte und hing plötzlich mit ihrem ganzen Gewicht an ihm. Sie war leicht, er konnte sie problemlos tragen. Wie Tänzer drehten sie sich im Kreis, ohne die Lippen voneinander zu lösen. Andreas drückte sie mit dem Rücken gegen die Wand, ein wenig zu heftig vielleicht, und sie stöhnte auf, gab seinen Mund frei. Endlich konnte er atmen. Greta nahm sein Gesicht zwischen ihre Hände und sah ihn an. Ihre Wangen waren gerötet, ihre Lippen zitterten, die Angst war noch immer nicht aus ihrem Blick gewichen, doch das Verlangen überwog.

Mit rauher Stimme sagte sie: »Na los, bring mich rüber ins Schlafzimmer und fick mich.«

Als Andreas erwachte, war es still und dunkel im Haus. Für einen Moment war alles wie immer. Dann spürte er den Körper neben sich, hörte Greta leise und gleichmäßig atmen, und alles änderte sich. Zwischen diese Atemgeräusche mischten sich noch andere Geräusche. Es dauerte einen Moment, bis Andreas begriff, dass Odin es sich vor dem Bett bequem gemacht hatte und schlief.

Andreas blieb reglos liegen. Gretas Bein lag angewinkelt auf seinem Oberschenkel, ihre Hand auf seinem Bauch. Ihr Gesicht befand sich nah an seiner Schulter, und wenn sie ausatmete, vibrierten die feinen Härchen auf seiner Haut. Sie war ganz nah, ganz warm, er konnte sie riechen und fühlen. Schon lange war ihm eine Frau nicht mehr so nahe gekommen. Obwohl er in der Küche den Anfang gemacht hatte, hatte Greta danach die Führung übernommen. Mit ungestümer Wildheit war sie über ihn hergefallen, und auch wenn er es im Moment nicht spürte, so glaubte er, sich daran erinnern zu können, dass sie ihm den Rücken zerkratzt hatte, als sie gekommen war. Sie war laut gewesen, hatte selbst dann den Mund nicht halten können, als er in ihr gewesen war. Sie hatte ihn angestachelt, ihn aufgefordert, nicht so zurückhaltend zu sein, und sie hatten es nie länger als vielleicht eine Minute in einer Position ausgehalten.

Er war noch einmal in die Küche gegangen, um die Herdplatte auszuschalten, und als er zurückkehrte, hatte Greta sich bereits ausgezogen, ihm seine Kleidung vom Leib gerissen und ihn aufs Bett gezerrt. Das erste Mal war wie ein Abreagieren gewesen, erfüllt von Aggressivität und Härte, was weniger von ihm als von Greta ausging. Andreas war danach befriedigt gewesen und wäre ohne weiteres eingeschlafen, doch Greta hatte nicht lockergelassen. Zweimal hatte sie ihn wieder aufgebaut, und beide Male waren harmonischer, ruhiger, fast schon zärtlich gewesen. Sie hatte ihm dabei in die Augen geschaut.

Ihr Bein zuckte, sie stöhnte leise, wachte aber nicht auf.

Odins Atemrhythmus änderte sich, und Andreas meinte zu spüren, wie er den Kopf hob und lauschte. Plötzlich stand der Hund auf und schlich aus dem Schlafzimmer.

Andreas fühlte sich wohl und wünschte sich, ewig so liegen bleiben zu können. Außerhalb des Bettes türmten sich die Probleme, und keines davon würde von allein verschwinden. Es waren Probleme, die sein Leben veränderten, er hatte nicht darum gebeten, wusste aber, dass er sie selbst heraufbeschworen hatte.

Dass er mit Greta geschlafen hatte, würde die Probleme nicht kleiner machen, ganz im Gegenteil. Sex zog immer Probleme nach sich, weil die meisten Frauen Sex mit Liebe verwechselten. Oder weil Sex für sie Liebe war.

Andreas konnte Liebe vortäuschen, aber nur für den Moment. Auf Dauer war das viel zu anstrengend. Es war, als würde man sein Innerstes Tag für Tag verleugnen, nur um ein Leben zu führen, für das man nicht geschaffen war. Zweisamkeit, Nähe, Geborgenheit – all das brauchte er nicht, es engte ihn ein, nahm ihm seine Kreativität. Schon immer hatte er am besten schreiben können, wenn er nicht nur allein gewesen war, sondern sich wirklich einsam gefühlt und geglaubt hatte, die ganze Welt gegen sich zu haben. Dann war das Schreiben seine Waffe geworden, sein Schwert, mit dem er in den Kampf zog, um die Dämonen der Vergangenheit und Gegenwart in ihre Höhlen zurückzuwerfen. Letztendlich hatte das Schreiben ihn gerettet, und weil er das nur allzu genau wusste, war er nie das Risiko einer dauerhaften Beziehung eingegangen.

Odin jaulte im Wohnzimmer.

Andreas hatte keine Lust, schon wieder dessen Hinterlassenschaften wegzuwischen. Vorsichtig befreite er sich von Greta. Sie zuckte, grunzte einmal, drehte sich dann um und schlief weiter. Er zog die Decke über ihren Oberkörper, nahm seine Hose und stand auf.

Odin wartete vor der Terrassentür und starrte in die Dunkelheit. Seine Rute war zwischen den Hinterbeinen eingeklemmt, sein Nackenhaar gesträubt.

»Was hast du?«

Andreas zog die Hose an, schnappte sich die Taschenlampe und öffnete die Tür.

Odin rannte los.

Andreas lauschte einen Moment, doch der Hund blieb still.

Also folgte er ihm.

E in lauter, dumpfer Schlag riss Greta aus dem Schlaf. Sie schreckte hoch, blickte verwirrt und orientierungslos in den dunklen Raum und spürte ihr Herz rasen. Von der Tür her fiel kaltes, blaues Licht herein. Stille umgab sie. Greta hatte Angst, ohne zu wissen, wovor. Es dauerte einen Moment, bis sie in die Realität zurückfand.

»Andreas?«, fragte sie leise und tastete neben sich.

Die Bettseite war leer, das Laken kalt. Die Angst verstärkte sich und schnürte ihr die Kehle zu. Plötzlich wusste sie, dass etwas passiert war. Sie hatte sich das Geräusch nicht eingebildet. Obwohl sie die Decke lieber über den Kopf gezogen und sich darunter verborgen hätte, schlug sie sie zurück und stand auf. Kühle Luft legte sich auf ihre nackte Haut. Im blauen Licht suchte sie ihre Kleidung, fand Unterhose und BH, zog beides an und schlich dann zur Tür. Sie wollte nach Andreas rufen, traute sich aber nicht. Was, wenn jemand anderes im Haus war und sie sich dadurch verriet?

Wo war Odin? Warum hörte sie ihn nicht?

Sollte sie die Tür zuziehen und abschließen?

Sie hatte den Gedanken noch nicht zu Ende gedacht, da sprang jemand aus dem Wohnzimmer auf sie zu und riss sie zu Boden. Greta schrie auf, und im nächsten Moment legte sich einen große Hand fest auf ihren Mund.

»Ich bin's«, hörte sie Andreas flüstern. »Sei leise.«

Er war ganz dicht bei ihr und hielt sie umklammert.

»Er ist da draußen.«

»Wer?«

»Nummer 25. Ich habe mit ihm gechattet, als plötzlich jemand etwas von außen gegen das Fenster geworfen hat.«

»Was ... was machen wir jetzt?«

»Ich hab Odin rausgelassen.«

»Nein! Wenn er eine Waffe hat, hat Odin keine Chance.«

Andreas nickte. »Okay, ich habe eine Waffe, ich sehe nach. Zieh dich an, aber mach kein Licht, sonst kann er dich von draußen sehen.«

Andreas huschte geduckt in Richtung der Vorratskammer. Im Dunkeln suchte Greta ihre Kleider zusammen und zog sich vollständig an. Ihr Herz schlug wie verrückt. Als sie ins Wohnzimmer kroch, stand Andreas mit einer Waffe in der Hand neben der Terrassentür.

»Ich gehe jetzt da raus«, sagte Andreas.

»Und wenn er genau das will?«

»Dann bekommt er, was er will.«

»Sei bitte vorsichtig.«

Andreas öffnete die Tür und trat auf die Terrasse. Kühle Luft schlug Greta entgegen.

»Odin«, rief sie leise. »Komm her.«

Doch der Hund kam nicht. Er bellte auch nicht.

»Schließ die Tür ab«, befahl Andreas und verschwand mit vorgehaltener Waffe in der Dunkelheit.

Plötzlich war es unglaublich still im Haus. Eben noch hatte sie geschlafen, erschöpft vom besten Sex seit langem, jetzt fürchtete sie sich zu Tode und begann zu zittern. Was, wenn Nummer 25 Andreas überlistete und danach ins Haus kam? Wie sollte sie sich verteidigen? So eine verdammte Scheiße! Sie hätte sich niemals auf diese Sache einlassen dürfen.

Greta schlich gebückt in die Küche hinüber und nahm ein Küchenmesser von der Magnetleiste. Sie umklammerte es mit beiden Händen, stellte sich seitlich neben das Fenster und spähte hinaus. Es war zu dunkel, sie konnte nichts erkennen. Minutenlang stand sie dort, atmete flach und hörte nichts anderes als ihren eigenen Herzschlag. Dann ging sie ins Wohnzimmer hinüber. Der Computermonitor warf fahlblaues Licht in den Raum. Fledermäuse flatterten über den Bildschirm.

Hatte Andreas nicht gesagt, er habe mit Nummer 25 gechattet?

Greta ging vor dem Schreibtisch in die Knie, so dass nur noch ihr Kopf über die Kante schaute, damit sie durch das Fenster nicht gesehen werden konnte. Sie betätigte die Maus, die Fledermäuse verschwanden, und der Chatverlauf auf Facebook wurde sichtbar.

Ich warte noch immer auf Ihre Entscheidung. Melden Sie sich nicht, treffe ich sie morgen allein.

Anhand der Zeitangaben konnte Greta erkennen, dass Nummer 25 diesen Satz am Nachmittag per Messenger, also wahrscheinlich vom Handy aus, geschrieben hatte. Andreas hatte vor einer Viertelstunde geantwortet.

Ich bin da.

Nummer 25 hatte fünf Minuten später reagiert.

So spät noch wach? Lässt Sie etwas nicht schlafen.

Ich arbeite gern nachts.

So ein Glück für unsere gemeinsame Freundin.

Ich hoffe für dich, dass du ihr nichts angetan hast.

Das klingt fast wie eine Drohung. Fühlen Sie sich in der Position, mir zu drohen?

Was meinst du, wie lange du dein Spiel noch spielen kannst?

Solange ich will, und Sie können rein gar nichts dagegen tun. Aber ich will auch Spaß daran haben, deswegen benötige ich eine Entscheidung von Ihnen.

Ich bin nicht zur Polizei gegangen, wenn es das ist, was du meinst.

Das ist das eine. Fehlt noch das andere.

Vergiss es!

Ah, die Entscheidung. Vielen Dank dafür. Somit ist mir eine unterhaltsame Nacht gesichert.

Lass deine Finger von dem Mädchen!!!

Wissen Sie, Ihre Bücher sind wirklich große Scheiße, es mangelt an sprachlicher Vielfalt und außergewöhnlichen Plots. Nur die Szenen, in denen Sie Morde schildern, gefallen mir. Darin beweisen Sie lebhafte Phantasie und erstaunliche Detailverliebtheit. Ich bin Ihnen für diese Vorlagen durchaus dankbar, wissen Sie. Mir fehlt dafür die notwendige Kreativität, ich bin also auf Ihre Hilfe angewiesen. Bei aller Phantasie wissen Sie aber sicher nicht, wie es riecht, wenn ein Mensch verbrennt, nicht wahr! Diesen Mangel auszugleichen, dabei könnte ich Ihnen helfen. Wie wäre das? Eine Hand wäscht die andere.

Hier hatte Andreas eine Minute gezögert.

Wenn ich es mache, lässt du das Mädchen dann gehen?

Wenn Sie was machen?

Das weißt du.

Ich will es aber lesen. Hier und jetzt.

Wenn ich in einem Interview gestehe, gelogen zu haben.

Wenn Sie das tun, lasse ich das Mädchen gehen.

Und wie kann ich sicher sein?

Gar nicht. Aber Sie können sicher sein, dass ich weitermache, wenn Sie es nicht tun.

Warum das a

Hier brach der Chatverlauf ab. Das musste der Moment gewesen sein, als etwas von außen gegen das Fenster gekracht war. Es juckte Greta in den Fingern, eine Nachricht an Nummer 25 zu schreiben, ihm zu sagen, was für ein kranker und perverser Spinner er war, doch sie tat es nicht. Es brachte nichts, ihn zu reizen, vor allem nicht jetzt, da er ums Haus schlich und Andreas und Odin ebenfalls da draußen waren.

Der Mann meinte es ernst. Er würde Cindy Jagusch verbrennen, wenn Andreas nicht tat, was er wollte. Greta würde das nicht zulassen, sie musste Andreas zu diesem Interview überreden. Ganz egal, was Nummer 25 von ihm verlangte, er musste es tun.

Greta hörte ein Geräusch.

Sie nahm das Messer und robbte zur Terrassentür hinüber.

Odin stand davor und kratzte am Glas.

Voller Freude wollte Greta die Tür sofort öffnen, zögerte aber.

Warum war Odin allein zurückgekommen? Und wo war Andreas?

Wieder kratzte der Hund an der Tür und sah sie durchs Glas hindurch beinahe schon flehentlich an. Diesen Blick konnte Greta nicht ertragen, sie öffnete die Tür. Sofort drängte Odin ins Wohnzimmer, winselte und schnupperte an ihr herum. Greta lauschte in die Nacht hinaus.

Sie hatte mit Kampfgeräuschen gerechnet, doch es war nichts zu hören.

»Wo ist Andreas?«, flüsterte sie Odin zu und nahm ihn in den Arm. Der Hund leckte ihr übers Gesicht. Seine Zunge war kalt und feucht. In seinem Blick und seinem Verhalten lag etwas Drängendes.

Greta traf eine Entscheidung.

»Also gut, suchen wir ihn.«

Sie hielt das Messer wie eine Fackel und ging auf die Terrasse hinaus. Odin folgte ihr. Erst als sie auf die kalten Holzdielen trat, bemerkte Greta, dass sie barfuß war. Sie trat an die Balustrade und lauschte. Irgendwo rief ein Käuzchen, und der Wald war wie eine Höhle, in der der Ruf widerhallte.

Das Gras war feucht und kühl, doch Greta spürte es kaum. Sie war bis in die letzte Muskelfaser angespannt. Wenn alles in Ordnung wäre, hätte Andreas sich längst bemerkbar gemacht, das wusste sie. Ihr Mut schrumpfte mit jedem Schritt zusammen, und wenn Odin nicht bei ihr gewesen wäre, wäre sie auf der Stelle zurück ins Haus geflüchtet.

Vielleicht sollte sie das trotzdem tun und die Polizei rufen?

An der Hausecke blieb Greta stehen. Weiter hinten auf dem Grundstück brannte ein schwaches Licht. Stand dort nicht das Backhaus, in dem Andreas sein Brennholz aufbewahrte?

Greta löste sich von der Hauswand und hielt auf das Licht zu. Odin folgte ihr bei Fuß. Die Umrisse des Backhauses schälten sich nach und nach aus der Dunkelheit, und als sie nahe genug herangekommen war, erkannte Greta, dass aus einem kleinen Fenster mit Rundbogen schwaches Licht auf den Rasen fiel.

Sie erreichte die Ecke des kleinen Fachwerkhauses, presste sich gegen die Wand und schob sich daran entlang auf das Fenster zu.

Sie war noch keinen Meter weit gekommen, das hörte sie ein metallisches Klicken, und etwas Hartes wurde ihr gegen den Hinterkopf gedrückt.

Also lebt Cindy Jagusch noch?«

Greta hatte sich von dem Schock halbwegs erholt. Es war Andreas gewesen, der ihr beim Backhaus die Waffe an den Kopf gehalten hatte. Angeblich hatte er sie in der Dunkelheit für Nummer 25 gehalten. Ansonsten hatte er draußen niemanden gefunden, aber unter dem Fenster, vor dem Andreas gesessen hatte, als er mit Nummer 25 gechattet hatte, lag ein Holzscheit aus dem Backhaus. Andreas war sich sicher, dass es vorher noch nicht dort gelegen hatte.

Dieser Irre war also tatsächlich ums Haus geschlichen, während er mit Andreas gechattet hatte. Der Typ hatte Nerven, das musste man ihm lassen. So beunruhigend das alles auch war, Greta kam trotzdem sofort auf den Chatverlauf zu sprechen, als sie zurück im Wohnzimmer waren.

»Ich denke, ja«, sagte Andreas.

»Und was meint er damit, dass du gelogen hast?«

Andreas sah sie an. Er hatte kein Wort darüber verloren, dass sie ohne seine Erlaubnis an seinem PC gewesen war und den Chat gelesen hatte. Im Moment beschäftigten ihn ganz andere Dinge. Und er hatte Angst, das konnte Greta ihm ansehen.

»Ich soll zugeben, dass ich kein Psychopath bin. Dass ich das erfunden habe, um die Verkaufszahlen zu erhöhen.«

»Mehr nicht? Dann machen wir jetzt sofort das Interview. Ich gehe damit gleich morgen zu Semrau, er druckt es, Nummer 25 ist zufrieden, und das Mädchen kommt frei.«

Greta trat zu ihm und legte ihre Hände an sein Gesicht.

»Du kannst diese Behauptung ohnehin nicht länger aufrechterhalten. Nicht nach dieser Nacht.«

Andreas schüttelte den Kopf und entzog sich ihr.

»Das war nur Sex.«

Greta ließ ihn nicht entkommen. Sie hielt in fest.

»Sieh mich an«, sagte sie. »Klar war es Sex. Aber ich hab dabei in deine Augen geschaut, und ich sage dir, du bist kein Psychopath.«

»Du kennst mich nicht.«

»Dann lass mich dich kennenlernen. Erzähl mir, warum du glaubst, du hättest kein Gewissen. Erzähl mir, was mit dir passiert ist, als du dich an der Scherbe geschnitten hast.«

»Darüber spreche ich nicht. Wir können dieses Interview machen, aber über diese Sache spreche ich nicht.«

Einen Moment hielt sie ihn noch fest, erkannte dann aber, dass er es ernst meinte, und ließ ihn los.

»Okay. Dann also nur das Interview.«

Ein wenig enttäuscht suchte Greta ihre Handtasche, fand sie im Flur, kam mit Notizblock und Stift wieder zurück und setzte sich auf die Couch. Andreas stand mit gesenktem Kopf da und bewegte sich nicht. Seine Arme hingen schlaff herunter.

»Wir müssen das tun«, sagte Greta. »Denk an das Mädchen.«

»Ja, ich weiß ... trotzdem ... ich lasse mich nicht gern erpressen.«

»Bitte«, flehte Greta.

»Okay, aber ich brauche etwas zu trinken. Rotwein. Du auch?«

»Gern.«

Andreas ging in die Küche und kehrte mit zwei Gläsern und einer Flasche Rotwein zurück. Er füllte die Gläser, nahm seines und trank einen kräftigen Schluck, ohne mit ihr anzustoßen. Das Glas in der Hand, lief er auf und ab.

»Erzählst du mir etwas über dein nächstes Buch?«, fragte Greta.

»Nein.«

»Wird es thematisch wieder ein Thriller sein?«

»Mal sehen.«

Greta seufzte und verdrehte die Augen.

»Du musst schon mitspielen, sonst wird das nichts. Ich kann Semrau kein Interview verkaufen, in dem du nur zugibst, kein Psychopath zu sein. Also, das neue Buch.«

»Ja, ein Thriller. Er handelt von einer Frau, die sich ihre männlichen Opfer auf Dating-Seiten im Internet sucht.«

»Ein moderner, aktueller Bezug also?«

»Ja.«

»Wann wird das Buch voraussichtlich erscheinen?«

»Das Datum steht noch nicht fest.«

»Gut, anderes Thema. Die Vorbereitungen für die Verfilmung von *25 mögliche Mörder* laufen, nächste Woche sollen die Dreharbeiten beginnen. Bist du stolz, dass es dein Buch ins Kino schafft?«

»Stolz? Eher argwöhnisch. Film ist eine andere Welt, in der andere Gesetze gelten. Ich habe einige Monate mit einem Drehbuchautor an dem Script gearbeitet, ich kann also nicht mal mehr behaupten, es sei mein Buch, was da verfilmt wird.«

»Sind die Abweichungen so stark?«

»Für die filmische Umsetzung der Geschichte mussten viele Szenen entweder ganz gestrichen oder umgeschrieben werden. Vieles, was ich aus der Innensicht des Psychopathen erzählt habe – und das ist der wesentliche Teil der Geschichte –, wurde gestrichen. In einem Neunzig-Minuten-Film gibt es nicht genug Platz, um alles visuell umzusetzen. Das ist natürlich sehr schade.«

»Du giltst als introvertiert, arbeitest und lebst sehr zurückgezogen. Wie schwierig war die Zusammenarbeit mit einem Drehbuchautor?«

»Zwei habe ich rausgeworfen, der dritte war dann so eingeschüchtert, dass er sich nicht getraut hat, mehr zu verlangen, als ich zu geben bereit war.«

»Wenn ich das schreibe, wirkst du unsympathisch.«

»Ist mir egal. Wie schon gesagt, ich mache mir keine Gedanken darüber, was andere von mir halten.«

Greta ließ den Stift sinken und sah Andreas an.

»Ist es dir auch egal, was ich über dich denke? Nach dieser Nacht?«

Andreas unterbrach seine Wanderung und erwiderte müde ihren Blick. Seine Augen waren gerötet. Er suchte nach Worten, trank sein Glas in einem Zug leer und füllte es nach.

»Lass uns mit dem Interview fortfahren«, sagte er.

Greta sammelte sich und stellte die nächste Frage. Sie hatte an ihrem Rotwein bisher nur genippt.

»Wie bist du aufgewachsen?«

»Was hat das mit dem Film zu tun?«

»Nichts, aber es hat mit dir zu tun. Die Leser wollen mehr über dich erfahren, über deinen Background, das ist interessant.«

»Die Geschichte zählt, nicht der Erzähler.«

»Das ist vorbei. Wir leben im Zeitalter der Personalisierung. Das kannst du dir bei den Politikern abschauen, die beherrschen das in Perfektion. Jedermann kennt das Bild, das Gerhard Schröder von sich präsentiert hat. Ein junger Mann, der am Zaun des Kanzleramts rüttelt und ruft: Ich will da rein. So etwas lieben die Menschen. Also: deine Kindheit und Jugend, in prägnanten Sätzen bitte.«

»Landleben. Kurzweilig, voller Abenteuer, strenge Eltern, für die Disziplin und Arbeit Grundwerte waren. Meine Eltern zwangen mich in eine Ausbildung zum Maurer, die ich abbrach. Vier Jahre Bundeswehr, dann einige Jobs, um mich über Wasser zu halten. Taxifahrer, Versicherungsvertreter, so ein Zeug. Bis zum Durchbruch.«

»Ich sagte prägnant, nicht kurz. Male ein Bild, das im Gedächtnis bleibt.«

Andreas setzte sich Greta gegenüber auf die Couch. Er ließ den Kopf hängen, blickte zu Boden und atmete leise. Seine Finger zuckten nervös. Greta beobachtete ihn, ließ ihm Zeit. Fragen wie diese hatte er vielleicht noch nie beantwortet.

Er griff zur Flasche und schenkte sich den restlichen Wein ein, trank ihn aber nicht.

»Ich wuchs in einer Gegend auf, in der die Phantasie das Wichtigste war, was wir Kinder hatten«, begann er schließlich. Seine Stimme klang verändert, nicht mehr so hart und bestimmt.

»Wir lebten am Waldrand so wie hier, und der Wald ... er war voller Monster oder Indianer, wahlweise, wie wir es brauchten. Meine

Eltern waren berufstätig, ich war also oft allein. Alleinsein hat mir aber nie etwas ausgemacht, ganz im Gegenteil. Schon als kleiner Junge war es mir mehr wert als die Gemeinschaft eines Fußballvereins. Wahre Kreativität findest du nur in der Einsamkeit. Dort draußen, wo es nichts gab als die Natur, wurde der Grundstein gelegt für das, was ich jetzt tue. Ich habe alle die Helden, Geister und Dämonen meiner Kindheit ins Erwachsenenalter mitgenommen.«

»Was sind das für Dämonen«, fragte Greta vorsichtig, ahnte aber, dass sie keine Antwort bekommen würde.

Doch Andreas überraschte sie.

»Als mein Großvater starb, stand sein Sarg vier Tage bei uns im Wohnzimmer. Keine Ahnung, warum. Am vierten Tag hörte ich nachts ein lautes Geräusch, ein Klirren, als ob Glas zerbrach. Meine Eltern hörten es nicht, sie schliefen tief und fest. Kaum war ich wach, drückte mich meine Blase wie verrückt. Wäre ich liegen geblieben, hätte ich ins Bett gemacht und Schläge von meinem Vater riskiert. Also stand ich auf und ging ins Bad. Aber nicht sofort wieder zurück ins Bett, sondern in Richtung Wohnzimmer, wo Opa in seinem Sarg lag. Von dort, da war ich mir sicher, war das Klirren gekommen. Es gab keine richtige Tür, sondern so eine Falttür aus Kunststoff. Die stand einen Spaltbreit offen. Vom Flur her fiel genug Licht in das Zimmer, um etwas erkennen zu können. Ich kann es noch vor mir sehen. Der Deckel des Sarges ... er war verschoben ... durch den Spalt konnte ich den weißen Stoff erkennen, mit dem der Sarg ausgeschlagen war. Den Stoff und ... und eine Hand, die Hand meines Großvaters. Sie sah aus, als würde sie nach etwas greifen. Neben dem Sarg lag eine zerbrochene Flasche auf dem Boden, Rum sickerte ins Parkett. Das war es, was ich gehört hatte. Am nächsten Morgen bekam ich Schläge von meinem Vater. Ich konnte sagen, was ich wollte, er glaubte mir nicht, dass ich es nicht gewesen war. Meine Eltern wollten es nicht glauben, denn das hätte einen anderen Gedanken zugelassen. Einen, der kaum zu ertragen war. Mein Opa war ein Säufer gewesen, sein Leben lang, und ich habe oft gehört, wie er im Scherz gesagt hat, man möge ihm eine Flasche Rum mit in den Sarg legen. Das hat natürlich niemand getan. Also musste er sie sich selbst holen … und in dieser Nacht hat er es versucht.«

Nachdem Andreas geendet hatte, setzte er sein Glas an und kippte den Rotwein hinunter, als wäre es Wasser. Greta und er schwiegen, die Stille in der Hütte war durchdringend.

Schließlich räusperte Greta sich und sagte leise: »Verarschst du mich auch nicht?«

»Ich habe mir lange Zeit Vorwürfe gemacht, weil ich zurück ins Bett gerannt bin und mir die Decke über den Kopf gezogen habe. Ich hätte ihm eine andere Flasche in den Sarg legen sollen, es war immerhin so etwas wie sein letzter Wunsch. Aber ich war zu feige.«

Greta hatte nicht ein Wort geschrieben, während Andreas erzählte. Sie wusste, diese Geschichte würde in keinem Interview auftauchen. Nicht wenn sie es verhindern konnte.

»Was ist mit deinen Eltern? Leben sie noch?«

»Mein Vater wurde von einer acht Tonnen schweren Stahlplatte zerdrückt, als die von seinem Lkw abgeladen wurde. Da war ich zehn. Ich habe ihn nicht einen einzigen Tag vermisst. Meine Mutter starb vor fünf Jahren.«

»Das tut mir leid. Wie war euer Verhältnis?«

»Nächste Frage.«

Greta dachte einen Moment nach.

»Ab wann war klar, dass du ein Soziopath bist?«

»Bin ich nicht«, sagte Andreas wie aus der Pistole geschossen. »Das habe ich nur erfunden, um die Verkaufszahlen meiner Bücher zu erhöhen. Die ständigen Fragen der Leser und Leserinnen, ob ein Mensch, der solche Geschichten schreibt, im Grunde böse sein müsse, hat mich darauf gebracht.«

Greta lächelte verschmitzt.

»Dann sind also die Leser und Leserinnen schuld an dieser Lüge? Sie haben sie geradezu eingefordert.«

»Ganz genau. Ich bediene ein Klischee. Die Menschen meinen, Klischees seien überflüssig und verachtenswert, dabei leben sie selbst in einem ... oder mehreren. Sie können es nur nicht erkennen. Dieses Klischee haben sie auch nicht erkannt.«

»Warum jetzt die Offenbarung?«

»Ganz einfach: Um diesen Menschen zu zeigen, wie manipulierbar sie sind.«

»Das kann ich nicht schreiben«, sagte Greta. »Niemand möchte manipulierbar sein.«

»Ich manipuliere die Menschen mit jedem meiner Bücher. Ich schreibe über Ängste. ›Keine Emotion beraubt den Geist so vollständig seiner Möglichkeiten, zu handeln und zu denken, wie die Angst.‹ Das ist ein sinngemäßes Zitat von Edmund Burke.«

Greta legte den Kopf schief und sah ihn nachdenklich an.

»Du bist zynisch.«

»Mit Leib und Seele.«

»Soll ich das wirklich schreiben?«

»Das fragt eine junge, aufstrebende Journalistin, die die Welt verändern will?«

»Okay, dann schreibe ich es. Aber beschwer dich später nicht, wenn niemand mehr deine Bücher kauft.«

»Das wird nicht passieren, denn mit diesem Interview tun wir nichts anderes, als die Menschen abermals zu manipulieren.«

Greta legte Stift und Blatt beiseite, stand auf, ging zu Andreas hinüber, setzte sich ganz dicht neben ihn und nahm seine Hand.

»Und jetzt möchte ich wissen, woher deine vollkommen falsche Selbsteinschätzung kommt.«

Andreas schüttelte den Kopf.

»Glaub mir, sie ist nicht falsch. Und du möchtest das auch nicht wissen.«

Der Ort, den er »Nebelhöhle« nannte, lag heute in strahlendem Sonnenschein. Das weitläufige Gebäude bestand nur aus dem Erdgeschoss, der Hauptzugang lag zwischen zwei bepflanzten Erdwällen. Diese Erdwälle sollten den Eingang vor Hochwasser schützen, denn das Gebäude befand sich unweit eines kleinen Flusses, der im Frühjahr gern mal über die Ufer trat. In der Flussniederung bildete sich häufig Nebel, der sich auch über das Gebäude legte und es verschwinden ließ. Zum ersten Mal war er als Zehnjähriger an einem nebligen, kalten Tag hier gewesen, an der Hand seiner Mutter. Und damals hatte sich der Begriff Nebelhöhle tief in seinen Kopf eingegraben. Nach diesem Tag hatte er oft Alpträume gehabt. Die halbrunde Eingangstür hatte sich in eine Fratze verwandelt, die ihn zu verschlingen drohte, und aus dem Inneren der Höhle waren die grausamsten und gruseligsten Schreie gedrungen, die man sich überhaupt vorstellen konnte – und auch solche, die sich niemand vorstellen konnte. Die Tür hatte sich zwar schon lange nicht mehr in eine Fratze verwandelt, aber die Schreie waren geblieben.

Nummer 25 blieb noch einen Moment in seinem Wagen sitzen.

Besuche in der Nebenhöhle ertrug er nicht allzu oft. Einmal im Monat kam er hierher, meistens gegen Ende des Monats, weil er es so lange wie möglich hinausschob. Niemand kam gern hierher. Auch wenn jeder Besucher sich bemühte, ein freundliches Gesicht zu machen, Spaß zu haben und Normalität vorzutäuschen, sah er ihnen doch an, wie angespannt sie waren. Dann saßen die Eltern in den Spielzimmern, die Fußspitzen Richtung Tür gewandt, und blickten immer wieder auf die Uhr. Konnten es gar nicht abwarten, den einen entscheidenden Satz zu sprechen.

Wir müssen dann los.

Dennoch brauchte er die Besuche. Er verglich sie gern mit einem Elektroauto, das regelmäßig an die Steckdose angeschlossen werden musste. Sobald er spürte, dass seine Wut und die daraus gespeiste Kraft nachließen, war es wieder Zeit für einen Besuch in der Nebelhöhle. *Niemand konnte über Jahre hinweg so wütend sein, denn Wut verrauchte. Man musste die Glut immer wieder neu entfachen.*

Gerade jetzt war das nötig, denn was ihm bevorstand, was er tun musste, würde ihm nicht leichtfallen. Aber es gehörte zu seinem Plan, und auch wenn sein Plan in Teilen flexibel war, so mussten bestimmte Dinge einfach eingehalten werden, um die Reaktion hervorzurufen, die er benötigte.

Newtons drittes Gesetz der Bewegung: Übt ein Körper A auf einen anderen Körper B eine Kraft aus, so wirkt eine gleich große, aber entgegengerichtete Kraft von Körper B auf A.

Alles stand miteinander in Verbindung, das galt beim Schreiben komplexer Texte ebenso wie beim menschlichen Miteinander. Die entgegengerichtete Kraft von B auf A war es, die er erzeugen wollte, denn er wusste genau, wie diese Kraft aussehen würde. Sie war Bestandteil seines Plans.

Er zog den Schlüssel ab und stieg aus dem Wagen.

Auf den Erdwällen am Eingang der Nebelhöhle blühten Herbstblumen in dezenten Farben. Er sah Dutzende von Stengeln, denen die Blüten abgerissen worden waren, dazwischen leere Stellen, wo einst Blumen gewurzelt hatten. Die Geister der Nebelhöhle pflückten gern Blumen, um sie an die Mitarbeiterinnen zu verschenken, aber sie taten es nur selten mit der gebotenen Sorgfalt.

Kaum hatte er die Tür geöffnet, war der Lärm zu hören. Laute Stimmen, Schreie, Lachen, Heulen, alles durcheinander. Dazwischen die Rufe der Angestellten, die versuchten, sich Gehör zu verschaffen. Nummer 25 wusste, er würde hier nicht einen Tag überleben, und er hatte großen Respekt vor den Menschen, die jeden Morgen aufstanden, hierherkamen und dabei auch noch lächelten.

Es gab keine Schleuse, keinen Sicherheitsbereich, die Patienten und deren Besucher sollten sich nicht wie in einem Gefängnis fühlen. Eine Aufsicht hinter einem kleinen Tresen gab es aber schon. Wie meistens saß Tamme dort. Tamme war groß, kräftig, hatte ein freundliches rotes Bauerngesicht und war durch nichts aus der Ruhe zu bringen.

Tamme begrüßte ihn, sagte, wie sehr es ihn freue, dass er mal wieder hier sei, und dass er den Weg ja kenne. Tamme war kein Mann vieler Worte. Vielleicht hatte er sich das Reden hier abgewöhnt, weil er gegen den Lärmpegel ohnehin nicht ankam.

Auf den Gängen hielten sich die üblichen Gestalten auf. Von einigen kannte er die Namen, und wenn einmal ein neues Gesicht dabei war, entdeckte er es sofort. Er wurde begrüßt, umarmt, Paul gab ihm wie jedes Mal einen High Five. Es war ein Spießrutenlauf, den er mit der notwendigen Contenance hinter sich brachte.

Die Tür zu Stans Zimmer war geschlossen.

Das kam nicht häufig vor, aber es kam vor, denn Stan hatte Stimmungsschwankungen, und wenn er schlecht drauf war, wollte er lieber allein sein.

Bevor er die Tür öffnen konnte, kam ihm Frau Witte entgegen.

Er mochte die Witte nicht. Sie befahl gern, und er hasste es, Befehle entgegennehmen zu müssen. Sie weigerte sich auch, den Kosenamen Stan zu verwenden, weil sie meinte, es würde ihn herabsetzen.

»Ach je!«, sagte die Witte. »Gerade heute hat er seinen schlechten Tag. Das passt gar nicht mit dem Besuch.«

»Das stört mich nicht. Vielleicht kann ich Stan ja aufmuntern.«

»Wir sind froh, dass er jetzt ruhig ist. Er brauchte heute leider ein leichtes Medikament. Vielleicht schläft er.«

»Dann werde ich Stan wecken. Denn wenn er erfährt, dass ich hier war, ihn aber nicht sehen durfte, wird er richtig schlechte Laune bekommen. Das wollen Sie doch nicht riskieren, oder!«

Die Witte verzog ihren Mund zu einer Schnute, und er musste sich zusammenreißen, um nicht hineinzuschlagen.

»Wie Sie meinen.«

Er wandte sich ab, betrat den Raum und schloss die Tür hinter sich. Es waren dicke Türen, sie hielten die meisten Geräusche draußen.

Der eigentlich dunkle Fußboden war weiß. Überall lagen aus einem Malblock herausgerissene Blätter, die meisten waren bekritzelt. Stan saß mittendrin und malte mit sturer Entschlossenheit.

Wie immer malte er das Haus, den Baum, den Brunnen, die Hühner, die beiden Strichmännchen.

Er malte, was er gesehen hatte, bevor er ein anderer Mensch wurde.

Er malte nie, was ihm passiert war. Vielleicht wusste er es einfach nicht mehr. Aber Stan war der Beweis dafür, dass sich das menschliche Gehirn einprägte, was es zum Zeitpunkt des Todes sah.

»Hi, Stan, wie geht's?«

Stan sah nicht auf. An seinen guten Tagen fiel die Begrüßung stürmisch aus, dann sprang er ihn an und zeigte mit vollem Körpereinsatz, wie sehr er sich freute, ihn zu sehen. An schlechten Tagen, wenn er ganz in sich versunken war, nahm er mitunter erst nach einer Viertelstunde Notiz von ihm – und dann auch nur sehr verhalten.

»Malst du was Schönes?«

Seine Akkus luden sich auf, er spürte es. Diesen kleinen Jungen im Körper eines Mannes dort auf dem Boden sitzen und ihn immer wieder dieses eine Bild malen zu sehen hatte die erhoffte Wirkung auf ihn. Schon nach wenigen Minuten regte sich die alte Wut.

Nummer 25 ließ sich auf den Boden nieder. Stan hatte sich gegenüber anderen Bewohnern – und hin und wieder auch dem Personal gegenüber – aggressiv verhalten, doch Nummer 25 wusste, ihm würde er nichts tun.

Er hatte schon oft in diesem Zimmer gesessen und zusammen mit Stan gezeichnet. Wenn Stan nicht sprechen wollte, war es das Einzige, was er tun konnte. Hier sitzen, zeichnen und Stan berichten, wie er vorankam. Nummer 25 war nicht geschickt mit dem Stift, aber eine Skizze des Hauses am Waldrand bekam er mittlerweile ganz gut hin.

»Es steht ein Haus im Waaalde, ganz alt und krumm. Drin wohnt ein böser Maaann, den bring ich um.«

Der Vers war kindisch und hakte ganz gewaltig, außerdem war er abgeguckt, aber für Stans Verstand war er genau richtig. Während er das alte Haus skizzierte, sang er den Text immer wieder leise vor sich hin. Es dauerte fünf Minuten und brauchte vier Skizzen, dann hatte er Stans Aufmerksamkeit gewonnen.

Stan zog eine der Skizzen des Hauses zu sich, betrachtete sie einen Moment, legte den Kopf schief, leckte sich über die Lippen und legte seinen Stift an. Er zog die Linien nach, fügte hier und da etwas an, zum Beispiel einen rauchenden Schornstein und die obligatorischen Strichmännchen, und begann schon bald, den Vers nachzusprechen.

»Es steht ein Haus im Waaalde, ganz alt und krumm. Drin wohnt ein böser Maaann, den bring ich um.«

Schließlich sangen sie zusammen, wie sie es schon so oft getan hatten. Ihrer beider Stimmen wurde zu einer einzigen, die Worte verschmolzen miteinander, bildeten eine Einheit, so, wie sie auch im Geiste eine Einheit waren. Immer schon.

»Es steht ein Haus im Waaalde, ganz alt und krumm. Drin wohnt ein böser Maaann, den bring ich um.«

Der Kugelschreiber flog übers Papier. Wort reihte sich an Wort, Sätze füllten die Seiten. Greta musste kaum auf ihre Notizen schauen. Alles, was Andreas ihr anvertraut hatte, war in ihrer Erinnerung sehr präsent. Sie hatte die ungewöhnlichste Nacht ihres Lebens hinter sich und würde nichts davon vergessen.

Seit einer Stunde befand sie sich in ihrer Wohnung in der Stadt. Früh um sieben Uhr hatte sie sich von Andreas verabschiedet, war zwei Stunden gefahren und hatte sich dabei in Gedanken den Ablauf des Interviews zurechtgelegt. Obwohl sie sich nach einer Dusche sehnte, hatte sie sich nur schnell einen Kaffee zubereitet und sofort damit begonnen, alles aufzuschreiben.

Nun schrieb sie die letzten Wörter der überarbeiteten Version, ließ schließlich den Kugelschreiber fallen und lehnte sich zurück. Der Kaffee in dem braunen Becher war kalt geworden, sie hatte vergessen zu trinken. Vor ihr lagen drei beschriebene Seiten. Ein Interview mit Andreas Zordan. Dazu noch ein sehr persönliches. Diese drei Seiten waren ihr Einstieg in eine Festanstellung, ihr Einstieg in die Welt der Profis. Semrau würde begeistert sein, das wusste Greta. Die anderen Kollegen würden ihr respektvoll auf die Schulter klopfen, in Wirklichkeit aber neidisch sein. Sie hatte geschafft, woran in den letzten Jahren viele andere Kollegen gescheitert waren.

Und dennoch ... ein Glücksgefühl wollte sich nicht einstellen.

Zu viel war passiert, zu hoch der Preis für dieses Interview.

Und damit meinte Greta nicht das Mädchen, das sich in der Gewalt von Nummer 25 befand.

Greta hatte sich auf einen Mann eingelassen, den sie nicht durchschaute. Der aggressiv war, vielleicht sogar gewalttätig, der die allgemeingültigen Normen missachtete und ein Leben außerhalb der Gesellschaft führte. Der von sich selbst behauptete, ohne Gefühlsregung töten zu können. Das glaubte sie ihm zwar nicht, aber die Dunkelheit, die ihn umgab, war nicht zu leugnen. Er verbarg ein Geheimnis, das furchtbar genug war, um ihn zu dem Mann zu machen, der er war. In der Öffentlichkeit tat Andreas alles dafür, den Ruf des egozentrischen, unberechenbaren Schriftstellers aufrechtzuerhalten. Den Ruf eines Mannes, der sich selbst über andere Menschen stellte und mit Verachtung auf sie herabblickte. Die letzten Jahre hatten bewiesen, dass diese Strategie funktionierte. Allerdings war auch niemand Andreas so nahe gekommen wie Greta in der letzten Nacht. Sie hatte nicht vorgehabt, mit ihm zu schlafen, auch wenn eine gewisse Anziehungskraft die ganze Zeit vorhanden gewesen war. Rein äußerlich war er ihr Typ, aber das Äußere reichte Greta nicht, um mit einem Mann ins Bett zu gehen. Und sein Inneres war eine Katastrophe.

Nein, sie hatte nicht mit ihm schlafen wollen und hätte es auch nicht getan, wenn nicht dieser eine Moment in der Küche gewesen wäre. In den letzten Tagen hatten sie einige Stunden zusammen verbracht, er hatte sie betäubt, gefesselt, sie bedroht, sie schließlich ins Vertrauen gezogen und ihr geholfen, als sie vollkommen fertig von der nächtlichen Wanderung durch den Wald gewesen war. Nicht ein einziges Mal hatte sie dabei den wahren Andreas Zordan gesehen – aber in der Küche, als sie ihn gefragt hatte, ob ihm das Töten leichtgefallen war, da war sie zu ihm durchgedrungen.

Die Frage war als Scherz gedacht gewesen, hatte aber etwas in ihm ausgelöst. Der Panzer, der ihn umgab, war abgefallen, es war beinahe so gewesen, als stünde plötzlich ein anderer Mann in der Küche. Noch bevor Greta die Veränderung gesehen hatte, hatte sie sie gespürt. Seine selbstgefällige Überheblichkeit war verschwunden, und aus dem Mann war ein verletzlicher Junge geworden. Während sie seine Wunde in der Handfläche versorgt hatte, war der Andreas Zordan, den sie kannte, abwesend gewesen. Der neue Andreas Zordan hatte gezittert, und das nicht wegen der Verletzung.

Und auch für den Rest der Nacht, als sie sich geliebt hatten, hatte der kleine, verängstigte Junge in Andreas die Oberhand behalten. Greta hatte ihn führen, ihn anleiten müssen.

Und genau deshalb fiel es ihr schwer, sich über das Interview zu freuen. Er hatte es ihr nicht freiwillig gegeben, sondern unter dem Druck der Ereignisse. Ohne diesen Druck wäre es sicher anders ausgefallen. Mit diesem Interview tat Andreas sich keinen Gefallen, und gerade deshalb würde Semrau es lieben. Die Menschen würden es lieben.

Es hing einiges davon ab, dass es gedruckt wurde, und Greta hatte nicht vor, die Veröffentlichung zu verhindern. Aber sie hatte vor, nach dem wahren Andreas Zordan zu suchen, nach dem Jungen, den sie in der Küche gesehen und dem sie später im Schlafzimmer in die Augen geschaut hatte. Wahrscheinlich hatte Andreas ihr, ohne es zu wollen, einen Anhaltspunkt geliefert. Er hatte ihr von dem Unfall erzählt, bei dem sein Vater ums Leben gekommen war. Über einen derart spektakulären Unfall musste damals etwas in den Zeitungen gestanden haben. Sobald sie mit Semrau gesprochen hatte, würde Greta in der Redaktion eine Stichwortsuche starten. Mittlerweile waren alle Archive digitalisiert, es sollte also möglich sein, diesen alten Vorfall relativ schnell zu finden.

Denn eines war klar: Solange sie nicht wusste, was Andreas Zordan so unberechenbar gemacht hatte, würde sie sich nicht ganz und gar auf ihn einlassen können.

Aber genau das wollte sie.

P*eople United* erschien wöchentlich, die nächste Ausgabe befand sich kurz vor der Drucklegung, folglich war in der Redaktion die Hölle los. Jeder hatte alle Hände voll zu tun. Greta war noch nicht lange genug dabei, um alle internen Abläufe zu kennen, zudem war sie nur eine Freelancerin, keine richtige Mitarbeiterin. Aber in ihrer Tasche steckten ein paar beschriebene Seiten, die das ändern würden. Es war sehr wichtig, das Interview in die nächste Ausgabe zu bekommen, was so kurz vor dem Druck schwierig war.

Semrau war nicht an seinem Platz, das war er eigentlich nie.

Greta stand auf dem Gang herum, grüßte den einen oder anderen, doch niemand wollte mit ihr sprechen. Alle waren in Eile. Sie kam sich vor wie das fünfte Rad am Wagen. Wie spannend musste es sein, ein Teil dieses Teams zu sein, Informationen gestalten und die Menschen aufklären zu können. Uwe Laubner hatte recht, es war nur ein Boulevardblatt, manche nannten es auch Klatschpresse, aber es war ein Einstieg. Sie musste ja nicht ewig hierbleiben.

Nachdem sie eine halbe Stunde gewartet hatte, kam Semrau um die Ecke. Er wirkte gestresst und hatte Schweißflecken unter den Achseln. Sein Gesicht war gerötet. An seiner Mimik änderte sich nichts, als er Greta erblickte. Sein Pokerface hatte er immer unter Kontrolle.

»Sieh an, Helene Fischer mit Aggressionspotential beehrt uns wieder.«

»Könnten Sie das lassen? Ich habe einen eigenen Namen.«

»Oh, wir sind empfindlich heute. Ich bitte vielmals um Entschuldigung.«

Er betrat sein Büro und ließ die Tür offen, was Greta als Einladung auffasste. Sie folgte ihm. Statt ihr Beachtung zu schenken, beugte Semrau sich über den Schreibtisch, starrte auf den Computerbildschirm, klickte mit der Maus herum und tippte etwas.

»Ist noch Platz in der nächsten Ausgabe?«, fragte sie.

»Klar doch, Schätzchen. Für Sie halten wir den ganzen Betrieb auf und pressen irgendwo noch ein paar Zeilen rein.«

Sein Ton war reiner Spott.

»Also, das Interview mit Zordan müsste schon in die nächste Ausgabe. Ansonsten wäre ich gezwungen, einer der Tageszeitungen ein Angebot zu machen.«

Endlich hatte sie Semraus Aufmerksamkeit. Er sah zu ihr auf.

»Sie haben tatsächlich ein Interview mit dem Kerl?«

»Ja.«

»Und was macht es derart dringend, dass Sie meinen, mir drohen zu müssen?«

»Ich wollte Ihnen nicht drohen, aber es ist wirklich dringend.«

Greta zog die Seiten hervor und legte sie auf Semraus Schreibtisch.

»Glauben Sie mir«, fügte sie hinzu.

Semrau warf ihr einen argwöhnischen Blick zu, dann ließ er sich auf den Drehstuhl fallen und las. Greta trat nervös von einem Bein aufs andere. Sie begann zu schwitzen. Schweißperlen liefen an ihrer Wirbelsäule hinab. Wieso brauchte er so lange, um die paar Seiten zu lesen? Und wieso legte er seine Stirn derart in Falten? Das Interview war ein Knüller, das musste er doch einsehen. Sie hatte es nicht nur geschafft, einen Autor zum Reden zu bringen, der mit der Presse nichts mehr zu tun haben wollte, nein, sie hatte ihm auch noch ganz private Informationen entlockt. Dass das eigentlich nicht ihr Verdienst, sondern der von Nummer 25 war, tat ja nichts zur Sache.

Schließlich legte Semrau die Seiten auf den Tisch, seufzte und sah zu ihr auf.

»Was haben Sie dafür tun müssen? Mit ihm schlafen?«

»Sogar mehrmals«, sagte Greta und spürte, wie ihr die Hitze in den Kopf schoss. »Nein, im Ernst, so unzugänglich ist der Mann gar nicht.«

»Tja, wie auch immer, das Interview ist gut, aber ich sehe die Dringlichkeit nicht. Wir können es genauso gut in der übernächsten Ausgabe bringen. Ist ja nicht so, dass die Leute auf Zordan warten würden.«

Greta räusperte sich.

»Es gibt da schon jemanden, der auf dieses Interview wartet«, sagte sie.

Dann nahm sie ungefragt Platz und berichtete Semrau, was er wissen durfte.

Andreas parkte seinen Wagen vor dem Haus von Markus Börner.

Am frühen Morgen, gleich nachdem Greta aufgebrochen war, hatte Andreas ihn angerufen und gefragt, ob er eine Möglichkeit sähe, doch noch die Rolle in *25 mögliche Mörder* zu übernehmen. Die Idee dazu hatte ihm gestern Nathan Jagusch unbeabsichtigt geliefert. Von allein wäre Andreas nicht darauf gekommen, und er hatte auch nicht vor, Börner die Rolle spielen zu lassen, aber er brauchte einen guten Aufhänger für ein Gespräch.

Am Telefon war Börner wie immer arrogant gewesen, hatte einem Treffen bei sich zu Hause zugestimmt, jedoch sogleich klargestellt, dass er Bedingungen an die Übernahme der Rolle knüpfte. Andreas hatte Börner in dem Glauben gelassen, er befinde sich in der Position, Bedingungen stellen zu können. Er würde noch früh genug erfahren, wie sehr er sich täuschte.

Was Andreas vorhatte, war nicht ungefährlich. Es würde funktionieren, weil Börners Grundstück durch die umlaufende Mauer vor Blicken geschützt war und sein Haus in einer Gegend stand, in der sich zu dieser Zeit kaum jemand aufhielt. Die Menschen, die hier lebten, fuhren morgens in die Stadt zu ihren Arbeitsplätzen und kamen abends zurück. Und die Putzfrauen waren bereits wieder fort.

Ein Restrisiko blieb, aber Andreas war bereit, es einzugehen. Er überprüfte noch einmal, ob er alles dabeihatte, was er brauchte, dann stieg er aus und klingelte an der Haustür.

Börner ließ ihn warten. Volle zwei Minuten.

Herablassend lächelnd öffnete er schließlich die Tür.

»Sieh an! Der große Bestsellerautor. Welch Glanz in meiner bescheidenen Hütte. Bitte, kommen Sie doch rein.«

Er ließ Andreas eintreten.

»Geradeaus in den Wohnbereich«, sagte Börner. »Kann ich Ihnen einen Kaffee anbieten? Oder vielleicht lieber etwas Stärkeres?«

»Ein Kaffee wäre nett, danke.«

Während Börner den Kaffee zubereitete, betrachtete Andreas Haus und Garten und fragte sich, wie Börner sich das leisten konnte. Der Garten war von einem Architekten angelegt worden und wurde professionell gepflegt. Die wenigen Einrichtungsgegenstände im Haus waren teure Designerstücke. Das Haus allein hatte in dieser Gegend mindestens eine halbe Million Euro gekostet. Und selbst wenn es gemietet war, war es immer noch teuer. Börner war bekannt, ja, aber nicht der große Star, der er gern wäre. Er musste noch eine andere Einnahmequelle als die Schauspielerei haben. Andreas würde ihn danach fragen, zu gegebener Zeit.

Börner kam aus der Küche zurück und stellte zwei lächerlich kleine Porzellantassen auf dem Glastisch ab, der zu einer weißen Ledersitzgarnitur gehörte. Er bot Andreas einen Platz an und setzte sich ihm gegenüber. Geckenhaft schlug er die Beine übereinander und verschränkte die Finger. Börner trug einen enganliegenden Rollkragenpullover, dazu eine Anzughose und schwarze Schuhe.

Sie sahen sich schweigend an. Börner lächelte, Andreas nicht. Es gab nicht viele Menschen, die einem direkten Blickkontakt lange standhalten konnten, erst recht nicht, wenn er ohne Konversation stattfand. Solch ein Blickkontakt fand entweder in einem erotischen Kontext statt, oder aber er war wie ein Duell zwischen zwei Feinden. Ein Duell, in dem der Intellekt die Waffe war. Börner hielt Andreas' Blick stand, sein Lächeln verschwand jedoch. Plötzlich schien die Luft zwischen ihnen vor Spannung zu knistern. Börner wartete darauf, dass Andreas das Gespräch eröffnete, denn das käme einer Niederlage in diesem Gefecht gleich, doch Andreas tat ihm den Gefallen nicht. In diesen Sekunden, die sich wie Minuten anfühlten, zeigte Börner sein wahres Gesicht, und Andreas erkannte, dass er einem beinahe ebenbürtigen Gegner gegenübersaß. Aber eben nur beinahe. Börner war zehn Jahre jünger, und ihm fehlte die Reife und Klasse. Vor allem aber fehlte ihm die Coolness.

Börner gab nach und eröffnete das Gespräch.

»Nun, ich muss sagen, Ihr Anruf hat mich überrascht«, begann er. »Wie kommt es, dass die Rolle nun wieder vakant ist?«

»Nathan hat private Probleme und ist leider verhindert«, antwortete Andreas. »Na ja, und Sie sind unsere zweite Wahl.«

»Zweite Wahl! Das trifft es nicht wirklich, oder? Ich war von Beginn an die erste Wahl, zumindest für Gudehus und Boyd.«

»Aber nicht für mich. Dennoch muss ich mich wohl mit Ihnen in der Hauptrolle abfinden.«

Börner lachte auf.

»Mit mir abfinden? Nein, das müssen Sie nicht. Ich sage Ihnen, was Sie müssen, Herr Zordan. Sie müssen mich darum bitten, die Rolle zu übernehmen. Und Sie müssen bei der Produktion die doppelte Gage für mich durchsetzen. Das ist es, was Sie müssen, andernfalls können Sie das vergessen. So wichtig ist mir Ihr Film nun auch wieder nicht. Ich habe genügend Angebote vorliegen.«

»Tatsächlich? Anfangs kam es mir so vor, als würden Sie wirklich alles tun für diese Rolle.«

»Sie überschätzen den Stoff. Ich glaube nicht, dass der Film kommerziell erfolgreich sein wird.«

»Und dennoch sind Sie bei Nathan aufgetaucht und haben ihm vorgeworfen, er hätte Ihnen die Rolle weggenommen.«

»Wer sagt das? Nathan? Ich bitte Sie! Es gibt keine Rolle, für die ich mich so verhalten würde. Und bei allem Respekt dem Kollegen gegenüber, es gibt auch keine Rolle, die Nathan mir wegnehmen könnte.«

»Wie auch immer«, sagte Andreas, beugte sich vor, nahm die Tasse, die so klein war, dass er noch nicht einmal den Finger durch den Henkel stecken konnte, und trank einen Schluck. »Wären Sie bereit, die Rolle nun doch noch zu übernehmen?«

»Ich sagte es bereits: Bei der doppelten Gage bin ich geneigt, es mir zu überlegen.«

»Dem wird die Produktion nicht zustimmen«, erwiderte Andreas und stellte die Tasse ab.

»Ein kleiner Ratschlag für Sie als Anfänger: Beim Film ist alles Verhandlungssache.«

»Haben Sie sich mit dem Stoff auseinandergesetzt?«

»Mit Ihrem Buch? Ein wenig. Warum?«

»Sind Sie sich überhaupt sicher, die Rolle ausfüllen zu können? Es geht immerhin um einen Menschen, der sozusagen zwei Persönlichkeiten in sich vereinigt.«

»Ich habe Schauspiel studiert an der renommierten ...«

»Ja, schon klar, aber das bringt Ihnen dort niemand bei. Wir reden hier über die Rolle eines Psychopathen, der alle an der Nase herumführt. Was macht Sie so sicher, dass ausgerechnet Sie das spielen können.«

Börner lächelte und erkannte das Glatteis, auf das Andreas ihn führen wollte.

»Ich bin durchaus in der Lage, mich in die Gedanken und Emotionen eines ...«

»Sie wollen wirklich behaupten, Sie können sich in einen Psychopathen hineinversetzen? Erstaunlich. Ich kenne niemanden, der das kann.«

»Dann spielen Sie doch die Rolle. Sie sind ja der angebliche Profi bei diesem Thema.«

»Bin ich das?«

»Immerhin behaupten Sie, ein Psychopath zu sein. Oder ist das nur eine billige PR-Kampagne gewesen, damit sich das Buch besser verkauft?«

Jetzt stand Börner mitten auf dem Eis, und Andreas gestattete sich ein kleines, überhebliches Lächeln.

»Was meinen Sie?«

»Ich bin kein Profi in diesen Dingen.«

»Aber Sie werden doch eine Meinung haben.«

»Natürlich. Nur wird sie Ihnen nicht gefallen, und da Sie Gast in meinem Haus sind, halte ich mich zurück.«

»Das ist nicht nötig. Sagen Sie ruhig, was Sie denken. Für eine Zusammenarbeit ist das vielleicht sogar notwendig.«

»Nun, wenn Sie mich derart drängen. Ich denke, Sie sind eitel, egozentrisch, vielleicht sogar narzisstisch, aber ein Psychopath im Sinne der Definition sind Sie nicht.«

»Sie kennen die Definition.«

»Ich habe Ihr Buch gelesen.«

»Ein wenig nur, sagten Sie gerade.«

»Genug, um Bescheid zu wissen.«

»Über was?«

»Über alles.«

»Und warum bin ich kein Psychopath? Was fehlt?«

Börner zögerte, sein Blick wanderte kurz zur Seite. Er suchte nach einer Antwort.

»Ist nur so ein Gefühl«, antwortete er schließlich.

»Nur so ein Gefühl«, äffte Andreas ihn nach. »Und da Sie sich als Schauspieler mit Emotionen ja so vortrefflich auskennen, werden Sie schon recht haben, nicht wahr!«

Andreas beugte sich erneut zur Tasse vor, bekam das kleine Teil aber nicht richtig zu fassen und stieß es um. Kaffee schwappte auf die makellos saubere Glasplatte.

»Oh, das tut mir leid.«

Börner verzog das Gesicht, sprang auf und eilte in die Küche.

Andreas folgte ihm, postierte sich neben der Tür, nahm die kleine Flasche aus der Innentasche seiner Jacke und tränkte das ebenfalls mitgebrachte Stofftaschentuch mit Chloroform.

Als Börner mit einer Rolle Papiertücher aus der Küche kam, trat Andreas hinter ihn und presste ihm das Tuch auf Mund und Nase.

Börner wehrte sich, doch Andreas' Griff war fest, und nach wenigen Sekunden begann das Chloroform zu wirken. Börners Bewegungen wurden schwächer und unkoordiniert, schließlich gaben seine Beine unter ihm nach. Andreas ließ ihn zu Boden sinken, tränkte das Tuch noch einmal und presste es ihm wieder auf Mund und Nase.

Es war wichtig, Börner möglichst lange außer Gefecht zu setzen.

Die Firma Schlahberger gab es noch. Sie hatte sich vergrößert und befand sich nicht mehr an dem ursprünglichen Standort von vor achtundzwanzig Jahren, aber es war für Greta kein Problem gewesen, die neue Adresse herauszufinden.

Sie hatte in den Archiven der Tageszeitungen mit Schlagwörtern nach einem Unfall gesucht, wie Andreas ihn beschrieben hatte. Ein Mann, der beim Abladen eines Lkw von einer Stahlplatte erdrückt worden war. Erstaunlicherweise gab es einige solcher Unfälle. Über Umwege war Greta nach einer halben Stunde aber auf den richtigen gestoßen. Namen wurden wie immer nicht erwähnt, die Meldung verriet jedoch, dass der Getötete eine Frau sowie zwei Söhne im Alter von elf und vierzehn Jahren hinterließ. Greta hatte nicht gewusst, dass Andreas einen jüngeren Bruder hatte, aber das spielte ja auch keine Rolle. Der Vierzehnjährige, so hoffte sie, war Andreas. Die Firma, in der der Verunglückte damals arbeitete, wurde nicht erwähnt, aber auf dem alten Foto war ein Autokran mit der Aufschrift Schlahberger zu sehen.

Die knappe Stunde Fahrt hatte Greta gern auf sich genommen. Sie hoffte, noch heute so viel wie möglich über Andreas Zordan herauszufinden. Sie musste einfach verstehen, wie dieser Mann tickte. Greta war schon mit einigen Männern zusammen gewesen, aber keiner hatte sie vor solche Rätsel gestellt wie Andreas Zordan. Vielleicht hatte der Unfall seines Vaters etwas damit zu tun.

Greta parkte vor einem Supermarkt in einem Gewerbegebiet und lief über die Straße auf das Betriebsgrundstück der Firma Schlahberger zu. Auf dem weitläufigen, geteerten Gelände parkten einige Autokräne. Greta entdeckte einen mit zwölf Achsen und fragte sich, wie man ein solches Ungetüm durch die engen Straßen einer Stadt lenkte.

Mitten auf dem Platz lief ein Autokran im Standgas. Ein Mann in einem Blaumann kletterte auf dem Aufbau herum und schien etwas zu überprüfen. Greta machte sich durch Winken bemerkbar. Sie ging so nahe an das Ungetüm heran, wie sie sich traute. Warme Luft und der Geruch von Hydrauliköl schlugen ihr entgegen.

»Ich suche den Chef«, rief sie gegen den Motorenlärm an.

Der Mann schüttelte den Kopf und legte eine Hand hinter sein Ohr.

»Den Chef«, brüllte Greta.

Der Mann nickte und deutete auf ein Gebäude, das Greta nicht sehen konnte, da es sich auf der anderen Seite des Krans befand.

Sie bedankte sich per Handzeichen, umrundete den Kran, wich einem hupenden Lkw aus und hielt auf das flache Bürogebäude zu. Zwei breitschultrige Männer mit Helmen auf den Köpfen kamen aus der Eingangstür. Einer von ihnen hielt ihr die Tür auf. Er lächelte sie direkt und ohne Scheu an.

»Ich suche den Chef«, sagte Greta.

»Den finden Sie dadrinnen. Schade, dass ich Ihnen nicht helfen kann.«

»Haben Sie doch schon. Vielen Dank.«

Im Inneren gab es einen langen Tresen. Davor standen einige Männer, an den Schreibtischen dahinter saßen jedoch Frauen. Im Hintergrund trennte eine Glasfront die Büroräume vom Empfangsbereich. Vor dem Tresen war der Fußboden abgeschabt und voller schwarzer Striche, dahinter begann die Teppichzone. An den Wänden hingen Fotos von Autokränen im Einsatz, alte und neue. Irgendwo dudelte ein Radio.

Die Männer wandten sich Greta zu.

Es gab nicht mehr viele Berufe, die reine Männerdomänen waren, aber Autokräne zu fahren und zu bedienen schien eine der letzten Bastionen zu sein.

»Ich suche den Chef«, wiederholte sie ihr Anliegen.

Die Gruppe teilte sich und gab den Blick frei auf eine junge Frau auf der anderen Seite des Tresens. Sie war schmal, zierlich, hatte rotes Haar und weiße Haut. Sie trug Jeans und eine rotes Karohemd. Greta schätzte sie auf Anfang dreißig.

»Was kann ich für Sie tun?«, fragte die Rothaarige.

»Ich bin Journalistin und würde gern mit dem Chef reden.«

Die Rothaarige verteilte noch schnell Papiere an die Männer und bat Greta dann in eines der Büros hinter der Glasfront. Es war klein und zweckmäßig, in einer Glasvitrine waren Modelle von Autokränen ausgestellt. Die Rothaarige stellte sich als Rita Schlahberger vor. Sie setzte sich hinter den Schreibtisch, Greta davor.

»Sie sind die Geschäftsführerin?«, fragte Greta.

»Ja, seitdem mein Vater zurückgetreten ist. Warum?«

»Ich hatte keine Frau erwartet.«

Rita Schlahberger zuckte mit den Schultern. »Das geht den meisten so. Ich bin mit diesen Jungs und den Kränen aufgewachsen, das ist meine Welt.«

»Können Sie die auch fahren?«

»Klar, warum nicht. Das könnten Sie auch. Die meisten Frauen trauen sich nur nicht. Aber ich verrate Ihnen mal was: Die Größe ist nicht entscheidend.«

Sie zwinkerte Greta zu.

»Wahrscheinlich kann mir dennoch eher Ihr Vater helfen?«, sagte Greta. »Es geht um einen Unfall, der fast dreißig Jahre zurückliegt.«

»Ein Unfall in unserem Betrieb?«

Greta reichte ihr den ausgedruckten Zeitungsbericht. »Es geht mir um den Mann, der damals ums Leben kam.«

Rita Schlahberger las den Bericht.

»So, wie es aussieht, arbeitete der aber nicht hier, sondern bei dem Transportunternehmen, das die Platten transportiert hat.«

»Ja, aber das wird in dem Bericht nicht erwähnt, und ich dachte, dass Sie mir vielleicht weiterhelfen können.«

»Da war ich gerade geboren worden.«
»Ihr Vater vielleicht?«
»Der ist vor zwei Jahren verstorben.«
»Oh ... tut mir leid.«
»Kein Problem. Aber wissen Sie was, ich kann meinen Bruder anrufen. Er ist sechs Jahre älter als ich und hat ein paar Jahre im Betrieb gearbeitet. War aber nichts für ihn. Vielleicht weiß er was?«
Sie griff zum Telefon und rief ihren Bruder an.

Rita Schlahbergers Bruder konnte weiterhelfen. Die Geschichte des betreffenden Unfalls hatte er sich einige Male von seinem Vater anhören müssen und wusste darüber Bescheid. Den Namen des Mannes, der damals ums Leben gekommen war, kannte er nicht, wohl aber den des Fuhrunternehmens, für das der Mann gearbeitet hatte. Essmüller Transporte.

Essmüller, so viel hatte Greta mittlerweile herausgefunden, war zur damaligen Zeit ein kleiner Betrieb mit sechs Mitarbeitern gewesen, der aus einem ehemaligen landwirtschaftlichen Lohnunternehmen hervorgegangen war. Leider existierte der Betrieb schon seit mehr als fünfzehn Jahren nicht mehr. Da er pleitegegangen war, gab es auch kein Nachfolgeunternehmen. Greta hatte aber erfahren, dass an dem ehemaligen Firmensitz noch jemand von der Familie lebte.

Sie hatte sich auf den Weg dorthin gemacht und kam um drei Uhr in der Ortschaft Marklohe an. Der Ortskern bestand aus einigen alten Höfen, außen herum hatten sich Neubaugebiete gebildet, es gab die beiden üblichen Supermärkte, eine Apotheke sowie einen kleinen Bahnhof. Da Greta keine Adresse hatte, fragte sie sich durch. Bei zwei jungen Leuten hatte sie Pech, aber eine alte Dame in roter Jacke, die ein mit Einkäufen vollgepacktes Fahrrad schob, wusste sofort, wo die Essmüllers lebten.

In einem der alten Höfe im Ortskern.

Greta traute sich nicht, direkt auf den Hof zu fahren. Sie hielt ein Stück weiter in einem Feldweg und ging zurück. Vor der Toreinfahrt blieb sie stehen.

Hatte die Frau in der roten Jacke sich getäuscht? Der Hof sah nicht aus, als lebte dort noch jemand. Kein Auto, kein Fahrrad, keine Gartenmöbel, keine Wäscheleine. Der große Fachwerkhof war sicher mehrere hundert Jahre alt und wirkte wie ein Museum. Das Einzige, was auf die ehemalige Nutzung als Betriebsgelände für ein Transportunternehmen hinwies, war eine rostige Zapfsäule, durch die schon lange kein Sprit mehr geflossen war. Sie stand leicht schief auf einem bröckelnden Betonfundament.

Greta ging auf den Eingang zu und suchte nach einer Klingel. Es gab keine. Sie klopfte laut an die zweiflügelige, hölzerne Dielentür und wartete. Ihr fiel die kleine Metallrampe auf, die den Absatz zur Tür überwand, sowie ein Rollator, der in der Ecke der Windnische stand.

Als auch auf ihr wiederholtes Klopfen niemand reagierte, verließ Greta frustriert das Grundstück.

Lars Lewandowski mochte lange Autofahrten. Er fuhr langsamer als die meisten, was ihm auf der Autobahn den einen oder anderen Stinkefinger einbrachte. Ihm war es egal. Sollten die anderen sich abhetzen und zu Tode fahren, so kurz vor der Rente würde er nichts mehr riskieren, schon gar nicht, wenn es nicht nötig war.

Und das war es nicht.

Lewandowski befand sich auf dem Weg zu Andreas Zordan. Der Mann lebte am Arsch der Welt in einem kleinen Kaff namens Kirchfelden. Streng genommen war das nicht Lewandowskis Zuständigkeitsbereich, und er hätte die Kollegen vor Ort bitten müssen, Zordan unter die Lupe zu nehmen, da er sich aber lediglich mit dem Schriftsteller unterhalten wollte, verzichtete er auf den Dienstweg. Im Präsidium wusste niemand, wohin er unterwegs war, seinem Chef, einem Paragraphenreiter, hätte er das nicht sagen können. Außerdem war Lewandowski wegen der Kraft-Sache sauer auf ihn.

Abseits der Autobahn führte die Strecke über enge, kurvige Straßen durch eine malerische Landschaft. Leicht hügelig, viel Baumbestand, dazwischen ausgedehnte Getreide- und Maisfelder.

Durch Maisfelder fuhr Lewandowski immer besonders langsam. Seinen einzigen Unfall mit dem Bike hatte er gehabt, als in der Abenddämmerung ein Reh aus einem Maisfeld gesprungen war. Er konnte weder bremsen noch ausweichen, war mit dem Vieh kollidiert und gestürzt. Beinbruch, Beckenbruch, langer Krankenhausaufenthalt und endlose Reha. Es schüttelte ihn noch heute, wenn er daran zurückdachte. Noch schlimmer war der Totalschaden an seiner geliebten Fat Bob gewesen. Tagelang hatte er nichts gegessen, weil er um sein Bike trauerte. Die Versicherungssumme war aber ganz ordentlich gewesen, so dass er sich eine andere gebrauchte Harley hatte leisten können. Die fuhr er heute noch. Und dennoch: Man hing eben an seinem ersten Bike.

Kirchfelden bestand aus Siebziger-Jahre-Häusern rechts und links einer Durchgangsstraße. Wenig reizvoll und sehr still. Außer einer alten Dame vor einer Pension sah Lewandowski keinen Menschen. Er war ohne Navi unterwegs und fand die Straße nicht auf Anhieb, in der Zordan lebte. Nach einer viertelstündigen Suche kam er erneut an der Pension vorbei. Die alte Dame war jetzt mit Fensterputzen beschäftigt. Lewandowski hielt an und ging zu ihr.

»Moin. Ich suche eine Adresse, vielleicht können Sie mir weiterhelfen.«

Die alte Dame stieg von der Trittleiter herab und wandte sich ihm zu.

»Wen suchen Sie denn?«

»Die Straße heißt Am Hügel«, sagte Lewandowski.

»Ach, dann wollen Sie zu Herrn Zordan.«

»Wohnt sonst niemand in der Straße?«

»Nein, da gibt es nur dieses eine Haus. Es gehört praktisch auch schon nicht mehr zum Ort.«

»Können Sie mir den Weg erklären?«

»Sind Sie von der Presse?«

Der neugierige Blick der alten Dame und die Unhöflichkeit, eine Frage mit einer Gegenfrage zu beantworten, störten Lewandowski.

»Nein, von der Polizei. Wenn Sie mir dann bitte den Weg erklären würden.«

Das wirkte wie immer. Sie kam seiner Aufforderung ohne weitere neugierige Fragen nach, und erst als Lewandowski wieder im Wagen saß, fiel ihm ein, dass er dem Schriftsteller damit keinen Gefallen getan hatte. Die alte Frau würde sicher herumerzählen, dass die Polizei sich für Zordan interessierte – wenn nicht sogar Schlimmeres.

Lewandowski fand den beschriebenen Weg und fuhr einen Hügel hinauf, den er schon vom Dorf aus gesehen hatte. Darauf hätte er bei dem Straßennamen auch selbst kommen können.

Schon bald war die Pflasterung zu Ende, und er musste auf Sand weiterfahren. Plötzlich blockierte ein Findling den Weg. Lewandowski ließ seinen Wagen davor ausrollen, stieg aus. Das Haus war hinter dem dichten Bewuchs kaum zu sehen.

Eine echte Einsiedlerhütte.

Lewandowski schaute ins Tal hinunter. Dieser Ausblick! Einfach phantastisch. Und die Ruhe! Was konnte sich ein Mensch mehr wünschen? So zu leben war immer sein Traum gewesen. Dafür würde er sogar seine Harley hergeben. Vielleicht wollte Zordan die Hütte verkaufen. Er würde ihn fragen.

Hier hockte der Mann also, schrieb Geschichten über Gewalt, Mord und Folter und entweihte diesen harmonischen Ort damit. Oder war es so, dass er diesen Ort für seinen eigenen Seelenfrieden benötigte? Wegen seiner kranken Geschichten? Unwahrscheinlich. Schließlich behauptete Zordan von sich, ein Soziopath zu sein. Soziopathen hatten kein Interesse an Gefühlsduseleien.

Die Pforte im Sichtschutzzaun war verschlossen, eine Klingel gab es nicht. Da hatte sich jemand Mühe gegeben, Besucher auf Distanz zu halten. Lewandowski suchte nach einer Videokamera, fand aber keine. Er arbeitete sich links am Zaun entlang, bis er einen zu drei Seiten geschlossenen Carport erreichte. Er betrat ihn, musste aber feststellen, dass die Tür in der hinteren Holzwand abgeschlossen war.

Der Carport war leer. Hieß das, Zordan war nicht da? Einerseits wäre es ärgerlich, da Lewandowski sich dann nicht mit dem Schriftsteller unterhalten konnte. Andererseits bot es ihm Gelegenheit, sich hier ungestört umzusehen.

Da er keinen anderen Zugang fand, drückte Lewandowki sich an der Außenwand des Carports entlang. Dazu musste er Büsche und Äste zur Seite biegen und über einen halbhohen Zaun klettern. Nachdem er sich in den Dornenranken einer wilden Brombeere verfangen und mühsam wieder befreit hatte, erreichte er das rückwärtige Grundstück und konnte endlich das Haus sehen. Es war nicht sehr groß, auch nicht besonders gut gepflegt, aber es passte hierher und hatte Stil. Die Fenster und Dachziegel waren neu, die Terrasse ebenfalls. Über ein Rasenstück näherte sich Lewandowski dem Haus, wurde aber durch plötzliches lautes Hundegebell gestoppt.

Das kam von drinnen, folglich drohte keine akute Gefahr.

Jetzt konnte er den Hund auch sehen. Er stand hinter der Terrassentür, fixierte ihn und stieß in wohldosierten Abständen ein dumpfes Bellen aus. Das war kein verrückter Kläffer, der sowieso niemandem etwas tat. Dieser Hund, da war sich Lewandowski sicher, würde angreifen.

Lewandowski suchte wieder nach Videokameras, konnte aber auch hier hinten keine entdecken. Der Schriftsteller schien sich nicht viele Gedanken über Sicherheit zu machen. Wegen des Hundes würde sicherlich niemand das Haus betreten, aber das Grundstück stand quasi jedem offen.

Es gab zwei Nebengebäude. Ein kleines Fachwerkhäuschen, das früher wahrscheinlich ein Backhaus gewesen war, sowie ein Holzschuppen mit tief heruntergezogenem Dach.

Um die beiden würde er sich gleich kümmern. Zunächst einmal wollte Lewandowski versuchen, durch die Fenster ins Haus zu schauen. An der Terrassentür ging er wegen des Hundes vorbei. Die zweite Tür daneben gehörte zur Küche. Kaum drückte Lewandowski seine Nase dagegen, schoss der Hund daran empor und bellte. Obwohl er wusste, dass der Hund ihm nichts tun konnte, wich Lewandowski von der Tür zurück. Bei einem weiteren Fenster – es gehörte zum Schlafzimmer – tauchte erneut der Hund auf. Das Tier hatte also Zutritt zu allen Räumen. Was vernünftig war, nur so konnte er seinem Wachauftrag gerecht werden.

Plötzlich hatte Lewandowski das Gefühl, nicht mehr allein zu sein.

Er drehte sich um die eigene Achse. Der Waldrand war nah, jemand könnte sich ungesehen dort verbergen. Aber warum sollte Zordan das tun? Er wusste ja nicht, wer Lewandowski war und was er wollte. Vielleicht war der Mann einfach nur exzentrisch und zog sich bei ungebetenem Besuch erst mal in den Wald zurück. Was wusste er denn schon über Schriftsteller.

Lewandowski wandte sich dem Backhaus zu.

Die Tür bestand aus dünnen Holzbrettern, die Sprossenfenster aus einfachem Glas. Lewandowski drückte die Klinke nieder und stellte fest, dass die Tür nicht abgeschlossen war. Im Inneren des Backhauses war es düster, durch die kleinen Fenster fiel nur wenig Licht hinein. Unter der Decke baumelte eine nackte Glühbirne, folglich musste es einen Schalter geben. Lewandowski tastete die Wände neben der Tür ab, fand aber keinen. Nun gut, würde er sich eben mit dem wenigen Licht zufriedengeben.

Gebacken wurde hier nicht mehr. Zordan nutzte den Raum, um Brennholz zu lagern. Der Geruch von Holz und Staub überdeckte zwar alles, dennoch nahm Lewandowski noch einen anderen Geruch wahr – und der störte ihn.

Er arbeitete sich zwischen den Holzstößen durch. Ein massiver Hackklotz ohne Beil versperrte den Weg, er stieg darüber. In der hinteren Stirnwand war noch die Klappe des ehemaligen Backofens eingelassen. An einem metallenen Griff hingen Sägeblätter.

Zwischen dem Holzstoß auf der linken Seite und dem Backofen gab es eine schmale Nische. In der Nische saß ein Mädchen. Die Beine ausgestreckt, die Arme auf den Oberschenkeln, die geöffneten Handflächen zeigten nach oben. Der Kopf war tief auf die Brust gesunken, das lange blonde Haar hing wie ein Vorhang herab.

Lewandowski erkannte sofort, dass das Mädchen nicht mehr lebte. Der Verwesungsprozess hatte bereits eingesetzt, daher rührte der Geruch im Backhaus. Trotzdem legte Lewandowski einen Finger unter das Kinn des Mädchens und hob es an.

Sarah Lieberknecht.

Sein Magen zog sich zusammen. Bis zu diesem Zeitpunkt hatte er gehofft, das Mädchen lebend zu finden.

Er richtete sich auf, zog sein Handy hervor, stellte fest, dass er in dem Backhaus schlechten Empfang hatte, und ging nach draußen.

Dort empfing ihn Hundegebell. Vor Schreck ließ Lewandowski das Handy fallen. Der Hund, der eben noch im Haus gewesen war, stand keine fünf Meter entfernt. Er sah wütend aus, fletschte die Zähne, sein Nackenhaar war gesträubt.

Im Hintergrund sah Lewandowski den Schriftsteller Andreas Zordan. Der war vor Schreck genauso erstarrt wie er selbst.

»Rufen Sie den Hund zurück«, sagte Lewandowski betont ruhig. »Ich bin von der Polizei.«

Der Schriftsteller überlegte einen Moment, dann rief er: »Odin, fass!«

An dem klaren Himmel verschwand die Sonne hinter dem Horizont und hinterließ einen blutroten Streifen, der die Landschaft für eine kurze Zeit in surreales Licht tauchte. Greta hätte diesem Naturschauspiel nicht unbedingt ihre Aufmerksamkeit geschenkt, wäre sie nicht in diesem Moment den Hügel zu Andreas Zordans Hütte hinaufgefahren. Auf halber Strecke hielt sie an, stellte den Motor ab und stieg aus.

Das Licht und die Stille waren göttlich. Greta glaubte zu verstehen, warum Andreas hier oben fernab der Gesellschaft lebte. Für sie wäre diese Einsamkeit auf Dauer nichts, aber es hatte auch seine schönen Seiten, so zu leben. Momente wie diesen, in denen die Seele durchatmen konnte. Die Nächte jedoch, das hatte sie bereits feststellen dürfen, waren dunkel und voller Gespenster. Unten im Tal schalteten sich gerade die Straßenlaternen ein, doch hier oben herrschte nachts vollkommene Finsternis. Das war Greta nicht mehr gewohnt, und es machte ihr Angst.

Die Fahrt hierher zurück war lang gewesen. Greta hatte genug Zeit zum Nachdenken gehabt. Semrau hatte noch einmal angerufen und bestätigt, dass das Interview in der nächsten Ausgabe am kommenden Dienstag erschien. Außerdem würde er morgen mit dem Personalrat reden und Gretas Festanstellung dingfest machen. So, wie es aussah, hatte sie es tatsächlich geschafft – allerdings wollte sich kein Hochgefühl einstellen.

Nächste Woche Dienstag – das waren volle fünf Tage. Konnte Cindy Jagusch so lange warten? Fünf Tage in der Gewalt eines Menschen, der drohte, sie zu töten, der es vielleicht auch tun würde, egal, was er versprochen hatte.

Nein. Das Risiko war zu groß.

Sie mussten die Polizei schon jetzt einschalten und um Diskretion bitten. Die Beamten brauchten ja nichts anderes zu tun, als Markus Börner zu observieren. Sie musste mit Andreas darüber reden, so schnell wie möglich. Er hatte gesagt, sie dürfe entscheiden, wann die Polizei eingeschaltet wird, und bei allem Verständnis für seine Situation, jetzt war der Zeitpunkt gekommen.

Greta stieg wieder ins Auto und fuhr hinauf bis zum Findling. Dort standen schon zwei Fahrzeuge. Andreas' schwarzer Range Rover parkte einen dunkelblauen VW Passat mit dem Kennzeichen von Steinburg ein.

Andreas hatte Besuch.

Durfte sie stören? Oder sollte sie hinunterfahren in den Ort, duschen und dann wieder zurückkommen. Sie bezahlte schließlich immer noch für das Zimmer im *Haus Verona*. Dann hörte sie jedoch Odin wütend bellen und verwarf den Gedanken.

Die Tür an der Sandsteintreppe stand offen. Greta stieg die Treppe hinauf und klopfte an die Haustür. Niemand reagierte. Odin bellte, und das klang nicht so, als hätte er Spaß. Greta ging durch den Garten seitlich am Haus vorbei. Sie erreichte die Terrasse und entdeckte den Hund. Er kläffte die Tür des Backhauses an.

Greta rief nach ihm, und tatsächlich kam Odin sofort zu ihr und schleckte ihre Hand ab.

»Was hast du denn, mein Freund? Ist ein Eichhörnchen im Backhaus? Wo ist dein Herrchen?«

Die Terrassentür stand offen, aber Andreas war nirgendwo zu sehen. Greta schaute im Haus nach und rief nach ihm, bekam aber keine Antwort.

Merkwürdig!

Zurück auf dem Rasen, hörte sie leise Rufe aus Richtung des Backhauses. Sofort lief Odin dorthin und bellte erneut die Tür an. Greta folgte ihm. Im Gras fand sie ein Handy, hob es auf und betrachtete es nachdenklich. Hoffentlich ist nicht wieder ein Video darauf, dachte sie.

»Hallo! Ist da jemand?«, kam es aus dem Backhaus.

Das war definitiv nicht Andreas.

Statt sofort die Tür zu öffnen, schlich Greta an eines der seitlichen Fenster und spähte hinein. Hinter der geschlossenen Tür stand Kommissar Lewandowski.

Greta konnte es kaum glauben.

»Odin, nicht. Alles gut«, redete sie auf den Hund ein, doch der wollte sich nicht beruhigen lassen.

Greta packte ihn am Halsband, zog ihn zum Haus und sperrte ihn ein. »Er ist weg«, rief sie dem Kommissar zu.

Die Tür zum Backhaus wurde vorsichtig geöffnet. Zunächst steckte Lewandowski nur seinen Kopf durch den Spalt, erst als er sah, dass keine Gefahr mehr drohte, kam er heraus.

»Sie?«, fragte er. »Was machen Sie hier?«

»Die Frage wollte ich Ihnen auch gerade stellen«, entgegnete Greta. »Ist das Ihr Handy? Was ist hier los? Und wo ist Andreas Zordan?«

Lewandowski nahm ihr das Handy mit einer schnellen Bewegung weg, tippte eine Nummer ein, hielt es sich ans Ohr, sah sie böse an und zeigte drohend mit dem Finger auf sie.

»Rühren Sie sich nicht von der Stelle ...«

Und dann bekam Greta mit, wie der Kommissar die Spurensicherung, den Rechtsmediziner und den Leichenbestatter bestellte. Gretas Blutdruck sackte schlagartig ab, und ihr wurde schwindelig.

»Nicht Andreas«, stammelte sie.

Der Kommissar beendete das Gespräch und steckte das Handy weg.

»Wo ist der Schriftsteller?«, fuhr er Greta an.

»Ich ... ich weiß nicht ... für wen ... ich meine ... wer ist tot?«

Lewandowski trat vor, packte Greta am Ellbogen und zog sie mit sich. Sein Griff war hart. Er schubste sie ins Backhaus, doch es war zu dunkel, um etwas sehen zu können. Lewandowski schaltete seine Handylampe ein, und das fahle Licht riss die Leiche eines blonden Mädchens aus der Dunkelheit.

Greta schrie auf und wollte weg, doch der Kommissar hielt sie fest.

»Das ist Sarah Lieberknecht, und sie ist schon seit ein paar Tagen tot. Jetzt will ich von Ihnen wissen, was hier gespielt wird. Wo ist Zordan?«

Lewandowski schrie sie an. Die Ruhe des alten Mannes war wie weggeblasen.

»Ich ... ich weiß es nicht.«

»Sie wissen es nicht? Na gut, das kann warten. Mitkommen.«

Wieder packte er sie grob am Arm, und Greta wollte sich wehren, da drehte er ihr mit einer schnellen Bewegung den Arm auf den Rücken. Sie schrie auf.

»Sie sind festgenommen«, fuhr Lewandowski sie an.

Ohne den schmerzhaften Polizeigriff zu lockern, führte er sie am Haus vorbei und die Treppe hinunter zu den Autos. Greta jammerte, doch der alte Mann ließ sich nicht erweichen. Er schubste Greta gegen den blauen Passat, ließ sie los, öffnete die Beifahrertür, nahm Handfesseln aus dem Handschuhfach und legte sie ihr an. Ehe Greta protestieren konnte, schlossen sie sich um ihre Handgelenke.

Lewandowski öffnete die hintere Tür und wollte Greta auf den Rücksitz bugsieren, doch plötzlich hörten sie beide ein ungewöhnliches Geräusch. Gedämpfte Laute, die aus dem Fond des Range Rover kamen.

»Bleiben Sie hier stehen«, sagte Lewandowski.

Er ging vorsichtig auf den großen Wagen zu. Die hinteren Scheiben waren verdunkelt, man konnte nicht hineinsehen. Greta beobachtete den Kommissar dabei, wie er den Wagen umrundete. Sie verstand nicht, was vor sich ging, und war zutiefst schockiert über die Leiche im Backhaus.

Lewandowski näherte sich der Kofferraumklappe. Er fummelte daran herum und zog sie schließlich zur Seite hin auf.

Im Kofferraum lag ein gut verschnürtes Bündel Mensch.

Markus Börner.

»Was, zum Teufel«, entfuhr es Lewandowski.

Und Greta verstand überhaupt nichts mehr.

Drei Stunden saß Greta Weiß mittlerweile in der Zelle des Polizeipräsidiums Steinburg. Drei Stunden voller Gedanken und Fragen.

Wie kam die Leiche von Sarah Lieberknecht in das Backhaus? Wie lange befand sie sich bereits dort? Hatte Andreas sie angelogen? War die Leiche nie oben im Wald versteckt gewesen? Und warum hatte Andreas Markus Börner entführt? War es eine Kurzschlussreaktion, weil er verhindern wollte, dass Börner alias Nummer 25 Cindy Jagusch etwas antat?

Greta hatte Lewandowski gesagt, wer das im Kofferraum von Andreas' Wagen war. Sie hatte ihm auch verraten, dass sich ein weiteres Mädchen in der Gewalt des Mannes befand, der Sarah Lieberknecht getötet hatte, und dass Andreas glaubte, Markus Börner stecke hinter alledem.

Laut Lewandowski war Andreas geflohen.

Wohin? Und was hatte er vor? Durch seine kopflose Flucht galt er nun erst recht als Hauptverdächtiger. Alles sprach gegen ihn, und es gab nur einen Menschen, der Andreas entlasten konnte: sie selbst. Greta hatte sich drei Stunden lang darüber den Kopf zerbrochen, ob sie Andreas vertrauen konnte, und sie war zu dem Schluss gekommen, dass er nicht Täter, sondern Opfer war. Jemand hatte all das sehr geschickt eingefädelt, und wenn sie nicht zufällig bei Andreas aufgetaucht wäre, um ihn zu interviewen, dann gäbe es jetzt keinen einzigen Zeugen, der für ihn aussagen würde. Sie war der nicht eingeplante Faktor im Plan eines Wahnsinnigen.

Vor der Zellentür klimperte jemand mit Schlüsseln.

Greta sprang von der Pritsche auf. Einen Moment später öffnete ein Polizist in Uniform die Tür und bat sie, herauszukommen. Sie folgte dem wortkargen Mann bis in ein Vernehmungszimmer. Dort musste sie sich auf einen Stuhl setzen und bekam die Anweisung, zu warten. Natürlich saß sie so, dass sie auf einen Einwegspiegel schauen musste. Greta war sich sicher, dass Lewandowski sie von der anderen Seite aus betrachtete.

Was dachte der alte Mann von ihr?

Hielt er sie für eine Mittäterin?

Greta bemühte sich, ruhig zu bleiben, doch sie wurde von Minute zu Minute nervöser.

Nach endlosen zehn Minuten betrat Lewandowski den Raum. Er stellte zwei Dosen irgendeines Koffeingetränks auf dem Tisch ab und schob ihr eine Dose zu.

»Hält wach«, sagte er, setzte sich, öffnete seine Dose und trank.

Greta tat es ihm gleich. Sie mochte das Zeug nicht besonders, aber sie hatte Durst, und einen wachen Verstand brauchte sie auch.

Lewandowski stellte die Dose ab, wischte sich über Mund und Bart und sah Greta an. Der großväterliche Blick war wieder zurück, er schien nicht mehr wütend zu sein. Allerdings wirkte er müde und erschöpft.

»Sie haben mir eine Menge zu erzählen«, begann er das Gespräch.

»Bin ich festgenommen?«, fragte Greta.

»Vorläufig, ja. Aber jetzt haben Sie die Chance, mich davon zu überzeugen, keinen Haftbefehl beim Staatsanwalt zu beantragen.«

»Haben Sie Cindy Jagusch gefunden?«

Lewandowski schüttelte den Kopf.

»Halten Sie mich wirklich für verdächtig?«

Der Kommissar seufzte. »Ihre Rolle in der ganzen Geschichte ist mindestens fragwürdig, und ich an Ihrer Stelle würde mich sehr bemühen, diese Fragen aus der Welt zu räumen.«

Greta nickte. »Das werde ich. Fragen Sie.«

»Wie ist Ihre Beziehung zu Zordan.«

Lewandowski legte mit der schwierigsten Frage los. Eine Frage, die Greta für sich selbst noch nicht beantwortet hatte.

»Wir hatten Sex, ein Mal«, gab sie zu und sah dabei auf ihre Finger hinab. »Es hat sich irgendwie ergeben.«

»Irgendwie ergeben, aha. Dann kann ich also davon ausgehen, dass Sie nicht unbefangen antworten werden.«

»Doch, werde ich. Ich verspreche es Ihnen. Ich weiß, in Ihrer Generation sieht man das ein bisschen anders, aber für mich war es nur Sex. Ich bin Zordan deshalb zu nichts verpflichtet. Schon gar nicht werde ich für ihn lügen. Alles, was ich will, ist, dass Cindy Jagusch unverletzt freikommt.«

»Na, dann erzählen Sie mir Ihre Version der Geschichte. Von dem Moment an, als Sie Zordan zum ersten Mal trafen, bis zu dem Zeitpunkt, als Sie mich aus dem Backhaus befreit haben.«

Und das tat Greta.

Sie berichtete dem Kommissar von Zordans merkwürdigem Verhalten bei ihrem ersten Zusammentreffen. Von der Notiz unten an der Pforte und dem Abend, als er sie schachmatt gesetzt und verhört hatte, und auch davon, wie er sie hatte gehen lassen und damit das Risiko eingegangen war, von ihr angezeigt zu werden. Greta berichtete, dass sie selbst Zordan am nächsten Tag zum Friedhof gebeten hatte und dass er ihr dort das Video von Cindy Jagusch gezeigt hatte. Zusammen hatten sie den Plan geschmiedet, Nummer 25 zunächst ohne Polizei aufzuspüren, um das Mädchen nicht zu gefährden.

Lewandowski unterbrach sie, um ihr zu sagen, dass seine Männer das Handy mit dem Video, von dem Greta ihm schon auf der Fahrt erzählt hatte, nicht in Zordans Hütte gefunden hatten.

Greta fuhr fort und berichtete von der Nacht, als sie Andreas den Berg hinauf zu dem Platz gefolgt war, an dem er angeblich Sarah Lieberknecht verscharrt hatte. Lewandowski wollte von ihr wissen, ob die Leiche zu dem Zeitpunkt womöglich schon im Backhaus gelegen hatte, doch das konnte Greta nicht beantworten. Sie glaubte es aber nicht. Warum hätte Andreas sich dann die Mühe machen sollen, im Wald nach der Leiche zu suchen?

Genau so, wie Andreas es ihr erzählt hatte, berichtete sie dem Kommissar davon, wie er die Leiche auf seinem Grundstück gefunden hatte und dass Nummer 25 die Tötungsarten aus dem Buch *25 mögliche Mörder* nachahmte. Schließlich landete sie bei ihrem Besuch bei dem Schauspieler Markus Börner. Hier unterbrach Lewandowski sie erneut. Börner, so sagte er, habe definitiv nichts zu tun mit der Sache. Für die relevanten Zeiträume hatte er Alibis.

Den Sex mit Andreas streifte Greta nur mit ein paar Worten und kam sogleich auf den Chat zu sprechen, den Andreas mit Nummer 25 geführt hatte. Sie berichtete auch, dass sich Nummer 25 bei der Hütte herumgetrieben hatte und Andreas danach bereit gewesen war, sich interviewen zu lassen, um Cindy Jagusch zu retten. Das Interview hatte Lewandowski sich bereits von Semrau zuschicken lassen. Er hatte es dabei und zitierte den Satz, mit dem Andreas zugab, die Menschen belogen zu haben.

»Was meinen Sie?«, fragte Lewandowski schließlich. »Sie sind dem Schriftsteller nähergekommen. Ist er ein Psychopath?«

Greta schüttelte den Kopf.

»Nein. Er bemüht sich zwar, sich wie einer zu benehmen, aber er ist keiner.«

»Was macht Sie so sicher?«

Die Frage hatte Greta sich in den drei Stunden, die sie in der Zelle verbracht hatte, bereits mehrfach gestellt.

»Es gab in den letzten Tagen immer wieder Momente, in denen Andreas das Gegenteil bewiesen hat. Er hat sich um mich gekümmert, als ich mit meinen Kräften am Ende war. Er war auf eine zurückhaltende Art liebevoll, als wir … na ja, Sie wissen schon. Er war sehr besorgt wegen Cindy Jagusch, auch wenn er so getan hat, als sei er es nicht. Er hätte ja auch die Möglichkeit gehabt, mich zu töten und damit eine Mitwisserin aus dem Weg zu räumen. Außerdem hat er Angst vor Nummer 25, und Psychopathen fürchten sich eigentlich vor gar nichts. Und jetzt hat er auch noch Börner entführt, um dem ganzen Spuk ein Ende zu setzen. Damit hat er sich selbst in Bedrängnis gebracht, um dem Mädchen zu helfen. Das würde doch kein Psychopath tun.«

Ganz bewusst erzählte Greta dem Kommissar nichts von dem kleinen Jungen, der Zordan an jenem Abend im Bett gewesen war, den sie hatte führen und beschützen müssen, weil er vollkommen durcheinander war. Obwohl gerade dieser Aspekt sie davon überzeugte, dass Andreas kein Psychopath war, verschwieg Greta ihn. Er war zu privat.

Nach einer Stunde war Greta mit ihrem Bericht fertig. Ihr Hals fühlte sich an, als habe sie mit Sand gegurgelt. Sie lehnte sich erschöpft zurück.

Lewandowski sah sie an.

»Verwirrend, das alles«, sagte er.

Greta hob die Hände und ließ sie wieder fallen. Eine Geste der Hilflosigkeit.

»Und der Einzige, der es entwirren könnte, befindet sich auf der Flucht und macht sich damit noch verdächtiger«, fügte Lewandowski hinzu.

»Wird nach ihm gefahndet?«, fragte Greta.

»Na klar, was dachten Sie.«

»Ich … na ja … ich möchte Sie bitten, sich nicht nur auf Andreas einzuschießen. Ich weiß, dass er Sarah Lieberknecht nicht getötet hat. Irgendwie wird sich das alles aufklären.«

»Nee, irgendwie klärt sich so etwas nie auf. Dafür bin ich da. Und Sie können mir glauben, dass ich es aufklären werde, selbst wenn ich dafür später in Rente gehen müsste. Und für Sie hoffe ich, dass Zordan tatsächlich unschuldig ist, denn ansonsten tragen Sie eine Mitschuld, weil Sie sich mit Ihrem Wissen nicht sofort an die Polizei gewendet haben. Ich nehme es Ihnen wirklich übel, dass Sie auch noch so dreist waren, mich auszufragen.«

»Tut mir leid«, nuschelte Greta kraftlos. Sie konnte kaum noch einen klaren Gedanken fassen und wollte nur noch schlafen. Die Wirkung des Koffeingetränks war schnell verflogen.

»Zumindest das glaube ich Ihnen«, sagte Lewandowski.

»Alles andere war auch die Wahrheit.«

»Das wird sich zeigen. Ich lasse Sie jetzt nach Hause fahren.«

»Ich kann gehen?«

»Nee, gehen lasse ich Sie in Ihrem Zustand nicht mehr. Jemand von der Bereitschaft fährt Sie. Aber eines müssen Sie mir vorher versprechen.«

»Ja?«

»Wenn Zordan sich bei Ihnen meldet, muss ich das wissen.«

»Okay. Versprochen.«

Dass ihr Versprechen schon am nächsten Morgen auf die Probe gestellt werden würde, hatte Greta nicht erwartet. Ihr Handy riss sie aus einem wirren Traum. Es war der grausame Klingelton, den sie für unbekannte Anrufer eingestellt hatte, und noch bevor sie abnehmen konnte, wusste sie, wer sie anrief.

»Wie geht es dir?«, fragte Andreas.

Greta war noch nicht wirklich wach. Sie hatte kaum vier Stunden geschlafen, und ihr Kopf fühlte sich an, als sei er mit Watte gefüllt. Wenn Andreas sie nicht geweckt hätte, hätte sie wahrscheinlich bis zum Mittag durchgeschlafen. Das war zumindest der Plan gewesen, als die beiden Beamten sie gegen drei Uhr in der Nacht vor ihrer Wohnung abgesetzt hatten.

»Ganz gut. Aber was ist mit dir? Wo bist du? Du musst dich der Polizei stellen, sonst glauben sie dir nicht.«

»Das kann ich nicht, noch nicht. Ich wollte dem Ganzen ein Ende bereiten, ich hätte aus Börner rausgequetscht, wo er Cindy gefangen hält, glaub mir.«

»Börner war es nicht.«

»Woher willst du das wissen?«

»Er hat ein Alibi. Die Polizei verdächtigt ihn nicht.«

Andreas schwieg. Greta hörte ihn atmen. Sie konnte sich vorstellen, wie enttäuscht er in diesem Moment sein musste. Er hatte alles auf eine Karte gesetzt und verloren.

»Hör zu«, begann sie, »ich habe dich bei Lewandowski, so gut ich konnte, entlastet, aber du musst unbedingt selbst mit ihm reden. Soll ich dir seine Nummer geben?«

»Wenn Börner es nicht war, dann weiß ich, wo ich jetzt suchen muss«, sagte Andreas.

»Nein, bitte, überlass das der Polizei«, flehte Greta.

»In meiner Vergangenheit ... dort versteckt sich Nummer 25. Dieser eine Satz – nichts bleibt ewig versteckt –, der bezog sich gar nicht auf die Leiche von Sarah Lieberknecht. Er bezog sich auf meine Vergangenheit. Es gibt da etwas, worüber wir nicht gesprochen haben ... Scheiße, ich hätte schon viel früher darauf kommen müssen. Aber jetzt mache ich endgültig Schluss mit dem Spuk.«

»Andreas, bitte, nimm wenigstens mich mit. Tu es nicht allein!«

»Wo ist Odin?«, fragte Andreas.

An den Hund hatte Greta gar nicht mehr gedacht.

»Ich weiß nicht, in deinem Haus wahrscheinlich.«

»Kannst du dich um ihn kümmern. Bitte. Ich kann nicht dorthin zurück.«

Es brach Greta beinahe das Herz, dass Andreas sich in dieser Situation Sorgen um seinen Hund machte.

»Klar, mache ich.«

»Greta ...«

»Ja?«

»Danke ... für alles.«

»Andreas, bitte, ich ... Andreas?«

Er hatte aufgelegt. Greta starrte ihr Handy an und widerstand der Versuchung, es gegen die Wand zu werfen. Warum konnte dieser eigensinnige Mistkerl nicht auf sie hören? Warum rief er nicht wenigstens Lewandowski an? Jetzt zog er wieder auf eigene Faust los, weil er einen anderen Verdächtigen ausgemacht hatte, und ritt sich damit noch tiefer in die Scheiße.

Greta war zugleich sauer und traurig und wünschte sich an Andreas' Seite.

An Schlaf war jetzt natürlich nicht mehr zu denken. Sie stieg aus dem Bett und ging unter die Dusche. Danach fühlte sie sich etwas wacher, brauchte aber noch starken Kaffee. Mit der Tasse in der Hand stand sie am Fenster. Ihre Wohnung lag im vierten Stock eines Mietshauses und bot einen tollen Ausblick über die Dächer der Altstadt und einen Teil des Flusses.

Es ärgerte Greta, dass Andreas ihr nicht gesagt hatte, wen er jetzt verdächtigte. Sie würde aber nicht einfach hier in ihrer Wohnung bleiben und abwarten. Gestern war sie daran gescheitert, Licht in Andreas' Vergangenheit zu bringen, aber nach dem, was Andreas am Telefon gesagt hatte, würde sie mit ihren Recherchen weitermachen. Vielleicht hatte er recht, und des Rätsels Lösung war in seiner Vergangenheit zu finden. Greta beschloss, noch einmal zu dem Hof der Essmüllers hinauszufahren und sich dort umzuhören. Wenn Andreas' Vater dort gearbeitet hatte, war es wahrscheinlich, dass die Familie Zordan in der Nähe gelebt hatte. Irgendjemand würde ihr sicher etwas aus jener Zeit erzählen können.

Zuvor rief Greta bei Lewandowski an und unterrichtete ihn von Andreas' Anruf. Als Grund nannte sie seine Sorgen um den Hund. Sie bat den Kommissar darum, Andreas' Haus betreten zu dürfen, um sich um Odin zu kümmern.

»Die Kollegen haben ihn unter Schwierigkeiten eingefangen und in ein Tierheim gebracht«, teilte Lewandowski ihr mit.

»In welches?«

Er versprach ihr, es herauszufinden.

»Von wo hat Zordan angerufen?«, wollte Lewandowski wissen.

»Ich weiß es nicht.«

»Ich warne Sie! Lügen Sie mich nicht an.«

»Ehrlich, ich weiß es nicht. Er sagte, er wisse jetzt, wo er nach Nummer 25 suchen muss, aber er wollte mir nicht sagen, was er damit meint.«

»Und was denken Sie?«

»Ich weiß nicht, was ich denken soll«, log Greta. »Hören Sie, ich kenne den Mann kaum, auch wenn es für Sie anders aussieht.«

»Aber Sie sind sich sicher, dass er unschuldig ist.«

»Nach wie vor, ja.«

Jemand sprach im Hintergrund mit Lewandowski. Der Kommissar sagte, er würde sich melden, und legte auf.

Greta kam sich wie eine Verräterin vor, weil sie sich an ihr Versprechen gehalten und alles weitergegeben hatte, was Andreas ihr anvertraut hatte. Na gut, nicht alles. Die Sache mit der Vergangenheit hatte sie weggelassen. Aber darauf könnte der Kommissar auch selbst kommen, wenn er seinen Job ordentlich machte.

Greta trank den Rest Kaffee, zog sich an und verließ ihre Wohnung.

Ein Taxi stand mit laufendem Motor auf dem Essmüllerschen Hof. Eine korpulente Taxifahrerin Mitte dreißig half einer steinalten Frau beim Aussteigen. Die alte Frau stützte sich mühsam auf den Rollator, den Greta beim letzten Mal vor dem Eingang entdeckt hatte. Sie hatte den krummsten Rücken, den Greta je bei einem Menschen gesehen hatte. Ihre Nase zeigte zum Boden. Allein zuzusehen, wie die Frau sich aus dem Wagen mühte, tat Greta weh.

Sie wartete an der Straße, bis das Taxi weggefahren war. Die alte Frau schlurfte zum Eingang des Hofes und ließ sich auf den Plastikstuhl sinken, der dort stand. Den Rollator behielt sie in Griffweite.

Greta trat auf sie zu.

»Hallo. Sind Sie Frau Essmüller?«

Die alte Dame schaffte es, ihren Kopf einen Zentimeter anzuheben.

»Ja, die bin ich. Noch, muss man wohl sagen.«

Frau Essmüller hatte schlohweißes dichtes Haar und einen kräftigen Damenbart. Auch aus den Ohren wucherten lange weiße Haare. Ihr Gesicht war eingefallen und faltig, die Hände auf den Griffen des Rollators sahen aus wie mit Pergament überzogene Knochen. Ihre Augen wirkten jedoch hellwach.

»Haben Sie ein paar Minuten Zeit für mich?«, fragte Greta.

»Zeit? Zeit habe ich genug, Kindchen. Aber kein Geld. Ich kaufe nichts, ganz egal, wie verlockend es klingt. Sie müssen es mir schon schenken.«

Die alte Frau lachte meckernd wie eine Ziege.

»Nein, nein, ich verkaufe nichts. Ich schreibe für eine Zeitung und recherchiere eine Familiengeschichte. Vielleicht können Sie mir dabei helfen.«

»Ich kenne jede Familie hier im Ort, mein Gedächtnis ist nämlich noch in Ordnung ... ganz im Gegenteil zu meinem Körper. Was wollen Sie denn wissen, Kindchen?«

»Darf ich mir einen Stuhl nehmen?«, fragte Greta.

»Aber sicher, gleich da vorn im Stall.«

Sie zeigte mit einem knotigen Finger auf eine Holztür. Greta öffnete sie, fand einen Stapel weißer Plastikstühle, hob einen herunter, pustete den schwarzen Staub ab und stellte ihn so hin, dass sie der alten Frau gegenübersaß. Allerdings konnte sie ihr immer noch nicht in die Augen schauen.

»Es tut mir leid, wenn es Ihnen nicht gutgeht«, sagte Greta. Irgendwie hatte sie das Bedürfnis, die Frau zu bemitleiden.

»Ach was«, sagte Frau Essmüller und winkte ab. »Ich hab einen kaputten Rücken und zwei neue Hüften, aber sonst ist alles tipptopp. Was glauben Sie, wie alt ich bin, Kindchen?«

»Sechzig?«, schätzte Greta absichtlich verkehrt.

»Um Gottes willen! Nein, vierundachtzig bin ich. Und die neunzig schaffe ich noch. Dann muss aber auch Schluss sein, sonst fällt mir der Hof überm Kopf zusammen.«

Wieder lachte sie meckernd.

»Ein schöner Hof ist das«, sagte Greta. »Leben Sie schon immer hier?«

»Ich bin hier geboren und werde hier sterben. Einmal war ich weg, damals, 1955, als alle plötzlich meinten, in Urlaub fahren zu müssen. Mit dem VW Käfer von Albert nach Italien. War ja ganz schön, aber nicht so schön wie hier. Ach ja, und nach dem Unfall, da war ich ein paar Monate weg, wegen der neuen Hüften. Aber sonst nie. Zu Hause ist eben zu Hause, nicht wahr?«

»Da haben Sie recht. Albert, ist das Ihr Mann?«

»War er. Ist vor fünfundzwanzig Jahren gestorben. So lange bin ich schon allein hier. Das ist das Schwierigste am Alter, wissen Sie. Das Alleinsein. Es kommt niemand mehr, alle anderen sind längst tot, und die Jungen haben kein Interesse an meinen Geschichten von früher.«

»Ich schon.«

»Ja, richtig. Sie wollten ja etwas von mir wissen? Um welche Familie geht es denn?«

»Hat Ihr Mann hier ein Fuhrunternehmen gehabt?«, fragte Greta.

Frau Essmüller nickte leicht. »Ich hab immer gesagt, die Landwirtschaft reicht, aber Albert wollte mehr. Das geht doch nebenbei, hat er gesagt. Vier Laster hat er gekauft, auf Kredit. Unser Sohn, der Paul, dann noch weitere vier, aber dann ist Paul an einem Herzinfarkt gestorben, und die Bank hat sich alle Laster geholt. Und noch viel mehr. Auch die Traktoren und Maschinen. Ich hatte Albert ja gewarnt. Wie gut, dass er das nicht mehr miterleben musste.«

»Ich versuche, einen Mann zu finden, der mal für Sie gearbeitet hat«, sagte Greta. »Er ist bei einem schweren Unfall gestorben. Er wurde von einer Metallplatte erschlagen, soweit ich weiß.«

Frau Essmüller drehte ihren Kopf ein wenig und blickte in Richtung der rostigen Zapfsäule.

»Das war das Schlimmste«, sagte sie leise mit brüchiger Stimme. »Dass die blöden Laster an dem Schicksal der Familie mit schuld waren.«

»Sie kannten den Mann also?«

»Heinrich Zordan. Heini, so haben ihn alle genannt. Mir läuft es noch heute kalt den Rücken hinab, wenn ich daran denke. Die arme Familie. Was die alles erdulden musste. Dagegen ist mein Rücken ein Fest.«

Die alte Essmüller beugte sich so weit zurück, bis sie Greta in die Augen schauen konnte.

»Glauben Sie an Flüche?«, fragte sie.

Greta, die in diesem Moment meinte, eine Hexe vor sich zu haben, zuckte mit den Schultern.

»Ich weiß nicht.«

»Die Zordans waren verflucht, wissen Sie. Heinis Vater war schuld daran. Er ist aus dem Sarg gestiegen, um selbst im Tod noch an seinen Alkohol zu kommen, und da hat der Teufel einen Fluch über die Familie gelegt. Niemand von denen ist je wieder glücklich geworden. Erst die Sache mit dem jüngsten Sohn, dann Heinis Unfall. Aus dem Ältesten ist auch nichts geworden, soweit ich weiß.«

»Wie heißt denn der Älteste?«, fragte Greta. Nur um sicherzugehen.

»Andreas. Hat nie einen ordentlichen Beruf gelernt. Seit der Sache mit seinem Bruder war er anders. Ich glaube, der Teufel hat Besitz von ihm ergriffen, wissen Sie. Es ist ja auch bis heute nicht erwiesen, dass es der Jens war. Ich glaube eher, dass Andreas es getan hat. Aber der arme Junge kann ja nichts dafür. Heinis Vater, der hat das Unglück über die Familie gebracht. Ein Säufer war das, ein Säufer und Schläger. Mit dem konnte keiner. Aber der hat trotzdem alles bekommen, was er wollte. Irgendwie hat er die Menschen immer wieder übers Ohr gehauen. Ich denke ja, der Teufel steckte schon immer in ihm, aber als er dann auch noch von den Toten aufstand, da hat es dem Beelzebub gereicht.«

Greta hörte aufmerksam zu, sah ihre Felle aber davonschwimmen. Fluch, Teufel, Beelzebub ... die alte Frau war wohl doch nicht mehr so gut bei Verstand, wie sie selbst glaubte. Greta konnte nur hoffen, dass in alledem ein Körnchen Wahrheit steckte.

»Was ist denn mit Andreas' Bruder passiert?«, fragte sie.

Frau Essmüller nickte und leckte sich mit der Zunge über die trockenen Lippen.

»Jede halbe Stunde, hat der Doktor gesagt. Mindestens ein Glas, sonst vertrockne ich. Tut mir leid, Kindchen, aber ich muss jetzt hineingehen und etwas trinken.«

»Ich hole Ihnen gern ein Glas Wasser«, bot Greta an. »Bleiben Sie doch hier in der Sonne sitzen.«

»Nicht nötig, ich kann selbst gehen.« Die alte Frau schickte sich an aufzustehen.

»Kommt gar nicht in Frage«, sagte Greta und öffnete die alte Dielentür. »Wo finde ich das Wasser und die Gläser?«

Die Essmüller sackte auf den Stuhl zurück. »Steht beides in der Küche auf dem Tisch. Einfach durch die Diele durch und dann die Schiebetür auf der rechten Seite. Aber bitte nur in die Küche ... alles andere ist nicht aufgeräumt.«

Greta betrat die schummrige Diele. Durch die kleinen Butzenfenster fiel nur wenig Licht. Eichenbalken trugen die niedrige Decke, Spinnweben von unglaublicher Größe bewegten sich im Luftzug vor den Fenstern. Verrostete Werkzeuge lagen am Boden, Körbe, Holz, Gartengeräte, kleine Maschinen, die Greta noch nie gesehen hatte, standen herum, zudem roch es nach Öl. Der Fußboden war gepflastert, und Greta fragte sich, wie die alte Frau auf dem unebenen Boden mit ihrem Rollator vorankam.

Sie entdeckte die Schiebetür, vor der es eine kleine Rampe gab. Gleich daneben führte eine Holztreppe ins Obergeschoss. Auf den Treppenstufen lag eine dicke Staubschicht, außer in der Mitte, dort schien regelmäßig jemand hoch- und runterzugehen. Die alte Frau tat das sicher nicht. Aber sie hatte doch gesagt, sie lebe allein hier. Na ja, es ging Greta nichts an. Sie zog die Schiebetür auf. Die Küche stammte aus einem anderen Jahrhundert. Der Linoleumboden wellte sich, die ehemals weißen Schränke waren gelb verfärbt, und an den Fliegenfängern, die von der Decke baumelten, hingen Heerscharen toter Insekten. Greta wollte gar nicht wissen, wie alt die waren.

Auf der blau karierten Wachsdecke des Tisches stand eine Flasche Wasser und verkehrt herum ein sauberes Glas. Greta wollte danach greifen, als sie ein Geräusch wahrnahm. Es kam von oben und klang, als habe sich dort jemand bewegt. Greta verharrte und starrte zur Decke. Das Geräusch wiederholte sich jedoch nicht, also glaubte sie, sich getäuscht zu haben. Sie nahm Glas und Flasche mit hinaus und war erleichtert, als sie wieder in die Sonne trat.

»So, hier ist Ihr Wasser.« Sie goss das Glas voll und gab es der alten Frau, die gierig trank.

»Entschuldigen Sie die Unordnung da drinnen«, sagte sie schließlich. »Ich seh das schon nicht mehr, und Besuch kommt so gut wie nie.«

»Macht nichts. Sie sollten mal meine Wohnung sehen.«

»Ich schaff das nicht mehr, und mein Sohn kommt kaum noch vorbei. Wir haben uns gestritten, wissen Sie. Er ist so furchtbar nachtragend.«

»Sagten Sie nicht, Paul sei am Herzinfarkt gestorben?«

»Paul, ja. Aber ich hab ja noch den Hansi, meinen Jüngsten. Er ist jetzt vierundvierzig, ein Nachzügler, wissen Sie. Ich weiß auch nicht, wie das damals passieren konnte.«

Die alte Frau kicherte.

»Und was ist mit dem Bruder von Andreas Zordan passiert?« Greta versuchte, sie wieder auf das eigentliche Thema zurückzubringen.

»Hansi ist ein paar Jahre älter als Andreas, die haben damals viel miteinander gespielt, wissen Sie. Aber nur bis zu dieser Sache. Danach wollte Hansi nichts mehr mit dem zu tun haben. Sie haben sich wohl gestritten, nehme ich an. Ich weiß es nicht so genau, der Hansi will bis heute nicht darüber sprechen.«

»Ist Andreas' Bruder tot?«

»Kann man so sagen. Ich meine, er ist nicht richtig tot, aber er war es. Dann ist er von den Toten auferstanden wie sein Großvater, und danach war er nicht mehr derselbe. Die haben gesagt, sein Gehirn sei zu lange ohne Sauerstoffversorgung gewesen, und da ist die Hälfte abgestorben. Verrückt ist er geworden, aber wer wäre das nicht.«

Greta begann zu verzweifeln. Schon wieder ein von den Toten Auferstandener. Wahrscheinlich vergeudete sie hier ihre Zeit. Dennoch wollte sie die alte Frau nicht brüskieren und fragte noch einmal nach.

»Können Sie mir das genauer erklären?«

Frau Essmüller nickte.

»Der Paul hat den Zordans noch ein halbes Jahr das Gehalt weitergezahlt, nach dem Unfall. Das hätte er nicht tun müssen, wissen Sie. Aber keiner von denen ist vorbeigekommen und hat sich bedankt. Na ja, kann man auch nicht erwarten, die waren alle geschockt. Ich hätte sie auch gar nicht auf dem Hof haben wollen. Da war der Jüngste, Meiko heißt er, aber schon in der Klapsmühle. Der weiß wahrscheinlich gar nicht, dass sein Vater gestorben ist.«

»Meiko Zordan ist in einem Heim?«

»Zwei Jahre haben sie es nach dem Unfall zu Hause versucht, aber das ging nicht. Dann haben sie ihn weggebracht. War wohl das Beste, was sie tun konnten. Aber der Fluch war trotzdem noch da, das hat man dann ja bei Heini gesehen.«

»Frau Essmüller, können Sie mir von dem Unfall erzählen, in dessen Folge Meiko Zordan verrückt geworden ist?«

Die Landstraße war in einem schlechten Zustand, ständig holperten die Reifen durch Schlaglöcher oder über Unebenheiten aus Rollsplitt, mit dem die größten Löcher notdürftig geflickt worden waren. Knorrige Eichen, die bereits alt gewesen waren, als Andreas hier mit seinem Kinderfahrrad entlangfuhr, streckten ihre dunklen Äste über die Straße. An einer Weggabelung stand ein Gebäude, das wie eine alte Kneipe aussah. Das Dach war eingesunken, aus den löchrigen Regenrinnen wuchs Unkraut, den Vorplatz hatten junge Birken erobert.

Wenige Meter hinter einer kleinen Brücke bog Greta an dem Transformatorenhäuschen, von dem die alte Essmüller gesprochen hatte, links ab. Vorbei an drei großen alten Bauernhöfen, die noch in Betrieb waren, führte der asphaltierte Wirtschaftsweg zu den Feldern. Rechts rückte der Wald bis dicht an die Straße heran. Die Äste der Bäume berührten fast die Stromleitung, die hier noch überirdisch verlief.

Die Zeit war stehengeblieben in diesem Teil der Welt. Gretas Handy in der Halterung am Armaturenbrett zeigte ihr, dass es hier draußen so gut wie keinen Empfang gab.

Schon von weitem sah sie inmitten der Felder das rote Backsteinhaus, das von einigen alten Eichen umgeben war, und nach Osten hin begrenzte eine Weißdornhecke das Grundstück. Sie war seit längerem nicht geschnitten worden und dementsprechend ausladend.

Greta hielt auf der Straße an und betrachtete das Haus aus der Entfernung. Ein trauriger, einsamer Ort, zurückgelassen und vergessen, doch Frau Essmüller hatte gesagt, dass Jens vor einigen Jahren aus der Stadt zurückgekommen und wieder in sein Elternhaus eingezogen war.

Je länger das Gespräch gedauert hatte, umso unkonzentrierter war die alte Frau geworden, hatte lange nach den richtigen Wörtern suchen müssen, und die Lücken in ihrer Erzählung waren immer größer geworden. Greta hätte ihr gern noch eine Weile zugehört, denn was die alte Dame über den Unfall und das Schicksal der Familie Zordan zu erzählen hatte, war sehr interessant. Irgendwann hatte es aber keinen Sinn mehr gehabt, und Greta begleitete die alte Frau ins Haus, zog ihr die Schuhe aus und wartete, bis sie sich auf die Couch im Wohnzimmer gelegt hatte. Dann war sie gegangen. Draußen auf dem Hof hatte sie sich noch einmal umgedreht, das verfallene Haus betrachtet und sich gefragt, ob Einsamkeit am Ende eines langen Lebens der Preis für die Sünden war, die man begangen hatte. Hansi, der jüngste Sohn der Essmüllers, stammte nicht von Albert Essmüller. Das hatte die alte Frau gestanden, ohne dass Greta gefragt hatte. Dabei war ihr Blick zwar auf den Fußboden, gleichzeitig aber auch in die Ferne gerichtet gewesen, und ein zufriedener Ausdruck hatte sich über ihr faltiges Gesicht gelegt.

Eine Information hatte Greta der alten Dame noch entlocken können: die Adresse des Hauses, an dem damals der Unfall passiert und bei dem Andreas' kleiner Bruder beinahe gestorben war. Und da dieses Haus kaum eine Viertelstunde Fahrt entfernt lag, hatte Greta entschieden, sich dort umzuschauen. Vielleicht könnte sie mit diesem Jens reden, wenn er zu Hause war.

Greta fuhr vor das Haus, allerdings nicht auf den Hof, und ließ den Wagen am Straßenrand stehen.

Die beiden Kirschbäume, von denen die alte Essmüller gesprochen hatte, lebten nicht mehr. Ihre Äste waren kahl und teilweise verrottet, manche waren abgebrochen. Eine Dohle saß auf einem der kahlen Äste. Aus der Entfernung konnte Greta nur ihren Umriss erkennen, sie war sich aber sicher, dass der Vogel sie beobachtete.

Wurde sie auch durch eines der Fenster beobachtet?

Es sah allerdings nicht so aus, als sei jemand zu Hause.

Greta ging über die lange Hofeinfahrt auf das rote Backsteinhaus zu. Im rechten Winkel schloss sich eine Doppelgarage an das Haus an, und daran wiederum eine große Scheune. Auf dem Dach der Scheune wuchsen ausgedehnte Moosplacken, aus den Regenrinnen wucherte Gras. Von den beiden großen Holztoren war die Farbe abgeblättert, dass sie einmal grün gestrichen waren, konnte Greta aber noch erkennen.

Die Haustür des Wohnhauses wurde von einem kleinen Überdach geschützt. Darunter stand eine Holzbank, unter der Bank ausgelatschte Schuhe und ein leerer Kasten Bier. Also hatte die alte Essmüller doch recht – hier lebte jemand.

Greta trat vor die Haustür und suchte nach einer Klingel. Sie fand sie und beugte sich vor, um den Namen zu entziffern, den jemand kaum leserlich mit Bleistift auf ein aufgeklebtes Heftpflaster gekritzelt hatte.

Jens Kraft stand dort.

Greta trat von der Tür zurück, weil sie das Gefühl hatte, beobachtet zu werden. Der Waldrand war nicht allzu weit entfernt, jemand könnte sich dort aufhalten, und sie würde ihn im dunklen Unterholz nicht sehen. Aber es war wohl doch nur die Dohle, die sie weiterhin im Blick hatte.

Greta betätigte die Klingel.

Auch nach dem zweiten Versuch öffnete ihr niemand.

Sollte sie sich trotzdem umsehen?

Im Kriechkeller, das hatte die alte Essmüller ihr berichtet, hatte Andreas einen Tag und eine Nacht ausgeharrt, bis seine Eltern ihn fanden. Schon als die alte Frau davon erzählte, war Greta klargeworden, dass sie diesen Keller unbedingt sehen wollte, denn jetzt glaubte sie zu wissen, warum Andreas so war, wie er war. Kein kleiner Junge überstand es unbeschadet, einen Tag und eine Nacht allein in einem dunklen Keller zu verbringen. Vor allem nicht nach dem, was er gesehen hatte. Die Bilder mussten sich tiefer als jede andere Erinnerung in Andreas' Gehirn eingegraben haben.

Gretas Neugierde war geweckt. Sie ging an den Garagen und der Scheune vorbei zum hinteren Teil des Grundstückes. Als sie die beiden Kirschbäume erreichte, flog die Dohle davon, und plötzlich fühlte Greta sich sehr einsam. Nachbarn gab es hier nicht. Kein anderes Haus befand sich in Sichtweite. Zu der einen Seite hin begrenzte der dichte Wald das Gelände, zu der anderen lagen ausgedehnte Weizenfelder, die ebenfalls die Sicht versperrten.

Greta nahm all ihren Mut zusammen und kämpfte sich durch hüfthohes Unkraut zur Stirnseite der Scheune vor. Die gewaltige Backsteinmauer ragte fensterlos vor ihr auf. Nur eine einzige Tür befand sich darin. Sie war einmal taubenblau gestrichen gewesen, doch auch hier war die Farbe abgeblättert. Das entblößte Holz schimmerte silbrig.

In diesem Moment wurde es Greta bewusst, dass sie dieses Haus, diese Scheune, dieses Grundstück schon einmal gesehen hatte. Die kindliche Zeichnung an der Wand neben dem Schreibtisch in Andreas' Haus zeigte genau diese Gegebenheiten. Verändert zwar durch das Auge und die Hand des Künstlers, aber ohne Zweifel war dieses Haus das Motiv gewesen.

Was hatte das zu bedeuten?

Greta betrachtete die ehemals blaue Tür. Es gab kein Schloss, die Scharniere waren verrostet, glänzten aber feucht. Greta sah genauer hin und roch das Öl, das jemand daraufgeträufelt hatte. Außerdem war das Unkraut aus den Fugen des Plattenweges gerissen worden, wahrscheinlich, um die Tür öffnen zu können. Also hatte sich hier erst vor kurzem jemand zu schaffen gemacht.

Greta zog die Tür auf.

Dahinter führten fünf hölzerne Stufen in die Dunkelheit des Kriechkellers. In solchen Kellern, so hatte die alte Essmüller erklärt, war früher Obst zum Reifen aufbewahrt worden, ebenso Einkellerungskartoffeln, Einmachgläser und Obstbrände.

Kühle, übel riechende Luft strömte Greta entgegen.

Greta tastete rechts und links der Tür nach einem Schalter, fand aber keinen. Sie aktivierte die Taschenlampenfunktion ihres Handys und leuchtete nach unten. Das Licht war jedoch zu schwach, mehr als die fünf Stufen löste es nicht aus der Dunkelheit.

»Hallo«, rief Greta leise.

Dann warf sie einen sehnsüchtigen Blick zurück über ihre Schulter und empfand die abgestorbenen Kirschbäume und den dunklen Wald plötzlich als hoffnungsvolle Botschafter des Lebens – verglichen mit diesem Raum unter der Scheune. Dennoch setzte sie einen Fuß auf die erste Stufe, zögerte, gab sich einen Ruck und stieg hinunter.

Mit jedem Schritt spürte sie die Kälte an ihrem Körper hinaufkriechen.

Den Arm lang ausgestreckt, leuchtete sie in die Dunkelheit.

Unten angekommen, fand sie heraus, was die Bezeichnung Kriechkeller bedeutete. Die Decke war so niedrig, dass Greta nicht aufrecht stehen konnte. Sie musste sich bücken und bekam eine Ahnung davon, wie es der alten Essmüller mit ihrem krummen Rücken ergehen musste. Direkt vor ihr teilte ein massives Eichenholzregal den Kellerraum, das bis auf den letzten Platz angefüllt war mit Einmachgläsern. Sie waren staubbedeckt, reflektierten aber teilweise das Licht des Handys. Greta ging darauf zu. Sie sah schrumpelige Pflaumen in klarer Flüssigkeit. Kirschen, die ihre Farbe eingebüßt hatten, sowie einiges, das sie nicht identifizieren konnte. Das mussten Hunderte Gläser sein. Kleine und große, dickbauchige und schmale, und alle sahen sie aus, als stünden sie bereits seit Jahrhunderten hier unten.

Der Boden des Kellers bestand aus roten Pflastersteinen. Unter der niedrigen Balkendecke hingen Spinnweben. Aus Holzwurmlöchern war Holzmehl in diese Netze gerieselt und hing daran wie Weihnachtskugeln an einem Christbaum. Vier gewaltige Balken durchstießen die Decke, zwei vor dem Regal, zwei in der Dunkelheit dahinter. Wahrscheinlich gehörten sie zur tragenden Konstruktion der Scheune.

In der hinteren Ecke, hinter der Kartoffelkiste, da haben sie den kleinen Jungen gefunden.

Greta konnte die Worte der alten Essmüller hören.

Sie vermutete die Kartoffelkiste hinter dem Eichenregal und umrundete es.

Dahinter zog sich der Raum weitere zwei Meter in die Tiefe.

Die Kartoffelkiste aus hölzernen Stäben stand in der Ecke.

Greta leuchtete hinein.

Darin lagen keine Kartoffeln, sondern eine Leiche.

Ein junges Mädchen mit schwarzem Haar.

Cindy Jagusch.

Aus ihrem Bauch ragte der Griff eines Messers.

Bevor die Panik Greta überfiel, hatte sie ein paar Sekunden Zeit, sich die Details einzuprägen. Den gebrochenen Blick des Mädchens, die Farbe des Messergriffs, schwarz, die hübschen Ohrringe, die Insekten, die über das Gesicht krabbelten.

Dann zog sich Gretas Magen zusammen, die Angst schlug mit Macht zu, sie stolperte zurück, stieß sich den Hinterkopf heftig an einem Deckenbalken an und gleich darauf noch die Stirn, als sie sich panisch umdrehte und fliehen wollte. Sie verlor ihr Handy, ihr schwanden die Sinne, fast blind tastete sie sich auf das Licht zu, stieß sich die Schienbeine an der ersten Stufe der Treppe und fiel hin. Sie krabbelte die Stufen hinauf und hinaus aus dem Totenkeller.

Oben angekommen, starrte sie auf ein Paar braune Lederschuhe und Beine, die in einer Jeans steckten. »Was tun Sie hier?«

Greta hörte die Stimme kaum, so benommen war sie. An ihrer Stirn und an ihrem Hinterkopf bildeten sich bereits Blutergüsse, und ihr Schädel fühlte sich an, als würde er jeden Moment platzen. Sie war mit voller Wucht gegen den Deckenbalken gerannt, wahrscheinlich hatte sie eine Gehirnerschütterung davongetragen.

Sie setzte sich auf den Boden und sah zu dem Mann auf, der vor ihr stand. Aus ihrer Position wirkte er wie ein Riese. Groß und bedrohlich. Einzelheiten erkannte sie nicht. Alles war unscharf.

»Ich ...«, versuchte sie zu erklären, bemerkte aber, wie schwer es ihr fiel, Worte zu formulieren. Ihre Zunge war träge und gefühllos.

Sie ahnte, dass der Mörder von Cindy Jagusch vor ihr stand, aber sie konnte sich nicht verteidigen, war ihm hilflos ausgeliefert. In ihrem Zustand konnte sie noch nicht einmal allein aufstehen.

»Ich habe Sie was gefragt«, fuhr der Mann sie an.

Greta hob die Hand und schüttelte den Kopf, um ihm zu zeigen, dass sie nicht sprechen konnte. Die Folgen waren grausam. Ihr Hirn sandte Schmerz und grelle Lichtblitze aus. Greta stöhnte, presste sich die Hände gegen den Kopf und sackte zusammen. Die Welt verschwamm, wurde diffus, sie sah den Mann nicht mehr, hörte aber eine verzerrte, monströse Stimme, die aus allen Richtungen zu kommen schien.

Jemand packte sie an der Schulter, schüttelte sie, und der Schmerz in ihrem Kopf raubte ihr die Sinne. Greta übergab sich, aber auch das nahm sie nur vage wahr.

Die Stimme schrie. Sie spürte Schmerzen am Rücken, so als würde sie getreten.

Für einen Moment wurde es ruhig, die Stimme schwieg, und Greta schaffte es, die Augen zu öffnen. Licht, grellweiß, irgendwas Grünes, dahinter das schwarze Loch des Kellers. Die braunen Lederschuhe kamen auf sie zu. Der Mann packte Greta am Arm, wollte sie auf die Beine ziehen, doch ihre Beine waren weich wie feuchtes Papier.

»Nicht ...«, stieß sie mühsam hervor.

Die dröhnende Stimme wurde lauter, hysterisch, aggressiv. Er ließ ihren Arm nicht los, zog Greta hinter sich her, auf die Kellertür zu. Sie spürte, wie sie mit der Wange über die rauhen Betonplatten rutschte, spürte ihre Haut aufreißen, versuchte, sich zu wehren, doch es blieb bei dem Versuch.

Ein weiterer Tritt in den Rücken.

Plötzlich Geschrei. Füße, die auf Beton scharrten.

Der Mann ließ sie fallen, Greta schlug mit dem Kopf auf, und die Lichter erloschen.

Sie war rücklings an einen Balken gefesselt. Es war einer dieser Balken, die schräg durch die niedrige Decke in den Keller stießen, die tragenden Säulen der Scheune. Ihre Arme waren schmerzhaft hinter ihrem Rücken, ihre Beine an den Knöcheln zusammengebunden. In dem Maße, wie die Ohnmacht sich aus ihrem Körper zurückzog, zogen die Schmerzen ein. In einer normalen Situation wären sie nicht auszuhalten gewesen, doch hier und jetzt drängte Greta die Schmerzen zurück, um sich auf den Mann konzentrieren zu können, der im Schneidersitz neben ihren Beinen auf dem schmutzigen Boden des Kellers hockte.

Er hatte kein Gesicht. Oder wenn er doch eines hatte, konnte Greta es nicht sehen. Da war nichts als ein weißer Fleck, der immer wieder seine Struktur veränderte. Es war der Beelzebub, ganz klar. Die alte Essmüller hatte in allem recht gehabt.

Der Beelzebub zog Greta die Schuhe und die Socken aus.

Sie ließ es geschehen, was hätte sie auch tun sollen.

Als ihre Füße nackt waren, bemerkte sie das Messer. Es hatte einen schwarzen Griff, und die Klinge war blutbesudelt, so als sei es gerade aus einem Körper herausgezogen worden.

Der Beelzebub drückte die Spitze des Messers gegen Gretas linke Fußsohle.

»An den Füßen nimmt der Mensch Schmerzen besonders intensiv wahr«, sagte er mit rauher Stimme. »Wusstest du das? Das liegt an der hohen Dichte von Nervenzellen. Und das Tolle dabei ist, die Schmerzwahrnehmung nimmt im Gegensatz zu anderen Körperregionen an den Füßen durch Gewöhnung nicht ab, sondern eher zu. Es wird also immer schlimmer und schlimmer, und die Schmerzen beschränken sich nicht nur auf die Füße, nein, sie strahlen durch den Ischiasnerv direkt in den ganzen Körper. Deshalb war die Bastonade, also Stockschläge auf die nackten Fußsohlen, schon immer eine beliebte Foltermethode und ist es noch heute.«

Dann stach er zu. Tief hinein ins Fußgewölbe, so dass die Messerspitze oben wieder austrat.

In dem Moment erwachte Greta, und obwohl sie sofort wusste, dass sie nur geträumt hatte, spürte sie realen Schmerz in ihrem linken Fuß.

Sie lag in einem Krankenzimmer, ihr Körper verborgen unter einer weißen Decke, neben dem Bett ein fahrbarer Tisch mit einem großen bunten Blumenstrauß darauf. Zu ihrer Rechten befand sich vor dem Fenster ein großer Kastanienbaum. Tiefstehendes Sonnenlicht fiel durch die Blätter. Auf einem Stuhl in der Ecke des Raumes saß Andreas Zordan. Er stand auf und kam ans Bett.

»Na, endlich ausgeschlafen?«

Sein Lächeln war sanft und freundlich. Er trug ein Pflaster auf der Stirn, sein rechtes Jochbein war geschwollen und blau verfärbt.

»Wo bin ich?«, fragte Greta.

»Wonach sieht es denn aus?«

»Jedenfalls nicht nach dem Paradies.«

»Dafür ist es auch noch ein paar Jahre zu früh, und wer weiß, ob du da überhaupt Zutritt erhältst. Du bist hier im Krankenhaus in Steinburg. Es ist jetzt achtzehn Uhr. Seit deiner Einlieferung hast du geschlafen, also beinahe fünf Stunden. Ich dachte immer, nur Rentner halten einen so langen Mittagsschlaf.«

»Ich hab von deinem Buch geträumt, von dieser Fußfoltermethode ... war ziemlich grauenhaft.«

»Selbst schuld, was liest du so einen Schund.«

Andreas grinste breit.

»Sind die Blumen von dir?«

»Hast du noch andere Freunde?«

»Na ja, der Typ, wegen dem ich hier bin, vielleicht. Wer war das, dort an der Scheune?«

Andreas beugte sich über Greta und küsste sie. Seine Lippen

waren weich und warm, und sie ließ es gern geschehen, schloss die Augen und wünschte sich an einen anderen Ort.

»Kaum die Augen auf und schon so viele Fragen«, sagte Andreas und setzte sich auf die Bettkante. »An was kannst du dich erinnern?«

Greta dachte nach.

»Ich war in diesem Kriechkeller, dort ... dort lag Cindys Leiche. Ich habe mir den Kopf gestoßen, und als ich raus war aus dem Keller, hat da dieser Typ auf mich gewartet. Aber ich habe ihn nicht gesehen, nur seine Stiefel ... ich war nicht ganz bei Sinnen ...«

Andreas nickte und sah sie ein wenig traurig an.

»Ich kam im richtigen Moment«, sagte er. »Er wollte dich gerade in den Keller zerren. Ich hatte ja leider keinen Wagen und musste den ganzen Weg nach Marklohe mit dem Bus und zu Fuß bewältigen. Andernfalls wäre ich viel früher dort gewesen und hätte das alles verhindern können. Das war wirklich in allerletzter Sekunde. Wie konntest du nur so dumm sein, allein dorthin zu gehen?«

»Der Mann an der Scheune ... war das Nummer 25?«

»Jens Kraft, Sarah Lieberknechts Vater, steckte dahinter.«

»Dann hat er seine eigene Tochter getötet?«

»Es sieht so aus, ja. Vielleicht hat er erst danach entschieden, mir die Tat in die Schuhe zu schieben, vielleicht war es aber auch von Anfang an so geplant gewesen. Ich denke, er trug seine Rachepläne schon sehr lange mit sich herum.«

»Ist er tot?«

Andreas nickte.

»Er griff mich mit einem Messer an. Es kam zum Kampf, und irgendwie gelang es mir, ihm das Messer abzunehmen. Es war Notwehr, ich konnte nicht anders handeln, aber da es keinen Zeugen gibt, werde ich deswegen wohl angeklagt. Kann sein, dass ich nun doch noch in den Knast muss. Wahrscheinlich säße ich längst in Haft, wenn Lewandowski nicht so großmütig wäre.«

»Er verdächtigt dich nicht länger?«

»Na ja, Cindys Leiche lag im Keller von Jens Kraft. Das Messer stammt nach ersten Erkenntnissen wohl aus seiner Küche und steckte in Cindys Körper. Ihr Handy lag in seinem Haus. Er arbeitete nur sporadisch, hatte also genug Zeit, das alles durchzuführen. Und er hatte ein Motiv. Jens und ich haben eine gemeinsame Vergangenheit, deshalb bin ich ja auch auf ihn gekommen, nachdem klar war, dass Börner nicht Nummer 25 ist.«

Greta nahm Andreas' Hand und blickte ihm tief in die Augen.

»Erzähl mir, was damals passiert ist. Bitte!«

»Jens und ich, wir waren in jenem Sommer unzertrennlich. Wir hatten uns Blutsbrüderschaft geschworen und standen gegen Gefahren zusammen wie ein Mann. Nicht dass es besonders viele Gefahren gegeben hätte. Eigentlich nur eine, und die war streng genommen gar keine. Hansi Essmüller war ein paar Jahre älter und ein bisschen zurückgeblieben. Er war sozusagen der Dorftrottel, aber furchtbar stark. Jeder hatte von ihm schon mal eine Abreibung kassiert. Wir hatten ihn uns als Lieblingsfeind auserkoren, aber man konnte sich nicht jeden Tag an ihm abarbeiten, dafür war er zu langweilig.

Wenn man derart einsam lebt, dauern die Sommerferien eine Ewigkeit, und die muss bei Jungen in dem Alter mit Abenteuern gefüllt werden. Damals, ohne Handy und Internet, waren wir viel kreativer, und es verging kein Tag, den wir nicht draußen in den Wäldern verbracht hätten.

Ich war sieben, Jens acht Jahre alt. Jens war größer und um einiges kräftiger, und in der Regel bestimmte er, was wir taten und was nicht.

An jenem Tag mussten meine Eltern beide arbeiten, und ich sollte auf meinen kleinen Bruder Meiko aufpassen. Meiko war damals fünf und eine echte Nervensäge. Als Nesthäkchen war er es gewohnt, zu bekommen, was er wollte, und bekam er es einmal nicht sofort, heulte und quengelte er so lange, bis er es bekam. Ich hasse ihn nicht, aber ich war wohl eifersüchtig auf ihn und mochte es überhaupt nicht, auf ihn aufpassen zu müssen. Wenn er dabei war, konnten wir nicht in den Wald, dann mussten wir in der Nähe des Hauses bleiben, und das war langweilig.

Ich kann mich noch erinnern: Am Vortag war schlechtes Wetter gewesen, es hatte geregnet, und Jens und ich hatten uns im Nachmittagsprogramm einen Winnetou-Film angeschaut. Ich glaube, es war ›Der Sohn des Bärenjägers‹, genau weiß ich es aber nicht mehr. Ich erwähne es auch nur, weil in dem Film jemand am Hals aufgeknüpft wurde und dies Bedeutung hat für das, was später geschah.

Am Nachmittag trieben wir drei uns auf Jens' Grundstück herum. Damit waren wir im Einflussbereich seiner Mutter, die zu Hause war, und das war erlaubt. Zuvor hatten wir Hansi einen Besuch abgestattet und ihm die Luft aus den Reifen seines Fahrrads rausgelassen – das war nicht erlaubt. Hansis Eltern hatten Geld, er besaß das teuerste Fahrrad im Ort, ein Bonanzarad mit hohem Lenker und langem Sattel, und er ließ keine Gelegenheit aus, damit anzugeben.

Bei Jens im Garten wurde uns schnell langweilig, und irgendwann kamen wir wohl auf die Idee, den ›Sohn des Bärenjägers‹ nachzuspielen. An den genauen Ablauf kann ich mich nicht mehr erinnern, ich weiß aber noch, dass Meiko irgendwann als Böser auserkoren wurde. Er musste gefesselt, womöglich gar gehenkt werden, und Jens und ich machten uns auf die Suche nach einem Seil. Es gab keines außer dem der Schaukel, die an einem Ast des Kirschbaumes befestigt war.

Meiko musste sich auf die Schaukel stellen, und irgendwie schafften wir es, ihm das Seil so um Bauch und Arme zu wickeln, dass er in der Luft hing. Für einen Moment war das lustig, aber dann tat es Meiko weh, und er begann zu weinen und wollte runter.

Jens bestand aber darauf, dass er gefesselt bleiben müsse. Erst als Meiko ein blaues Gesicht bekam, handelte ich. Ich schrie Jens an, er solle das Seil losmachen, doch der lief einfach weg.

Ich habe keine bildhafte Erinnerung mehr daran, was ab diesem Zeitpunkt passierte, das meiste habe ich mir aus dem zusammengereimt, was meine Eltern und die Leute erzählten.

Allein bekam ich das Seil nicht los, Meiko hing mit seinem ganzen Körpergewicht daran, es ging einfach nicht, ich hatte keine Chance. Und dann ... dann bekam ich Angst und lief ebenfalls weg.

Ich versteckte mich in diesem Kriechkeller. Dort blieb ich, bis meine Eltern mich am nächsten Tag fanden. Dass Jens' Mutter Meiko befreit und den Notarzt gerufen hatte, bekam ich nicht mit. Erst später erfuhr ich, dass Meiko für kurze Zeit tatsächlich tot war, von dem Notarzt aber wiederbelebt werden konnte. Sein Gehirn war jedoch zu lange ohne Sauerstoffversorgung gewesen, und er trug eine schwere geistige Behinderung davon.

Meine Eltern gaben Jens die Schuld. Jens' Eltern gaben mir die Schuld. Ich sagte, es sei Jens gewesen, der Meiko das Seil umgewickelt hatte. Jens behauptete, ich sei es gewesen und habe es zusätzlich noch um Meikos Hals gewickelt. Das war nämlich merkwürdig. Als sie Meiko fanden, war das Seil angeblich um seinen Hals gewickelt, ich konnte mich aber nicht erinnern, dass wir das getan hatten. Ich behauptete aber, auch das habe Jens getan. Ich meine ... ich war sieben, was hätte ich denn tun sollen?

Juristisch spielte das keine Rolle, da wir in dem Alter ohnehin nicht belangt werden konnten. Ich glaube, meine und Jens' Eltern wurden aber zu einer Geldstrafe wegen unterlassener Aufsichtspflicht verklagt. Wir wohnten dort nur zur Miete und zogen bald darauf fort. Ich habe Jens von jenem Tag an nie wieder gesehen. Er war mein bester Freund, mein Blutsbruder, aber dieser Tag veränderte alles. Auch für mich und meine Familie.

Meine Eltern stritten viel. Mein Vater vermittelte mir das Gefühl, er glaube mir nicht. Ich hörte ihn sagen, dass Jens' Version viel plausibler klang, und selbst wenn ich es nicht getan hatte, so hatte ich seiner Meinung nach meinen Bruder im Stich gelassen und nicht einmal den Versuch unternommen, ihm zu helfen. Ich allein wusste, was geschehen war, ich ließ mich nicht beirren und blieb dabei. Irgendwann bekamen meine Eltern einen Unterlassungsbescheid, der es mir verbot, weiterhin zu behaupten, Jens sei schuld an dem Unfall. Das wäre gar nicht nötig gewesen, es gab niemanden mehr, mit dem ich darüber geredet hätte. Denn obwohl ich wusste, dass Jens das Seil um den Hals meines Bruders gelegt haben musste, wusste ich auch, dass mich eine Mitschuld traf. Ich hätte es gar nicht so weit kommen lassen dürfen.

Ich fühlte mich wie ein Mörder. Ein Gefühl, das ich nie wieder loswurde.

Jens hat sich wahrscheinlich so sehr in seine Version der Geschehnisse hineingesteigert, dass er sie irgendwann für wahr gehalten hat. Vielleicht hasste er mich, denn ich habe ihn niemals entlastet, niemals die Lüge, die es in seinen Augen war, aufgeklärt. Vielleicht hat dieser Hass die Jahre überstanden und war Grund genug für ihn, jetzt mich als Mörder dastehen lassen zu wollen. Fast wäre ihm das auch geglückt. Wenn du nicht gewesen wärst, dann würde ich jetzt für Morde im Gefängnis sitzen, die ich nicht begangen habe. Das war wohl Jens' Ziel, in seinen Augen eine gerechte Strafe für jemanden, der nie für seine Schuld belangt worden war. Womöglich hat es seinen Hass sogar angestachelt, dass ich als Schriftsteller erfolgreich wurde. Ich habe ja nie einen Hehl daraus gemacht, dass mein verkorkster Charakter Grund für den Erfolg ist. Und mein Charakter wurde damals, an jenem Nachmittag, geformt.«

Greta hatte die ganze Zeit über Andreas' Hand gehalten. Sie hatte gespürt, wie sie wärmer wurde und wie er am ganzen Körper zu zittern begann, als er die Sache mit der Schaukel schilderte. Bis auf die Details war es die gleiche Geschichte, die die alte Essmüller erzählt hatte.

»Deshalb meinst du, du bist ein Psychopath? Weil du als Siebenjähriger nicht in der Lage warst, deinem kleinen Bruder zu helfen.«

Andreas presste die Lippen zusammen und sah aus dem Fenster.

»Das darfst du nicht!«, fuhr Greta fort. »Kinder machen in dem Alter Dummheiten, und manchmal führen sie leider in eine Katastrophe, aber deswegen bist du doch kein schlechter Mensch. Du darfst dir deswegen keine Vorwürfe machen.«

»Ich mache mir schon mein ganzes Leben lang Vorwürfe.«

»Dann hör auf damit. Jetzt gleich.«

Andreas sah sie an, seine Hand klammerte sich fester um die ihre. In seinen Augen konnte Greta lesen, dass er ihr noch etwas erzählen wollte, etwas, das ungleich wichtiger war als alles, was sie bisher gehört hatte.

Bevor Greta fragen konnte, was das war, hörte sie ein Geräusch aus der anderen Ecke des Krankenzimmers, die durch einen Vorhang abgetrennt war. Ein Schatten bewegte sich dahinter, und einen Augenblick später trat Oberkommissar Lewandowski hinter dem Vorhang hervor.

»Das war der Deal«, sagte Andreas leise. »Sonst hätte ich nicht hier bei dir warten dürfen.«

»Richtig, und jetzt habe ich genug gehört«, sagte Lewandowski. »Für heute reicht es, ich hab längst Feierabend.«

Für wenige Sekunden, kurz bevor Lewandowski aufgestanden war, war Andreas wieder der kleine Junge gewesen, mit dem Greta in jener Nacht geschlafen hatte. Jetzt zog er sich blitzschnell in sein Schneckenhaus zurück, blinzelte die Vergangenheit weg, ließ ihre Hand los und erhob sich von der Bettkante.

»Wie geht es denn unserer allzu neugierigen Journalistin?«, fragte Lewandowski.

Es fiel Greta schwer, sich auf den Kommissar zu konzentrieren.

»Ganz gut, denke ich.«

»Ich hoffe, Sie können sich an Ihren Namen erinnern. Wenn nicht, habe ich mir das alles umsonst angehört.«

Sein Tonfall verriet den Scherz, Greta aber bemerkte, wie Andreas dennoch zusammenzuckte.

»Ich heiße Helene Fischer und bin Berufssängerin«, sagte Greta.

Dabei sah sie nicht Lewandowski an, sondern Andreas. Sie versuchte, ihm mit Blicken mitzuteilen, dass sie ihr Gespräch zu einem späteren Zeitpunkt fortsetzen würden. Da lag noch eine Last auf seiner Seele, die er unbedingt loswerden musste, und ganz egal, was es war, es konnte nie und nimmer schlimmer sein als das, was er ihr soeben erzählt hatte.

Odin stand still in seinem Gefängnis, die Rute zwischen den Hinterbeinen eingeklemmt, und sah Greta aus traurigen Augen an. Sein Anblick brach ihr das Herz.

Sie ging in die Knie und streckte die Hand aus.

»Vorsicht!«, mahnte der Inhaber des Tierheims, Karl Overbeck. »Seit er zurück ist, ist er noch aggressiver.«

Overbeck hielt seine rechte Hand hoch. Sie war bandagiert.

»Der Mistkerl beißt nur so um sich.«

Greta steckte ihre Hand trotzdem durch das Gitter. Odin kam näher, schnüffelte daran und leckte sie ab.

»Das gibt's ja nicht«, sagte hinter ihr Overbeck.

»Wir beide gehen jetzt nach Hause, nicht wahr«, flüsterte Greta dem Hund zu.

Sie richtete sich zu hastig auf, sofort wurde ihr schwindelig, und für einen Moment befürchtete sie zu stürzen. Sie hielt sich an dem Zwinger fest. Die Ärzte im Krankenhaus hatten ein leichtes Schädel-Hirn-Trauma festgestellt, nichts Ernstes, sie hätten sie dennoch gern einen weiteren Tag und eine Nacht dortbehalten. Greta hatte sich am Morgen nach dem Gespräch mit Andreas auf eigenes Risiko selbst entlassen.

»Ich nehme ihn mit«, sagte sie zu Overbeck. »Herr Zordan ist verhindert.«

»Soll mir nur recht sein. Er kostet fünfhundert Euro.«

»Wie bitte?«

»Fünfhundert Euro«, wiederholte Overbeck.

»Soweit ich weiß, hat Herr Zordan bereits für den Hund bezahlt.«

»Er bekam einen Spezialpreis, dafür sollte er den Hund aber nicht zurückbringen. Jetzt ist das Vieh wieder hier und hat mich sogar gebissen. Ich muss die Kosten wieder reinkriegen.«

»Das ist Betrug.«

»Das ist Marktwirtschaft, Schätzchen. Entweder Sie geben mir die fünfhundert, oder das Vieh bleibt hier. Mal sehen, vielleicht lasse ich ihn einschläfern. Ist ja sowieso nicht zu gebrauchen.«

Greta musste sich zurückhalten, dem Mann nicht zwischen die Beine zu treten. Widerwillig ging sie mit ihm in sein Büro, bezahlte die verlangte Summe mit der Bankkarte und befreite dann Odin aus seinem Gefängnis.

Auf dem Hof sagte Overbeck zum Abschied: »Sorgen Sie dafür, dass dieser Köter nicht noch mal zurückkommt.«

Greta drehte sich zu ihm um. Overbeck stand da, die Hände in den Taschen seiner Latzhose und selbstsicher grinsend.

»Der Hund kommt ganz sicher nicht zurück. Aber ich. Ich bin Journalistin und werde einen Bericht über diesen Laden schreiben. Danach können Sie dichtmachen, das schwöre ich Ihnen.«

Damit wandte sie sich ab, verließ das Grundstück, verfrachtete Odin in den Kofferraum ihres Punto und preschte davon.

Noch Minuten später glühte sie vor Wut, und in ihrem Kopf pochten die Schmerzen. Sie fuhr langsamer, da sie Probleme hatte, sich auf die Fahrbahn zu konzentrieren. Die Ärztin hatte sie vor dem Autofahren gewarnt, und natürlich hatte sie recht gehabt. Greta hielt an, lehnte sich zurück, atmete eine Weile mit geschlossenen Augen tief ein und aus und fuhr erst weiter, als es ihr besserging.

Den Rest der Fahrt sprangen ihre Gedanken hin und her und zeigten ihr Bilder, die sie eigentlich nicht sehen wollte. Die tote Cindy Jagusch unten in dem Kriechkeller. Hunderte Gläser mit altem Obst, das in trüber Flüssigkeit schwamm. Braune Lederschuhe, die nach ihr traten.

Sie würde nicht mehr leben, wäre Andreas nicht rechtzeitig zur Stelle gewesen. Dieser Jens Kraft hätte sie wahrscheinlich in den Kriechkeller gezerrt, getötet und zu Cindy in die Kartoffelkiste gelegt. Und obwohl Andreas sie gerettet hatte, saß er nun im Gefängnis.

Zordan war von einem Beamten aus dem Krankenzimmer abgeführt worden. Lewandowski hatte ihr viele Fragen gestellt, die sie alle wahrheitsgemäß beantwortet hatte. Der Kommissar schien zufrieden mit dem, was er hörte, es schien zu dem Bild zu passen, das er sich von den Geschehnissen gemacht hatte. Greta hatte ihm vorgeworfen, Andreas grundlos in Untersuchungshaft zu behalten, doch dem hatte der Kommissar widersprochen. Zordan war schon einmal geflohen, und nachdem er Jens Kraft getötet hatte, bestand erst recht Fluchtgefahr, hatte Lewandowski argumentiert. Er hatte aber gleich darauf zugegeben, es spreche für Zordan, dass er den Rettungswagen und die Polizei gerufen hatte und so lange bei Greta geblieben war, bis der Notarzt eingetroffen war. Dennoch gab es viele offene Fragen, und bevor die nicht alle lückenlos beantwortet waren, würde er Zordan nicht gehen lassen. Greta hatte sich damit abgefunden, aber noch einmal sämtliche Punkte aufgezählt, die für Andreas' Unschuld sprachen.

»Weiß ich alles«, hatte Lewandowski gesagt. »Und dennoch ... irgendwas gefällt mir an dieser Geschichte nicht. Es würde mich nicht wundern, wenn es noch einen dritten Spieler gibt, von dem wir nichts wissen.«

Mit diesen Worten hatte er sie allein im Krankenzimmer zurückgelassen. Allein mit ihren Gedanken und Ängsten. Warum hatte Lewandowski das gesagt? Er hätte es schließlich auch für sich behalten können. Wollte er, dass sie sich weiterhin fürchtete? Bestand wirklich die Möglichkeit, dass Jens Kraft nicht allein gehandelt hatte? Aber wenn ihm jemand geholfen hatte, dann musste derjenige auch irgendwie in diese Sache involviert sein. Es musste jemand sein, der ebenfalls von Meiko Zordans Unfall betroffen war.

Greta fand keine befriedigenden Antworten, und nach einer Weile weigerte sich ihr Kopf, weiter darüber nachzudenken. Statt auf kürzestem Weg nach Kirchfelden zu fahren, fuhr sie zu der Adresse, die sie von Lewandowski erfahren hatte. Es handelte sich dabei um ein Heim für geistig behinderte, erwachsene Menschen. Greta parkte auf dem Parkplatz vor dem Haupteingang, blieb sitzen und betrachtete das eingeschossige Gebäude. Wegen der Erdwälle rechts und links wirkte es wie eine Höhle. Sie sah Menschen hinter den erleuchteten Fenstern vorbeigehen. Ein junger Mann in legerer Straßenkleidung begleitete einen älteren Mann aus dem Gebäude. Der Ältere war eindeutig behindert. Er gestikulierte wild und wollte sich auf die Blumen stürzen, die auf dem Erdwall wuchsen. Der Pfleger hielt ihn zurück, scherzte mit ihm und führte ihn auf einen Weg, der in den Grünanlagen verschwand.

Odin begann zu hecheln, es war warm im Wagen.

»Okay, aber nicht so schnell, hörst du!«

Greta holte ihn heraus und folgte dem Pärchen in die Grünanlagen. Sie hatte keine Leine für Odin und hoffte, dass es keine Probleme geben würde. Odin musste dringend und beschäftigte sich danach ausgiebig mit allen möglichen Spuren. An dem Pärchen schien er kein Interesse zu haben. Der ältere Mann bemerkte schließlich den Hund, zeigte auf ihn und begann zu lachen. Der Pfleger machte ein besorgtes Gesicht.

»Keine Sorge, der ist lammfromm«, sagte Greta.

»Kann schon sein, aber Hubert ist manchmal ein bisschen wild, das mögen viele Hunde nicht. Wir haben da so unsere Erfahrungen, nicht wahr, Hubert.«

Odin lief an den beiden vorbei, die Schnauze tief am Boden, die Rute hoch erhoben.

»Sehen Sie, kein Problem. Seitdem er mich kennt, ist er Verrückte gewohnt.«

Erst als der Satz schon heraus war, wurde Greta klar, wie unpassend er war. Augenblicklich schämte sie sich, und das Blut schoss heiß in ihre Ohren.

»Tut mir leid, ich wollte nicht unhöflich sein.«

Der junge Pfleger winkte ab. »Kein Problem, endlich mal jemand mit Humor statt der bemühten Betroffenheit. Haben Sie einen Angehörigen hier? Ich hab Sie noch nie gesehen.«

»Merken Sie sich denn jedes Gesicht?«

»Nee, aber wenn jemand aussieht wie Helene Fischer, dann schon.«

»Danke, das höre ich immer wieder gern.«

Sie gingen nebeneinanderher und folgten Odin. Hubert versuchte, ihn einzuholen, schaffte es aber nicht.

»Ich möchte tatsächlich jemanden besuchen, obwohl ich keine Angehörige bin. Ist das überhaupt möglich?«

»Nicht ohne Einverständnis der Angehörigen. Um wen geht es denn?«

Greta nannte den Namen.

»Fast alle nennen ihn hier nur Stan«, sagte der Pfleger. »Er schaut dauernd die alten Filme an, Dick und Doof, die kennen Sie sicher. Er hört sogar auf diesen Namen, nicht aber auf seinen richtigen. In welchem Verhältnis stehen Sie zu Stan?«

Greta erklärte ihm, dass sie seit kurzem mit Andreas Zordan befreundet war und er ihr von Meikos Schicksal erzählt hatte. Sie log, als sie sagte, Andreas läge nach einem Verkehrsunfall mit einer Gehirnerschütterung im Krankenhaus und könne nicht kommen. Er habe sie zwar nicht gebeten, Meiko zu besuchen, aber dessen Schicksal habe sie so berührt, dass sie einfach hierherkommen musste. Sie wollte den Bruder des Mannes kennenlernen, den sie liebte. Die letzten Sätze entsprachen dann wieder der Wahrheit.

Der Pfleger dachte kurz nach.

»Wissen Sie was, wir machen das jetzt einfach. Ich nehme Sie mit rein. Stan ist heute zwar wieder mal sehr verschlossen, aber es kann nicht schaden, wenn Sie einen kurzen Blick zu ihm hineinwerfen. Mehr allerdings nicht.«

»Das würde mir schon reichen. Vielen, vielen Dank.«

Sie gingen zurück, und als Odin auf Huberts Höhe war, ließ der Hund sich sogar von dem Mann streicheln, obwohl Hubert das alles andere als feinfühlig tat. Er klopfte auf Odins Rücken herum, als handele es sich um einen Elefanten. Greta war richtig stolz auf ihren Hund und nahm sich fest vor, das in die Tat umzusetzen, was sie Karl Overbeck angedroht hatte.

Mit ins Heim hinein durfte Odin dann aber doch nicht.

Greta sperrte ihn schweren Herzens in den Kofferraum und drückte ihm einen Kuss auf die feuchte Schnauze. In der Zwischenzeit hatte der Pfleger, der sich als Nico Meyer vorgestellt hatte, Hubert zurück in sein Zimmer gebracht und wartete bereits vor dem Eingang auf Greta.

»Ich hab Zordans Bücher gelesen«, sagte er. »Schon ziemlich brutal. Wenn er hier war, hat ihn auch immer so eine düstere Aura umgeben, fand ich.«

»Das macht er gern. Er spielt mit dem Klischee. In Wirklichkeit ist er aber ein ganz netter Kerl.«

»Na, das muss er wohl sein, wenn Sie mit ihm zusammen sind.«

Nico zwinkerte ihr zu, hielt ihr die Tür auf und führte sie durch das Gebäude zu Meiko Zordans Zimmer. Die Tür war geschlossen. Wie in allen anderen Türen, an denen sie vorbeigekommen waren, gab es auch in dieser ein großes Sichtfenster. Greta sah hindurch. In dem wie ein Kinderzimmer eingerichteten Raum saß ein großer, schwerer Mann im Schneidersitz auf dem Fußboden. Sein Oberkörper war vorgebeugt, er schien zu malen.

»An seinen schlechten Tagen sitzt er die ganze Zeit nur da und malt immer wieder ein und dasselbe Bild«, sagte Nico. »Manchmal weint er dabei, es gibt aber auch Tage, da springt er plötzlich auf und beginnt zu randalieren. Er lässt sich dann kaum beruhigen. Deshalb kann ich Sie nicht zu ihm reinlassen.«

»Wie schwer ist seine Behinderung?«

»Tja, einfach ausgedrückt ist er auf der Entwicklungsstufe jenes Tages stehengeblieben, als der Unfall passierte. Geistig ist er nicht älter als vier oder fünf Jahre, hinzu kommen leichte motorische

Störungen, Sprach- sowie Kontaktschwierigkeiten und, wie gesagt, unvorhersehbare Anfälle von Aggressionen.«

»Und was malt er?«

»Immer wieder dasselbe Bild, seit Jahren«, sagte Nico. »Angeblich malt Stan das, was er zum Zeitpunkt des Unfalls gesehen hat. Er soll mit diesem Bild vor Augen gestorben sein, wurde dann aber wiederbelebt. Ist schon irgendwie gruselig, oder?«

»Ja, und traurig«, flüsterte Greta. »Darf ich eines dieser Bilder mitnehmen?«

»Tut mir leid, das kann ich nicht machen. Da müsste ich erst Herrn Zordan fragen. Wir bewahren sie immer auf, und Herr Zordan nimmt sie alle paar Wochen mit, wenn er zu Besuch kommt. Falls er sie sammelt, müsste er mittlerweile Tausende davon haben.«

Am frühen Abend traf Greta mit Odin in Kirchfelden ein. Sie war froh, dass es noch nicht dunkel war, denn das Gefühl der Einsamkeit wurde stärker mit jedem Meter, den sie den Berg hinauffuhr. Andreas' Hütte war unter den Bäumen kaum zu erkennen. Sie hielt vor dem Findling und ließ Odin aus dem Auto. Der schien sich über seine Rückkehr zu freuen. Er sprang ausgelassen hin und her, schnüffelte hier und da und pinkelte überallhin, wo er sein Bein heben konnte. Eine Gefahr schien er nicht zu wittern, und das beruhigte Greta. Ohne Odin wäre sie nicht hierhergekommen.

Der Ersatzschlüssel befand sich dort, wo Andreas gesagt hatte – auf dem hinteren Querbalken des Carports. Andreas hatte ihn auf einen Streifen doppelseitiges Klebeband gelegt, damit er bei starkem Wind nicht herunterfiel. Da er seit langem nicht mehr benutzt worden war, klebte er fest. Greta musste auf die untere Holzstrebe steigen, um ihn von dem Klebeband abreißen zu können. Alle Türen, auch die untere Holztür, ließen sich damit öffnen. Odin lief vor ihr die dreizehn Stufen der Sandsteintreppe hinauf. Greta ging langsam, überwand Stufe für Stufe. Ihr Kopf begann zu pochen.

Oben angekommen, blieb sie keuchend stehen. Der Blick übers Tal war traumhaft. Eine dünne, löchrige Wolkendecke hing wie zerrissenes Vlies am Himmel und filterte das letzte Licht des Tages. Greta musste an Andreas denken, der in diesem Moment in einer Gefängniszelle saß und überhaupt keinen Ausblick hatte. Das war sicher für jeden Menschen schlimm, für Andreas aber in besonderem Maße. Sie wünschte sich, dass er so bald wie möglich freikam.

Sie betrat die Hütte, nahm Odin mit, machte überall Licht und räumte das Chaos auf, das die Polizisten in jedem Raum hinterlassen hatten. Dann kochte sie etwas zu essen. Es waren wieder nur Nudeln im Haus. Odin bekam eine Portion ohne, sie eine mit Ketchup. Nach dem Essen war sie vollkommen erschöpft. Sie legte sich im Wohnzimmer auf die Couch, zog eine Decke über sich und freute sich, dass Odin sich zu ihr legte.

Dunkelheit. Verwirrung. Fremde Gerüche und Geräusche und das Gefühl der Bedrohung.

Odin knurrte leise, erhob sich und ging zur Terrassentür. Greta lag wie erstarrt unter der Decke. Sie zitterte, schwitzte und hatte Probleme, sich zu orientieren.

Odin starrte hinaus, die Nackenhaare gesträubt, und knurrte leise. Draußen riss die Wolkendecke auf, und in dem Mondlicht wirkte er wie ein Wolf.

Greta wollte aufstehen, zu ihm gehen, doch sie konnte nicht. Die Angst lähmte sie. Wieder musste sie an Lewandowskis Worte denken. Gab es tatsächlich einen Komplizen, der noch auf freiem Fuß war? Schlich er gerade um die Hütte?

Odin kam zur Couch zurück und sah Greta auffordernd an.

»Ist nicht dein Ernst«, flüsterte sie. »Du kannst doch jetzt nicht da rausgehen.«

Aber es war sein Ernst, was er mit einem leisen Winseln bestätigte.

Widerstrebend kroch Greta unter der Decke hervor. Es war kühl im Haus, ihr Blick fiel auf den Kamin. Ein Feuer wäre schön, aber dafür brauchte sie Holz, und das lagerte im Backhaus. Auf keinen Fall würde sie dort einen Fuß hineinsetzen. Weder nachts noch tagsüber.

Greta näherte sich von der Seite her der Terrassentür, damit sie von draußen nicht gesehen werden konnte, öffnete sie leise und gerade so weit, damit Odin hinaushuschen konnte. Dann schloss sie sie schnell wieder, ging in die Küche hinüber und beobachtete im Mondlicht, wie Odin schnurstracks zu der Kiefer mit dem Gesicht im Stamm lief und sein Bein hob. Ansonsten war nichts zu sehen.

Greta nahm ein Glas aus dem Schrank und füllte es mit kaltem Wasser. Sie hatte großen Durst und trank es in einem Zug aus. Ihr Blick fiel auf die Magnetleiste mit den Messern, und sie erinnerte sich, schon einmal eines davon zur Verteidigung in die Hand genommen zu haben. Sie wollte erneut ihre Hand danach ausstrecken, hielt sich aber zurück. Das war kindisch. Nummer 25 war tot, es gab keinen Komplizen, außerdem würde der Hund sie beschützen.

Nach einer Weile kam Odin zurück an die Terrassentür, und Greta ließ ihn herein. Der Hund schien sich keine Sorgen zu machen, dann musste sie sich auch keine machen. Hellwach und unschlüssig, was sie nun tun sollte, betrachtete Greta abermals die kindliche Zeichnung an der Wand neben dem Schreibtisch.

Die blaue Tür in der riesigen Giebelwand der Scheune. Die Bäume, die Strichmännchen ...

... *Er malt immer wieder dasselbe Bild, seit Jahren ... Angeblich malt Stan das, was er zum Zeitpunkt des Unfalls gesehen hat ... Er ist mit diesem Bild vor Augen gestorben ...*

Das waren die Worte des Pflegers gewesen, und auch wenn Greta durch das Fenster bei Andreas' Bruder im Zimmer kein Bild hatte erkennen können, wusste sie nun, was Meiko Zordan malte. Eines seiner Werke hing direkt vor ihr, aber hatte der Pfleger nicht gesagt, Andreas müsse Tausende davon haben?

Es gehörte sich zwar nicht, in Andreas' Sachen herumzuwühlen, aber Gretas Neugierde war für moralische Gebote einfach zu groß. Außerdem hatte sie sich wegen dieser Geschichte in Lebensgefahr begeben und jedes Recht, jetzt zu recherchieren.

Im Untergeschoss fand Greta keine Zeichnungen, dafür aber etwas anderes Interessantes: das neue Manuskript von Andreas. Es lag ausgedruckt auf einer versteckten Ebene unter der Schreibtischplatte. Greta zog es hervor und betrachtete den Titel. »Die Gärtnerin«. Die letzte Seite trug die Ziffer 110, demnach hielt sie nur ein Teilmanuskript in den Händen. Sie hätte gern reingelesen, wollte aber erst einmal die Suche nach den Zeichnungen fortsetzen.

Odin folgte ihr hinauf ins Obergeschoss. Dort befand sich das Gästezimmer, in dem sie bereits eine Nacht verbracht hatte. Odin war aufgeregt und schnüffelte neugierig überall herum.

»Wir haben was gemeinsam«, sagte Greta und strich ihm über den Kopf.

Es gab nur eine weitere Tür. Der Schlüssel steckte. Greta schloss auf und machte Licht. Es handelte sich um einen nicht ausgebauten Dachboden. Die Balken und Tonpfannen waren zu sehen, Spinnweben hingen in den Ecken und zwischen den Balken. Die einzige schwache Glühbirne schaffte es nicht, den gesamten Raum zu erhellen, die Ecken blieben im Schatten. Greta und Odin verharrten zunächst auf der Türschwelle. Ein kalter Lufthauch schlug ihnen entgegen. Der Dachboden war mit allerlei Möbel und Krimskrams vollgestellt, und anhand der vielen Fußspuren im Staub auf dem Bretterboden erkannte Greta, dass die Polizei sich auch hier oben umgesehen hatte. Eine Leiche würde sie also nicht finden.

Greta gab sich einen Ruck, betrat den Dachboden und sah sich um. Odin folgte ihr, wich ihr aber nicht von der Seite.

In zwei alten Kleiderschränken hing Kleidung, die modisch schon vor ein paar Jahren out gewesen war. In Umzugskartons fand Greta wahre Berge von Manuskripten, außerdem Übersetzungen von Andreas' Büchern und Illustrierte mit Pressemeldungen über ihn oder seine Bücher. Er hob zwar alles auf, musste es aber nicht jeden Tag vor Augen haben, verstaute es stattdessen auf dem Dachboden, wo es einstaubte. Greta fand das sympathisch.

Dort, wo die Glühbirne an einem Kabel von einem Dachbalken baumelte, stand eine schlichte alte Holztruhe mit gußeisernen Griffen.

Greta ging auf die Knie, packte den vorderen Griff und zog den schweren Deckel auf.

Darin lagen die Zeichnungen. Der Pfleger hatte recht: Es mussten Tausende sein.

Greta nahm eine heraus.

Die Farben waren anders, die Unterschiede nur marginal. Es war das gleiche Bild, wie es unten im Wohnzimmer hing. Greta erkannte das Haus von Jens Kraft und die Scheune wieder.

Sie nahm einen ganzen Stoß Zeichnungen heraus und breitete sie auf dem Boden nebeneinander aus. Auf allen war exakt das Gleiche zu sehen. Das Haus, der Brunnen, der Hühnerhof, die Scheune mit der Giebelwand und der blauen Tür darin, der Kirschbaum, die beiden Strichmännchen. Die Farben variierten, und die Größenverhältnisse stimmten nicht überein, so, wie das bei Kinderzeichnungen eben war.

Zwei Strichmännchen. Eines auf der Flucht in der Nähe der blauen Tür in der Giebelwand der Scheune, das andere versteckt hinter dem Kirschbaum.

Nach Andreas' Bericht war er noch bei Meiko gewesen, als Jens floh, und hatte versucht, ihn von dem Seil zu befreien. Erst als das nicht klappte, war er fortgelaufen und hatte sich in dem Kriechkeller versteckt.

Im Keller. Nicht hinter dem Kirschbaum.

Wenn Meiko tatsächlich immer wieder zeichnete, was er in den letzten Sekunden vor seinem Tod gesehen hatte, dann dürfte auf dem Bild nur ein Strichmännchen sein: der flüchtende Andreas in der Nähe der blauen Tür. Jens Kraft war zu dem Zeitpunkt längst fort gewesen.

Wer war das Strichmännchen hinter dem Kirschbaum?

War Jens Kraft gar nicht abgehauen? Hatte er sich nur versteckt und war zurückgekommen, um Meiko das Seil um den Hals zu legen?

Oder gab es doch eine dritte Person, die schon damals dabei gewesen war?

Greta war verwirrt. Vielleicht interpretierte sie etwas in diese Zeichnungen hinein. Warum sollte ein sterbendes Kind sich an genaue zeitliche Abläufe erinnern? Andreas hätte sich ebenso gut erst hinter dem Kirschbaum verstecken können, bevor er in den Keller geflüchtet war.

Sie saß eine Weile vor den Bildern und fragte sich, was es für Andreas bedeutete, sie all die Jahre hier oben auf dem Dachboden zu wissen. War er hin und wieder hochgekommen und hatte sie sich angesehen? War er jedes Mal erneut tief in Schuldgefühle versunken, und hatte sich sein Irrglaube, ein psychisch gestörter Mensch zu sein, dabei verfestigt? Jetzt verstand Greta die Küchenszene besser, als sie ihn gefragt hatte, wie es war, zu töten. Das Trauma saß tief, was ja auch kein Wunder war. Aber warum geißelte er sich mit diesen Bildern? Die Besuche im Heim waren doch schon schlimm genug. Und was war es, was Andreas ihr im Krankenhaus noch hatte sagen wollen, kurz bevor Lewandowski sie unterbrochen hatte?

Greta legte die Bilder in die Truhe zurück und verließ den Dachboden. Sie war traurig. Es war einfach nicht fair, dass man für eine Dummheit, die man als Kind begangen hatte, sein Leben lang bestraft wurde. Sich selbst zu verzeihen und zu vergeben gehörte wohl zum Schwierigsten, was ein Mensch tun konnte.

Zurück im Wohnzimmer, schnappte Greta sich das unfertige Manuskript und machte es sich auf der Couch gemütlich. Sie wollte jetzt nicht mehr an Andreas und seinen Bruder denken, und das Manuskript würde für Ablenkung sorgen.

Bereits nach fünfzig Seiten fielen ihr jedoch die Augen zu. Sie legte es zur Seite, streichelte Odin, zog die Decke eng um ihren Körper und schlief auf der Stelle ein.

Oberkommissar Lewandowski machte ein ernstes Gesicht.

»Sie können gehen«, sagte er zu Andreas. »Markus Börner hat Anzeige gegen Sie erstattet wegen Körperverletzung, Nötigung und Freiheitsberaubung, aber der Staatsanwalt wird Sie nicht wegen Totschlags anklagen. Nach der Aussage von Frau Weiß ist die Notwehrlage klar zu erkennen. Sie können wirklich froh sein. Ohne Frau Weiß hätten Sie keinen Zeugen und massive Probleme.«

»Ich bin froh, glauben Sie mir. Steht es denn zweifelsfrei fest, dass Jens Kraft hinter alledem steckte?«

Lewandowski nickte. »Alles spricht dafür. Das Messer stammt von ihm, seine Fingerabdrücke sind darauf. Cindy Jaguschs Handy war in seinem Haus versteckt, ihre Kleidung ebenfalls. Er arbeitete nur sporadisch, konnte sich also ziemlich frei bewegen, und wir haben bislang keine Aussage, die ihm ein wasserdichtes Alibi verschaffen würde. Jens Kraft kann zu jeder Zeit an jedem Tatort gewesen sein. Wir haben Ihre Bücher in seinem Haus gefunden, und aus seinem PC geht hervor, dass er Sie immer wieder gegoogelt und Ihr Facebook-Profil beobachtet hat. Dass er Ihnen online auf den Fersen war, lässt sich also belegen. Aber haben Sie ihn denn nicht bemerkt? Er muss Sie über einen längeren Zeitraum beobachtet haben, wahrscheinlich ist er Ihnen sogar gefolgt.«

Andreas zuckte mit den Schultern. »Nein, ich habe niemanden bemerkt. Allerdings hätte ich Jens auch nicht wiedererkannt. Er hat sich sehr stark verändert.«

Der Jens, den Andreas als Siebenjähriger gekannt hatte, war dünn, aber kräftig gewesen, hatte volles rotes Haar gehabt und ständig ein verschmitztes Lächeln im Gesicht. Der Mann, mit dem er vor der Scheune gekämpft hatte, war dick gewesen, sein Gesicht aufgequollen von zu viel Alkohol, das Haar schütter an der Stirn, sein Gesicht eine Fratze aus Hass und Selbstmitleid. Wäre er ihm auf der Straße begegnet, Andreas hätte seinen ehemals besten Freund aus Kindertagen nicht wiedererkannt.

Andreas lehnte sich in dem Besucherstuhl zurück und schüttelte den Kopf. Vor einer Viertelstunde hatte Lewandowski ihn aus der Zelle, in der Andreas zwei Nächte verbracht hatte, in sein Büro geholt. Gestern hatte Lewandowski ihn über vier Stunden zusammen mit einem anderen Beamten verhört. Sie hatten jede Frage zweimal gestellt, und es war deutlich geworden, dass sie nach einem Fehler oder einer Ungereimtheit suchten. Natürlich hatte Andreas sich nicht in Widersprüche verstrickt, denn es gab keine. Er hatte alles genau so wiedergegeben, wie er es erlebt hatte. Das war der größte Fehler der meisten Menschen, die die Polizei belügen wollten: Sie bauten sich ein Lügenkonstrukt auf, erfanden eine Geschichte, die nie stattgefunden hatte, und verhedderten sich dann in den Details, die sie nicht wirklich kannten. Bei Andreas war es nicht so.

»Eines verstehe ich nach wie vor nicht«, sagte Lewandowski nachdenklich. »Warum hat er Sarah Lieberknechts Leiche aus dem Wald geholt und in Ihr Backhaus gelegt?«

»Wahrscheinlich, weil er wollte, dass sie dort entdeckt wird.«

»Er hätte uns einen Tipp geben können. Anonym.«

»Ich hätte das nicht getan. Denn woher sollte ein anonymer Tippgeber von der Leiche im Wald wissen. Es war niemand dabei, als ich sie dorthin brachte.«

»Was übrigens ein großer Fehler war. Sie hätten sofort die Polizei informieren müssen«, warf Lewandowski ihm zum wiederholten Mal vor.

»Ich kann mich wirklich nur dafür entschuldigen. Ich war in Panik und wusste, niemand würde mir glauben. Ich werde es mir immer zum Vorwurf machen … vielleicht könnte Cindy noch leben, wenn ich nicht so dumm gewesen wäre.«

Lewandowski schüttelte den Kopf. »Nein. Laut Pathologie war sie schon seit drei Tagen tot. Er hat sie getötet, unmittelbar nachdem er das Video gemacht hat.«

»Dieses Schwein«, stieß Andreas aus.

»Er muss Sie wirklich gehasst haben. Ich meine, nach all den Jahren ...« Lewandowski schüttelte den Kopf. »Normal ist das nicht.«

»Ich gehe davon aus, dass Jens tatsächlich ein Psychopath war, so, wie er es in der Mail an mich behauptete. Und für einen Psychopathen wäre es schon normal, sich nach so langer Zeit noch an mir rächen zu wollen. Er war nicht die ganzen Jahre über wütend, das nicht, aber es wird ihn immer wieder geärgert haben, damals nicht als Sieger hervorgegangen zu sein. Er wollte mir die Schuld am Unfall meines Bruders geben, doch das hat nicht geklappt. In unseren Augen mag dies eine Kleinigkeit sein, für einen Psychopathen reicht es als Antrieb. Als ich dann bekannt wurde mit meinen Büchern und er herausfand, dass ich Kapital schlug aus meinem Trauma, da hat er wohl den Racheplan geschmiedet.«

»Kraft war zweimal verheiratet und hatte drei Kinder aus verschiedenen Beziehungen. Weder seine Frauen noch seine Kinder wollten ihn nach der jeweiligen Trennung noch sehen. Er war alkoholkrank. Das alles klingt nicht gerade nach einem hochintelligenten Psychopathen, der in der Lage ist, sich so einen Plan auszudenken und ihn auch noch durchzuführen«, wandte Lewandowski ein.

»Jens war nicht dumm. Faul vielleicht, aber nicht dumm. Er wollte sich auf dem Geld seiner Frauen ausruhen, für dieses Verhalten gibt es in der Psychopathie viele belegte Fälle. Und als das nicht klappte, geriet er unter die Räder.«

Lewandowski warf Andreas einen undeutbaren Blick zu.

»Und Sie? Halten Sie sich für einen Psychopathen?«

Andreas antwortete nicht sofort. Über diese eine Frage hatte er die halbe Nacht nachgedacht.

»Ich glaube, Greta Weiß wird mir helfen, das herauszufinden«, sagte er schließlich.

Lewandowski beugte sich nach vorn und zeigte mit dem Finger auf Andreas.

»Behandeln Sie sie ordentlich, sonst sehen wir uns schnell wieder. Sie ist ein prima Mädchen.«

Andreas lächelte versonnen.

»Nichts anderes habe ich vor.«

Ein alkoholkranker Gelegenheitsarbeiter, nie aufgefallen durch besondere Intelligenz oder Talente, in zwei Ehen gescheitert, allein lebend in einem verdreckten, abbruchreifen Haus, das er von seinen Eltern geerbt hat – und so jemand sollte einen perfiden Racheplan ausgedacht und durchgeführt haben?

Mochten auch alle Beweise und Indizien für Jens Kraft als Täter sprechen, Lars Lewandowski wollte nicht glauben, dass der Mann dafür verantwortlich war. Zumindest nicht allein. Er musste einen Komplizen gehabt haben.

Nachdem Lewandowski den Schriftsteller Andreas Zordan entlassen hatte, machte er sich an die Recherche. Sowohl in Zordans als auch in Greta Weiß' Geschichte gab es einen Punkt, an dem er einhaken konnte. Eine Person, von der beide gesprochen hatten. Eine Person am Rand, im Schatten, die mit den aktuellen Vorgängen eigentlich überhaupt nichts zu tun hatte. In Fernsehkrimis und Büchern waren solche Personen meist die wahren Täter, die erst gegen Ende der Geschichte ermittelt wurden und für eine überraschende Wendung sorgten. In der Realität sah das anders aus. Die Hauptverdächtigen, die von Beginn an im Zentrum der Ermittlungen standen, waren meist auch die Täter. In diesem Fall stimmte das jedoch nicht. In diesem Fall lief nichts so, wie es üblicherweise lief, und das fuchste Lewandowski. Er würde nicht mit einem ungelösten Fall in Rente gehen und die nächsten zwanzig Jahre darüber nachdenken, was er falsch gemacht oder übersehen hatte.

Seine Recherche förderte Erstaunliches zutage und bestätigte ihn in seinem Verdacht.

Also machte er sich auf den Weg und brachte die Fahrt von fünfundfünfzig Kilometern hinter sich – diesmal fuhr er für seine Verhältnisse ziemlich schnell. Er erreichte den kleinen Ort am frühen Nachmittag. Der alte Hof in der Ortsmitte war nicht schwer zu finden. Ein gelber Postwagen verließ das Grundstück, als Lewandowski gerade einbog. Er stellte seinen Wagen ab und ging auf den Eingang zu. In der Zeitungsrolle steckte die Post, adressiert an Herta Essmüller. Es war jedoch auch ein Brief eines Telefonanbieters an Hans Essmüller dabei. Lewandowski steckte die Post zurück und klopfte an die alte Holztür. Nachdem er das dreimal wiederholt hatte, sich drinnen jedoch nichts rührte, öffnete er die Tür und betrat die düstere Diele. Ein Schritt genügte, und er fühlte sich in ein anderes Jahrhundert versetzt. Das wenige Licht reichte gerade aus, um einen Weg durch das Gerümpel zu finden. Vor einer Schiebetür in einer neu eingezogenen Wand parkte ein Rollator. Lewandowski klopfte erneut.

Ein dünnes »Ja« war zu hören.

Lewandowski öffnete die Tür und betrat eine große Küche. In einem Schaukelstuhl saß eine kleine alte Frau und schaute ihn verschlafen an – sie versuchte es zumindest, konnte aber den Kopf nicht weit genug heben, um ihn wirklich ansehen zu können.

»Frau Essmüller?«

»Oh, ich habe nicht mit Besuch gerechnet … jetzt bin ich doch tatsächlich im Sitzen eingenickt.«

Sie lachte keckernd.

»Das macht nichts, passiert mir auch oft. Es gibt nichts Besseres als eine kleine Siesta, sag ich immer.«

Lewandowski zeigte seinen Ausweis und stellte sich vor.

»Können wir uns kurz unterhalten?«, fragte er.

Das Gesicht der alten Frau wurde ernst. Ihre Hand zitterte, als sie Lewandowski seinen Ausweis zurückgab.

»Ich hatte noch nie Besuch von der Polizei«, sagte sie mit brüchiger Stimme.

»Aber, aber, Frau Essmüller, wer wird denn das Gespräch gleich mit einer Unwahrheit beginnen. Soweit ich weiß, war vor drei Jahren die Polizei bei Ihnen. Rettungskräfte und ein Notarzt ebenfalls.«

»Ach das ... ja ... mein Gott, das habe ich fast vergessen. In meinem Alter ... hier oben gerät alles durcheinander, wissen Sie.«

Sie tippte sich gegen die Stirn und lächelte entschuldigend.

»Kein Problem. Darf ich mich einen Moment setzen, Frau Essmüller?«

Sie bot ihm Platz an. Lewandowski setzte sich auf die Stuhlkante und versuchte, der gekrümmt dasitzenden Frau in die Augen zu schauen.

»Ihr Sohn, Hans, er wurde nach Ihrem Unfall wegen unterlassener Hilfeleistung zu einer Bewährungsstrafe verurteilt«, begann Lewandowski mit dem, was er über Hans Essmüller herausgefunden hatte. Er war es, den sowohl Zordan als auch die Weiß erwähnt hatten. Damals, als Meiko Zordan beinahe zu Tode gekommen war, hätte Hans Essmüller theoretisch dabei sein können. So, wie Zordan es geschildert hatte, war Hans Essmüller dieser typische Junge gewesen, den es in jedem Ort, in jeder Klasse gab. Der Außenseiter, der Linkische, der Neunmalkluge, der nirgendwo richtig dazugehörte und von allen stets nur gehänselt, im schlimmsten Fall verprügelt wurde. Auch an Lewandowskis Schule hatte es so einen Jungen gegeben, und er schämte sich noch heute dafür, dass er bei der Drangsalierung mitgemacht hatte, statt sich auf die Seite des armen Jungen zu schlagen. Aber der Typ war auch einfach zu ätzend gewesen, hatte ständig das Falsche gesagt und so sehr gestunken, dass niemand neben ihm sitzen wollte.

»Wo lebt Ihr Sohn Hans heute, Frau Essmüller?«

Die Alte wackelte mit dem Kopf.

»Hans hat es doch nicht böse gemeint, wirklich nicht. Er glaubte, es sei nicht so schlimm und würde von allein heilen.«

»Noch ein paar Tage, und Sie wären an Ihren Verletzungen gestorben. Ihr Sohn ist erwachsen, er hätte das sehen können und wissen müssen. Wie können Sie ihn auch noch verteidigen?«

»Er hat seine Strafe doch bekommen, was wollen Sie denn schon wieder hier?«

»Ich bin heute nicht wegen dieser alten Sache hier. Ich ermittle in einem aktuellen Fall und muss darüber dringend mit Ihrem Sohn sprechen. Wo finde ich ihn, Frau Essmüller?«

»Hansi lebt jetzt in der Stadt. Seitdem ... alles hat sich geändert ... er kommt nicht mehr oft zu Besuch.«

Lewandowski war beeindruckt. Die alte Dame log schon wieder, und zwar, ohne mit der Wimper zu zucken. Bevor er aufgebrochen war, hatte er festgestellt, dass Hans Essmüller noch unter der Adresse seines Elternhauses in Marklohe gemeldet war. Es gab keinen offiziellen Zweitwohnsitz, und wenn er keine Freundin hatte, bei der er untergekommen war, musste er folglich noch hier wohnen. Seine Post wurde auch hierhergebracht, wie Lewandowski gesehen hatte.

Warum stritt die alte Dame das ab?

»Was macht Ihr Sohn beruflich?!«

»Oh, er ist in leitender Funktion beim Finanzamt. Zahlen haben ihn schon immer interessiert, schon als ganz kleiner Junge konnte der Hansi wirklich toll rechnen, sogar seine Klassenlehrerin in der ersten Klasse war beeindruckt, wissen Sie. Und wenn ich heute ...«

Das Poltern über ihnen entging ihnen beiden nicht, auch wenn die alte Frau so tat, als habe sie es nicht gehört. Nur ein kurzes Zögern, dann sprach sie weiter, ohne wie Lewandowski zur Decke zu schauen.

»... ein Problem mit meinen Rechnungen habe, dann kommt mein Junge vorbei und hilft mir.«

»Frau Essmüller, ist Ihr Sohn zu Hause?«

»Ich ... nein. Nein, er kommt nicht mehr oft zu Besuch, die Einsamkeit im Alter ist das Schlimmste, wissen Sie.«

Lewandowski erhob sich.

»Wer ist dort oben?« Er zeigte zur Zimmerdecke.

»Niemand.«

»Wenn da niemand sein sollte, dann haben Sie eventuell Einbrecher im Haus, Frau Essmüller. Wie gut, dass ich gerade da bin. Ich werde sofort mal nachschauen.«

»Nein!«, schrie die alte Frau. »Das dürfen Sie nicht. Sie dürfen nicht einfach so hinaufgehen.«

»Aber es ist Gefahr im Verzug, deshalb darf ich das sehr wohl.«

Lewandowski ließ die keifende Frau in der Küche zurück und ging in die Diele. Am Fuß der Treppe zog er seine Waffe und überprüfte den Ladezustand. Das hatte er seit mindestens fünf Jahren nicht mehr getan, meistens führte er die Waffe gar nicht mehr mit sich. Heute hatte er sie jedoch eingesteckt, weil sein siebter Sinn, seine Erfahrung, seine Intuition oder was auch immer ihn gewarnt hatte. Er hatte keine Stimme gehört, das nicht, aber zum ersten Mal seit langer Zeit hatte er ein Gefühl der Bedrohung empfunden und sich Sorgen um sein baldiges Rentnerdasein gemacht.

Er hatte noch etwas anderes über Hans Essmüller herausgefunden, etwas, das er der Mutter gegenüber nicht ansprechen wollte. Vor vierzehn Monaten war Hans kurzfristig festgenommen worden. Eine Prostituierte hatte ihn angezeigt. Er soll sie in ihrer Wohnung geschlagen und gewürgt haben. Hans behauptete das Gegenteil, es stand Aussage gegen Aussage, und deshalb war es zu keiner Verurteilung gekommen. Die Sache war aber natürlich aktenkundig, man musste sich nur die Mühe machen, danach zu suchen.

Hans Essmüller hatte eiskalt dabei zugesehen, wie seine Mutter nach einem Sturz fast krepiert wäre, und er war wahrscheinlich kurz davor gewesen, eine junge Frau zu erwürgen.

Ganz wohl war Lewandowski nicht, als er die Treppe hinaufstieg.

Bereits am Nachmittag war es düster in der Hütte im Wald. Draußen zogen dunkle Wolken vorbei, und was sie an Licht durchließen, hielten die Bäume ab. Das eigenartige Zwielicht im Schlafzimmer vermittelte Greta das Gefühl, aus der Zeit gefallen zu sein. Schwer atmend lag sie im Bett und starrte zur Decke. Neben sich spürte sie Andreas langsam zur Ruhe kommen. Er war vor einer Stunde eingetroffen, und nachdem sie mit Odin ein Stück in den Wald gegangen waren, um sich zu unterhalten, waren sie im Bett gelandet. Es war vollkommen anders gewesen als beim ersten Mal. Diesmal hatte Greta nicht mit dem kleinen, traumatisierten Jungen geschlafen, sondern mit dem erwachsenen Andreas Zordan.

Greta war noch immer ein wenig erschrocken darüber, wie ungestüm Andreas vorgegangen war. Sie fühlte sich, als hätte sie einen 10 000-Meter-Lauf hinter sich.

Sie schob ihre Hand zu ihm und berührte ihn an der Brust.

»Geht es dir gut?«

Er verschränkte seine Finger in ihren.

»Es ging mir nie besser. Dieser Alptraum ist vorbei ... du bist hier ...«

Greta ließ einen Moment verstreichen, ehe sie fragte: »Was war das, was du mir im Krankenhaus noch erzählen wolltest?«

Er ließ ihre Hand los und stand auf.

»Ich hole Wasser, okay?«

Er verschwand, kehrte mit einer Flasche Mineralwasser zurück, trank einen Schluck, reichte sie Greta, legte sich zu ihr und zog die Decke über sie beide. Die Flasche wechselte noch ein paarmal hin und her, ehe Andreas zu sprechen begann.

»Ich habe dir nicht die ganze Wahrheit erzählt über das, was damals geschehen ist. Keine Angst, alles ist genau so passiert, wie ich es berichtet habe, aber etwas habe ich verschwiegen, all die Jahre. Ich habe mit keinem Menschen darüber gesprochen, du bist die Erste ... und ich hoffe, du verschwindest danach nicht einfach.«

In dem schummrigen Licht suchte sie seinen Blick.

»Ich verspreche dir, das wird nicht geschehen.«

Also begann er zu erzählen.

»Die Dunkelheit und Stille dort unten in dem Kriechkeller ... der Geruch von Äpfeln und Kartoffeln ... die niedrige Holzbalkendecke, von dichten Spinnweben verhangen ... einige waren in meinem Haar hängengeblieben, als ich in den Keller geflüchtet bin ... ich weiß das alles noch ...

Als ich mich in die Ecke hinter der Kartoffelkiste quetschte, spürte ich etwas über meinen Nacken krabbeln, ein weicher, haariger Körper. Es war furchtbar dort unten, ich hatte nicht nachgedacht, war einfach nur gelaufen. Ich hatte immer Angst gehabt vor diesem Raum unter der Scheune, der mehr den Insekten gehörte als den Menschen. Ein paarmal waren Jens und ich dort unten gewesen, wir durften den Keller eigentlich nicht betreten, machten aber eine Mutprobe daraus. Deshalb war er ja ein so gutes Versteck. Ich wusste, niemand würde mich dort vermuten.

Nicht lange, und ich hörte draußen einen gellenden Schrei. Ich denke, es war Jens' Mutter, die Meiko an der Schaukel gefunden hatte.

Ich weinte.

Ich wusste, ab jetzt würde alles anders werden. Niemand würde je wieder etwas mit mir zu tun haben wollen. Vater würde mich verprügeln, vielleicht käme ich in ein Heim. Vater hatte schon bei kleineren Vergehen damit gedroht.

Ich hatte vielleicht keine Schuld an dem, was passiert war, aber ich habe etwas getan, was viel schwerer wog.

Nachdem ich festgestellt hatte, dass ich meinem Bruder nicht helfen konnte, bin ich nicht sofort weggelaufen.

Ich ... weiß auch nicht ... ich war wie gelähmt gewesen, konnte meinen Blick nicht abwenden ... ich habe hingesehen, bestimmt eine halbe Minute lang, habe gesehen, wie Meiko mit den Beinen gezappelt und um sein Leben gekämpft hat ...« Andreas' Stimme zitterte, dann brach sie. Greta konnte es in dem schlechten Licht nicht sehen, glaubte aber, dass er weinte.

»Das war der Schock«, versuchte sie, ihn zu beruhigen. »Es war nicht deine Schuld.«

»Ja, vielleicht. Aber die Wahrheit ist, es hat mich interessiert, ihn sterben zu sehen.

Die Wahrheit ist, ich habe gern zugesehen.

Ich bin ein psychisch kranker Mensch, denn kein normaler Mensch hätte in aller Ruhe den Todeskampf des eigenen Bruders beobachtet.«

Für einen Moment herrschte Stille. Andreas schaute in die andere Richtung und schluckte mehrmals trocken.

Greta wusste nicht, was sie sagen sollte, denn sie gab ihm recht. Normal war so ein Verhalten nicht. Sie musste an die Berichte über Serienmörder denken, die in ihrer Kindheit Tiere gequält und sich daran ergötzt hatten. Aber so ein Mensch war Andreas nicht. »Du bist kein Psychopath«, sagte sie. »Dieses Erlebnis hat dich traumatisiert und verändert, nach außen hin schottest du dich ab, aber hier drinnen«, Greta legte ihm eine Hand auf die Stelle, an der sich sein Herz befand, »hier drinnen steckt ein guter Mensch. Ganz sicher.«

»Frag mal meinen Bruder, wie er das sieht. Wenn er es formulieren könnte, wenn er sich erinnern könnte, würde er mich zum Teufel jagen.«

Greta sah eine Chance, ihn vom Gegenteil zu überzeugen.

»Ich weiß, es war nicht richtig«, begann Greta zögerlich. »Aber ich war bei deinem Bruder in dem Heim.«

»Was? Warum?«

»Ich weiß nicht, ich wollte ihn sehen. Ein Pfleger hat mich durch das Fenster in der Tür schauen lassen. Meiko hat gemalt, Dutzende Bilder lagen auf dem Boden. Der Pfleger sagte, er malt immer wieder dieses eine Bild ...«

»Ich weiß«, unterbrach Andreas sie. »Es malt den Augenblick seines Todes.«

»Ja, und der Pfleger sagte auch, du müsstest mittlerweile Tausende dieser Bilder haben, aber er wollte mir keines aushändigen. Als ich gestern Nacht allein hier war, hab ich das Bild neben deinem Schreibtisch entdeckt. Das ist doch von deinem Bruder, nicht wahr?«

Andreas nickte.

Greta traute sich nicht, ihm zu erzählen, dass sie auf dem Dachboden nach den Bildern gesucht hatte. Diese Schnüffelei war nicht in Ordnung, sie wusste das, und Andreas wäre sicher sauer auf sie.

»Alle anderen befinden sich in einer Truhe oben auf dem Dachboden. Ich weiß ehrlich gesagt nicht, warum ich sie aufbewahre.«

»Ich hab mir das Bild an der Wand lange angesehen, und dabei ist mir aufgefallen, dass Meiko zwei Strichmännchen gemalt hat. Eines auf der Flucht bei der blauen Tür zum Kriechkeller, ich nehme an, das bist du. Aber da gibt es noch das zweite Strichmännchen hinter dem Kirschbaum. Wenn Jens Kraft schon fortgelaufen war, wen hat Meiko dort gesehen?«

Andreas blickte zur Decke und dachte einen Moment nach.

»Hm«, sagte er schließlich, »ich habe das immer anders interpretiert. Das Männchen an der Giebelwand ist Jens auf der Flucht. Das andere Männchen hinter dem Kirschbaum bin ich. Vielleicht habe ich mich am Baum kurz umgedreht, ich weiß es nicht mehr. Warum fragst du das?«

»Weil Lewandowski meint, Jens Kraft könne das alles nicht allein getan haben. Er vermutet, es gibt eine dritte Person, die daran beteiligt ist.«

»Das hat er mir gegenüber auch gesagt, aber ich halte das für Unfug. Wer sollte das denn sein? Diese dritte Person müsste damals ja dabei gewesen sein.«

»Ich weiß es nicht, aber wenn es diese Person gibt, vielleicht war sie es ja, die Meiko das Seil um den Hals gewickelt hat?«

Andreas setzte sich auf und schüttelte den Kopf.

»Nein«, sagte er mit Nachdruck, »da war sonst niemand. Jens hat das getan, er hat meinen Bruder auf dem Gewissen, niemand sonst.«

Die Treppe war alt, und jede Stufe knarrte, aber das spielte keine Rolle. Wahrscheinlich hatte Hans Essmüller das Gespräch in der Küche ohnehin mitgehört. Für Lewandowski bestand kein Zweifel, dass sich der Mann dort oben aufhielt, und wenn seine Theorie der Wahrheit entsprach, dann war Essmüller gefährlich.

Andreas Zordan hatte berichtet, er und Jens Kraft waren an jenem Tag zuerst bei Hans Essmüller gewesen, um ihm aus lauter Langeweile und Neid die Luft aus den Reifen seines Bonanza-Fahrrads rauszulassen. Möglicherweise hatte Hans das gesehen, war den beiden gefolgt und genau zu dem Zeitpunkt auf dem Grundstück der Krafts eingetroffen, als die beiden Jungen Meiko Zordan aufknüpften. Wenn diese Theorie stimmte, dann war Hans Essmüller der einzige Zeuge, und es bestand die Möglichkeit, dass er sich mit Jens Kraft zusammengetan hatte. Vielleicht wollten die beiden den Schriftsteller für erlittenes Unrecht ins Gefängnis bringen, vielleicht wäre es in einem nächsten Schritt um Geld gegangen.

Egal, jedenfalls war Hans Essmüller nicht normal. Er hatte seine Mutter nach dem schweren Sturz tagelang und trotz der großen Schmerzen auf der Couch liegen lassen und versucht, die Brüche mit Kamillentee zu heilen. Die Postbotin hatte die alte Dame bei dem Versuch, ein Paket zuzustellen, gefunden. Wenige Tage später wäre sie an den Entzündungen gestorben.

Lewandowski erwartete dort oben eine erheblich gestörte Persönlichkeit, zu allem fähig, sobald man sie unter Druck setzte. Deshalb hatte er seine Waffe gezogen und entsichert.

Er erreichte das obere Ende der Treppe und fand sich in einem düsteren, fensterlosen Gang wieder. Unten quietschte etwas, und als er hinunterblickte, sah er die alte Dame mit dem Rollator am Fuß der Treppe stehen.

»Sie dürfen da nicht einfach hoch. Verlassen Sie sofort mein Haus«, keifte sie.

Lewandowski ignorierte sie. Die Tür zu dem Zimmer, das über der Küche lag und aus dem das Poltern gekommen war, befand sich gleich zu seiner Rechten.

Lewandowski klopfte an.

»Herr Essmüller? Hier ist die Polizei. Kommen Sie bitte raus.«

Da niemand reagierte, drang Lewandowski in das Zimmer ein.

Andreas schlief tief und fest.

Greta hingegen fand keine Ruhe. Als Andreas auch noch zu schnarchen begann, glitt sie unter der Decke hervor und verließ auf leisen Sohlen das Schlafzimmer. Odin, der im Wohnzimmer auf dem großen Teppich vor dem Kamin lag, hob den Kopf und sah verschlafen zu ihr auf.

Greta warf sich Andreas' viel zu großen Bademantel über, ging in die Küche, machte das kleine Licht über dem Herd an und ließ Wasser aus dem Hahn in ein Glas laufen. Sie trank im Stehen und betrachtete ihr Spiegelbild im Fenster. Sie sah aus wie durch die Mangel gedreht, und genau das war auch passiert. Sie hatte sich mit der Diskussion über einen eventuellen dritten Täter keinen Gefallen getan. Andreas war sehr aufgeregt gewesen und hatte davon nichts hören wollen. Auch interpretierte er Meikos Bilder anders als sie. Beinahe wäre ein Streitgespräch daraus geworden, Greta hatte Mühe gehabt, Andreas zu beruhigen.

Schließlich hatten sie ein zweites Mal miteinander geschlafen. Andreas war über sie hergefallen, anders konnte man das nicht bezeichnen. Er hatte ihr nicht weh getan, aber die Grenze dessen, was sie beim Sex zu tun bereit war, war nicht allzu weit entfernt gewesen. Das hatte noch kein Mann zuvor mit ihr getan, und Greta war sich nicht sicher, ob sie das wiederholen wollte. Irgendwie hatte ihr der kleine Junge besser gefallen, und sie fragte sich, wohin er verschwunden war.

Irgendwas Großes huschte draußen am Fenster vorbei, und ihr Spiegelbild verschwand für einen Moment. Erst jetzt realisierte Greta, dass man sie in der beleuchteten Küche von draußen beobachten konnte. Schnell löschte sie das Licht und brachte sich neben dem Fenster in Sicherheit.

War die dritte Person, von der Lewandowski gesprochen hatte, da draußen? Hatte sie ihnen beim Sex zugeschaut? Die Vorhänge waren nicht zugezogen gewesen. Plötzlich war die Angst wieder da, und ihr Blick glitt zu der Messerleiste. Sollte sie Andreas wecken, damit er nachsehen konnte? Nein, das war kindisch. Greta wartete noch einen Moment ab, ließ die Messer schließlich, wo sie waren, und ging zu Odin ins Wohnzimmer hinüber.

»Du passt gut auf mich auf, mein Freund, nicht wahr. Du lässt keinen bösen Menschen ins Haus.«

Odin wedelte mit dem Schwanz und sah sie müde an.

Greta dachte daran, den Fernseher einzuschalten, um sich abzulenken, doch das würde Andreas wecken. Ihr fiel sein Manuskript ein. Sie war gestern nicht weit gekommen damit und hatte es wieder in die zweite Ebene unter den Schreibtisch gelegt. Jetzt holte sie es erneut hervor, setzte sich an den Schreibtisch und begann zu lesen.

Dass er sterben würde, hatte Hans längst begriffen. Und zwar nicht irgendwann, sondern gleich. In ein paar Minuten, vielleicht Stunden, jedenfalls innerhalb kurzer Zeit. Keine Krankheit, kein Unfall, auch keine Altersschwäche wäre schuld daran, sondern er selbst.

Aber, halt! Das stimmte nicht. Das Internet war schuld, das verdammte Internet mit seinen tausendfachen Versuchungen. Wie sollte ein Mann standhalten, wenn die jungen Frauen schon im ersten Chat prahlten, sie hätten den besten Blowjob der Welt drauf. Ach, verdammt ... niemals hätte er sich dieses kleine Kabuff unterm Dach einrichten dürfen. Diesen kleinen stickigen, abgeschiedenen Raum, in dem ihn weder seine Frau noch seine zwei Söhne störten. Sein Reich, in das er sich nach dem Abendessen zurückzog, mit der Behauptung, Grand Theft zu spielen. Sandra hatte das nie hinterfragt, und wenn sie tatsächlich einmal zu ihm hochgekommen war, hatte er vom Knarzen der ersten Treppenstufe an noch zwanzig Sekunden Zeit gehabt, das Spiel wirklich aufzurufen. Sandra bemerkte doch gar nicht, dass er immer im selben Level steckte.

Diese Chats ... diese versauten Gespräche ... Von Beginn an war klar gewesen, dass er sie treffen würde. Natürlich stand sie auf Fotografen, das taten sie alle. Zwei Monate war sie unnahbar geblieben, die platinblonde Iris mit den unglaublich weißen Zähnen. Zwei Monate lang hatte sie ihm Fotos von sich geschickt. Fotos, die keinen Spielraum für Interpretationen ließen. Fotos, die den männlichen Verstand in die Steinzeit zurückschossen.

Iris, die Gärtnerin, die so perfekt mit der Rosenschere umgehen konnte.

An seiner linken Hand hatte sie ihm demonstriert, wie perfekt. Ohne große Eile und mit konzentriertem Gesichtsausdruck hatte sie nacheinander, beginnend mit dem kleinen, alle Finger abgekniffen – außer dem Daumen. Wie lange das zurücklag, wusste er nicht.

Die irren Schmerzen hatten ihn ins Nirwana geschickt, und dort wäre er gern geblieben, doch Iris kannte sich damit aus, wie man Schmerzen linderte und Leute bei Bewusstsein hielt. Vielleicht war sie wirklich Krankenschwester, wie sie es im Chat behauptet hatte. Der Infusionsständer neben der metallenen Liege, daran der transparente Plastikschlauch, aus dem eine milchige Flüssigkeit in seinen linken Arm tropfte, sprachen jedenfalls dafür.

Bekam er Morphium?

Fühlte er sich deshalb so abgehoben und merkwürdig gleichgültig? Konnte er deshalb seine verstümmelte Hand anschauen, ohne wahnsinnig zu werden?

Er hatte Fotos von ihr machen wollen, hatte ihr versprochen, sie groß herauszubringen. Es war so verdammt einfach heutzutage, sich die nötigen Details und den Sprachduktus eines professionellen Fotografen anzueignen – wieder war das Internet schuld. Jeder konnte das sein, was er sein wollte. In der Realität war er nur ein Privatkundenberater bei der Bank, nichts weiter. Sie war voll darauf hereingefallen und hatte schon von der großen Karriere geträumt – zumindest hatte sie ihn das denken lassen.

Beinahe hätte er gelacht. Das Geräusch des Schlüssels im Türschloss hielt ihn davon ab.

Sie kam zurück. Seine Iris. Die Gärtnerin.

Natürlich sah sie in keiner Weise so aus wie auf den Fotos im Chat. Keine Modelfigur, keine Löwenmähne, keine Zahnpastawerbezähne. Stattdessen war sie klein, hatte äußerst stämmige Beine, kräftige Arme, und in ihrem Nacken wölbte sich eine pralle Speckrolle, aus der eine Warze emporstieß. Dieses Bündel langer grauer Haare, das aus der Warze wucherte, war eklig und abstoßend, hatte aber dennoch seinen Blick angezogen, als sie sich über seine Hand gebeugt hatte – freilich nur, bis die Klingen der Rosenschere sich zum ersten Mal geschlossen hatten. Langsam und quälend, mehr quetschend als schneidend, über den Knochen rutschend ...

»Geht es dir gut, mein Fotograf?«, fragte Iris in ihrem gebrochenen Deutsch, blieb vor ihm stehen und funkelte ihn aus diesen einzigartigen Augen an. Okay, ihre Augen waren schön. Zum Niederknien schön, das wollte er gern zugeben. Und sie bekamen einen besonders intensiven, beinahe schon melancholischen Ausdruck, sobald sie ihn quälte.

»Möchte nach Hause«, versuchte er sein Glück und nahm seine Zunge als kraftloses Etwas wahr, längst vorausgeeilt in den Tod.

»Aber, aber, wer wird denn weinen.«

Mit ihrem prallen Handrücken wischte Iris ihm die Tränen von den Wangen.

»Es ist doch bald vorbei.«

Sie kontrollierte den Infusionsbeutel, schnippte mit dem Finger dagegen, nickte zufrieden und wandte sich der schwarzen Tasche aus Lederimitat auf dem runden Glastisch in der Ecke zu. Es war eine dieser großen Vertretertaschen, die sich weit öffnen ließen. Am Griff baumelte an einem weißen Bändchen der Registrierungscode einer Fluggesellschaft. Gezielt zog sie etwas aus der Tasche hervor. Einen Gegenstand, den er nie zuvor gesehen hatte. Vielleicht ein Werkzeug?

Sie sah ihm wohl an, dass er es nicht kannte.

»Klempner benutzen so etwas, um Kupferrohre zu schneiden«, erklärte sie und demonstrierte die Funktion an ihrem Finger. »Siehst du, man stellt das Schneiderad auf die Stärke des zu schneidenden Rohres ein, und dann lässt man es darum kreisen, bis es durch ist. Am besten geht das bei hartem Material. Aber ich habe das Schneiderad ein bisschen nachgeschärft, und jetzt wollen wir mal sehen, ob wir trotz allem dein Material nicht hart bekommen.«

Ihr Lächeln in diesem Moment war Gold wert. Gleichzeitig lieb, aufreizend und sardonisch. In Gottes Schöpfung konnte so ein Lächeln nicht vorgesehen gewesen sein. Iris musste es sich anderweitig antrainiert haben.

»Bitte ... tu das nicht«, stammelte er und heulte schon wieder.

»Führ dich nicht so auf«, sagte sie und griff zu. Ihre Hand war warm, ihre dicken Finger weich, und sie wusste, wie man einem Mann zu voller Größe verhalf. Irgendwie war es ihm peinlich, selbst in dieser abstrusen Situation zu einer Erektion fähig zu sein, und er verfluchte seinen Körper, der tat, was er nicht wollte.

»Na also, Chef, wer sagt's denn. Da ist er ja, der große Junge, der so gern in fremden Gefilden wildert. Böser, böser Junge ...«

In gespielter Empörung schüttelte sie den Kopf und schnippte mit dem Finger gegen den großen bösen Jungen, wie sie es zuvor beim Infusionsbeutel getan hatte.

»Bitte ... ich flehe dich an ... nicht ...«

Ihr Blick war von einer so tiefen Bosheit, dass es ihn schauderte. Diese Augen ... kein Leben darin, keine Emotionen, ein vergifteter, tiefschwarzer Brunnen, dabei waren sie doch eben noch so schön gewesen. Wie konnte das sein?

»Drei Arten von Männern gibt es: Die Schmarotzer, die sich an eine Frau kletten, sie leersaugen und dabei selbst immer fetter werden. Die Könige, für die Frauen unterjocht und versklavt gehören. Und die Fleißigen, die Kinder zeugen, ein Nest bauen, Sicherheit bieten. Zu welcher Art gehörst du?«

»Ein Fleißiger«, sagte er schnell, ohne darüber nachzudenken. »Ich bin ein Fleißiger, ganz sicher.«

Das halbe Lächeln hatte kaum die Kraft, ihre Mundwinkel nach oben zu schieben.

»Die Fleißigen sind mit Abstand die langweiligsten Männer. Keine Frau will so einen, jedenfalls nicht in der Tiefe ihrer verruchten Seele.«

»Dann bin ich eine Mischung aus König und fleißig ... ja, genau, ich vereine das Beste von beiden.«

»Mein Lieber, wir wissen beide, dass das nicht stimmt. Du hast eine wunderbare Familie, für die du verantwortlich bist, und was tust du? Betrügst sie. Während deine Frau unten in der Küche das

Abendessen zubereitet, sitzt du vor dem Computer, deine Hand in der Hose, und chattest mit mir.«

»Aber du wolltest das doch!« Seine Stimme klang schrill. Ihre Hand bearbeitete ihn weiterhin.

»Ja, und jetzt weißt du auch, warum. Und wenn ich fertig bin mit dir, dann suche ich mir den nächsten Lügner mit Internetzugang. Der sitzt dann nächste Woche auf diesem Stuhl hier und bettelt mich an, ihn zu verschonen. So, ich denke, er ist hart genug.«

Iris legte das Werkzeug an. Stellte das Schneiderädchen auf die passende Größe ein. Packte ihn fest mit der Linken und begann zu drehen.

»Rechts herum, immer schön rechts herum.«

Gegen diese Schmerzen war selbst das Morphium machtlos.

Zu Stein erstarrt, saß Greta da und starrte das Manuskript an. Ihre Hände zitterten.

»Nein, das darf nicht sein. Das kann nicht sein«, flüsterte sie.

Sie blätterte zurück, nahm die Seite hervor und las die entsprechende Passage noch einmal. Nichts hatte sich geändert.

Der Mann, der von der Gärtnerin Iris gequält wurde, hatte sich im Internet als Fotograf ausgegeben, um an mögliche Opfer heranzukommen.

Und sein Name war Hans.

Greta musste nicht lange in ihrem Gedächtnis suchen, sie wusste, wo und wann sie diesen Namen in Verbindung mit dem Berufsstand schon einmal gehört hatte. An jenem Nachmittag im Park hatte Oberkommissar Lewandowski ihr von einem Mann erzählt, der sich im Internet als Fotograf ausgegeben hatte und mit dieser Masche wahrscheinlich an Sarah Lieberknecht herangekommen war. Lewandowski hatte den Namen Hans erwähnt.

Hatte sie Andreas davon erzählt?

Dass es keine Rolle spielte, verstand Greta, als sie die Kopfzeile las, die auf jeder Manuskriptseite aufgedruckt war. Darin enthalten waren der Arbeitstitel, der Autor sowie der Tag, an dem die Seite erstellt worden war. Einen Tag bevor Greta erstmals bei ihm aufgetaucht war, hatte Andreas über den Fotografen geschrieben. Da hatte er von Sarah Lieberknecht noch gar nichts wissen können und folglich auch nicht von dem Fotografen.

Der Schock schlug mit aller Macht zu. Greta bekam plötzlich keine Luft mehr. Sie stieß sich vom Schreibtisch ab, als habe sie sich an den Manuskriptseiten die Finger verbrannt. Sie wusste, das konnte kein Zufall sein.

Plötzlich spürte sie jemanden hinter sich.

»Sieh an, die neugierige Reporterin kann sich nicht zurückhalten«, sagte Andreas.

Er ging zur Terrassentür, öffnete sie, ließ Odin hinaus und schloss sie wieder. Greta saß wie festgebunden auf dem Stuhl und beobachtete ihn. Selbst wenn sie in diesem Moment bereits an Flucht gedacht hätte, hätte sie sich nicht bewegen können.

Lächelnd kam Andreas auf sie zu. Er trug lediglich eine Boxershorts. Sein Gang war geschmeidig, seine Muskulatur glänzte im schwachen Licht der Schreibtischlampe. Er strich sich das lange Haar aus der Stirn und blieb vor ihr stehen.

»Was ist los?«, fragte er. »Du siehst aus, als hättest du einen Geist gesehen?«

»Nichts«, beeilte sich Greta zu sagen. »Es ist nichts, du hast mich nur erschreckt ... ich war so in deiner Geschichte versunken ...«

Andreas nahm die Manuskriptseite, die Greta zuletzt gelesen hatte.

»Ich habe ein eisernes Gesetz: Niemand darf mein Manuskript lesen, bis ich nicht zufrieden bin damit.«

»Tut mir leid, ich ... ich konnte nicht schlafen.«

Andreas' Augen flogen über die Seite, Gretas Augen auf der Suche nach einer Fluchtmöglichkeit durch den Raum. Doch sie war gefangen zwischen Andreas und dem Schreibtisch und würde nicht einfach so davonkommen. Ihre Chance hatte sie gehabt, als er Odin hinausgelassen hatte. Jetzt war es zu spät.

Andreas lächelte, aber das Lächeln erreichte seine Augen nicht. In diesem Moment waren sie auch nicht grün, sondern fast schwarz und abgrundtief. Mit einer langsamen Bewegung zerknüllte er die Seite und warf den Papierball in den Mülleimer.

»Das ist Müll, nichts weiter«, sagte er. Seine Stimme klang kalt und berechnend. »Du misst dem doch keine Bedeutung zu, oder?«

»Bedeutung, was für eine Bedeutung?«

Andreas ging vor dem Stuhl in die Knie und nahm Gretas Gesicht zwischen seine Hände. Sie waren warm und weich.

»Weißt du, was Katzen tötet?«, fragte er.

Greta schüttelte ganz leicht den Kopf.

»Neugierde tötet Katzen. Warum konntest du nicht die Finger von dem Manuskript lassen. Es war doch alles in bester Ordnung, und jetzt ... jetzt wird alles anders.«

Bei den letzten Worten klang Andreas aufrichtig traurig.

»Es tut mir leid ... ich verrate auch ganz bestimmt niemandem, was ich gelesen habe.«

Andreas blies die Wangen auf und stieß die Luft aus.

»Tut mir leid, Schätzchen, wir wissen beide, dass das nicht stimmt. Ich gebe zu, das mit dem Fotografen war ein Fehler, der hätte mir nicht passieren dürfen. Aber Menschen machen Fehler, nicht wahr. Doch an dem, was jetzt geschieht, bist ganz allein du schuld. Zumindest für eine Weile hätte alles so schön sein können ...«

Greta explodierte förmlich und stieß Andreas von sich. Er fiel auf den Rücken. Greta sprang auf und wollte weg, doch Andreas bekam sie am Knöchel zu fassen und brachte sie zu Fall. Sie schlug der Länge nach hin, schrie auf und wollte von ihm wegkrabbeln, aber er ließ ihr Bein nicht los. Schon griff er mit der anderen Hand nach ihr, bekam den Bademantel zu fassen und riss ihn ihr vom Körper. Greta trat mit dem Fuß nach ihm und traf ihn im Gesicht. Für einen Moment ließ er sie los, sie drehte sich zur Seite und prallte mit der Schulter gegen die Glasvitrine, in der Andreas seine Veröffentlichungen aufbewahrte. Die Vitrine kippte um und zersplitterte. Greta kroch in den kleinen Flur, der zur Haustür und dem Gästebad führte, und richtete sich auf. Wenn sie die Haustür erreichte, konnte sie sich in Sicherheit bringen. Es spielte keine Rolle, dass sie nackt war, sie würde ins Dorf hinunterlaufen und irgendwo Schutz suchen.

Greta sprang auf die Tür zu. Sie wollte sie aufreißen, doch sie war verschlossen. Der Schlüssel steckte, wertvolle Sekunden gingen verloren, ehe sie ihn herumgedreht hatte.

Andreas warf sich gegen sie und drückte sie mit seinem Gewicht gegen das Türblatt. Die Luft wurde Greta aus den Lungen gepresst. Plötzlich spürte sie seinen Arm um ihren Hals, ihr Kopf lag in der Armbeuge, und Andreas begann, Druck auf ihren Kehlkopf auszuüben.

Greta hing in seinem Griff und zappelte, trat mit den Beinen aus, krallte ihre Nägel in Andreas' Arm, doch er ließ sie nicht los.

»Schsch …«, machte er. Seine Lippen waren ganz dicht an ihrem Ohr. »Gleich ist es vorbei, wehr dich nicht.«

Er winkelte den Arm weiter an.

Greta bekam keine Luft mehr, ihr schwanden die Sinne. Die Bewegungen ihrer Beine wurden langsamer, ihre Arme hingen kraftlos herunter, ihr Blickfeld verengte sich, und das Letzte, was sie sah, war die rettende Tür, die sich langsam von ihr entfernte.

Irgendwo bellte Odin …

Andreas ließ den wütenden Hund durch die Terrassentür in die Küche herein, beruhigte ihn mit einem Stück Salami und sperrte ihn ein. Damit war das größte Problem auch gelöst. Später, wenn alles erledigt war, würde er den verdammten Köter ins Tierheim zurückbringen. Er hatte seine Schuldigkeit getan und störte nur noch. Im Nachhinein betrachtet war es seine beste Idee gewesen, auf Gretas Rat hin den Hund zu holen. Sie hatte sich dadurch bestätigt gefühlt, und seine etwas unbeholfene Art, sich um den Hund zu kümmern, hatte ihre Zuneigung zu ihm wachsen lassen. Gleichzeitig musste Lewandowski davon ausgehen, dass Andreas den Hund geholt hatte, weil er wirklich Angst vor Nummer 25 hatte.

Perfekt.

Andreas ging hinaus zum Backhaus, riss das Siegel der Polizei ab und betrat es. Dies war sein Grund und Boden, es wäre ja noch schöner, wenn er hier nicht tun und lassen konnte, was er wollte.

Der alte Backofen war nicht benutzt worden, seitdem Andreas das Haus gekauft hatte, und davor wahrscheinlich auch sehr lange nicht. Der Makler hatte ihm damals garantiert, der Ofen sei funktionsfähig und man könne das beste Steinofenbrot der Welt darin backen. Andreas hatte kein Interesse an Steinofenbrot, und er wollte auch nicht backen, sondern Spuren beseitigen. Er wusste, wie diese alten Öfen funktionierten. Man legte geeignetes Holz auf die Steinplatte und entzündete es. Dann wartete man, bis im Inneren des Ofens die richtige Temperatur erreicht war, holte das Holz heraus, fegte den Ofen aus und schob Brot hinein. Man konnte das Prinzip aber auch leicht abwandeln, indem man immer mehr Holz verfeuerte, die Temperatur ordentlich erhöhte und schließlich das Fleisch hineinschob.

In *25 mögliche Mörder* hatte er seinen Täter ein Opfer auf diese Art verschwinden lassen. Nach dem »Backen« hatte er die Reste aus dem Ofen geholt und an verschiedenen Orten vergraben. Dafür hatte Andreas die Funktionsweise dieser Öfen recherchiert, sich Bilder angeschaut, aber nie einen in der Realität gesehen. Sein Ofen, das erkannte er jetzt, war zu flach. Greta war zwar klein, komplett in einem Stück würde ihr Körper dennoch nicht hineinpassen. Andreas musste ihn vorher zerlegen. Dafür waren die alten Handsägen, die im Backhaus hingen, bestens geeignet, doch es würde eine Riesensauerei werden, die er sich lieber erspart hätte.

Sollte er sie einfach vergraben?

Bei lebendigem Leib?

In irgendeinem seiner Bücher hatte er das schon mal getan, er wusste nur nicht mehr, in welchem. Es wäre einfacher und sicher, aber ihm gefiel die Idee, die Serie der Tötungsarten aus *25 mögliche Mörder* fortzuführen. Es hatte Stil und huldigte dem Zufall, dass zu seiner Horrorhütte ein Backhaus gehörte.

Es würde funktionieren – und trotzdem blieb ein unangenehmer Beigeschmack.

Weil es nicht zum Plan gehörte, weil er reagierte, statt zu agieren. Gretas Tod war nicht vorgesehen und würde zwangsläufig Fragen aufwerfen. Lewandowski würde nicht lockerlassen, und wenn die Polizei im Backofen auch nur eine winzige Spur von Greta fand, war er geliefert.

Andreas ärgerte sich maßlos über seinen Fehler. Wie hatte er den gleichen Namen, den er für die Kontaktaufnahme zu Sarah Lieberknecht benutzt hatte, in seinem Manuskript verwenden können? Namen und Beruf! Das war einfach nur dumm, gleichzeitig aber auch allzu menschlich. In den letzten Wochen war die Belastung sehr hoch gewesen, er musste alles Mögliche bedenken, da hatte er auf solche Kleinigkeiten nicht auch noch achten können. Und es wäre ja auch gar kein Problem gewesen, wenn diese neugierige Person nicht einfach sein Manuskript gelesen hätte.

Herrgott noch mal, bei Frauen musste man immer mit dem Unmöglichen rechnen.

Ansonsten hatte aber alles wunderbar funktioniert. Dass man bei einer Unternehmung solchen Ausmaßes nicht jeden Aspekt planen und berechnen konnte, hatte Andreas vorher gewusst. Aber man konnte die Weichen geschickt stellen und alle Reaktionen in die richtige Richtung laufen lassen. Man nannte das Antizipation, und Andreas war darin ein großer Meister. Er sah voraus, wie die Menschen auf diesen oder jenen Reiz reagierten. Zeige ihnen eine psychisch verletzte Person, und sie werden Mitleid haben. Zeige ihnen eine ambivalente, verzweifelte Person, und sie werden helfen wollen. Bereite die Gründe plausibel vor, dann zeige ihnen eine zu allem entschlossene Person, und sie werden Verständnis zeigen.

Es war wie beim Schreiben.

Andreas dachte darüber nach, welche plausiblen Gründe es für Gretas Tod geben könnte. Gründe, die in ihrer Person begründet lagen und nicht zu Ermittlungen gegen ihn selbst führen würden. Er konnte es sich nicht leisten, jetzt ein Risiko einzugehen.

Greta musste einen unauffälligen Tod sterben. Ein blöder Unfall, irgendwas …

Andreas erinnerte sich daran, was Greta ihm nach ihrem ersten Sex erzählt hatte. Sie war unten im Tal in den See gestiegen, um sich selbst zu beweisen, dass sie es mit ihm aufnehmen konnte.

Das war genial!

Lars Lewandowski war überrascht, was alles in seinem Wagen steckte – und auch in ihm selbst. Er war die Strecke von Marklohe nach Kirchfelden in Rekordzeit gefahren, hatte andere Verkehrsteilnehmer abgedrängt, Ampeln und Überholverbote ignoriert, und in einigen Kurven war ihm der Schweiß ausgebrochen, weil er sich schon im Graben gesehen hatte.

Er hasste Eile, aber dieses Mal war sie geboten, wollte er das Schlimmste noch verhindern.

Und die Eile hatte einen weiteren Vorteil: Die Rennfahrt verlangte ihm Konzentration ab, somit hatten die Bilder keine Chance, die sich immer wieder in den Vordergrund drängen wollten. Bilder mit furchterregenden Details, wie er sie vorher noch nie gesehen hatte und sich in seinen kühnsten Träumen nicht hätte vorstellen können. Dabei hätte gerade er es besser wissen müssen, da ihm in seinen vielen Dienstjahren bereits alle menschlichen Abgründe begegnet waren – fast alle. Abgründe wie die, die er im Dachgeschoss des Essmüllerschen Hauses gesehen hatte, waren selbst für ihn neu.

Kirchfelden lag im Dunkeln. Nur an der Durchgangsstraße gab es Straßenlaternen.

Lewandowski verpasste die Abfahrt zur Hütte des Schriftstellers und wendete vor der Pension, deren Inhaberin ihm neulich den Weg gewiesen hatte – dort brannte noch Licht. Auf dem Sandweg den Berg hinauf geriet sein Wagen ins Schlingern, und Lewandowski musste das Tempo drosseln. Oben entdeckte er den Range Rover des Schriftstellers im Carport. Der Wagen der Reporterin war nicht zu sehen. Lewandowski stieg aus und hörte sofort das Hundegebell. Zum zweiten Mal an diesem Tag zog er seine Waffe und stieg die Sandsteintreppe hinauf.

Vor dem Haus angekommen, hörte er Geschirr zerbrechen.

Das Geräusch kam aus dem Haus.

Er klingelte und klopfte an der Vordertür, doch niemand reagierte. Also schlich Lewandowski ums Haus herum und spähte durchs Küchenfenster. Der große Hund sprang immer wieder hoch, kratzte am Fenster und stieß um, was ihm zwischen die Pfoten kam. Das zerschlagene Geschirr ging auf sein Konto, der Fußboden sah aus wie ein Schlachtfeld. Der Hund hatte bereits Schaum vor dem Maul und sah furchterregend aus.

Lewandowski hämmerte gegen die Terrassentür und rief nach Greta Weiß. Er suchte kurz den Garten ab und ging dann zum Backhaus. Das Polizeisiegel an der Tür war verletzt, aber im Haus war niemand.

Lewandowski rief abermals nach der Journalistin. Irgendwo im Wald stieg laut flatternd ein Vogel auf. Der Hund tobte wie ein Wilder in der Küche herum.

Schleppte der psychopathische Schriftsteller die Journalistin gerade den Berg hinauf, um sie irgendwo dort oben zu verscharren, so, wie er es schon mit Sarah Lieberknecht getan hatte? Die Spurensicherung hatte den Ort, an dem die Leiche kurz versteckt gewesen war, bereits gesichert und überprüft, aber Lewandowski war nicht dabei gewesen und würde den Platz nicht finden. Bis eine Spezialeinheit mit Hunden hier wäre, wäre es zu spät.

Es sei denn ...

Er sah zum Haus zurück.

Hinter dem Küchenfenster sprang der Hund hoch.

Seine Angst vor Hunden lag in seiner Kindheit begründet. Die Nachbarsfamilie hatte zwei Doggen gehabt, und er war von beiden immer wieder durch den Garten gejagt worden. Sie hatten ihn nie gebissen, aber jahrelang für Alpträume gesorgt.

Diese Angst musste er nun überwinden.

Der Hund gebärdet sich nicht wegen dir so verrückt, sagte er sich.

Lewandowski schoss auf die Tür zum Wohnzimmer. Die Scheibe zersplitterte, er trat die restlichen Splitter aus dem Rahmen, stieg hindurch und öffnete sie. Dann stellte er sich so hin, dass die

Küchentür ihn schützen würde, wenn er sie aufriss. Zur Sicherheit behielt er die Waffe in der Hand.

Kaum hatte er die Tür geöffnet, schoss der Hund nach draußen. Er beachtete Lewandowski überhaupt nicht, sprang auf die Terrasse und verschwand nach links in die Dunkelheit. Mit dieser Geschwindigkeit hatte Lewandowski nicht gerechnet. Er lief hinterher und sah gerade noch, wie der Hund zur Vorderseite des Hauses rannte.

Er folgte ihm bis zu dem großen Findling, wo der Hund nervös auf und ab lief, als nehme er Witterung auf. Dann hob er den Kopf und sah Lewandowski an. Ein paar Sekunden lang standen sie sich in zwanzig Metern Entfernung gegenüber, und Lewandowski hatte den Eindruck, der Hund fordere ihn auf, ihm zu folgen.

»Was willst du mir sagen?«

Odin drehte sich um und lief den Berg hinunter. Dabei folgte er der Fahrspur.

Lewandowski stieg in seinen Wagen und folgte dem Hund.

Greta erwachte am Wasser.

Sie konnte es nicht sehen, aber riechen. Über ihr fiel Mondlicht durch eine lockere Wolkendecke. Sie brauchte einen Moment, um ihre Situation zu begreifen. Sie war nackt. Ihre Arme waren mit einem dünnen Seil hinter ihrem Rücken gefesselt, die Beine konnte sie frei bewegen. Sie spürte nirgendwo Schmerzen außer an ihrem Hals, wo Andreas sie gewürgt hatte.

Wo war er?

Was hatte er vor?

Greta sah sich um. Links glänzte die Wasseroberfläche bleich im Mondlicht. Täuschte sie sich, oder lag sie auf dem Steg am Loch Nass? Es war noch nicht lange her, dass sie hier schwimmen gegangen war.

Sie drehte den Kopf nach rechts und entdeckte Andreas. Mit wiegendem Schritt kam er den Trampelpfad durch das Dickicht herunter. Er trug etwas im Arm.

»Hey, du bist ja wach. Wie schön.«

Er schien gute Laune zu haben, sank neben ihr in die Knie und legte ein Bündel Kleidung ab – ihre Kleidung.

»Geht es dir denn gut?«

»Fick dich«, spie sie ihm entgegen.

»Ach komm, das hatten wir doch schon. Und jetzt sag nicht, es hätte dir keinen Spaß gemacht. Vor allem das erste Mal, als du den armen traumatisierten Jungen an die Hand nehmen und führen durftest. Was das angeht, seid ihr Frauen alle gleich.«

Gretas Kopf funktionierte nicht wie gewohnt, alles lief träge ab, so als seien die Leitungen verlängert worden. Sie hörte, was Andreas sagte, aber es dauerte einen Moment, bis sie es auch begriff.

»Das war alles nur gespielt?«, fragte sie mit heiserer Stimme.

»Naja, gespielt«, Andreas wiegte den Kopf hin und her, »so würde ich es nun auch nicht ausdrücken. Ich fand dich schon ansprechend, ganz ehrlich, und ich wusste ja nicht, dass du mit mir ins Bett gehen würdest. Aber im Gesamtkontext gesehen hast du natürlich recht. Ich habe dir eine Geschichte vorgespielt, die du bereitwillig geglaubt hast.«

Da war nichts Böses in seinem Gesicht, als er das sagte. Er sah sie an, wie er sie vorhin im Bett angesehen hatte, und Greta wollte nicht glauben, dass der Andreas von vorhin, mit dem sie geschlafen hatte, und dieser Mann hier ein und dieselbe Person sein sollten.

»Nein ... das kann nicht sein, das kannst du dir nicht alles ausgedacht haben. Unmöglich.«

»Es war nicht einfach, aber möglich. Fünf Jahre habe ich darauf hingearbeitet, gewartet, bis die Konstellationen stimmten. Nach dem Tod meiner Mutter habe ich die Horrorhütte gekauft und mit den Vorbereitungen begonnen. Jeder Spieler musste an seinem Platz sein, vor allem Jens.«

»Ich bin ein Spieler für dich? Eine Figur, die du benutzt hast? Andreas, bitte ... das ... das bist doch nicht du.«

Er strich ihr das Haar aus dem Gesicht. Eine Geste voller Zärtlichkeit, sanft und einfühlsam. Sein Lächeln war liebevoll.

»Zu einem anderen Zeitpunkt, in einer anderen Welt, hätte aus uns etwas werden können. Du bist ein interessanter Mensch, und es fällt mir schwer, es so zu beenden. Aber die Schuld daran trägst du. Warum musstest du mein Manuskript lesen?«

Nach und nach sickerte die Erkenntnis bei Greta durch. Sie war ihm auf den Leim gegangen, von seiner Seite aus war nie Zuneigung, geschweige denn Liebe im Spiel gewesen. Er hatte sie benutzt, von Anfang an.

»Und was hättest du getan, wenn ich anders auf dich reagiert hätte? Wenn ich mich nicht in dich ... nein ... du kannst das nicht geplant haben«, sagte sie, schüttelte den Kopf und kämpfte um ein letztes bisschen Selbstachtung.

»Bitte, enttäusch mich jetzt nicht, sei nicht wieder das Heimchen am Herd. Du hast doch mehr drauf. Erinnere dich. Manipulation und Antizipation, wir sprachen darüber. Ich wusste zu jedem Zeitpunkt, wie du reagieren würdest.«

»Einen Scheiß wusstest du.«

»Schätzchen, ich habe jahrelange Übung darin, weil ich es täglich tue. Ich manipuliere meine Leser, führe sie an der Nase herum. Nehmen wir nur einmal die Szene in meinem Wohnzimmer, nachdem ich dich betäubt und gefesselt hatte. Meinst du, es war Zufall, dass du mich auf der Terrasse beobachten konntest? Nein, es war geplant. Ich wollte dir meinen inneren Kampf zeigen, meine Zerrissenheit, mein Leiden, denn ich wusste, du würdest darauf mit Mitleid reagieren.«

Greta hatte die Situation vor Augen. Sie hatte gesehen, wie Andreas mit sich gekämpft, die Entscheidung einer Münze überlassen und den Schürhaken vom Kamin genommen hatte. Er war im Begriff gewesen, sie zu töten, hatte es letztlich aber nicht gekonnt. Und in diesem Moment glaubte sie, begriffen zu haben, dass Andreas nicht so gefährlich war, wie er tat.

Nein, nichts hatte sie begriffen. Er war sogar noch viel gefährlicher, als sie es sich vorstellen konnte. Denn sie hatte sich nicht ein einziges Mal von ihm manipuliert gefühlt. Er hatte sie zu nichts gedrängt, alles, was sie für ihn getan hatte, war ihre freie Entscheidung gewesen.

Freie Entscheidung. Freier Wille. Andreas hatte behauptet, beides sei nur ein Ammenmärchen. Hatte er recht? Greta wollte das nicht einfach akzeptieren, aber sie erkannte ihre Fehler. So, wie sie es häufig tat, hatte sie viel zu sehr auf seine Gefühle geachtet, ohne zu argwöhnen, dass diese vorgetäuscht sein könnten. Ihre ausgeprägte Empathie hatte sie blindlings in die Falle laufen lassen. Empathie, Ehrgeiz und Stolz – und ein bisschen auch die Liebe.

Die Erkenntnis schmerzte und trieb Greta die Tränen in die Augen, doch sie kämpfte sie zurück. Nach alledem würde sie nicht auch noch vor ihm weinen. Ein letztes bisschen Stolz musste sie sich bewahren.

»Aber ... aber ich habe die Spur zu Sarah Lieberknecht gefunden«, versuchte sie, eine Lücke in seiner Argumentation zu finden. »Ohne meinen Kontakt zur Polizei hätten wir nichts von ihr erfahren.«

Jetzt veränderte sich sein Lächeln, es wurde selbstgefällig und erinnerte Greta an ein Foto von ihm, das sie in irgendeiner Zeitschrift gesehen hatte.

»Die Spur zu ihrem Blog befand sich auf der Rückseite ihres Handys, weißt du noch. Wenn du sie nicht gefunden hättest, hätte ich dich darauf aufmerksam gemacht. Eigentlich hatte ich die Polizei ganz heraushalten wollen, ich konnte ja nicht wissen, dass du mit diesem alten Bullen sprichst. Alles in allem hat es aber nicht geschadet. Dadurch, dass Lewandowski dich schon vorher kennenlernte, fiel es ihm leichter, dir zu glauben. Und mal ganz ehrlich, der Mann ist ein Glücksfall für mich. Kurz vor der Rente und nicht sonderlich helle.«

»Aber warum hast du Börner entführt? Warum der Umweg über ihn, wenn du doch an Jens Kraft herankommen wolltest?«

»Das liegt doch auf der Hand. Wie hätte es denn auf dich oder die Bullen gewirkt, wenn ich sofort in Jens' Richtung losgeprescht wäre? Ich war verwirrt und verängstigt, es ging um mein Leben, ich klammerte mich an jeden Strohhalm, und selbst du hast geglaubt, Börner könnte dahinterstecken. Ihn zu entführen war nichts weiter als ein Ausdruck meiner Verzweiflung, um meine Glaubwürdigkeit zu untermauern. By the way ... ich glaube, Börner ist tatsächlich ein Psychopath, aber einer von der feigen Sorte. Mein Format hat er jedenfalls nicht.«

»Es gab Nummer 25 nie? Aber was war dann mit dem Chat? Er war in jener Nacht gar nicht vor deiner Hütte?«

»Nein, natürlich nicht. Ich habe von Cindys Handy mit mir selbst gechattet. Das Handy mit dem belastenden Chat habe ich später in Jens' Haus versteckt.«

»Das wird die Polizei herausfinden. Sie werden die Verbindungen überprüfen und sehen, dass der Chat nur in deinem Wohnzimmer stattgefunden hat.«

»Sie werden herausfinden, dass er auf meinem Grundstück stattgefunden hat, und das sollen sie auch. Deswegen war Nummer 25 doch direkt vor dem Fenster, und du hast das sogar bestätigt. Für solche Verifizierungen warst du doch überhaupt nur dabei. Ich brauchte eine glaubwürdige Zeugin, die in allen Punkten für mich aussagt. Ohne so eine Zeugin hätte die Sache nicht funktioniert. Du hast das ganz hervorragend gemacht, auch deine Recherchearbeit war klasse. Als ich den Unfall meines Vaters erwähnte, hast du ganz allein zu Jens Krafts Haus gefunden, damit hatte ich nicht gerechnet. Mit dem Umweg über die alte Essmüller auch nicht, aber am Ende war es ein wirklich gutes Timing. Ich hätte Jens auch getötet, wenn du nicht dort gewesen wärst, das hätte keinen Unterschied gemacht. So war es natürlich wesentlich dramatischer. Mein Plot war schon gut, dank dir ist er aber noch besser geworden. Ich hätte mir keinen effektiveren Sidekick wünschen können. Dafür schulde ich dir wirklich Dank.«

Greta schüttelte den Kopf.

»Und beim Kochen, als du dich geschnitten hast?«

»Okay, ich gebe zu, da hast du mich kalt erwischt. Für ein paar Minuten war ich wirklich nicht mehr in der Rolle. Allerdings ... wärst du mit mir ins Bett gegangen, wenn ich in dem Moment nicht so schwach gewesen wäre?«

Greta antwortete nicht und biss sich auf die Lippen.

»Wir wissen beide, dass du auf meine Schwäche reagiert hast. Ich musste sie im Bett nur noch eine Weile aufrechterhalten. Ist mir nicht leichtgefallen, du weißt ja jetzt, welche Art von Sex ich eigentlich bevorzuge. Dein Blümchensex vom ersten Mal war haarsträubend langweilig.«

»Du Dreckschwein.«

»Hm, ich hatte mehr von dir erwartet als Kraftausdrücke. Ein bisschen Respekt vor meiner Arbeit, zum Beispiel.«

»Du bist einfach nur krank.«

»Siehst du!« Andreas klatschte in die Hände. »Genau das habe ich immer selbst von mir behauptet, aber du wolltest es ja nicht glauben. Du wolltest mich ja unbedingt mit Liebe und Fürsorge therapieren. Also gib bitte nicht mir die Schuld.«

»Aber was hättest du getan, wenn ich nicht an dem Tag bei dir aufgetaucht wäre? Das war doch reiner Zufall.«

»Nein, Zufall war das nicht. Ich habe kaum etwas dem Zufall überlassen. Weißt du, wie lange mich dein Chef Semrau um ein Interview gebeten hat? Er ließ einfach nicht locker. Ich habe ihm gesagt, wenn er eine reizende junge Frau findet, die mich inspiriert, dann bekommt er das Interview. Und dann musste ich nur noch warten, bis er anruft, und mir eine Woche Vorlauf erbitten. Die alte Klier hat mir Bescheid gesagt, als du angekommen bist, und so war mein Timing auf die Minute perfekt.«

»Das hat Semrau mir nicht mitgeteilt.«

»Kann man ja auch nicht erwarten. Hättest du den Auftrag angenommen, wenn Semrau dir erklärt hätte, dass er dich wegen deines Aussehens schickt und weil der verrückte Schriftsteller endlich mal wieder Frischfleisch braucht? Wohl kaum. Und selbst wenn er es dir gesagt hätte, na und. Was hätte es geändert? Der Plan wäre trotzdem aufgegangen. Weil ich an die Details gedacht habe. Ich habe die Leiche den Berg hinaufgeschleppt und verscharrt, obwohl ich es mir hätte sparen können, denn Nummer 25 hat sie sich ja wieder geholt. Aber dann hätte ich keinen Essig benutzt und keine Blasen an den Händen gehabt, wäre nicht so erschöpft und verzweifelt gewesen, und du hättest mir meinen Tiefschlaf nicht abgenommen, als du mich nackt gesehen hast. Die Details sind wichtig, in jedem Plot, und du kannst die Details nur erzeugen, wenn du vollkommen in der Geschichte steckst. Ich war so sehr *ingame*, dass ich zeitweise selbst an Nummer 25 glaubte. Er war so real, wie er sein musste, um mir Angst einzujagen und mir die richtigen Reaktionen zu entlocken.« Andreas lachte und schüttelte den Kopf. »Eine echte Meisterleistung.«

»Aber warum das alles?«

»Warum?«

Andreas sah zum Nachthimmel hinauf.

»Warum … warum … warum … Wir haben schon einmal darüber gesprochen, dass es nicht möglich ist, mich zu verstehen. Jedenfalls ist es dir nicht möglich, denn du denkst in anderen, einfacheren Bahnen. Jens hat meinen Bruder in die Klapse gebracht, und das habe ich keinen einzigen Tag meines Lebens vergessen. Jeden Monat war ich bei Stan in der Nebelhöhle. Als meine Mutter noch lebte, habe ich sie mitgenommen. Du hättest ihre Blicke sehen sollen. Obwohl sie mir immer wieder gesagt hat, mich träfe keine Schuld, verschwanden die Vorwürfe darin doch nie ganz. Unausgesprochene Sätze wie: ›Warum hast du ihm nicht geholfen. Warum bist du weggerannt.‹ Ich habe ihr natürlich nie erzählt, was ich dir vorhin erzählte. Ein Mutterherz verträgt so etwas nicht. Und dennoch zweifelte sie an mir. Ich glaube, sie traute mir seitdem nicht mehr.«

»Und deshalb hast du zwei unschuldige Mädchen getötet? Um dich an Jens Kraft zu rächen?«

»Jens hat damals meinen Bruder getötet, den wahren Meiko Zordan gab es danach nicht mehr. Und für mich ist und bleibt es Mord. Die einzige gerechte Strafe dafür ist der Tod. Aber er sollte als der Mörder sterben, der er Zeit seines Lebens war. Nur leider war er über die Jahre viel zu träge geworden. Eine mitleiderregende Kreatur. Der hätte sich das niemals getraut, also musste ich nachhelfen. Dass die Mädchen sterben mussten, war ganz allein seine Schuld, und dass ich seine uneheliche Tochter auswählte, die sogar meine Bücher gelesen hat, wirst du verstehen. Und Cindy Jagusch musste es sein, weil jemand wie Jens natürlich ein Opfer aus meinem Dunstkreis wählen würde. Eines, auf das man nicht gleich kommt, für das es ein wenig Ermittlungsarbeit braucht. Der Plot musste ja plausibel sein.«

»Dein Bruder ist nicht tot, und selbst wenn er es wäre, hättest du kein Recht dazu. Das ist feiger Mord.«

»Nicht tot ... kein Recht dazu«, wiederholte Andreas, und sein Blick ging ins Leere. In diesem Moment schob sich eine Wolke vor den Mond, und ein Schatten legte sich auf Andreas' Gesicht.

»Ich bin die letzten zwanzig Jahre jeden Monat in die Nebelhöhle gefahren und habe ihn besucht ... habe ihm versprochen, dass Jens sterben wird. Meiko hat jedes Recht der Welt darauf, ich bin nur derjenige gewesen, der es ausgeführt hat. Deswegen wäre es auch nicht fair, wenn ich dafür in den Knast ginge. Und das werde ich auch nicht.«

»Du hast nicht einmal den Mut, dazu zu stehen, schiebst es deinem Bruder in die Schuhe. Du armselige Gestalt, damit kommst du nicht durch.«

»Bin ich doch schon. Und jetzt habe ich keine Lust mehr auf das Gequatsche. Mach's gut!«

Er gab Greta einen Stoß, und sie rollte vom Steg ins Wasser.

Das Wasser des Loch Nass war noch kälter als bei ihrem ersten Bad. Um keinen Schrei auszustoßen, presste Greta die Lippen aufeinander. Instinktiv wollte sie Schwimmbewegungen mit den Armen ausführen, scheiterte aber an den Fesseln. Sie sackte schnell nach unten, trat mit den Beinen aus und schaffte es zurück an die Wasseroberfläche. Es war mühsam und kostete viel Kraft, und sie spürte, dass sie sich nicht lange über Wasser halten könnte.

Sie tauchte unmittelbar neben dem Steg auf, keuchte und schrie.

Zordan packte sie bei den Haaren.

»Das ist gut, dann muss ich dich nicht suchen. Die Fesseln müssen ja wieder ab.«

Er drückte sie unter die Wasseroberfläche.

Greta zappelte und kämpfte, entkam seinem Griff aber nicht.

Noch ein paar Sekunden, dann würde sie den Mund öffnen. Der Atemreflex war einfach zu stark.

Im Dorf entdeckte Lewandowski den Hund.

Er lief auf der Durchgangsstraße erst in die eine, dann in die andere Richtung und schien nicht zu wissen, wohin.

Der Polizist folgte ihm, bis der Hund plötzlich kehrtmachte und an Lewandowskis Auto vorbeirannte.

»Das hat doch keinen Sinn«, brummelte Lewandowski.

Zum zweiten Mal an diesem Abend wendete er seinen Wagen vor der Pension *Haus Verona*. Diesmal sprang die Außenbeleuchtung an, und die ältere Dame, die er nach dem Weg gefragt hatte, kam im Bademantel heraus. Sie fuchtelte aufgeregt mit den Armen.

Lewandowski ließ das Fenster herunter.

»Ich suche die junge Dame, die bei Ihnen gewohnt hat, die mit dem kleinen gelben Auto«, versuchte Lewandowski sein Glück.

»Ich hab Sie gesehen, vorhin, kurz bevor Sie das erste Mal hier gewendet haben. Sie ist in diese Richtung durchs Dorf gerast, als sei der Leibhaftige hinter ihr her. Was ist denn nur passiert?«

»War sie allein?«

»Das konnte ich von drinnen nicht sehen, sie fuhr viel zu schnell. Mein Gott, was ist denn hier los? Ist die junge Dame in Gefahr? Ich habe ihr ja gleich gesagt, sie darf sich nicht mit dem Schriftsteller einlassen. Der Mann ist gefährlich.«

»Wohin geht's in die Richtung?«, fragte Lewandowski.

»Nirgendwohin, nur zum See. Aber was sollte sie nachts am See? Deswegen mache ich mir ja so große Sorgen. Ich wollte schon die Polizei rufen, aber unser Amt ist in der Nacht ja nicht besetzt.«

»Ich kümmere mich darum«, sagte Lewandowski, drückte das Gaspedal durch und fuhr in die Richtung, in die auch der Hund verschwunden war.

Die Straße wand sich kurvenreich durch ein Waldstück und endete an einem geschotterten Parkplatz. Dort stand der kleine gelbe Wagen der Journalistin. Er war leer.

»Frau Weiß«, rief Lewandowski.

In der darauf folgenden Stille glaubte er, ein ganzes Stück entfernt den Hund bellen zu hören. Lewandowski fand einen schmalen Weg entlang eines Zaunes und folgte ihm. Er schlug sich durch die Büsche, bückte sich unter Ästen hindurch, versank knöcheltief in Morast, hörte den Hund nun deutlicher und aggressiver bellen und sah durch das Dickicht hindurch immer wieder die vom Mond beschienene Oberfläche des Sees.

Und dann war er am Ufer.

In einiger Entfernung führte ein Steg aufs Wasser hinaus. Vorn auf dem Steg stand eine Person. Obwohl sie nicht mehr war als ein schwarzer Schemen im Mondlicht, glaubte Lewandowski, es sei Andreas Zordan. Odin war keine zwei Meter von ihm entfernt und trieb ihn bellend auf das Ende des Stegs zu.

»Polizei!«, rief Lewandowski. »Bleiben Sie, wo Sie sind.«

Er rannte zu dem Steg und sah etwas die Wasseroberfläche durchstoßen und sofort wieder verschwinden. Lewandowski steckte seine Waffe ein und stürzte sich durch den matschigen Ufergürtel in den See. Er schwamm hinaus und warf einen Blick zu dem schreienden Zordan hinüber. Odin hatte seine Zähne in dessen Arm geschlagen.

Lewandowski tauchte unter, riss die Augen auf, konnte in dem dunklen, trüben Wasser aber nichts erkennen. Seine Kleidung saugte sich schnell mit Wasser voll und wurde schwer, seine Lunge begann zu brennen, er tauchte auf, holte Luft und stieß sofort wieder in die Tiefe.

Drei, vier kräftige Schwimmzüge, dann erreichte er den Grund, versank mit der Hand im Sediment, tastete blind umher und trat mit dem Fuß gegen etwas Festes.

Er drehte sich, spürte Haut, Haare, einen Körper, der unbeweglich am Grund lag.

Lewandowski packte zu und zog ihn zu sich heran.

Ich war mein gesamtes Berufsleben lang Polizist, zehn Jahre davon in der Mordkommission, und ich dachte, ich hätte alles gesehen ... bis ich dieses Zimmer betrat.

Ein riesiger Raum unter dem Dach mit schrägen Wänden und altem Fachwerk. Ein notdürftig umgebauter Heuboden, dem man seine frühere Verwendung noch ansieht. Die Fenster verdunkelt, kaum Licht, so dass sich dieser lange Raum scheinbar bis in die Hölle hineinzieht. Und ein Geruch, als sei etwas zum Sterben in irgendeine Ecke gekrochen. Der Fußboden besteht aus Dielenbrettern, an einigen Stellen tief eingesackt oder mit Löchern, durch die man in den Zwischenboden schauen kann. Kein Quadratmeter, der nicht vollgestellt ist. Alte Möbel aus den fünfziger Jahren, vor allem aber unermesslich viele Dinge, ein absolutes Chaos, in dem Einzelheiten untergehen wie eine Welle im Ozean. Ich schaue kaum fern und habe nie eine dieser Sendungen über Messis gesehen, aber ein Kollege der Spurensicherung meinte, dieses Zimmer überträfe alles, was je in diesen Sendungen gezeigt worden war.

Hans Essmüller ist vierundvierzig Jahre alt und hat sein ganzes Leben in dieses Dachgeschoss gestopft. Aber das ist nicht alles. Viel schlimmer sind die Wände. An diesen schrägen Dachgeschosswänden hängen seine Gedanken – so hat er das ausgedrückt. Seine Mutter war wohl seit Jahren nicht mehr dort oben gewesen, die wusste nichts davon, wie sehr ihr Sprössling neben der Spur läuft, welche Gedanken er an seine Wände hängt. Unzählige Poster und Fotos, manche selbst geschossen, andere aus normalen Illustrierten ausgeschnitten, aber auch welche aus Pornoheften. Frauen, Männer, Kinder, kein bestimmter Typus, alles wild durcheinander. Blonde, Braune, Brünette, Schwarzhaarige. Tausende Augenpaare starrten mich an, als ich das Zimmer betrat. Und jedes einzelne Bild hat Hans Essmüller eigenhändig verändert. Mit schwarzem Stift hat er den Personen Lederbänder um den Hals gemalt oder ausgeschnittene Sachen über sie geklebt. So Kram aus

Sexspielzeug-Katalogen, mit Nieten, Schlössern, Stacheln, ein unglaublicher Dreck. Er hat ihnen Knebel über und in den Mund gemalt oder geklebt und ihre Augen verändert. Sie größer gemacht, weit aufgerissen, so als litten sie Schmerzen oder wären in Panik.

Krank, wirklich krank das Ganze. Ich bedaure es, dieses Zimmer gesehen zu haben ... diese Phantasien eines Wahnsinnigen gesehen zu haben. Den Anblick werde ich nicht wieder los und nehme ihn jetzt mit in Rente. Ich kann mich nur damit beruhigen, dass Hans Essmüller einer dieser Gestörten ist, die ihre Phantasien niemals in die Realität umsetzen. Wir wissen, er hat es bei Prostituierten versucht, und vielleicht war er nur ein Quentchen von einem Mord entfernt, getan hat er es aber nie.

Bis auf dieses eine Mal.

Als er zehn Jahre alt war.

Freiwillig hat er es mir nicht gestanden, aber ich hatte diesen Verdacht und wollte es unbedingt wissen. Also hab ich einige seiner kranken Gedanken von den Wänden genommen und vor seinen Augen zerrissen. Sie glauben gar nicht, wie er darauf reagiert hat. Ist vollkommen ausgeflippt, hat richtig gelitten, hat geschrien und sich auf dem Boden gewälzt. Befürchte, das fällt unter Folter, aber in dem Moment war es mir egal. Sechs seiner Bilder, dann hatte ich ihn so weit.

Unter Tränen hat er gestanden, damals Meiko Zordan das Seil um den Hals gewickelt zu haben. Weder Jens Kraft war es noch Andreas Zordan, es war Hans Essmüller. Na ja, letztendlich muss man wohl sagen, sie waren es alle drei. Ihnen allen hat Meiko seinen jetzigen Zustand zu verdanken, aber es ist wie bei einer Massenschlägerei mit tödlichem Ausgang: Es zählt, wer den tödlichen Schlag versetzt hat. Und das war in diesem Fall Hans Essmüller.

Er weinte Rotz und Wasser, als er es mir gestand. Stellen Sie sich diesen Mann vor, groß und dick wie ein Bär kurz vorm Winterschlaf, pausbäckig, unbeholfen, linkisch, aber irgendwie auch bemitleidenswert. Stellen Sie sich vor, wie dieser Typ auf dem Boden liegt, zwischen all diesen Sachen, diesen Bildern, und wie seine mühsam aufgebaute und all die Jahre verteidigte Welt zerbricht. Nein, das können Sie sich nicht vorstellen, man muss es gesehen haben. Als ich erfuhr, was Hans Essmüller getan hat, ging ich davon aus, Jens Krafts Partner festgenommen zu haben. Nach wie vor war ich davon überzeugt, Kraft könne nicht allein gehandelt haben.

Aber all die vergrößerten Fotografien an den Wänden, die Stapel entwickelter Fotos auf den Tischen, dem Fußboden, überall Fotos. Ich gebe es zu: Erst in diesem Moment habe ich den Zusammenhang hergestellt. Schieben Sie es meinetwegen auf mein Alter, das kann ich gerade noch so als Entschuldigung geltend machen, aber peinlich ist es dennoch. Hans, der Fotograf. Verdammt noch mal, das hätte mir doch früher auffallen müssen. Als es mir klar wurde, habe ich Essmüller Handschellen angelegt, Verstärkung gerufen und das Zimmer genauer unter die Lupe genommen. Ich fand gerade erst geschossene Fotos. Zordans Hütte von außen, nachts fotografiert. Zordan, der barfuß und mit einem Schürhaken in der Hand durch den Garten geht. Zordan, wie er die Leiche in den Baum hängt.

Hans Essmüller ist also dort gewesen und hat diese Fotos gemacht. Ich gehe davon aus, dass er Zordan bei Krafts Haus beobachtet hat und ihm gefolgt ist. Zordan muss sich in der Vorbereitungszeit des Öfteren dort umgesehen haben, vielleicht sind die beiden sich sogar über den Weg gelaufen. Etwas in der Art muss es ja gewesen sein, denn woher sollte Zordan sonst wissen, dass Hans Essmüller alles und jeden fotografierte. Dass er es gewusst hat, zeigt sein Manuskript. Man kann sagen, seine Fähigkeit zur Antizipation ist ihm am Ende zum Verhängnis geworden. Er hat die Realität für seine Fiktion antizipiert und sich damit selbst verraten. Ihnen, aber auch mir gegenüber.

Ein winziger Fehler in einem ansonsten fast perfekten Plan.«

Greta Weiß und Lars Lewandowski sahen sich lange an. Worte waren in diesem Moment nicht nötig. Was noch gesagt werden musste, war gesagt worden.

Außer einer Sache. Die Greta auf dem Herzen lag.

»Ich verdanke dir mein Leben.«

Lewandowski schüttelte den Kopf.

»Stimmt nicht, Schätzchen. Odin hat dich gerettet. Ohne ihn würde ich wahrscheinlich immer noch dort oben im Wald nach dir suchen. Bedank dich also bei ihm.«

»Das werde ich. Darf er noch bei dir bleiben, bis ich wieder fit bin?«

»Darf er, aber keinen Tag länger. Er hat sein Bein an meinem Bike gehoben, das werde ich ihm nie verzeihen.«

Lewandowskis Grinsen unterstrich, wie wenig ernst er das meinte.

Greta reichte ihm die Hand, er ergriff und drückte sie, nickte ihr zu und ging.

An der Tür gab Lewandowski Ludwig Semrau die Klinke in die Hand.

Gretas Chef brachte ihr einen übertrieben großen Blumenstrauß mit. Da er keine Vase fand, legte er ihn ins Waschbecken und ließ Wasser hinein.

»Wie geht es denn unserer Helene Fischer mit Aggressionspotential?«, fragte er.

Greta war viel zu müde, um dagegen zu protestieren. Tot gewesen und von einem Notarzt wiederbelebt worden zu sein, das war anstrengender, als man sich vorstellte. Sie lag seit drei Tagen im Krankenhaus und verbrachte die meiste Zeit schlafend.

»Jeden Tag ein bisschen besser«, sagte sie wahrheitsgemäß.

»Dann wird heute Ihr bester Tag«, sagte Semrau und zauberte eine Zeitung unter seiner Jacke hervor. »Die neueste Ausgabe von *People United*. Und jetzt raten Sie mal, von wem die Titelstory ist?«

»Titelstory?«, echote Greta.

Semrau hielt sich die Zeitschrift vor die Brust, so dass Greta das Cover sehen konnte. Darauf war sie selbst abgebildet und sah haargenau so aus wie die Schlagertussi. In großen gelben Lettern stand unter ihrem Gesicht: *Unsere Reporterin überführt psychopathischen Serienmörder.*

»Okay«, sagte Semrau, »das mit dem Serienmörder ist etwas übertrieben, aber Sie wissen ja, die Leute stehen drauf.«

Er reichte ihr die Zeitung.

Greta betrachtete das Cover und blätterte dann zu dem doppelseitigen Artikel. Sie hatte ihn bis auf die Einschübe aus dem Interview mit Andreas Zordan zwar nicht selbst geschrieben, aber er handelte von ihr und pries sie als investigative junge Journalistin mit Killerinstinkt.

Greta traten Tränen in die Augen.

»Na ja, wenigstens haben Sie nicht ›junge Journalistin mit Aggressionspotential‹ geschrieben«, sagte sie leise.

Sie haben es nicht verstanden.

Natürlich haben Sie es nicht verstanden, wie sollten Sie auch? Man erwartet ja von einem Hund auch nicht, dass er die Zusammenhänge und Hintergründe des Befehls versteht, der ihm erteilt wird. Hunde sind sowieso saublöd, das kann ich Ihnen sagen, und wenn Sie nicht aufpassen, dann zerfleischt Ihr eigener Köter Sie zum Abendessen.

Ich meine, Herrgott noch mal, so schwierig ist das doch eigentlich gar nicht zu verstehen. Es geht schlicht und einfach um Gerechtigkeit und darum, die Balance wiederherzustellen. Wer ist denn der *Good Guy* in dieser Story? Das bin doch wohl ich. Die Schuldigen sind ganz klar zu erkennen, aber wie immer versuchen sie, die Helden mit in den Abgrund zu ziehen. Das ist schwierig für mich, und es setzt mir zu, aber ich werde für die Wahrheit kämpfen.

Wie dieser Kampf aussehen wird, weiß ich genau. Wenn man ein klein wenig begabt ist in der Kunst der Antizipation, ist das nicht schwer vorauszusehen. Ich kann mir den Mund fusselig reden, die besten Argumente bringen, sachorientiert diskutieren – Sie werden immer wieder auf die beiden Mädchen zurückkommen. Natürlich darf man die Morde an den beiden nicht isoliert betrachten, das wäre ein Fehler, man muss sie im Gesamtkontext sehen und entsprechend einordnen. Jedes Opfer ist beklagenswert, da bin ich ganz Ihrer Meinung, aber nicht jedes Opfer ist auch ein Opfer zu viel. Wenn Sie hinschauen, wird Ihnen schnell klarwerden, dass unsere Zivilisation auf Opfern gründet, unschuldig oder nicht, sie waren und sind notwendig. Die großen Zusammenhänge sind immer schwer zu verstehen, es bedarf Zeit und gewisser intellektueller Fähigkeiten. Aber wenn Sie sich Mühe geben, wenn Sie zwischen den Zeilen der Geschichte lesen, dann verschaffen Sie sich mit jeder Seite das notwendige Rüstzeug, um mit mir auf Augenhöhe diskutieren zu können.

Jetzt erzählen Sie mir nicht, Sie wollen nicht mit einem Mörder und Psychopathen diskutieren. Da lache ich drüber. Alle wollen das. Alle wollen hören, was Menschen wie ich zu sagen haben. Gehen Sie mal online und schauen Sie nach, wie viele Menschen sich das letzte Interview von Ted Bundy angesehen haben. Ich meine, der Typ war wirklich krank, bei dem ging es nicht um Gerechtigkeit so wie bei mir, und trotzdem hängen Millionen Idioten an seinen Lippen und weinen auch noch wegen ihm. Also erzählen Sie mir nichts. Ich kenne mich aus, das ist meine Materie.

Sie wollen Beweise?

Herrgott noch mal, wie dämlich sind Sie eigentlich?

Schauen Sie mal nach unten.

Ja, richtig, die Seitenzahl.

Fällt Ihnen was auf?

Dämmert es?

Sie haben die Geschichte zu Ende gelesen.